Alfred Hitchcock

Aus dem Amerikanischen übertragen von Leonore Puschert

Titel der Originalausgaben:

»The Three Investigators in The Mystery of The Laughing Shadow«

Text by Robert Arthur

»The Three Investigators in The Mystery of The Invisible Dog«

Text by M. V. Carey based on characters created by Robert Arthur

»The Three Investigators in The Mystery of Monster Mountain«

Text by M. V. Carey based on characters created by Robert Arthur

The three translations published by arrangement with
Random House, Inc., New York

Umschlaggestaltung von Theodor Bayer-Eynck
unter Verwendung einer Illustration von Silvia Mieres

Die Deutsche Bibliothek – CIP-Einheitsaufnahme

Die **drei ???, Nervenkitzel** / erzählt von Robert Arthur und
M. V. Carey. Alfred Hitchcock. [Aus dem Amerikan. übertr. von
Leonore Puschert]. – Stuttgart : Franckh-Kosmos, 1991
ISBN 3-440-06320-8

ISBN 3-440-06320-8
Printed in Czechoslovakia / Imprimé en Tchécoslovaquie
Herstellung: Aventinum Verlag, Prag

Die drei ???
Nervenkitzel

Die drei ???
und der
lachende Schatten

Erzählt von Robert Arthur

Die drei ??? und der lachende Schatten

Kurze Vorrede von Alfred Hitchcock

Seid alle gegrüßt! Es ist mir ein Vergnügen, daß wir auch dieses Abenteuer unserer erstaunlichen drei Freunde, der drei Detektive oder kurz drei ???, gemeinsam verfolgen werden. Diesmal droht ihnen Gefahr von einem geheimnisvollen goldenen Amulett aus einem verschollenen Indianerschatz – größere Gefahr sogar, als ihr euch vielleicht vorstellen könnt. Und für zusätzliche Aufregung sorgt ein sonderbarer Schatten, der höchst überraschend aufzutauchen und dabei zu lachen pflegt.

Falls ihr das eine oder andere Buch über frühere Taten der drei ??? gelesen habt, so wißt ihr natürlich schon alles über meine jungen Freunde. Für neue Leser: Der begabte Erste Detektiv, Justus Jonas, ist ein stämmiger – sagen wir ruhig: gut gepolsterter – Bursche. Peter Shaw ist groß und athletisch; Bob Andrews ist nicht so kräftig, aber ein gescheiter Kopf. Alle drei wohnen im Staat Kalifornien in Rocky Beach, einer kleinen Stadt am Pazifik nahe Hollywood. Ihr Hauptquartier, die »Zentrale«, haben sie sich in einem Campinganhänger eingerichtet, der wohlverborgen auf dem Schrottplatz der Firma »Gebrauchtwaren-Center T. Jonas« steht. Dieser Super-Trödelmarkt gehört Justs Onkel und Tante, bei denen er lebt.

Doch wozu sollte ich euch mit meiner Vorrede länger aufhalten? Kommen wir zum Thema. Gleich werden wir den Schatten lachen hören (falls man sein häßliches Kreischen so nennen kann) . . .

Alfred Hitchcock

Es lacht in der Nacht

Als Bob Andrews und Peter Shaw auf dem Heimweg noch drei Kilometer vor Rocky Beach waren, mußten sie die Fahrradbeleuchtung einschalten. Im Bergland von Südkalifornien fällt die Dunkelheit immer recht plötzlich ein.
»Verflixt«, sagte Peter, »wir hätten früher zurückfahren sollen.«
»Das Schwimmen war's wert, daß wir später dran sind.« Bob grinste befriedigt.
Dieser herrliche Tag in den Bergen mit ihrem Bad in einem Gebirgsbach als Höhepunkt hatte nur einen Fehler: Justus Jonas, der dritte im Bunde der drei Detektive, konnte nicht dabei sein. Just mußte heute mal wieder seinem Onkel Titus auf dem Schrottplatz helfen.
Müde, aber glücklich radelten die beiden Jungen im Dunkeln an einer hohen Mauer entlang. Plötzlich hallte ein dünner, unheimlicher Schrei durch die Nacht.
»Hiiilfe!«
Überrascht trat Peter auf die Bremse und brachte sein Rad mit einem Ruck zum Stehen. Bob fuhr ihm mit voller Wucht hinten auf.
»Uff!« stieß Bob hervor.
Peter flüsterte: »Hast du das gehört?«
Bob zerrte die beiden ineinander verkeilten Fahrräder auseinander und warf einen raschen Blick auf die Mauer. »Ja, ich hab's gehört. Glaubst du, da ist jemand was passiert?«
Als die beiden Jungen noch standen und lauschten, bewegte sich hinter der Mauer etwas im Gebüsch.
»Hilfe!«
Diesmal ließ der Schrei keinen Zweifel mehr darüber, daß hier ein Mensch in Not war. Unmittelbar vor den Jungen war ein schweres Tor aus hohen Eisenstangen, die oben wie

Speerspitzen endeten, in die Mauer eingelassen. Für die beiden Detektive gab es kein Zögern mehr. Peter ließ sein Rad fallen und rannte zu dem Eisentor hin. Bob folgte dicht hinter ihm. Plötzlich schrie er leise, aber heftig auf: »Autsch!«
Über die Mauer war etwas auf ihn zugeschnellt und hatte ihn am Arm getroffen – etwas Kleines, das im Dunkeln noch einmal aufschlug und dann verschwunden war.
Doch Peter bückte sich schon danach. »Da ist es!«
Die beiden Freunde starrten auf das Ding in Peters Hand. Es war ein winziges glänzendes Figürchen aus Metall, nur etwa fingerlang, und es hatte die Gestalt eines absonderlichen kleinen Mannes, grinsend und mit gekreuzten Beinen.
»Was ist das, Peter?«
»Keine Ahnung. Es sieht aus, als sei es irgendwo festgemacht gewesen. Sieh mal die Öse oben am Kopf!«
»Es kam über die Mauer«, sagte Bob. »Meinst du –«
Ein plötzlicher Tumult jenseits der Mauer schnitt ihm das Wort ab. Dann brach jemand durchs Gebüsch, und eine gedämpfte Stimme rief: »Er hat was rübergeworfen. Hol es her!«
»Ich geh schon, Boss«, antwortete eine zweite Stimme.
An dem großen Tor schabte Metall auf Metall, während jemand mit Gewalt das Schloß zu öffnen versuchte. Mit einem raschen Blick in die Runde entdeckten die Jungen ein dichtes Gesträuch an der Mauer. Sie schoben die Fahrräder aus dem Weg und krochen dann gebückt ins Versteck.
Langsam, mit einem Ächzen, schwang das schwere Tor in seinen Angeln zurück. Dann schlüpfte eine schattenhafte Gestalt zwischen den Bäumen am Straßenrand hindurch. Die Jungen lugten durch die Zweige. Die Gestalt kam näher, ging an ihnen vorbei und schritt die Straße entlang.
»Hast du gesehen, wer das war?« flüsterte Bob.
»Nein, es ist zu dunkel.«
»Vielleicht sollten wir die Figur zurückbringen. Sie sieht irgendwie wertvoll aus.«

»Ja, wir könnten ... Vorsicht!«
Ein dunkler Schatten war keine drei Meter vor der Stelle, wo Bob und Peter im Buschwerk kauerten, aufgetaucht. Die Jungen hielten sich stocksteif und ganz still. Hoch über ihnen ragte der Schatten in die Nacht – riesig, gekrümmt und bucklig, mit langer, schnabelähnlicher Nase und kleinem Kopf, der ständig wie im Krampf einmal hierhin, einmal dorthin vorstieß.
Mit einem Mal war die Nacht von gellem Lachen erfüllt! Es kam von dem großen Schatten her, der da so dicht vor ihrem Versteck stand. Die Jungen mühten sich noch, ihrer Panik Herr zu werden und nicht einfach loszulaufen – da rief der Schatten plötzlich mit ganz gewöhnlicher Männerstimme:
»Laß sein. Jetzt ist es zu dunkel zum Suchen.«
»Ist gut, Boss«, antwortete der andere Mann, der ein Stück weit die Straße entlanggegangen war. »Ich will zusehen, daß ich's morgen finde.«
Der hoch aufragende, bucklige Schatten mit dem unheimlichen Kopf wartete noch, bis der andere Mann wieder bei ihm angelangt war. Dann zwängten sich beide mit Rascheln und Krachen durchs Gebüsch, und das Eisentor fiel quietschend zu. Bob und Peter blieben in ihrem Versteck, bis sie hörten, wie das Tor wieder abgeschlossen wurde und die Schritte der beiden Männer jenseits der Mauer verhallten.
»Hast du diesen Kerl gesehen?« flüsterte Bob. »Den mit dem komischen Kopf! Und wie der lachte – was war das bloß für ein Lachen?«
»Ich weiß nicht – und ich möchte es eigentlich auch gar nicht wissen«, gab Peter entschieden zurück.
»Komm, fahren wir nach Hause und erzählen wir Just, was wir erlebt haben.«
»Dafür bin ich eher zu haben«, stimmte Peter zu.
Schweigend holten sie ihre Räder und fuhren zur Hauptstraße vor. Als sie talwärts sausten, schallte das irre Lachen hinter ihnen noch einmal durch die Nacht.

Da traten sie wild in die Pedale und wurden erst wieder langsamer, als sie unten im Tal die anheimelnden Lichter von Rocky Beach vor sich sahen.

Bei Licht besehen birgt mancher Schatten Überraschungen. Vermag nicht der Schatten einer geschickten Hand das Auge so zu täuschen, daß es einen zuschnappenden Hundekopf zu sehen glaubt? Denkt daran, wenn ihr dem unheimlichen Schatten wieder begegnen solltet.

Eine rätselhafte Botschaft

»Das sieht ja aus wie massives Gold!« rief Justus Jonas.
Der stämmige Erste Detektiv glich einer weisen Eule, wie er da mit ernstem Gesicht das winzige Figürchen untersuchte.
»Ist es was Wertvolles, Just?« wollte Bob wissen.
»Ich möchte annehmen, etwas sehr Wertvolles«, tat Justus kund, »und das nicht nur, weil es aus Gold ist.«
»Na hör mal, Just, was gibt's denn noch Wertvolleres als Gold?« fragte Peter.
Die kleine grinsende Figur glänzte in Justs Hand. »Seht mal her, wie kunstvoll das Material bearbeitet ist, Freunde. Das muß ein sehr geschickter Handwerker gemacht haben. Und schaut euch die Schlitzaugen und den Federschmuck auf dem Kopf an. Ich vermute, das ist das Werk eines indianischen Künstlers und schon sehr alt. Solche Sachen habe ich schon im Museum gesehen.«
Die Jungen waren in dem alten Campinganhänger, ihrer Zentrale, zusammengekommen. Da der Wagen bei einem Unfall beschädigt worden war, hatte ihn Justs Onkel Titus nicht mehr verkaufen können. Also hatte er ihn den Jungen für ihre Zusammenkünfte geschenkt. Die drei hatten dann ringsum so viel Schrott und Trödel aufgehäuft, daß der Wagen bei allen anderen ganz in Vergessenheit geraten war.
Ins Innere dieses Hauptquartiers auf Rädern konnte man nur durch verschiedene Geheimeingänge gelangen. Drinnen hatten sich die Jungen ein kleines Büro mit Schreibtisch, Telefon, Tonbandgerät und anderem Zubehör im Dienste ihrer Ermittlungsarbeit eingerichtet. Neben dem Büro gab es noch ein winziges Labor und eine Dunkelkammer. Fast die ganze Ausstattung war nach und nach schrottreif im Betrieb gelandet und von den Jungen wieder instandgesetzt worden.
Bob und Peter berichteten Justus gerade den Schluß ihres

Abenteuers in den Bergen. Justus war noch immer mit der kleinen Figur beschäftigt. Als die beiden mit ihrer spannenden Erzählung am Ende waren, runzelte Justus nachdenklich die Stirn.

»Also ihr glaubt, daß derjenige, der um Hilfe rief, auch die Figur über die Mauer geworfen hat«, sagte Justus. »Und daß ihn die beiden Männer, die ihr noch hörtet, erwischt haben und dann rausgekommen sind, um die Figur zu suchen.«

»Klar, Just«, sagte Bob.

»Nun, der Hilferuf und die Figur stehen nicht unbedingt miteinander im Zusammenhang«, stellte Justus richtig. »Ihr habt das lediglich angenommen, ohne Beweise dafür zu haben.«

Peter protestierte. »Mensch, Justus, natürlich muß ein Detektiv sorgfältig arbeiten, aber was willst du eigentlich noch? Wir hörten den Schrei, die Figur kam über die Mauer geflogen, dann stürzten die beiden Männer heraus, und der eine nannte den anderen ›Boss‹! Das sieht für mich eindeutig nach einer Verbrecherbande aus.«

»Mag sein, Peter, aber schließlich habt ihr nichts gesehen oder gehört, das wirklich eine Verbindung zwischen der Figur und dem Hilferuf herstellte«, beharrte Justus auf seinem Standpunkt.

»Und der unheimliche Schatten?« warf Bob ein. »Ich bin noch nie einem Menschen begegnet, der so aussah und so lachte wie diese sonderbare Erscheinung.«

»Könnt ihr mir dieses Lachen näher beschreiben?«

»Es war hell, wie bei einem Kind«, sagte Peter.

»Nein, es hörte sich eher an wie das einer Frau«, berichtigte Bob.

»Das war keine Frau. Das war ein Verrückter.«

»Ja, hysterisch und verschreckt.«

»Ein ganz fürchterliches Lachen, einfach gräßlich.«

»Und auch irgendwie kummervoll, meine ich. Vielleicht ein alter Mann.«

Justus hörte sich den Bericht seiner Detektiv-Kollegen mit

verblüfftem Gesicht an. »Seid ihr sicher, daß ihr beide dasselbe Lachen gehört habt?«
»Na klar«, sagte Peter nicht sehr überzeugt. »Aber eben nicht mit denselben Ohren.«
»Also deutlich habt ihr es beide gehört, und ganz in eurer Nähe.« Der Erste Detektiv seufzte. »Ich schätze, ich muß mir das mal selbst anhören, um zu erfahren, wie es geklungen hat. Seid ihr wenigstens beide sicher, daß ihr diesen Hilferuf gehört habt?«
»Ganz sicher!« sagten Bob und Peter einstimmig.
Justs rundes Gesicht spiegelte heftiges Überlegen. »Nach eurer Ortsbeschreibung und danach, was ihr über diese Mauer und das Tor berichtet habt, möchte ich sagen, ihr wart vor dem Landgut der Familie Sanchez.«
Bob sprang auf. »Ja, richtig! Dieser alte spanische Großgrundbesitzer. Mehr als zweitausend Hektar Land!«
»Das meiste davon ist Bergland, aber der Vater der alten Miss Sanchez hielt dort vor langer Zeit große Rinderherden«, setzte Justus hinzu.
»Und haben sie jetzt kein Vieh mehr?« fragte Peter.
Bob schüttelte den Kopf. »Nein, Peter. Ich weiß noch, wie ich etwas über die Familie Sanchez und das Anwesen las, als ich in der Bibliothek mal was nachsehen mußte. Der Vater der alten Miss Sanchez war der letzte Besitzer, der das Land richtig bewirtschaftete. Als er starb, blieb nur noch Miss Sanchez übrig, und sie führt jetzt eine Art Eremitendasein. Mein Daddy sagt, sie sei eine arme reiche Frau – sie hat mehr Land als Geld. Sie lebt da draußen allein, nur mit einem Dienstmädchen und einem Gärtner, der tagsüber zur Arbeit kommt. Niemand bekommt sie je zu Gesicht.«
Bob war bei den drei ??? für Ermittlungen und Aktenführung zuständig, und wenn er einmal etwas nachgelesen hatte, so wußte er darüber immer Genaues zu berichten. Justs Gesichtsausdruck wurde ernst.
»Das bedeutet also, daß das, was ihr heute abend gesehen

und gehört habt, recht ungewöhnlich ist. Was hatten diese Männer auf dem Gut zu schaffen, und woher stammt die Figur hier?«

»Vielleicht waren bei Miss Sanchez gerade Einbrecher am Werk«, meinte Peter.

»Aber sie hat doch kein Geld«, erinnerte Bob.

»Vielleicht hat das, was ihr hörtet, auch gar nichts mit dem Gut zu tun. Die Männer hätten ja auch rein zufällig dort vorbeikommen können«, gab Justus zu bedenken. »So ein Figürchen ist für eine Verbrecherbande nicht unbedingt der Mühe wert.«

Der Erste Detektiv drehte und wendete die winzige goldene Gestalt in den Händen und besah sie sich so gründlich, als könne der Miniatur-Indianer irgend etwas erzählen, was die Freunde wissen wollten. Plötzlich beugte sich Justus vor – seine Augen leuchteten vor Erregung.

»Was ist, Chef?« fragte Bob.

Justus untersuchte die Figur ganz genau. Mit geschickten Fingern drückte und zupfte er am Unterteil des kleinen Körpers herum. Er zog und drehte an der Figur, und ein triumphierender Ausruf entfuhr ihm, als unten eine Klappe aufsprang. Etwas fiel zu Boden.

»Ein Geheimfach!« rief Peter.

Justus hob den kleinen Fetzen Papier auf, der aus dem Innern der Figur gefallen war. Auf dem Schreibtisch strich er den Zettel glatt. Bob und Peter drängten sich herbei, um ihn sich auch anzusehen. Aber Justus starrte nur auf das Stückchen Papier und stöhnte.

»Ist es so was wie eine Botschaft, Justus?« fragte Bob.

Der Erste Detektiv biß sich enttäuscht auf die Lippen. »Ich weiß nicht. Es sieht zwar nach etwas Geschriebenem aus, aber ich kann's nicht lesen. Es ist eine fremde Sprache!«

Peter und Bob betrachteten den Papierfetzen.

»Und es ist eine Sprache, die ich überhaupt noch nie in meinem Leben geschrieben gesehen habe«, fuhr Justus fort.

Alle drei schwiegen recht niedergeschlagen. Bob und Peter wußten, daß Justus von einigen wichtigen Sprachen etwas verstand und selbst drei beherrschte. Wenn ihm die geschriebenen Worte hier nichts sagten – welche Sprache mochte es dann sein?
Plötzlich sah Bob ganz genau hin. »W-wißt ihr was?« stotterte er. »Das ist nicht mit Tinte geschrieben – sondern mit Blut!«
Justus untersuchte die seltsame Schrift noch einmal, Peter fuhr sich dabei unbehaglich durchs Haar.
»Bob hat recht«, stellte Justus schließlich fest. »Es ist mit Blut geschrieben. Das muß bedeuten, daß der Schreiber – wer das auch gewesen sein mag – heimlich zu Werke gehen mußte und weder Tinte noch Stift hatte.«
»Es war bestimmt ein Gefangener«, entschied Bob.
»Oder vielleicht einer, der sich von seinen Komplicen trennen will«, meinte Peter noch.
»Da gibt es viele Möglichkeiten«, bestätigte Justus, »und ich habe den Eindruck, das ist eine Aufgabe für uns drei. Als erstes müssen wir jemand finden, der die Botschaft entziffern kann.«
»Ja – und wen?«
»Nun, wir kennen ja einen Mann, der eine Menge von fremden Sprachen und fremden Leuten versteht«, erklärte Justus.
»Alfred Hitchcock!« sagte Peter.
»Richtig«, bestätigte Justus. »Heute ist es schon zu spät, aber morgen besuchen wir Mr. Hitchcock und zeigen ihm diese Botschaft.«

Überfall!

Am nächsten Morgen machten sich Peter und Bob gleich nach dem Frühstück in aller Eile zum Schrottplatz auf. Dort wartete bereits Justus mit Morton, dem Chauffeur, und dem goldbeschlagenen Rolls-Royce, der Justus damals als Hauptgewinn in einem Preisausschreiben zur freien Verfügung für eine bestimmte Zeit zugefallen war.
»Erst fahren wir ins Studio zu Mr. Hitchcock, Morton«, wies Justus den Chauffeur an, während die drei Jungen in das große Auto stiegen.
»Sehr wohl, die Herrschaften«, bestätigte Morton. Obwohl sie inzwischen richtige Freunde waren, ließ es sich der elegante Chauffeur nicht nehmen, jederzeit vorbildlich korrekt und höflich zu sein.
Die Jungen hatten die Erfahrung gemacht, daß es niemals einfach war, zu dem berühmten Regisseur ins Filmstudio vorzudringen. Deshalb nahmen sie immer den Rolls-Royce, wenn sie einen Besuch bei Mr. Hitchcock vorhatten. Mittels der finanziellen Unterstützung durch einen dankbaren Kunden, der ohne die Hilfe der drei ??? sein rechtmäßiges Erbe wohl nicht hätte antreten können, stand ihnen der Wagen auch jetzt nach Belieben zur Verfügung. Das aufsehenerregende Gefährt verschaffte ihnen am Tor des Universum-Studios ungehindert Einfahrt.
»Nun, meine jungen Freunde, welch sonderbare Ereignisse führen euch diesmal zu mir?« erkundigte sich der berühmte Mann hinter dem mächtigen Schreibtisch in seinem Privatbüro.
Voll Eifer schilderten die Jungen, was am Vorabend geschehen war und wie sie im Innern des Figürchens eine Botschaft entdeckt hatten. Mr. Hitchcock hörte mit unbewegter Miene zu,bis Justus in seinem Bericht zu der kleinen goldenen Sta-

tue kam und sie dem Regisseur auf den Schreibtisch legte. Mr. Hitchcocks Augen leuchteten auf, als er das kunstvoll geschmiedete grinsende Männchen betrachtete. »Das ist tatsächlich ein sehr altes Stück, wie Justus vermutet hat. Zweifellos ist es indianische Kunst – ein Amulett. Als wir fürs Fernsehen einen Abenteuerfilm drehten, konnte ich nebenbei eine ganze Menge über indianische Volkskunst lernen. Ich würde sagen, daß dieses Amulett eindeutig von den Chumash-Indianern stammt, die hier bei uns heimisch waren. In unserer Story spielte ein ganz ähnliches Exemplar eine Rolle.«

»Was ist denn ein Amulett, Sir?« erkundigte sich Peter.

»Ein Talisman mit Zauberkraft, mein Junge. Man trägt es gewöhnlich an einer Schnur um den Hals, damit es böse Geister abwehrt oder Glück bringt«, erklärte Mr. Hitchcock. »Daraus erklärt sich die Metallöse am Kopf der Figur. Die Chumash besaßen solche Amulette in den verschiedensten Formen.«

»Na, so was«, meinte Peter. »Ich wußte nicht mal, daß wir hier in der Gegend von Rocky Beach jemals Indianer hatten.«

»Aber klar, Peter«, sagte Bob. »Über die Chumash habe ich alles gelesen. Sie waren ein kleiner, friedlicher Stamm. Sie lebten hier an der Küste, und später arbeiteten sie für die spanischen Siedler.«

»Gewiß, das stimmt«, erwiderte Mr. Hitchcock, »aber im Augenblick interessiert mich euer lachender Schatten mehr. Ihr sagt, er war groß und bucklig und hatte einen sonderbaren kleinen Kopf, der merkwürdig umherzuckte, und er lachte wie irrsinnig?«

»Ja, Sir«, bestätigte Bob.

»Der Schatten war ganz in eurer Nähe, Bob und Peter, und doch beschreibt ihr beide das Lachen ganz verschieden. Was sagt dir das denn, Jonas junior?«

»Ich weiß es nicht, Sir«, mußte Justus niedergeschlagen zugeben.

»Mir geht es im Augenblick nicht anders«, meinte Mr. Hitchcock. »Aber was ist mit dieser Botschaft? Ihr habt da behauptet, es sei ein Zettel aus der Figur gefallen.«
Justus reichte dem Regisseur den Papierfetzen hinüber, und Mr. Hitchcock studierte ihn sorgfältig. »Tatsächlich mit Blut geschrieben, Donnerwetter! Und zwar erst vor kurzem, danach zu urteilen, daß die Worte so gut lesbar sind. Also hat das Papier noch nicht lange in dem Amulett gesteckt.«
»Können Sie erkennen, was es für eine Sprache ist, Sir?« fragte Bob.
»Leider nicht. Diese Sprache habe ich noch nie gesehen. Sie ist ganz verschieden von allem, was ich bisher geschrieben sah.«
»O je«, sagte Peter, »und Justus war so sicher, Sie wüßten es, Sir.«
»Und was machen wir jetzt?« fragte Bob entmutigt.
»Zum Glück habe ich eine Idee, wie ich euch trotz meiner eigenen Unkenntnis in diesem Fall helfen kann«, erklärte Mr. Hitchcock lächelnd. »Ich werde euch drei zu einem Freund von mir schicken. Er ist Professor an der Universität von Südkalifornien und Experte für indianische Sprachen. Bei unserem Film hat er als Berater mitgewirkt. Er wohnt auch in Rocky Beach. Meine Sekretärin wird euch seine Adresse geben. Und laßt mich dann wissen, was für Fortschritte ihr macht!«
Die drei Jungen bedankten sich und meldeten sich beim Hinausgehen am Pult der Sekretärin, um die Adresse des Professors entgegenzunehmen. Sein Name war Wilton J. Meeker, und er wohnte ganz in der Nähe der Firma Jonas.

Justus gab Morton den Auftrag, sie zum Haus des Professors zu fahren und von dort aus den Wagen zu der Verleihfirma zurückzubringen. Nach Hause konnten sie dann gut zu Fuß gehen.
Professor Meekers kleines weißes Haus lag abseits der Straße.

Ein weißgestrichener Staketenzaun umschloß den dichten, tropenartigen Pflanzenwuchs, der sich rund ums Haus zog. Die Jungen öffneten das stabile weiße Gartentor und gingen den ziegelsteinbelegten Pfad zum Haus entlang. Auf halbem Wege tauchte plötzlich aus dem wuchernden Grün unmittelbar vor ihnen ein Mann auf.
»Vorsicht!« rief Bob warnend.
Der Mann war nicht groß, aber breit in den Schultern. Seine dunkle Haut wirkte wie tiefbraunes Leder. Seine kräftigen weißen Zähne gaben einen starken Kontrast zu seinen funkelnden schwarzen Augen. Er war ganz in Weiß gekleidet: ein weites Hemd aus grobem, schwerem Stoff, dessen Zipfel er vorn geknotet hatte, eine enge Kniehose aus dem gleichen groben Material und einen breitrandigen weißen Hut. Seine nackten braunen Waden waren sehr muskulös.
Und er hielt ein langes, blitzendes Messer in der Hand!
Wie gelähmt blieben die Jungen auf dem Fußweg stehen, während der Mann in schlurfendem Trab mit blitzenden schwarzen Augen auf sie zukam. Er schwang das bedrohliche Messer und rief ihnen dabei in einer fremden, harten Sprache etwas zu. Ehe sie einen Ton hervorbrachten oder weglaufen konnten, war er heran.
Er streckte seine breite dunkle Hand aus und entriß Justus das Goldamulett. Dann wandte er sich schnell um und rannte ins Gebüsch.
Die Verblüffung hatte den Jungen erst einmal die Sprache verschlagen, und sie waren zu keiner Bewegung fähig. Peter faßte sich als erster wieder. »Er hat das Amulett!«
Ungeachtet der Gefahr stürzte er sich in das Dickicht, um die Verfolgung aufzunehmen. Bob und Justus folgten dicht hinter ihm. Am anderen Ende des Gartens angekommen, sahe sie gerade noch, wie der dunkelhäutige Mann hastig in ein verbeultes Auto stieg. Drinnen saß noch ein anderer Mann, und kaum war der Dieb mit seiner Beute im Wagen, raste die Klapperkiste mit aufheulendem Motor davon.

»Er ist weg!« schrie Peter.
»Mit unserer Figur!« jammerte Bob.
In ohnmächtiger Enttäuschung sahen sich die Jungen an. Das Amulett war fort!
In dem Moment ertönte hinter ihnen eine aufgebrachte Stimme.

Die Felsenteufel

»Was ist denn hier los?«

Ein magerer, gebeugter Mann mit grauem Haar stand hinter den Jungen im Garten. Ärgerlich beäugte er sie durch eine Hornbrille mit dicken Gläsern.

»Da hat ein Mann unser Amulett gestohlen!« platzte Peter heraus.

»Und er hatte ein Messer!« ergänzte Bob.

»Euer Amulett?« Der Mann stutzte. »Aha! Dann seid ihr bestimmt die Jungen, die mir Alfred Hitchcock am Telefon ankündigte – die drei Detektive.«

»Jawohl, Herr Professor«, bestätigte Justus mit Stolz.

»Und ihr kommt mit einem Problem zu mir – Worte in einer Sprache, die ihr nicht lesen könnt«, fuhr Professor Meeker fort.

»Ja, darum ging es«, sagte Bob mit düsterer Miene, »aber der schwarze Kerl hat uns die Figur gestohlen – weg ist sie.«

»Halt mal«, meldete sich Justus. »Es geht immer noch um unser Problem für Professor Meeker. Das Amulett ist weg, aber der Zettel nicht. Den hatte ich in weiser Voraussicht getrennt eingesteckt.«

Triumphierend reichte Justus dem Professor das Stück Papier.

»Erstaunlich!« rief der Professor, und seine Augen hinter den dicken Brillengläsern funkelten erregt. »Kommt mit hinein, damit ich das hier richtig untersuchen kann.«

Eilig lief Professor Meeker zum Haus – für die Jungen hatte er keinen Blick mehr. Er war so in das sonderbare Schriftstück in seiner Hand vertieft, daß er beinahe gegen einen Baum gerannt wäre. In dem kleinen Haus, in seinem Arbeitszimmer voller Bücher, bot der Professor den Jungen mit einer Handbewegung Stühle an. Er selbst nahm hinter seinem

Schreibtisch Platz und untersuchte dort die geschriebene Botschaft.
»Ja, ja – da gibt es keinen Zweifel. Höchst erstaunlich!« Zwar murmelte der Professor laut vor sich hin, aber es hatte ganz den Anschein, als rede er mit sich selbst – als hätte er vergessen, daß die Jungen bei ihm waren. »Wirklich mit Blut. Und ganz frisch geschrieben. Phantastisch!«
Justus räusperte sich. »Hm-m – Herr Professor, bitte, wissen Sie schon, welche Sprache es ist?«
»Wie?« Professor Meeker sah auf. »Ah ja – ja, natürlich. Es ist Yaquali. Ganz ohne Zweifel. Es ist die Yaquali-Sprache. Ein bewundernswertes Volk, diese Yaquali. Über eine Schrift verfügten nämlich nur wenige Indianerstämme. Kein Alphabet, keine Aufzeichnungen über den Wortschatz. Aber die Yaquali lernten das spanische Alphabet, und spanische Missionare stellten für sie ein Wörterbuch zusammen, und so konnten sie dann in ihrer eigenen Sprache lesen und schreiben.«
»Stammen die Yaquali auch aus der Gegend hier wie die Chumash?« fragte Peter.
»Von hier? Wie die Chumash?« Der Professor starrte Peter an, als rede der Zweite Detektiv blanken Unsinn. »Du lieber Himmel, nein! Die Chumash waren schon recht primitiv. Ihre Sprache konnten sie nie schreiben. Yaquali und Chumash sind zwei ganz verschiedene Sprachen – so verschieden wie Englisch und Chinesisch. Und die Yaquali leben auch gar nicht in unserer Gegend.«
»Aber doch auf dem amerikanischen Kontinent?« forschte Bob.
»Natürlich, nur nicht im Gebiet der Vereinigten Staaten«, sagte der Professor. Wieder betrachtete er hingebegen das Stück Papier. »Für mich ist es einfach unfaßbar, daß hier in Rocky Beach eine in Yaquali geschriebene Nachricht auftaucht. Die Yaquali-Indianer verlassen ihre Berge nur selten. Sie hassen die Zivilisation.«

»Hm – was für Berge, Herr Professor?« fragte Justus. »Wo leben denn die Yaquali?«
»Wo? Nun, in Mexiko natürlich.« Professor Meeker schien überrascht, daß das nicht allgemein bekannt war. Dann lächelte er. »Oh, entschuldigt. Ihr könnt natürlich nichts von den Yaquali wissen. Man weiß überhaupt recht wenig über sie, eben weil sie die Berührung mit den Weißen und mit der modernen Welt scheuen.«
»Aber Herr Professor«, wandte Justus ein, »Mexiko ist doch nicht weit von hier. Warum sollte es denn so abwegig sein, daß ein Yaquali einmal nach Rocky Beach kommt?«
»Vor allen Dingen deshalb, junger Mann, weil die Yaquali ihre engste Heimat eigentlich niemals verlassen, wie ich ja schon sagte. Und zum zweiten leben sie im entlegensten und zerklüftetsten Teil des Sierra-Madre-Gebirges in Mexiko, in einer von der Umwelt abgeschnittenen, sehr regenarmen Gegend, die man ›des Teufels Garten‹ nennt. Sie haben sich stets vor der zivilisierten Welt abgeschlossen. Es wurde immer mühsamer, sie aufzuspüren, und sie entwickelten eine solche Geschicklichkeit darin, Plätze zu erklettern, wohin ihnen niemand folgen konnte, daß man sie oft schon die Felsenteufel genannt hat.«
»Teufel?« Peter zuckte zusammen. »Waren sie so gefährlich, Herr Professor?«
»Sehr gefährlich – wenn sie angegriffen wurden. Unter normalen Umständen sind sie jedoch ein friedfertiges Volk, das lediglich ungestört leben möchte. Deshalb eigneten sie sich diese Kletterkünste ja auch an – damit sie hoch droben in ihrer Bergwelt unerreichbar waren.«
»Aber wie kommt dann eine Nachricht von ihnen hierher?« fragte Bob zweifelnd.
Professor Meeker rieb sich das magere Kinn. »Na, ich halte das nicht für so ganz unwahrscheinlich. Wenn die Yaquali auch noch immer recht weltabgeschieden leben, so hat doch die mexikanische Regierung in den letzten Jahren mit ihnen

zusammengearbeitet. Der Fortschritt und die Bedürfnisse unserer modernen Welt haben sie wohl eingeholt. Die Yaquali sind ein intelligentes Volk, und als erfahrene Bergsteiger sind sie schon lange sehr gesucht.«

»Sie meinen, ein paar von ihnen könnten mit einem Auftrag hierhergekommen sein?« fragte Justus.

»Möglich ist es schon, obwohl ich noch nicht gehört habe, daß sich jemals ein Yaquali irgendwo in den Vereinigten Staaten aufgehalten hätte. Ich kann mir auch kaum vorstellen, was sie gerade bei uns tun sollten. Ihr sagtet doch, ihr hättet die Nachricht hier in Rocky Beach entdeckt, nicht?«

»Ja, in einem Geheimfach in dem Amulett.«

»O ja, die Yaquali halten sehr viel von Amuletten.«

»Aber Mr. Hitchcock meinte, das Amulett sei eine Arbeit der Chumash-Indianer, die früher hier lebten«, hielt Bob dagegen. »Er sagte, es sehe genauso aus wie ein anderes, das Sie für den Fernsehfilm zur Verfügung stellten.«

»Chumash? Nun, das erscheint mir sonderbar. Ich sehe einfach keinen Zusammenhang zwischen dem ausgestorbenen Chumash-Stamm und den Yaquali. Es ist unwahrscheinlich, daß eine Arbeit der Chumash jemals in die Hände der Yaquali nach Mexiko gelangt sein soll. Und ihr sagt also, dieses Amulett wurde euch von jenem dunkelhäutigen Mann gestohlen?«

»Ja, Sir«, sagte Peter.

»Und dabei war es aus purem Gold«, fügte Bob hinzu.

Professor Meeker machte große Augen. »Gold? Ein Chumash-Amulett? Das ist ganz unmöglich, Jungen.«

»Doch, doch, Herr Professor«, erklärte Justus entschieden. »Ich habe es mir genau angesehen. Es war Gold.«

»Du mußt dich geirrt haben, junger Mann«

Justus schüttelte den Kopf. »Ich weiß schon, was Gold ist, Sir.«

»Mr. Hitchcock sagte auch, es sei aus reinem Gold, Herr Professor«, bekräftigte Bob.

Der Professor war verdutzt. Sein Mund öffnete und schloß sich – aber kein Laut kam heraus. Er rieb sich das Kinn und blickte die Jungen starr an, die Augen zu nachdenklichen Schlitzen zusammengezogen. Dann beugte er sich langsam vor.

»Wenn es wirklich echtes Gold war, meine jungen Freunde, dann seid ihr vielleicht unversehens auf etwas ungeheuer Bedeutungsvolles gestoßen«, sagte er langsam. Er machte eine Pause, um seinen Worten Nachdruck zu verleihen. »Dann habt ihr vielleicht den Schlüssel zu einem Geheimnis entdeckt, von dem man seit fast zweihundert Jahren weiß.«

Justus riß die Augen weit auf. »Ein Geheimnis – und zweihundert Jahre alt?«

»Ja, mein Junge. Der geheimnisvolle Schatz der Chumash!«

Könnte der dunkelhäutige Mann mit den muskulösen Beinen ein »Felsenteufel« gewesen sein? Doch der Zivilisations-Verächter begibt sich fern seiner Heimat unter amerikanische Kleinstädter und reist im Auto – da scheint ja etwas dahinterzustecken. Besitzgier (der Schatz!) oder eine Notlage (der Hilferuf!) – was mag es sein?

Eine aufregende Mitteilung

»Ihr müßt wissen«, fuhr Professor Meeker fort, »daß die Chumash niemals Gold verarbeiteten. In ihrem Teil des Landes gab es nämlich keines. Wenn dieses Amulett aus Gold ist, muß es aus dem Schatz der Chumash stammen!«
»Wie war das, bitte – der Schatz der Chumash?« platzte Bob heraus.
»Zwischen 1790 und etwa 1820«, erklärte der Professor, »hauste in den Bergen eine vom Stamm abgefallene Horde wilder Chumash-Indianer. Es waren nur wenige Männer, aber wenn sie sich zur Wehr setzten, waren sie lebensgefährlich, und ihre Verstecke waren fast unauffindbar. Da die Spanier nicht mit ihnen fertigwurden, versuchten sie, die Rebellen mit Gold zu bestechen, damit sie die Siedler in Ruhe ließen. Bald wußte die Bande den Wert des Goldes zu schätzen, und als ihnen die Spanier nicht so viel gaben, wie sie verlangten, stahlen sie überall Gold, wo sie es fanden. Als sie endlich unterworfen und ihr letzter Anführer, Magnus Verde, tödlich verwundet und gefangengenommen wurde, ging bereits die Sage, daß sie einen unermeßlichen Goldschatz zusammengerafft hatten – Schmuck und Barrengold. Magnus Verde weigerte sich, das Versteck des Schatzes preiszugeben. Ehe er starb, sagte er nur noch, daß kein Mann ihn je finden werde. Die übrigen Rebellen verschwanden und wurden nicht mehr gesehen. Seither haben viele, viele Menschen nach dem Schatz gesucht – doch vergebens. Ich habe mir immer gedacht, daß er an einen unzugänglichen Ort gebracht worden ist – vielleicht im Meer versenkt –, damit er für die Weißen verschollen bleibt.«
Justus schien in weite Fernen zu blicken. »Ich meine, es müßte für sie bitter gewesen sein, das Gold von sich zu werfen, nachdem sie sich seinen Besitz so schwer erkämpft hatten.«

»Da kannst du recht haben«, meinte der Professor. »Und falls ihr tatsächlich ein Chumash-Amulett aus Gold gesehen habt, dann besteht durchaus Grund zu der Annahme, daß der Schatz der Chumash noch immer irgendwo existiert. Das wäre eine aufregende Entdeckung!«

»Vielleicht steht etwas von dem Schatz auf dem Papier«, sagte Justus eifrig.

»Auf dem Papier?« Professor Meeker zwinkerte. Dann fiel sein Blick auf den Zettel. »Du liebe Güte, das hatte ich ja ganz vergessen. Natürlich! Vielleicht sagt uns das etwas.«

Mit gerunzelter Stirn ging der Professor daran, die Nachricht zu entziffern. »Eine genaue Übersetzung ist bei primitiven Sprachen oft schwierig, weil die Schreiber in primitiven Begriffen denken. Aber so gut ich es lesen kann, heißt das hier: ›Worte Rauch. Singt Totenlied. Brüder helfen.‹ Das ist alles – leider.«

»Aber es ist doch wohl ein Hilferuf?« fragte Justus.

»Das möchte ich meinen«, bestätigte der Professor. Verwirrt blickte er auf die Worte nieder. »Aber ich begreife nicht, was eine Yaquali-Botschaft in einem Chumash-Amulett zu suchen hat. Das ist mir wirklich ein Rätsel.«

»Ein Rätsel, das wir zu lösen hoffen«, verkündete Justus – nicht ganz ohne Großspurigkeit.

»Selbstverständlich, mein Junge.« Der Professor mußte doch lächeln. »Und wenn ihr es geschafft habt, wäre ich euch außerordentlich dankbar für die Erlaubnis, mir den Schatz der Chumash ansehen zu dürfen.«

Professor Meeker ließ es sich nicht nehmen, die Jungen bis ans Gartentor zu begleiten und sich dabei mit einem Blick in alle Richtungen zu vergewissern, daß der dunkle Mann nicht zurückgekommen war. Sobald die Jungen wieder unter sich waren, bauten sich Bob und Peter vor Justus auf.

»Mensch, Just!« stieß Bob aufgeregt hervor. »Glaubst du, da hat einer den Schatz der Chumash gefunden?«

»Und irgend ein anderer will ihn womöglich stehlen?« er-

gänzte Peter schnell die Frage des »Archivars« ihrer Firma. »Vielleicht stellt das Amulett einen Hinweis auf das Versteck des Schatzes dar, und deshalb will es jemand an sich bringen, um dann den Schatz aufzuspüren!«
»Oder vielleicht hat eine Horde Indianer die alte Miss Sanchez überfallen!« Peters Phantasie ging mal wieder mit ihm durch.
»Dieser dunkle Kerl sah doch wirklich wie ein Indianer aus.«
»Und der lachende Schatten könnte ein wilder Indianer gewesen sein!«
Justs rundem Gesicht mit der ach so täuschenden Unschuldsmiene war gründliches Überlegen anzusehen, während seine beiden Freunde diskutierten. Jetzt blieb er plötzlich stehen. »Vermutungen bringen uns hier nicht weiter«, erklärte der Erste Detektiv entschlossen. »Wir müssen hin zu dem Sanchez-Grundstück und selbst sehen, was wir herausfinden können.«
»Heimlich, Just?« fragte Peter. »Du meinst, wir sollen dort herumschnüffeln?«
»Nein, wir müssen ins Haus gehen und mit Miss Sanchez selbst sprechen. Sie könnte ja etwas Wichtiges wissen oder etwas bemerkt haben. Das Problem ist nur: wie kommen wir in ihr Haus rein?«
Auf dem letzten Stück Weg zum Schrottplatz einigten sie sich darauf, daß es das beste wäre, wenn Bobs Vater Miss Sanchez anriefe und die Bitte vorbrächte, die Jungen für den Heimatkundeunterricht im Rahmen eines Forschungsauftrags über spanische Landgüter ihren Besitz besichtigen zu lassen. Patrick oder Kenneth, einer der irischen Brüder, die bei Onkel Titus beschäftigt waren, könnte sie hinfahren.
»Die meisten Erwachsenen helfen gern, wenn sie meinen, es geht um eine Arbeit für die Schule«, sagte Justus spitz.
Bob gab ihm recht. Peter allerdings hatte die Einfahrt zum Schrottplatz ins Auge gefaßt.
»Seht mal!« zischte er. »Da ist Skinny Norris!«
Tatsächlich – da lehnte ihr alter Feind, der große, dünne Bur-

sche mit der langen Nase, mit dem Rücken zu ihnen am Torpfosten. Skinner Norris, genannt Skinny, haßte die Detektive aus Herzensgrund, und er war mit großer Ausdauer bemüht, Justus seine Überlegenheit zu beweisen. Das war ihm bisher nie gelungen, aber da er reichlich Taschengeld hatte und schon einen Führerschein besaß, bereitete er den drei Freunden doch manchen Verdruß.

»Was treibt denn der hier?« wollte Bob wissen.

»Ich nehme an, er möchte uns helfen«, meinte Justus spöttisch. »Kommt, Freunde, wir gehen durch das Rote Tor rein.«

Sie drehten um und rannten um den Platz zur hinteren Umzäunung, wo Skinny sie nicht sehen konnte. Sie liefen am Zaun entlang, der mit einer dramatischen Darstellung des großen Feuers von San Francisco im Jahre 1906 bemalt war. Dreißig Schritte von der Ecke kauerte ein gemalter kleiner Hund abseits des Flammenmeers. Ein Astloch bildete sein Auge. Der lose sitzende Stopfen ließ sich herausziehen, und dann konnte man den Finger durchstecken und innen einen Riegel zurückschieben. Drei der rotgestrichenen Zaunplanken gingen wie ein Tor auf, und die Jungen schlüpften in den Hof.

Unbemerkt gelangten sie zwischen Stapeln von altem Kram und durch schmale Gänge im aufgetürmten Schrott zu einer aufrecht stehenden Holzplatte, die sich zur Seite schieben ließ und den Zugang zu ihrer Zentrale im Campinganhänger freigab. Im Büro besprachen sie kurz, was sie Bobs Vater sagen würden, und dann griff Bob zum Telefonhörer.

»Justus Jonas!« schallte da eine energische Frauenstimme von draußen herein.

»Ach du Schreck!« stöhnte Peter. »Das ist deine Tante Mathilda, Just. Hoffentlich läßt sie dich nicht den ganzen Nachmittag schuften!«

Ehe der Erste Detektiv sich dazu äußern konnte, dröhnte das Organ seiner Tante von neuem herüber: »Justus! Wo um

Himmels willen steckt der Junge bloß wieder? Justus! Da ist Besuch für dich, du Lausebengel! Ein Mister Sanchez! . . . Justus!«

Mit offenem Mund starrten die Jungen einander an. Ein Mr. Sanchez war hergekommen – gerade als sie einen Plan ausheckten, um sich Zutritt zu dem Anwesen zu verschaffen. Konnte das Zufall sein? Und – wer mochte dieser Mr. Sanchez sein?

Justus läßt sich nicht täuschen

»So so, da seid ihr ja!«
Tante Mathilda musterte die Jungen mit strengem Blick, wie ein Feldwebel. »Manchmal denke ich, der ganze Schrottplatz ist nur dazu da, damit ihr euch darin verstecken könnt!«
Ein großer, schlanker junger Mann, nur wenige Jahre älter als die drei Freunde, stand neben Tante Mathilda. Sein dunkles Haar war ziemlich lang, und sein grauer Anzug war sehr elegant, aber von ungewohnt wirkendem Schnitt. Mit offenem Lächeln streckte er den Jungen die Hand hin.
»Tag, ihr drei. Ich bin Ted Sanchez.«
Die Jungen ließen sich nicht anmerken, in welche Hochspannung es sie versetzte, daß Ted Sanchez in diesem Augenblick auf den Plan getreten war. Sie drückten ihm alle drei die Hand, und Justus gab sich überzeugend ungezwungen.
»Ich bin Justus Jonas«, stellte sich der Erste Detektiv vor. »Und das sind Bob Andrews und Peter Shaw.«
»Es freut mich wirklich sehr, euch kennenzulernen.« Ted sah sie freundlich an. »Ein Freund von euch meinte, es sei hochinteressant, eure Bekanntschaft zu machen. Skinner Norris heißt der Bursche.«
»Skinny Norris hat Sie hergeschickt?« platzte Peter verblüfft heraus.
»Wörtlich sagte er, ihr würdet mir recht ungewöhnlich vorkommen. Seid ihr das? Es reizt mich sehr, hier in Amerika ein paar ungewöhnlichen Jungen zu begegnen. Bis jetzt hatte ich da drüben auf dem Gut noch keine Gelegenheit. Wollen wir nicht alle du sagen?«
»Gern, Ted. Du bist kein Amerikaner, oder etwa doch?« fragte Bob.
»Ich komme aus England – genauer gesagt, aus Cambridge. Ich bin bei meiner Großtante Sarah auf ihrem Gut zu Be-

such. Daß ich überhaupt eine Großtante habe, weiß ich aber erst seit ein paar Monaten, als mein Vater starb. Mein Großvater, Tante Sarahs Bruder, war schon vor der Geburt meines Vaters in Frankreich im Krieg gefallen. Als mein Vater spürte, daß er nicht mehr lange zu leben hatte, hat er anscheinend mit Tante Sarah Verbindung aufgenommen. Sie schrieb dann einen Brief, und nun bin ich hier.«

Der hochgewachsene Junge lächelte die ganze Zeit beim Sprechen. Offenbar war Ted sehr redselig. Er sprach wie manche Engländer ziemlich schnell, und sein Tonfall war den Jungen ungewohnt. Ehe auch sie einmal etwas sagen konnten, war Ted schon wieder in Fahrt:

»Ja, und Tante Sarah hat da so eine alte Scheune voller Trödelkram von früher. Jetzt will sie gründlich entrümpeln und das ganze Zeug wegschaffen lassen. Ich habe ihr vorgeschlagen, es doch an einen Altwarenhändler zu verkaufen. Das hielt sie für eine glänzende Idee, und nun soll ich einen für sie ausfindig machen. Euren Firmennamen hatte ich schon gehört, aber ich wußte nicht, an welchem Ort der Betrieb ist, und deshalb wandte ich mich an Tante Sarahs Anwalt, der in Los Angeles wohnt. Er verwies mich an den Sohn eines Freundes – an Skinner Norris. Den fragte ich also, und Norris brachte mich hierher. Mit reinkommen wollte er allerdings nicht. Finde ich ja komisch.«

Ehe die Jungen Ted erklären konnten, warum es nicht ein bißchen komisch war, daß Skinny nicht das feindliche Lager betreten wollte, ergriff Tante Mathilda das Wort. Sobald Ted die Scheune voll altem Plunder erwähnt hatte, war in ihrem scharfen Blick lebhaftes Interesse erwacht.

»Also, Ted, wir würden uns sehr gern mal ansehen, was Ihre Tante da in ihrer Scheune hat. Wann wäre es Ihnen recht, daß wir hinkommen?«

»Na, am besten jetzt gleich«, schlug Ted vor.

Tante Mathilda schüttelte den Kopf. »Mein Mann ist leider gerade nicht da, und ich kann den Betrieb nicht gut ohne

Aufsicht lassen. Aber Justus weiß ebenso gut wie ich, was wir kaufen. Nach dem Mittagessen könnte er hinfahren.«
»Wollt ihr nicht alle drei kommen?« fragte Ted rasch.
»Ja, Kenneth könnte uns mit dem kleinen Lastwagen rausfahren«, meinte Justus.
»Ach, das wäre großartig!« rief Ted begeistert. »Dabei könnten wir uns dann unterhalten. Ich weiß noch so wenig von Amerika!«
Tante Mathilda, die ständig auf Neuzugänge für das Warenlager aus war, ließ sich bald überreden. Rasch wurde gegessen, und dann holten sie Kenneth. Gleich darauf saßen sie zu viert im Lastwagen und fuhren Teds kleinem Sportwagen hinterher. Ted hatte sich bei Skinny Norris noch bedanken wollen, aber Skinny war nirgends mehr in Sicht. Er war spurlos verschwunden. Das überraschte den jungen Mann aus England, hingegen nicht die Detektive.
»Was Skinny wohl diesmal im Schilde führt?« grübelte Peter während der Fahrt.
»Er versucht mal wieder, uns eins auszuwischen, möchte ich annehmen«, antwortete Justus. »Skinny macht mir jetzt keine Sorgen. Aber irgendwie erscheint es mir sonderbar, daß Ted ausgerechnet heute hier auftaucht, nachdem ihr gestern dort dieses Amulett gefunden hattet.«
»Meinst du etwa, er weiß, daß wir das Ding gefunden haben, aber nicht, daß es uns schon wieder geklaut worden ist?« fragte Bob.
»Puh!« stöhnte Peter. »Das hieße, daß da noch mehr Leute mitmischen!«
»Vielleicht weiß er auch, daß der Zettel mit der Nachricht nicht mehr in dem Amulett ist, und es geht ihm darum«, erwog Justus.
»Ach was«, widersprach Bob, »dazu macht er einen zu netten Eindruck, Just.«
»Es mag ja alles nur Zufall sein«, räumte Justus ein, »aber trotzdem schlage ich vor, daß wir uns in acht nehmen, mög-

lichst nichts Unüberlegtes reden und die Augen offen halten.«
Darin stimmten ihm Bob und Peter sofort zu. Inzwischen hatten sie Rocky Beach verlassen, und der Lastwagen folgte Teds Auto in die Berge. Sie fuhren die kurvenreiche Straße bis zur Paßhöhe hinauf, und bald bogen sie in die Einfahrt zum Sanchezschen Anwesen mit dem großen Eisentor ein, wo Bob und Peter am Abend zuvor den lachenden Schatten gehört hatten.
Jenseits des Tors und der hohen Mauer fuhren sie einige hundert Meter weit einen schmalen asphaltierten Weg entlang, bis sie das Haus sahen. Es war eine große Villa im spanischen Stil mit weißen Mauern und einem glänzenden roten Ziegeldach. Viele Fenster waren mit Eisenstäben gesichert; die im Obergeschoß hatten hier und da einen kleinen Balkon mit Eisengitter. So wirkte das Haus wie mit Schmiedeeisen überzogen. Doch das Metall war verrostet, die weißen Mauern waren fleckig und voller Risse, und das ganze Haus, das einmal sehr schön gewesen sein mußte, sah recht heruntergekommen aus.
Ted führte die Jungen gleich hinters Haus zu einer niedrigen Scheune aus Lehmziegeln, die genauso verwahrlost wirkte. In ihrem Innern fanden sie ein wüstes Durcheinander aus Möbelstücken, unnützem Kleinkram, Hausgerät aus alter Zeit und ein paar Sachen, die sie nicht einmal zu benennen wußten. Über allem lagerte eine so dicke Staubschicht, daß es schien, als sei das ganze Zeug mindestens fünfzig Jahre lang nicht mehr angerührt worden.
»Mir scheint, Tante Sarah hat wirklich all die Zeit wie ein Einsiedler gelebt, Freunde«, stellte Ted fest. »Ich glaube bestimmt, sie hat keine Ahnung, was hier alles zu finden ist.«
Justus, der sich genau wie sein Onkel Titus für alten Trödel begeistern konnte, betrachtete hingerissen die Berge von Schätzen der Vergangenheit. »Das ist ja eine Fundgrube! Seht nur das Spinnrad dort! Und die alte tragbare Schreibplatte für Reisende!«

Eine Stunde lang wühlten die Jungen selig in dem zu Bergen getürmten verstaubten Kram. Bei jeder Bewegung flogen Wolken von Staub auf. Das Amulett, den Schatz der Chumash und den unheimlichen lachenden Schatten hatten sie völlig vergessen. Schließlich richtete sich Justus auf und trat ein paar Schritte zurück. Mit einem Blick auf die aufgehäuften Herrlichkeiten meinte er: »Das wird Onkel Titus wohl alles zusammen haben wollen, und bis jetzt haben wir eigentlich nur gesehen, was ganz obenauf liegt.«
»Nun kommt erst mal mit ins Haus«, schlug Ted vor. »Wir trinken Limonade und essen Kekse dazu, und ihr könnt mit Tante Sarah reden.«
Da fiel Bob und Peter wieder ein, weshalb sie überhaupt hierher aufs Gut gekommen waren. Sie nickten eifrig und schielten zu Justus hinüber. Darauf waren sie ja gerade aus – doch von Justs unbewegter Miene hätte es niemand ablesen können.
»Gute Idee, Ted«, stimmte der Erste Detektiv zu. »Kenneth kann inzwischen anfangen, hier eine Inventarliste aufzustellen.«
»Ich lasse ihm ein Bier bringen«, sagte Ted.
»Bier ist immer gut«, meinte grinsend der rothaarige Ire.
In dem großen Haus wurden die Jungen in einen kühlen, aber wohnlichen Raum mit antiken dunklen Möbeln aus Spanien geführt. Ted ging hinaus, um bei dem Hausmädchen die Limonade zu bestellen. Als er zurückkam, begleitete ihn eine zierliche Dame. Ihre Hände glitten wie flatternde Vögel über das untadelig frisierte weiße Haar, ihre hellen Augen leuchteten erfreut auf.
»Ich bin Sarah Sanchez. Es ist mir eine solche Freude, daß Theodor hier Freunde gefunden hat. Er hat mir schon gesagt, daß ihr von dem Altwarenhandel kommt. Ich will alles los sein. Ich habe all die Sachen viel zu lange angesammelt.«
»Gewiß, Madam«, sagte Justus höflich, und Bob und Peter nickten beistimmend.

»Seit Theodor hier ist, beginne ich mich wieder für meine Umwelt zu interessieren. Das Gut ist in schrecklich vernachlässigtem Zustand.«

Das Mädchen brachte Limonade mit Biskuits, und Miss Sanchez bediente ihre Gäste selbst. Sie schien sich über den Besuch der Jungen wirklich zu freuen.

»Noch gestern abend«, erzählte sie, während die Jungen futterten, »hat mir Ted klargemacht, daß es nicht ratsam ist, all dieses Zeug in der Scheune herumstehen zu lassen.«

Die Jungen horchten auf, und Justus fragte: »Gestern abend, Madam?«

»Ja – da wurde eine kleine goldene Figur gestohlen. Direkt vor unserer Nase!« sagte Miss Sanchez entrüstet. »Es war eine von zweien, die mein armer Bruder Mark hier gelassen hatte, als er fliehen mußte. Sie waren das einzige, was mir von Mark geblieben war.«

»Eigentlich bin ich schuld daran«, erklärte Ted. »Mein Vater hatte mir nämlich noch gesagt, daß Großvater ihm von zwei goldenen Figürchen erzählt hatte. Ich fand sie hier ganz unten in einer vergessenen Schublade und nahm sie zum Anschauen mit in die Bibliothek. Dann ging ich raus, und als ich wiederkam, war eine davon verschwunden.«

»Und du weißt nicht, wer sie weggenommen hat?« fragte Justus.

»Nur daß es ein Junge war. Mr. Harris hat ihn gesehen.«

»Ganz recht, Freunde«, sagte eine tiefe Stimme von der Tür her.

Die Jungen wandten sich um und sahen einen Mann von frischem, gesundem Aussehen in heller Sportjacke und kurzen Hosen, die lange Beine mit kräftigen Muskelsträngen freigaben. Seine grauen Augen zwinkerten. Sein Haar war sandfarben, und eine kleine Narbe verlieh seinem lebhaft geröteten Gesicht einen Ausdruck, als lächle er ständig.

Ted stellte die Jungen vor und erklärte, Mr. Harris sei ein Freund von Tante Sarah.

»Interessiert euch wohl auch, unser Einbruch hier, was, Jungs?« fragte Mr. Harris mit seinem ewigen Lächeln. Wie Ted sprach auch er nicht amerikanisch, sondern mit englischem Tonfall, aber es klang bei ihm wieder anders. Justus glaubte einen leichten Cockney-Dialekt, die nicht gerade sehr vornehme Londoner Mundart, herauszuhören.
»Hab' da einen Jungen vom Haus weglaufen sehen – und ich ihm nach bis ans Tor. Als ich aber hinkam, war er nicht mehr zu finden. Schätze, er ist dort von Freunden abgeholt worden. Na ja, die Figur haben wir wohl gesehen.«
»Vielleicht können wir da helfen, Sir«, sagte Justus gelassen. »Wir konnten schon öfter verlorene und gestohlene Sachen wieder herbeischaffen.«
»Und geheimnisvolle Zusammenhänge aufklären«, fügte Peter hinzu.
Mr. Harris lachte. »Das klingt ja, als seid ihr Detektive.«
»O ja, Sir«, erwiderte Justus. »In kleinerem Umfang sind wir das sehr wohl. Hier ist unsere Karte.«
Justus reichte Mr. Harris eine ihrer großen Geschäftskarten mit dem Aufdruck:

Die drei Detektive
Wir übernehmen jeden Fall
???

Erster Detektiv	Justus Jonas
Zweiter Detektiv	Peter Shaw
Recherchen und Archiv	Bob Andrews

Mr. Harris lachte wieder. »Na schön, dann könnt ihr womöglich auch diese Figur für Miss Sanchez wieder beibringen. Detektive – alle Achtung . . . Und ihr habt tatsächlich schon richtig verwickelte Fälle gelöst?«
»Aber sicher!« rief Peter. »Hauptkommissar Reynolds, der Polizeichef von Rocky Beach, hat uns sogar zu ehrenamtlichen Assistenten ernannt.«

»Oh – wirklich?« Mr. Harris besah sich grinsend die Karte in seiner Hand.
Aus seinem Sessel in einer Ecke des Zimmers fragte Ted herüber: »Was sollen eigentlich die Fragezeichen, ihr drei? Ihr stellt damit doch nicht etwa eure eigenen Fähigkeiten in Frage, oder?«
Nachdenklich sah Justus ihn an. »Die Fragezeichen sind unser Symbol«, setzte er ihm mit gerunzelter Stirn auseinander. »Sie stehen für all die Rätsel, die wir zu lösen versuchen. So eine Art Firmenzeichen.«

Justus scheint plötzlich gegen Ted eingenommen zu sein . . . Warum sollte sich der wißbegierige Engländer nicht nach den Fragezeichen erkundigen? Sie fordern doch auf der Karte zum Fragen geradezu heraus, meine ich.

»Großartig«, rief Ted begeistert. »Lassen wir die Burschen ran, Tante Sarah, und ich werde mitarbeiten!«
»Aber Theodor –« wandte Miss Sanchez ein, »hier ist vielleicht eine Diebesbande am Werk. Ist das nicht zu gefährlich für ein paar Jungen?«
»Miss Sanchez hat recht«, dozierte Mr. Harris. »Einbruch ist kein Fall für euch Bürschchen.«
»Wir nehmen uns immer sehr in acht, Madam«, entgegnete Justus, »und sobald wir auf etwas Bedenkliches stoßen, wenden wir uns sowieso an Hauptkommissar Reynolds. Wenn wirklich ein Junge die Figur gestohlen hat, können wir vielleicht am ehesten helfen. Wir haben schon festgestellt, daß ein Junge vor Gleichaltrigen oft keine so große Scheu hat. Wir müßten nur herausfinden, wo die Figur jetzt steckt.«
»Na bitte, Tante Sarah«, lenkte Ted ein. »Da siehst du, daß die Jungen vernünftig sind und den Polizeichef hinter sich haben.«

»Nun ja«, meinte Miss Sanchez mit noch leisem Zweifel, »ich glaube allerdings auch, der Anlaß ist zu geringfügig, um gleich die Polizei zu holen.«
Auch Mr. Harris war ernst geworden. »Die Polizei hat viel zuviel Arbeit. Die können nicht auch noch nach einem Talisman fahnden, von dem kein Mensch weiß, wo er steckt. Die Jungen hier könnten ruhig versuchen herauszubekommen, was da eigentlich vor sich gegangen ist, und dann die Polizei unterrichten. Sie müßten nur versprechen, recht vorsichtig zu sein.«
»Oh, das sind sie bestimmt!« rief Ted. »Was meinst du, Tante Sarah – könnten wir nicht eine Belohnung aussetzen? Wenn die Jungen die Figur finden, haben sie gewiß eine verdient.«
Miss Sanchez sah Ted lächelnd an. »Nun gut, aber dann müßt ihr versprechen, auf keinen Fall etwas Gefährliches zu unternehmen. Wenn ihr die Figur wirklich findet, sollt ihr gern eine Belohnung bekommen. Sagen wir – fünfzig Dollar.«
»Abgemacht«, sagte Ted. »Fabelhaft! Könnt ihr morgen zum Mittagessen herkommen, damit wir uns einen Schlachtplan überlegen können?«
»Ich weiß nicht recht, ob unser Essen deinen Freunden schmecken würde«, warf Mr. Harris da ein. »Miss Sanchez und ich sind nämlich Vegetarier. Wir essen nur Pflanzenkost. Ich bin Präsident des Vegetarier-Bundes. Miss Sanchez hat mich bei der Gründung des Ortsvereins in Rocky Beach sehr tatkräftig unterstützt. Ihr müßt euch mal einen Vortrag anhören. Heute nachmittag werde ich einen halten.«
»Dazu hätten wir schon Lust«, sagte Justus, »aber wir müssen jetzt wirklich gehen und Kenneth helfen. Mein Onkel wird gern erfahren wollen, was Miss Sanchez zu verkaufen hat. Die Suche nach der Figur müssen wir vorläufig auch vertagen.«
»Ich werde euch dabei helfen«, bot sich Ted. an. »Und vergeßt die Belohnung nicht. Wo ihr die Figur findet, das interessiert Tante Sarah am Ende gar nicht.«
»Kein peinliches Verhör – merkt's euch!«. Mr. Harris lachte.

Die Jungen verabschiedeten sich und gingen zu Kenneth hinaus.
In der Scheune vergewisserte sich Justus durch einen Rundblick, daß sie allein waren. Dann zog er Bob und Peter mit in eine dunkle Ecke.
»Habt ihr das bemerkt?« flüsterte Justus mit finsterer Miene.
»Bemerkt – was denn, Justus?« wisperte Peter zurück.
»Ted erkundigte sich nach den Fragezeichen auf unserer Karte.«
»Das tun doch alle Leute, Just«, meinte Bob, schulterzukkend.
»Aber Ted hatte unsere Karte gar nicht gesehen, als er danach fragte!«
Bob blinzelte, »Du hast recht! Harris hatte ja die Karte!«
»Du meinst, dann war Ted schon die ganze Zeit über uns informiert?« rief Peter.
Justus nickte. »Er kannte unsere Karte ganz genau – und das bedeutet, daß er uns angeschwindelt hat. *Uns* hätte er wegen des Trödelkrams nicht extra zu rufen brauchen. Wenn er wirklich nur deshalb auf den Schrottplatz kam, hätte er schließlich gleich mit Tante Mathilda verhandeln können. Freunde, der alte Plunder war ein Vorwand – Ted wollte uns bloß kennenlernen!«

Die Telefon-Lawine rollt

»Aber woher kannte er unsere Karte?« grübelte Peter.
»Skinny wird ihm davon erzählt haben«, versetzte Bob.
»Nein!« widersprach Justus da energisch. »Er wußte über uns schon Bescheid, ehe er sich an Skinny wandte. Da bin ich ganz sicher. Skinny hätte ihm das von unserer Karte nie erzählt – dazu ist er uns gegenüber zu mißgünstig. Und überhaupt – wenn Ted von Skinny was über unser Detektivbüro erfahren hätte, dann hätte er es uns berichtet.«
»Ja, und er sagte nichts davon!« Bob begriff allmählich. »Er tat so, als wüßte er nicht, daß wir Detektive sind – bis er es von uns hörte.«
»Dann meinst du«, sagte Peter. »daß er zwar herausbekommen hatte, wer wir sind, aber uns das nicht merken lassen wollte?«
»Nur – warum?« fragte Bob. »Aus welchem Grund sollte er uns verschweigen wollen, daß er unsere Karte schon gesehen hatte? Immerhin ist er extra hergekommen.«
Justus dachte über diese Frage gründlich nach. »Da gibt es nur einen Grund, Freunde. Der Weg, auf dem er das herausbekam, hat irgendwas mit einer Sache zu tun, die er vor uns verheimlichen will.« Plötzlich runzelte der Erste Detektiv die Stirn. »Hört mal, habt ihr eigentlich noch alle eure Karten?«
Bob und Peter sahen in ihren Taschen nach, und Peter rief: »Mir fehlt eine! Ich weiß bestimmt, daß ich fünf hatte!«
»Ich möchte wetten, du hast gestern abend dort am Tor eine verloren«, sagte Bob. »Wahrscheinlich ist sie dir runtergefallen, als du dein Taschentuch rausgezogen und das Amulett darin eingewickelt hast.«
»Und Ted hat sie dann gefunden«, ergänzte Justus. »Also muß er auch dagewesen sein! Nur wollte er nicht, daß wir's erfahren.«

»Na so was«, sagte Peter, »glaubst du etwa, er hat das Amulett selbst gestohlen?«
»Wer weiß, Peter ...« sagte Justus voll düsterer Ahnung.
»Aber, Just –« wandte Bob ein, »wozu sollte er dann unsere Hilfe brauchen, wenn er das Ding selber gestohlen hat? Ted hat doch Miss Sanchez dazu überredet, uns den Auftrag zu geben. Er hat sich mächtig ins Zeug gelegt!«
»Vielleicht zu sehr«, bemerkte Justus. »Er hat ja seine Tante fast dazu gezwungen, uns zu engagieren. Und zwar deshalb, weil er vermuten muß, daß wir das Amulett haben. Nun will er es wieder. Das mit dieser Belohnung war seine Idee, und er sagte ausdrücklich, daß uns niemand nach dem Woher fragen würde, wenn wir das Ding abliefern. Also wollte er uns auffordern, es gegen die Belohnung wieder herzugeben.«
»Und was hätte er davon?« hielt Bob dagegen. »Wir würden es Miss Sanchez geben. Warum hat er sich nicht im Vertrauen an uns gewandt? Da wäre doch nichts dabei gewesen.«
Justus war sichtlich mißgestimmt. »Ich gebe zu, daß ich hier nicht durchblicke. Aber zwei Dinge stehen jetzt fest: erstens will Ted das Amulett haben, und zweitens ist ihm daran viel mehr gelegen, als das Ding überhaupt wert sein kann.«
Peter stöhnte. »Und wir haben es verloren. Das kriegen wir nie wieder.«
»Vielleicht doch«, sagte Justus. »Seit es uns der Mann weggenommen hat, habe ich dauernd darüber nachgedacht. Mit seinem auffallenden Aussehen und seiner Kleidung dürfte er es ziemlich schwerhaben, in Rocky Beach unterzutauchen. Man müßte also leicht feststellen können, wo er steckt. Versuchen wir's doch mit der Telefon-Lawine!«
»Klar!« Peter sah schon wieder unternehmungslustiger drein.
»So einer ist nicht zu übersehen«, stellte Bob fest.
»Dann wollen wir jetzt Kenneth helfen und bald heimfahren«, schlug Justus vor.
Eine Stunde später waren sie mit einer Liste von allem, was vorhanden war und was Onkel Titus interessieren könnte, auf

dem Heimweg. Sie meldeten sich bei Tante Mathilda, und die war von der Aufstellung des ausrangierten Plunders bei Miss Sanchez so entzückt, daß sie gar nicht merkte, wie die Jungen sich zu ihrer Zentrale schlichen. Als sie in ihrem Versteck angelangt waren, starteten sie sofort die Telefon-Lawine.
So nannte Justus die Methode, die er sich ausgedacht hatte, um mit Hilfe der Jugend aus ganz Rocky Beach – bei Bedarf sogar aus der weiteren Umgebung – nach jemandem zu fahnden. Die Sache funktionierte glänzend, weil sie so einfach war: Die drei Jungen riefen rasch all ihre Freunde an und fragten sie danach, was sie wissen wollten. Wenn die Freunde dazu nichts sagen konnten, riefen diese wiederum ihre eigenen Freunde an, die den Detektiven nicht bekannt waren. Auf diese Weise konnten in Windeseile viele Jungen und Mädchen aus der ganzen Gegend angesprochen werden.
Die drei setzten einen Steckbrief des weißgekleideten Mannes und des zerbeulten Autos auf; sie erwähnten auch, daß noch ein anderer Mann dabei gewesen war. Dann riefen sie ihre Freunde an. Sie nannten ihnen den Telefonanschluß der Zentrale und baten um unverzüglichen Rückruf für den Fall, daß jemand die Männer oder den Wagen sehen sollte. Innerhalb der nächsten Stunde würde fast jeder Junge und jedes Mädchen in Rocky Beach nach dem dunkelhäutigen Mann Ausschau halten.
»Und jetzt«, sagte Justus grinsend, »wollen wir mal abwarten.«
Aber bis sechs Uhr war noch kein einziger Anruf eingetroffen, und die Jungen sahen sich mit langen Gesichtern an. Also hatte gar niemand von Rocky Beachs Jugend auch nur die Vermutung, den Fremdlingen begegnet zu sein!
»Die haben sich bestimmt versteckt«, meinte Bob.
»Wenn sie überhaupt in Rocky Beach sind«, sagte Peter.
»Da bin ich ganz sicher«, behauptete Justus nachdrücklich. »Die Telefon-Lawine braucht eben Zeit. Wir werden schon noch was erfahren. Vorerst –«

»Vorerst«, unterbrach Peter mit einem Blick auf seine Uhr, »müssen wir mal zum Abendessen nach Hause.«
Justus stieß einen bedrückten Seufzer aus. Die Schranken, die sich einem Jungen in den Weg stellten, machten dem Ersten Detektiv manchmal schwer zu schaffen. Auch er würde bald zum Essen erscheinen müssen. »Na schön«, sagte er, aber nach dem Essen gehst du noch in die Bibliothek, Bob, und schaust nach, was du alles über den Schatz der Chumash finden kannst. Die Bücherei hat eine Spezialabteilung für Heimatgeschichte, und wir müssen möglichst viel über diesen Schatz erfahren. Schlag auch bei ›Sanchez‹ nach – wegen dieses Bruders von Miss Sanchez.«
»Erzähl mir nun bloß nicht, was *ich* alles machen soll!« maulte Peter.
»Du –« sagte Justus entschieden, »du gehst dann später mit mir noch mal zu dem Gut hin. Da draußen bei den Sanchez tut sich was, und das möchte ich herausbekommen.«
»Aber Just, was können wir dort schon rauskriegen?« zweifelte Peter.
»Auf alle Fälle«, sagte der Erste Detektiv, »könnten wir versuchen, den lachenden Schatten noch mal aufzuspüren!«
Peter brach in Wehklagen aus. »Muß das wirklich sein?«
»Komm wieder her, sobald du kannst«, befahl Justus energisch; Peters Beschwerde nahm er gar nicht zur Kenntnis. »Und zieh dir was Dunkles an.«

Hinter den hohen Bergen im Westen ging die Sonne unter, als Peter und Justus bei dem eisernen Tor des Anwesens angekommen waren. Sie versteckten ihre Fahrräder in einem nahen Gehölz, und Justus nahm einen prall gefüllten Segeltuchbeutel von seinem Gepäckträger.
»Die Mauer ist zu hoch zum Drübersteigen«, flüsterte Justus, »und sie verläuft entlang der ganzen Grundstücksgrenze zur Straße hin – also habe ich vorgesorgt.«
Er kniete nieder, öffnete den Beutel und holte zwei der klei-

nen Sprechfunkgeräte heraus, die er zum Nutzen der drei Detektive selbst gebastelt hatte. Außerdem kam noch ein Seil mit einem starken, vierzackigen Haken an einem Ende zum Vorschein.
»Die Walkie-Talkies sind für den Fall, daß wir uns trennen müssen«, erklärte er, »und an dem Seil ist so ein praktischer Greifhaken. Bei dem Kram, den Onkel Titus vor kurzem gekauft hat, habe ich vier solcher Seile gefunden.«
Justus warf das Seilende an der Mauer hoch, und der Haken griff an der Oberkante im Stein an. Beide Jungen probierten die Tragfähigkeit aus, und Peter hangelte sich am Seil hoch. Oben angekommen, sah er sich kurz um, dann zog er Justus herauf. Sie hängten den Greifhaken neu ein und ließen sich dann jenseits der Mauer hinab. Dann zog Justus mit einem Ruck den Haken ab, verwahrte ihn und das Seil wieder im Beutel und versteckte alles.
»Jetzt gehen wir zum Haus rüber«, flüsterte der Erste Detektiv im verdämmernden Tageslicht. »Gib gut acht, Peter.«
Sie schlugen sich ins Gebüsch und kamen an einen kleinen Hügel, von wo sie das Haus und die Scheune überblicken konnten. Gerade verglommen die letzten Sonnenstrahlen, und das Anwesen lag still und dunkel da. In dem großen Haus war Licht, und Schatten huschten hinter den Fenstern hin und her, aber heraus kam niemand. Alles war stumm. In der Ferne hörten die Jungen auf der Schnellstraße die Autos vorüberfahren.
Allmählich wurden sie vom langen Verharren in gleicher Haltung ganz steif und verkrampft. Peters linkes Bein war eingeschlafen, und er bewegte es sacht, um den Kreislauf wieder in Gang zu bringen. Justus dagegen blieb völlig regungslos. Im Erdgeschoß des Hauses gingen die Lichter aus, und die mondlose Nacht wirkte noch finsterer.
Plötzlich stupste Justus Peter an.
»Was ist?« flüsterte Peter erschrocken.
»Da!«

Beim Haus bewegte sich ein undeutlicher großer Schatten. Er verharrte kurze Zeit, als lausche er, und dann glitt er an der Scheune vorbei in östlicher Richtung auf das Gehölz zu.
»Wenn er bei den Bäumen angekommen ist, dann –« fing Justus an.
Weiter kam der erste Detektiv nicht. Denn im selben Augenblick erschallte ein unbändiges und markerschütterndes Gelächter in der dunklen Nacht.

Wie war das mit diesem Lachen – wie ein Kind, wie eine Frau, wie ein Verrückter? Höchst sonderbar, diese widersprüchlichen akustischen Eindrücke. Werden allzu viele Vergleiche angestellt, so läßt dies oft darauf schließen, daß keiner davon angebracht ist.

Nächtliche Gestalten

Die Finsternis schien ganz erfüllt von diesem Lachen – schrill und irr wie von einer Hyäne.
»Das muß er sein!« wisperte Peter. »Der lachende Schatten! Aber irgendwie sieht er heute anders aus.«
»Wie meinst du das?«
»Er wirkt nicht so bucklig«, erklärte Peter »Aber das Lachen war's ganz genau wieder.«
»Los, komm!« drängte Justus. »Sonst verlieren wir ihn.«
Rasch liefen sie hügelabwärts auf den Wald zu. Die schattenhafte Gestalt hatte sich zwischen den Bäumen entfernt. Die Jungen folgten so dicht dahinter, wie sie es wagen konnten. Zum Glück blieb der Mann weder stehen, noch blickte er sich um. Unbeirrt und zügig schritt er aus. Das wilde Lachen war jetzt nicht mehr zu hören.
Nach Peters Schätzung ging die Gestalt über zwei Kilometer weit nach Osten, immer tiefer in den Wald hinein. Dann bog sie vom Hauptweg in einen schmaleren Seitenpfad ab, der zu einer kleinen Talmulde hinunterführte. Im Tal gab es einen unbefestigten Fahrweg und ein niedriges, kunstlos zusammengezimmertes Blockhaus. Rings um das Haus lief ein gedeckter Vorbau, es hatte Klappläden und einen gemauerten Schornstein.
»Irgendeine Jagdhütte«, flüsterte Justus.
»Da, schau!« zischte Peter.
Etwas Dunkles, Unförmig-Langes bewegte sich auf dem Weg zum Haus hin. Als es näher kam, erkannten sie darin einen unbeleuchteten Lastwagen. Vor dem Mann, dem sie hierher gefolgt waren, kam der Wagen zum Stehen. Ein anderer Mann, klein und vierschrötig, sprang vom Führersitz herunter. Die beiden wechselten vor dem Haus ein paar geflüsterte Worte; dann ging der etwas kleinere Mann um den

Lastwagen herum und ließ die hintere Ladeklappe herunter. Von der Pritsche kletterten noch vier andere dunkle Gestalten. Der kleine Mann scheuchte sie in eine Reihe und trieb sie auf das Haus zu. Der größere Mann schaltete außen am Haus eine Lampe ein, und die vier Neuankömmlinge traten im Gänsemarsch durch das Eingangstor auf den Vorplatz.
»Ist ja unglaublich!« flüsterte Peter.
Im Lampenschein waren die vier einen Augenblick lang deutlich zu sehen – vier kleine Gestalten ohne Kopf!
»Wo – wo haben denn die ihren Kopf?« Peters Stimme war nicht ganz fest.
Sogar Justus hatte es fast die Sprache verschlagen. »Ich ... ich weiß nicht. Die sehen aus wie – wie geköpfte Zwerge!«
Die beiden Detektive starrten einander im Finstern an.
»Was geht hier vor?« zischelte Peter.
»Ich weiß nicht«, gab Justus zurück. Der Anblick der vier kopflosen Wesen hatte ihm sichtlich zugesetzt. »Wenn wir noch näher herankämen, könnten wir vielleicht durch ein Fenster reinsehen.«
Die Jungen blickten zum Haus hinüber, das jetzt innen erleuchtet war, und erwogen, wie sie sich näher heranschleichen könnten.
Plötzlich schrillte dicht neben ihnen wildes, unheimliches Gelächter durch die Nacht. Und ohne zu überlegen, rannten die beiden Jungen den Pfad zurück, so rasch sie ihre Beine trugen.
Während Peter und Justus wie gehetzt zwischen Bäumen und Büschen hindurchliefen, verließ Bob gerade die Stadtbibliothek, von seinen Forschungsergebnissen förmlich erregt. Erst eilte er zur Zentrale, doch seine Detektivkollegen waren nicht da. Also hinterließ er ihnen Nachricht, sie sollten ihn anrufen.
Als er nach Hause kam, hörte sein Vater gerade die Lokalnachrichten im Radio. Da Mr. Andrews bei einer Zeitung in Los Angeles arbeitete, ließ er sich aktuelle Meldungen nach

Möglichkeit nicht entgehen. Bob ging in die Küche und bekam von seiner Mutter Milch und Gebäck.
»Hast du in der Bücherei das gefunden, was du wolltest?« erkundigte sich Mrs. Andrews.
»Na klar, Mama, aber Peter und Just sind noch nicht da.«
Da kam der Vater richtig aufgeregt in die Küche. »Ich weiß nicht, was das für Zeiten sind«, sagte Mr. Andrews. »Gerade kam die Meldung, daß heute nachmittag in Rocky Beach ein Mann mitten in einer öffentlichen Veranstaltung überfallen wurde!«
»Hier in Rocky Beach?« rief Mrs. Andrews. »Wie schrecklich!«
»Wahrscheinlich irgendwelche Spinner. Der angegriffene Mann war Präsident von so einem Vegetarierverein. Er hielt gerade einen Vortrag, als zwei Männer in merkwürdigen weißen Kleidern das Podium stürmten und sich auf ihn stürzten. Zwei dunkelhäutige Männer, sagte der Sprecher.«
Bob hätte sich fast an seiner Milch verschluckt. »Dunkelhäutig, Papa?«
»So hieß es.«
»Ist ihm was passiert?« fragte Mrs. Andrews.
»Anscheinend nicht, aber die beiden Männer konnten entwischen.«
Bob sagte schnell: »Wie hieß denn der Mann, Papa?«
»Welcher Mann?«
»Der Überfallene. Der Vegetarier.«
»Warte mal ...« Mr. Andrews kratzte sich am Kopf. »Ich glaube, Harris. Albert Harris, Sie sagten, er sei Präsident des Vegetarier-Bundes.«
Für Bob stand es fest, daß Mr. Harris von den gleichen Männern überfallen worden war, die Justus das Amulett gestohlen hatten. Während seine Eltern sich weiter über den empörenden Vorfall unterhielten, trank Bob rasch seine Milch aus, schlüpfte durch die Küche und sauste zum Telefon. Eines war sicher: wer diese dunklen Männer auch sein mochten und

was sie im Sinn hatten – hier stand nicht nur dieses Amulett auf dem Spiel.
Er wählte die Nummer der Zentrale und ließ es lange, lange klingeln. Aber Peter und Justus waren immer noch nicht zurück.

Peter und Justus kauerten in einer Gruppe dicht beieinanderstehender Bäume, weitab von dem Blockhaus, wo das schrille, wilde Gelächter sie so fürchterlich erschreckt hatte. Sie waren vom Laufen erschöpft, von Ästen und Wurzeln zerkratzt und noch ganz mitgenommen von der überstürzten Flucht.
Peter sah sich in der Dunkelheit um. »Siehst du was, Just?«
»Nein. Ich glaube, hier sind wir sicher.«
»Mir kommt es nicht so vor«, murmelte Peter. »Was waren das für Wesen? Zwerge ohne Kopf?«
»Dafür muß es eine ganz natürliche Erklärung geben«, meinte Justus gereizt. »Wir konnten bloß nicht genau hinsehen. Aber wenn wir noch mal hingehen und durch ein Fenster reinschauen könnten, würden wir vielleicht –«
»Auf gar keinen Fall machen wir das!« rief Peter. »Jetzt, wo der lachende Schatten wieder los ist – nie!«
Justus seufzte. »Wahrscheinlich hast du recht. Aber als wir da vorhin das Lachen hörten, habe ich ihn nirgends gesehen.«
»Darauf kann ich gut verzichten«, meinte Peter. »Ich schlage vor, daß wir von hier verschwinden – und zwar schnell!«
Justus schwieg ein Weilchen, tief in Gedanken. Peter wartete unruhig, wozu sich sein Freund aufraffen würde.
»Irgendwie ist mir ganz klar, Peter, daß die dunklen Männer und der lachende Schatten mit der gleichen rätselhaften Angelegenheit zu tun haben.«
»Sicher – aber was?«
»Das müssen wir noch herausfinden«, sagte Justus. »Aber ich bin auch dafür, daß wir am besten erst mal heimgehen.«
»Das gefällt mir schon besser.« Peter schluckte.

Er ging über den holprigen Waldboden zur Straße hin voraus. Diesmal umgingen sie Löcher und Gräben, aber dafür kamen sie im Finstern nur langsam voran. Endlich kamen sie wieder an die Mauer und gingen dort entlang, bis sie bei der Stelle waren, wo der Beutel im Versteck lag.
Justus warf den Haken an der Mauer hoch, aber bei den ersten beiden Versuchen griff er nicht an. Den dritten Wurf übernahm Peter. Jetzt hatte das Seil sich festgehakt, und Peter prüfte gerade, ob es hielt – da drang von dem Weg, der zum Wohnhaus führte, das Klicken an ihr Ohr, mit dem ein Gewehr entsichert wird!
»Kommt hier raus, ihr zwei!«
Auf dem Weg stand eine Gestalt – ein großer dunkler Schatten, der eine Flinte auf die Jungen angelegt hatte.
Hier war nichts zu machen. Die beiden Jungen traten aus dem Gebüsch auf den Weg. Auf einmal lachte Justus leise auf.
»Ted! Wir sind es – Justus Jonas und Peter Shaw!«
Ted Sanchez verzog keine Miene, und er ließ seine Waffe nicht sinken, sondern beobachtete mißtrauisch die beiden Detektive.
»Was treibt ihr hier?« fragte er barsch.
Peter erhob Protest. »Hör mal, Ted, wir sind's doch! Wir sind im Auftrag deiner Tante hier!«
»Jetzt, um diese Zeit?« fuhr Ted auf. »Im Dunkeln schnüffelt ihr herum? Das habt ihr vorher nicht gesagt, daß ihr zum Spionieren noch mal herkommt. Wo habt ihr euch überall rumgetrieben?«
»Wir haben uns umgesehen ... Wir dachten, das Amulett könnte hier beim Tor verlorengegangen sein, oder der Dieb könnte bei Nacht vielleicht noch mal zurückkommen ...«, suchte Justus nach Ausflüchten. »Schließlich hat uns deine Tante die Erlaubnis gegeben, nach der Figur zu suchen.«
Ted zögerte. »Ich weiß nicht, ob ich euch das glauben soll.«
»Aber dir sollen wir alles glauben, was?« platzte Peter heraus.

»Du wußtest ja die ganze Zeit, daß wir Detektive sind! Du hast eine von unseren Karten gefunden!«
Justus versuchte Peter mit einem Tritt ans Schienbein zum Schweigen zu bringen, aber es war zu spät. Ted Sanchez funkelte Peter wütend an. »Woher weißt du das?«
Da erklärte Peter dem jungen Engländer, wie er versehentlich die Fragezeichen schon erwähnte, ehe er überhaupt eine der Karten gesehen hatte. Ted war das recht peinlich, aber man merkte ihm gleichzeitig an, daß er den scharfen Verstand der Jungen bewunderte.
»Ich muß sagen«, meinte er, »das war geschickt von euch!« Er lächelte und ließ die Flinte sinken. »Ja, ich hatte eure Karte tatsächlich beim Tor gefunden. Ich erzählte es Mr. Harris, aber der meinte, darauf könne man nicht viel geben, und ich solle vorsichtig vorgehen, weil ich nicht sicher sein könnte. Also fragte ich Tante Sarahs Anwalt, ob er wohl in Rocky Beach ein paar Jungen kenne, die sich ›die drei Detektive‹ nennen, und er schickte mich zu Skinner Norris, wie ich schon sagte. Von ihm erfuhr ich dann einiges über euch drei und den Schrottplatz, und da dachte ich mir aus, wie ich mich erst mal mit dem Angebot von Tante Sarah an euch ranmachen könnte. Wirklich, das ist die ganze Geschichte.«
Peter hatte plötzlich begriffen. »Du hast also geglaubt, wir selbst hätten die Figur gestohlen?«
»So war es wohl, Peter«, gab Ted zu. »Ich sagte das auch Mr. Harris, aber er war nicht sicher. Er meinte, vielleicht hätte der wirkliche Dieb die Figur verloren und ihr hättet sie zufällig gefunden. Also beschlossen wir, euch hierher kommen zu lassen, euch eine Belohnung anzubieten und euch vielleicht dahin zu bringen, daß ihr das Amulett zurückgeben könntet – mit der Erklärung, ihr hättet es wieder herbeigeschafft.«
Justus dachte über Teds Darstellung nach. »Wenn du der Meinung warst, wir hätten das Ding gestohlen – warum hast du es uns dann nicht auf den Kopf zugesagt?«
»Ich sagte ja schon: Mr. Harris meinte, ihr könntet es auch

rein zufällig gefunden haben. Er machte mich darauf aufmerksam, daß unbegründete Anschuldigungen eine gefährliche Sache sind.«

»Aber wenn du nun auch dachtest, wir hätten die Figur gefunden – warum hast du uns dann nicht einfach aufgefordert, sie wieder herzugeben?«

»Na, das hatten wir uns auch überlegt, aber Mr. Harris meinte, es sei euch vielleicht peinlich zuzugeben, daß ihr das Ding an euch genommen habt. Er dachte, ihr hättet Angst, das einzugestehen.«

»Und deshalb hast du dir dann vorgenommen, dich an uns zu wenden«, meinte Justus grüblerisch, »und uns eine Belohnung anzubieten, ohne uns ahnen zu lassen, daß du das Amulett bei uns vermutetest? Du wolltest uns also einen Weg offen halten und uns gleichzeitig einen Anreiz geben.«

Ted nickte. »Es tut mir wirklich leid, Freunde, aber da kannte ich euch ja noch nicht. Jetzt kenne ich euch und weiß, daß ihr die Figur wieder hergeben werdet. Ihr habt sie doch gefunden, nicht wahr?«

»Ja, das waren Bob und Peter«, gab Justus zu, »aber zurückgeben können wir sie nicht. Wir haben sie nämlich nicht mehr.« Und er berichtete, wie die beiden Männer ihnen das Amulett gestohlen hatten.

»Dann ist es weg«, sagte Ted mutlos.

Langsam schüttelte Justus den Kopf. »Vielleicht gibt es doch eine Möglichkeit, es wiederzukriegen. Wir müßten eben diesen Mann finden.«

Ted grinste. »Aha – ihr wollt ganz im geheimen vorgehen ... Kann ich dabei helfen?«

»Vielleicht kannst du das, Ted«, pflichtete Justus bei. »Hier in der Gegend hältst du die Augen offen. Und wenn wir den Mann finden, hörst du von uns.«

»Großartig!« Ted freute sich sichtlich.

»Aber jetzt gehen wir lieber nach Hause«, sagte Justus. »Es ist schon spät.«

Ted begleitete sie bis vors Tor. Dann fuhren sie auf ihren Rädern langsam durch die dunkle Nacht zur Paßhöhe hinauf. Immer noch verblüfft wandte sich Peter an den Ersten Detektiv.

»Hör mal, Just, wieso hast du nichts davon gesagt, was Bob und ich gestern abend noch erlebt hatten? Das mit dem Hilferuf und dem lachenden Schatten?«

»Weil ich nicht sicher bin, ob uns Ted die Wahrheit gesagt hat«, erklärte Justus schroff. »Wenn er wirklich dachte, wir hätten das Amulett gestohlen, Peter – dann hätte er uns doch sicherlich sofort angezeigt. Es sei denn, er möchte aus irgendeinem Grund nicht, daß andere erfahren, wie wir zu dem Amulett gekommen waren. Ich glaube, er hat was zu verbergen, Peter!«

Sie begannen die lange Talfahrt vom Paß nach Rocky Beach hinunter. Peter machte sich Sorgen.

»Wo kein Mann ihn finden kann!«

Am nächsten Morgen sprang Bob früh aus dem Bett und zog sich rasch an. Ehe er hinunterging, klopfte er an der Zimmertür seiner Eltern.

»Ich mach mir selber Frühstück, Mama!«

Schläfrig kam die Antwort: »Schön, Bob. Mach aber alles wieder sauber. Wo geht's denn heute hin?«

»Zum Schrottplatz, Mama!«

An dem sonnigen Eßplatz aß er schnell einen Teller Cornflakes und trank ein Glas Orangensaft dazu. Dann rief er bei Peter an. Mrs. Shaw sagte ihm, Peter sei schon zum Schrottplatz gegangen. Bob spülte Teller und Glas und schnappte sich sein Fahrrad.

Am Schrottplatz lief er Tante Mathilda direkt in die Arme.

»So, wenigstens einen von euch habe ich gefunden! Wenn du die anderen siehst, Bob, dann sag Justus, daß wir ihn heute vormittag brauchen – wir wollen zusammen aufs Gut rausfahren.«

»Ja, Mrs. Jonas.« Bob schlenderte über den Platz nach hinten. Sobald ihn Tante Mathilda nicht mehr sehen konnte, sauste er auf den Hauptzugang zu ihrem versteckten Campingwagen los und stieg in die Zentrale hinauf. Als er die Falltür anhob, sah er Justus und Peter mit kummervoller Miene beim stummen Telefon sitzen.

»Kein einziger Anruf!« teilte Peter niedergeschlagen mit. »Justs Tonband hat überhaupt nichts aufgezeichnet!«

Peter meinte den automatischen Anrufbeantworter, den Justus gebaut hatte. Ans Telefon angeschlossen, zeichnete das Gerät Nachrichten auf, die von Anrufern hinterlassen werden konnten, solange keiner der drei Jungen in der Zentrale war.

»Ich glaube, diesmal war die Telefon-Lawine ein Fehlschlag«, mußte Justus sich eingestehen.

»Vielleicht ist es noch zu früh, Just«, meinte Bob zuversichtlich. »Aber hört euch mal an, was ich gestern abend herausbekommen habe!«
»Erst hör du dir an, was wir erlebt haben!« trumpfte Peter auf. Dann erzählte er Bob von ihren Abenteuern auf dem Gut. Bob machte große Augen, als er von Ted, den unheimlichen Gestalten und dem lachenden Schatten hörte.
»Natürlich«, sagte Justus, »waren das keine kopflosen Zwerge, aber sie sahen tatsächlich so aus. Ich hatte heute früh gehofft, nach der Telefon-Lawine sei inzwischen was hereingekommen. Ich glaube, die dunklen Männer sind irgendwie der Schlüssel zu dem ganzen Geheimnis. Wenn wir nur wüßten, wer sie sind und was sie wollen! Was hast du nun über den Schatz der Chumash herausgefunden, Bob?«
»Nach den heimatgeschichtlichen Büchern ist da bestimmt was dran«, berichtete Bob. »Als die Rebellen damals verschwunden waren, setzte eine allgemeine Schatzsuche ein, aber niemand hat jemals etwas gefunden. Es war auch deshalb schwierig, weil die Chumash-Bande überall im Gebirge ihre versteckten Stützpunkte hatte – auch auf dem Besitz der Familie Sanchez. Und kein Mensch hat je eine Spur gefunden, die zu dem Schatz geführt hätte.«
»Und auch die beiden Amulette, die Miss Sanchez' Bruder besaß, gaben dazu keinen Fingerzeig?« fragte Peter. »Stand über den Mann was in den Büchern?«
»Ja«, antwortete Bob. »Er hieß Mark, und er hatte einen Mord begangen und war daraufhin geflohen. Um den getöteten Mann gab es irgendein Geheimnis. Er war ein Jäger, der auf dem Familienbesitz in den Bergen gelebt hatte. Warum ihn Mark Sanchez umgebracht hat, weiß man nicht. Über die beiden Chumash-Figuren wird nichts berichtet.«
»Auch Professor Meeker sagte, er hätte vorher nie etwas von den Amuletten gehört«, sagte Justus mit gefurchter Stirn. »Hast du was darüber gefunden, was der alte Magnus Verde wörtlich sagte, ehe er starb?«

»Ja, in vier verschiedenen Büchern«, erwiderte Bob, »und in dreien von ihnen stand es jeweils anders!« Er holte sein Notizbuch hervor. »In einem Buch heißt es, Magnus Verde hätte der Überlieferung nach gesagt: ›Welcher Mann kann das Himmelsauge finden?‹ Ein anderer Verfasser zitiert seine Worte so: ›Das Himmelsauge findet kein Mann.‹ Und zwei andere berichten, er habe gesagt: ›Der Schatz ist im Himmelsauge, wo kein Mann ihn finden kann.‹ Sicher war die Übersetzung aus der Chumash-Sprache nicht leicht.«

»Das hat uns auch Professor Meeker erklärt«, erinnerte Justus. »Jedenfalls klingen die Zitate alle ähnlich. In jedem ist die Rede von dem ›Himmelsauge‹ – das hat der Professor allerdings nicht erwähnt –, und alle sagen, daß Magnus Verde sicher war, niemand könne den Schatz finden.«

»Aber Just«, meinte Peter, »was bedeutet denn ›Himmelsauge‹?«

Justus überlegte. »Ja – was gibt es denn am Himmel, das wie ein Auge aussieht?«

»Eine Wolke vielleicht?« brachte Peter vor.

»Ich weiß es«, sagte Bob. »Die Sonne.«

Justus nickte. »Oder der Mond. Darin sieht man oft ein Gesicht.«

»Aber wie hätten sie den Schatz im Mond oder in der Sonne verstecken können?« wandte Peter ein.

»Nicht so, im Mond oder in der Sonne«, erwiderte Justus, »aber vielleicht an einem Ort, wo Sonne oder Mond immer wieder auf eine bestimmte Stelle scheinen! So wie in manchen Tempeln der Sonnenstand eine Rolle spielte.«

»Richtig!« sagte Bob. »Tempel wurden oft mit einer Öffnung im Dach gebaut, damit die Sonnenstrahlen zu bestimmter Stunde ganz genau den Altar trafen.«

»Ja, nur müßte das dann ein ganz besonderer Ort zu einer ganz bestimmten Zeit sein«, fuhr Justus mit kummervollem Gesicht fort.

Peter begriff, was Justus Kummer machte. »Du meinst, wir

müßten die richtige Stelle genau zur richtigen Zeit finden, um überhaupt zu entdecken, ob es dort mit Sonne oder Mond irgend etwas Besonderes auf sich hat.«

»Ja, das ist es eben, Peter«, sagte Justus niedergeschlagen. Doch dann hellte sich sein Gesicht plötzlich auf. »Aber vielleicht hat Magnus Verde gar nichts so Kompliziertes im Sinn gehabt? Er könnte zum Beispiel auch gemeint haben, daß die Sonne oder der Mond von einem bestimmten Berggipfel oder Tal aus wie ein Auge *aussehen*. Ist uns hier in der Gegend so eine Stelle bekannt?«

»Hm, Just – nie von so etwas gehört«, sagte Peter. »Und außerdem muß es nicht hier in der Nähe sein. Bob sagte ja, daß die Chumash-Bande überall im Gebirge ihre Schlupfwinkel hatte.«

»Und Magnus Verde sagte, niemand könne den Ort je finden«, ergänzte Bob.

»Ich bin überzeugt, daß Magnus Verde nach seiner Gefangennahme allen zum Hohn ein Rätsel aufgab«, behauptete Justus entschieden. »Wenn wir nur wüßten, warum diese dunklen Männer so sehr hinter der Figur her waren!«

»Mensch, das hatte ich ganz vergessen!« rief Bob. »Ich muß euch ja noch was erzählen. Dieser Kerl und sein Kumpan haben Mr. Harris überfallen! Mein Vater hat es mir erzählt.«

Und Bob berichtete seinen Freunden von der Meldung, die sein Vater am Vorabend im Radio gehört hatte.

Justus sprang auf. »Dann sollten wir jetzt mit Mr. Harris reden«, sagte der Erste Detektiv. »Er könnte etwas Wichtiges erfahren haben. Einer von uns müßte allerdings beim Telefon bleiben. Der Anrufbeantworter kann leider keine Fragen stellen.«

»Peter ist dran«, sagte Bob.

»Hast recht«, gestand Peter.

»Wir nehmen die Walkie-Talkies mit, dann kann uns Peter erreichen, wenn er übers Telefon etwas erfährt«, meinte Justus.

Nachdem Bob und Justus die Adresse des Vegetarier-Bundes nachgesehen hatten, fuhren sie mit dem Rad hin. In knapp zehn Minuten hatten sie das Vereinshaus, ein hohes, altertümliches Gebäude in der Las Palmas Street, erreicht. Es war dort das letzte Haus, ganz draußen am Stadtrand. Die ausgedörrten braunen Hügel gegenüber dem Haus fielen steil zur Straße hin ab. Hinter der Häuserreihe verlief noch ein schmaler Fahrweg, an dem die Garagen der Anwohner lagen.
Die beiden Jungen stellten ihre Fahrräder am Hoftor ab, gingen zur Haustür und klingelten. Ein kleiner, beleibter Mann öffnete die Tür. Sie fragten nach Mr. Harris.
»Ah, ihr seid es!« rief da schon Mr. Harris dicht hinter dem gedrungenen Mann. »Geht in Ordnung, Sanders. Die Jungen kenne ich. Kommt rein! Es ist mir ein Vergnügen. Ich hätte euch gar nicht so schnell hier erwartet. Seid ihr gekommen, um unserem Verein beizutreten?«
Der kleine dicke Sanders, der offenbar bei Mr. Harris angestellt war, ging wieder zu seiner Arbeit an einem Stapel Kartons in der dämmrigen Eingangshalle. Justus erklärte schleunigst, daß sie nicht als künftige Vegetarier hier waren.
»N-nein, Sir, wir wollten eigentlich nicht Vereinsmitglied werden. Wir wollten Sie sprechen.«
»Mich sprechen? Na gut, gehen wir in mein Büro. Stoßt euch nirgends an, wir sind hier noch kaum richtig eingezogen. Ich würde es aber sehr begrüßen, wenn ihr zu unserem Verein kommen wolltet. Wir brauchen von allen Seiten Unterstützung. Die ganze Arbeit muß ich allein machen, zusammen mit meinen beiden Helfern, die so treu zu mir stehen.«
Die Jungen wanden sich zwischen einem Chaos aus Kartons, Büchern, Büroschränken und Stapeln von Druckschriften hindurch. Mr. Harris führte sie durch eine schwere Eichentür in einen großen, sonnigen Raum, der als Büro eingerichtet war. Er nahm hinter einem alten Schreibtisch Platz und wies den Jungen Stühle zu.
»Nun, was habt ihr auf dem Herzen?«

Justus erklärte: »Wir haben von dem Überfall auf Sie gehört, Sir.«
»Aha – nun ja, der verrückte Kerl sprang mich einfach an. Es waren zwei, aber nur einer wurde tätlich. Ich stand auf dem Podium und hielt gerade einen kurzen Vortrag. Natürlich wehrte ich mich, und im Saal rief man nach der Polizei – und da rannten die beiden Männer weg.«
»Warum haben sie Sie angegriffen, Sir?« fragte Bob.
»Das weiß ich gar nicht.«
»Sagten sie denn was?« forschte Justus.
»Nicht zu verstehen. Der Kerl schrie alles mögliche, aber für mich war es Kauderwelsch. Ich wollte ihn festhalten, aber er entwischte mir. Bis die Polizei kam, waren beide Männer weg. Ich vermute, es waren solche fanatischen Zeitgenossen mit einem Haß auf uns Vegetarier. Diesem törichten Vorurteil sind wir schon überall begegnet. Es ist leider so, daß die Leute einen oft hassen, nur weil man eben anders ist als sie.«
»Das kenne ich, Sir«, sagte Justus, »aber ich glaube nicht, daß diese Männer sich gegen Sie wandten, nur weil Sie Vegetarier sind.«
Mr. Harris nahm das verdutzt auf. »Nein? Wieso sollten sie mich dann überfallen haben? Habt ihr euch da etwa was Bestimmtes gedacht?«
»Und ob!« versicherte Bob voller Überzeugung. »Wir wissen –«
Er hielt inne. Irgendwo im Raum war ein schwacher Laut zu hören gewesen. Mr. Harris hatte es auch vernommen und blickte sich mit verwundert hochgezogenen Brauen nach allen Seiten um. Es war ein ganz leises Piep-Piep. Auf einmal begriff Bob, was es war: Peter machte offenbar den Versuch, seine Freunde über die Walkie-Talkies, die sie bei sich hatten, zu erreichen!
Auch Justus hatte es gehört. Unvermittelt stand er auf. »Wir müssen jetzt leider gehen, Sir. Wir kommen so bald wie möglich wieder her.«

»Gern, Justus«, sagte Mr. Harris. »Ich bin noch kurze Zeit hier, dann gehe ich zu Miss Sanchez. Ich besuche die reizende alte Dame jeden Tag. Nun, ohne sie hätte ich auch unseren Ortsverein hier in Rocky Beach gar nicht aufziehen können.«
»Gewiß, Sir«, murmelte Justus, während er sich schon umwandte und hinauslief.

Da beschäftigen ein Gold-Figürchen, zwei dunkelhäutige Männer und allerlei Geraune um das Anwesen der Familie Sanchez die Gemüter – und dennoch meint Mr. Harris (häufiger Gast im Hause Sanchez!), Grund des Überfalls auf ihn sei allein seine fleischlose Lebensführung? Er ist bestimmt ein ganz überzeugter Vegetarier, wohl auch dabei ziemlich von sich eingenommen. Ob ihn die ganze Geschichte überhaupt interessiert? Was ist euer Eindruck?

Die Jungen wußten, daß Peter sie über Sprechfunk nicht erreichen konnte, solange sie in einem geschlossenen Raum waren – zumindest nicht aus so großer Entfernung. Schnell drängten sie sich durch die vollgepfropfte Eingangshalle und liefen auf den sonnenbeschienenen Hof hinaus. Zwischen der Haustür und dem Hoftor entdeckte Justus einen großen Strauch, und dort kauerten sich die beiden nieder.
Justus drückte auf den Empfängerknopf. »Hier Erster. Zweiter, bitte kommen. Zweiter, bitte kommen. Wir hören dich. Ende.«
Peters Stimme drang schwach aus den kleinen Geräten. Just und Bob hielten sie sich dicht ans Ohr. »Hier Zweiter. Könnt ihr mich hören? Bitte kommen, Chef. Hört ihr mich? Ende.«
»Beide auf Empfang – bitte kommen! Ende!« sprach Justus in seinen Sender.
»Just?« Peters schwach vernehmbare Stimme klang aufge-

regt. »Von der Telefon-Lawine ist eine Meldung reingekommen. Ein Junge hat die dunklen Kerle gesehen! Sie haben ihren Wagen in der Las Palmas Street geparkt, dicht bei –«
Da schrie Bob dazwischen: »Just! Sie kommen! Die sind schon da!«
Justus sprang auf. Er ließ den Empfängerknopf los und schnitt Peter damit das Wort ab, aber an Peter dachten jetzt auch weder Bob noch Justus. Einer der dunkelhäutigen Männer in dem seltsamen weißen Anzug stand bei ihren Fahrrädern am Tor! Der andere stand im Hof zwischen ihnen und der Haustür.
Jetzt gingen beide Männer mit drohend geschwungenen Messern auf die Jungen los. Zu ihren Rädern konnten sie nicht hin – und vom Haus waren sie auch abgeschnitten.
»Lauf, Bob!« rief Justus. »In die Berge!«

Wilde Jagd über die Berge

Sie drehten sich um und rannten um die Hausecke. Die beiden Männer standen einen Augenblick lang unschlüssig da und riefen etwas hinter ihnen her. Wo der Hof endete und über der Straße das trockene braune Hügelland begann, war nur ein niedriger Zaun. Ohne einen Blick nach hinten zu werfen, setzten die Jungen darüber.

»Den Berg rauf!« keuchte Justus.

Sie liefen über die Straße und kamen an das erste steile Stück der Hänge, von denen Rocky Beach terrassenartig umgeben war. Bob voraus, Justus schnaufend hinterdrein – so brachen sie durch dürres, sprödes Buschwerk hangaufwärts. Das graue Gestrüpp war dicht und hart, und es zerrte an ihren Kleidern. Hinter sich hörten sie nun auch die beiden Verfolger keuchen.

»Was schreien die da?« fragte Bob außer Atem.

»Ich weiß nicht«, rief Justus, »ich versteh auch kein Wort! Lauf bloß weiter!«

»Können wir sie abhängen?«

»Das – das hoffe ich . . .«

Auf der Ebene nach dem ersten steilen Anstieg stießen sie auf einen Feldweg. Ihr Vorsprung hatte sich vergrößert, und da sie im Moment außer Sichtweite der Verfolger waren, schlugen sie einen Haken und rannten auf diesem Weg weiter. Sie liefen weg von Rocky Beach, weg von Mr. Harris' Haus und weg von ihren Fahrrädern – aber es gab keine andere Möglichkeit. Also trabten sie den staubigen Pfad entlang und schauten nach einem rettenden Ausweg aus.

»Himmel – nein!« rief Bob plötzlich.

Der Weg mündete in eine tiefe Schlucht. Irgendwann einmal war da eine Brücke gewesen, aber die gab es nicht mehr, und die steil abfallenden Wände waren viel zu gefährlich zum

Hinunterklettern. Verzweifelt blieben die Jungen oben stehen.
»Die Brücke hat ein Hochwasser weggespült!« meinte Bob kläglich.
»Da rauf!« Justus wies auf die Berge.
Sie machten sich daran, den Hang zu erklimmen, über dem in staubiger Hitze der Gipfel aufragte. Unter sich hörten sie laute Rufe – die beiden Männer hatten sie gesehen und zeigten zum Berg hinauf. Noch während die Jungen zurückblickten, begannen ihre Verfolger unglaublich flink und geschickt den Hang hinaufzuklettern.
»Sie holen auf, Just!« stellte Bob fest.
»Weiterklettern!«
Auf allen vieren arbeiteten sie sich in der prallen Sonne weiter über den versengten Boden bergan. Am eisenharten Dorngestrüpp rissen sie sich die Hände blutig. Schließlich erreichten sie auf der Anhöhe einen Felsvorsprung. Keuchend ließ sich Justus oben zu Boden fallen. Bob schaute hinter sich in die Tiefe.
»Die sind immer noch hinter uns her!«
Justus ächzte nur noch. »Dann laß sie kommen. Ich bin am Ende.«
Bob hielt die Hand über die Augen. »Wir können schneller laufen, aber die klettern besser. Wie die Gemsen! He, Mann, vielleicht sind das zwei von diesen Yaquali! Die Felsenteufel!«
Justus rappelte sich hoch, neu belebt von der Aussicht, zwei Yaquali zu Gesicht zu bekommen. »Ja, vielleicht sprechen sie Yaquali – kein Wunder, daß wir sie nicht verstehen.«
»Von mir aus könnten sie die Eskimosprache reden«, verkündete Bob. »Wie kommen wir hier nur weg? Glaubst du, Mr. Harris hat gesehen, daß sie uns verfolgten?«
»Das bezweifle ich«, meinte Justus. Er warf einen Blick zu der fernen Straße hinunter. »Da rührt sich nichts beim Haus.«
»Wenn wir nur wieder an unsere Räder könnten!«

»Das geht nicht. Sie haben uns den Weg abgeschnitten. Wir müssen schnell weiter.«
»Und wohin?« fragte Bob. Voll Verzweiflung starrte er auf den ausgedörrten Boden ringsum. Dann hellte sich sein Blick auf. »Komm mit, Just! Ich weiß, wo wir hier sind. Ich glaube, es gibt doch einen Ausweg.«
Bob lief oben auf dem Vorsprung entlang, der sich im Bogen am Berg hinzog. Hinter ihm kam Justus angeschnauft. Auch jetzt waren sie wieder für kurze Zeit den Blicken ihrer Verfolger entzogen. Etwa fünfzig Meter hinter der Kurve rannte Bob geradewegs auf ein wucherndes Dickicht aus Krüppeleichen und undurchdringlichem niedrigem Strauchwerk los.
»Wo geht's denn hin?« keuchte Justus.
»Da rein!« sagte Bob.
Justus machte große Augen, als Bob stracks auf die staubiggrüne Wand aus Busch und Baum zulief. »Wo rein? Ich seh gar nicht ...«
Ehe Justus ausreden konnte, war Bob in der dichten Wildnis verschwunden. Also stürzte der Erste Detektiv seinem Freund hinterher – und hatte plötzlich keinen Boden mehr unter den Füßen!
Er fiel – und landete mit einem Plumps auf dem Boden einer kleinen Senke, die durch Bäume und Gestrüpp nach allen Seiten abgeschirmt war. Nach Atem ringend und voller Kratzer setzte sich Justus auf, säuberte extra sorgfältig seine Kleider und warf seinem Freund einen durchdringenden Blick zu.
»Das hättest du mir vorher sagen können«, beklagte er sich.
»Dazu war keine Zeit mehr. Ich bin einmal in dieses Loch gepurzelt, als ich hinter einer Ringelnatter her war. Hier drin finden sie uns nicht.«
»Mag sein«, sagte Justus wenig überzeugt.
»Pssst!« zischte Bob.
Die Jungen kauerten sich tief in die Mulde und krochen dann lautlos zum Rand hin. Bob spähte durch eine Lücke im Gebüsch. Die beiden Verfolger standen keine zwanzig Meter

weit entfernt! Sie redeten erregt miteinander und deuteten bald hierhin, bald dorthin. Justus ließ sich wieder auf den Grund der Senke fallen.

»Sie wissen, daß wir hier irgendwo sind!«

»Was machen wir nur?«

»Ganz ruhig bleiben«, erklärte der Erste Detektiv.

Stumm lagen sie da und horchten. Draußen vor dem dichten Gesträuch gingen die beiden Männer auf und ab und redeten. Die Jungen konnten es deutlich hören, aber sie begriffen nichts von dem, was die zwei dunklen Männer sagten – außer daß es barsch und drohend klang.

In ihrer hilflosen Lage blieb den Jungen nichts übrig als zu warten. Die Stimmen kamen näher. Es knisterte und knackte – das Gebüsch wurde durchsucht.

Justus flüsterte: »Ich glaube, es ist nur noch eine Frage der Zeit, bis sie uns entdecken. Sie wissen anscheinend, daß wir von hier aus nicht mehr weitergelaufen sind.«

»Das Loch hier liegt wirklich gut versteckt. Vielleicht übersehen sie es.«

»Oder sie stolpern kopfüber hinein. Können wir nicht irgendwie ungesehen hier rauskommen?«

Bob überlegte kurz. »Links drüben ist eine tiefe Schlucht, die direkt wieder auf die Straße führt, gleich beim Vegetarierhaus. Nur müßten wir ungefähr zwanzig Meter ohne Deckung rüberlaufen, wenn wir von unserer Grube aus hinwollen.«

»Zwanzig Meter ohne Deckung?« Vor angestrengtem Nachdenken zog Justus die Stirn in Falten. »Dann müssen wir was zum Ablenken haben, damit die Burschen nicht merken, wie wir durchs Gelände laufen. Wenn wir sie hier reinlocken könnten und dann gleichzeitig zu der Schlucht hin rennen . . .«

»Wenn wir Bauchredner wären«, meinte Bob, »dann könnten wir unsere Stimmen von da drüben aus noch hier vorne hören lassen. Und während sie dann runterkommen, könnten wir es schon bis zur Schlucht schaffen.«

»Bob, das ist die Sache!« Justus war ganz aufgeregt.
»Was heißt hier ›die Sache‹? Wir sind ja keine Bauchredner, und wir können unsere Stimmen nicht herumschicken.«
»Freilich können wir! Elektronisch.« Justus nahm sein Walkie-Talkie hoch. »Ein Walkie-Talkie lassen wir hier, Lautstärke voll aufgedreht und den Knopf auf Empfang festgestellt. Dann gehen wir dort hinüber zum Grubenrand, wo es bis zur Schlucht am nächsten ist, und –«
»– und sprechen ins Gerät, damit sie uns hören und glauben, wir sind hier unten!«
»Richtig«, sagte Justus. »Sie werden uns hören und drauflosgehen, und solange sie hier unten in den Büschen sind, rennen wir zur Schlucht hinüber. Wenn sie das Walkie-Talkie finden, wissen sie nicht, wo sie uns dann suchen sollen.«
Rasch legte Justus ein Gerät hinter einem Busch auf den Boden der Mulde und beschwerte den Empfängerknopf mit einem Stein. Dann nahm er Bobs Gerät an sich, und beide Jungen krochen lautlos am Boden entlang, bis Bob nickte – weiter ging es vorerst nicht mehr.
»Siehst du den großen Baum dort drüben?« flüsterte Bob. »Da beginnt die Schlucht.«
»Also los«, flüsterte Justus zurück. Er hockte sich nieder und sprach laut in das Walkie-Talkie. »Bob! Ich höre sie kommen!«
Dann rief Bob ins Gerät: »Hier unten finden sie uns nicht! Wir sind in Sicherheit!«
Justus horchte und vernahm Bobs Stimme schwach, aber deutlich, vom anderen Ende der Senke her, wo sie vorher versteckt gewesen waren. Noch einmal sprach er ins Walkie-Talkie, während Bob durchs Gebüsch zu erspähen versuchte, was draußen vor sich ging.
»Sie hören es«, flüsterte Bob. »Sie gehen ins Gebüsch.«
»Los, Bob!« flüsterte Justus scharf.
Sie sprangen aus der Mulde hoch und sausten wie der Blitz auf den großen Baum und die Schlucht los. Als die den Baum erreicht hatten, schauten sie zurück. Die beiden dunklen

Männer waren nirgends zu sehen. Die Jungen kletterten rasch in die Schlucht hinunter und liefen unten entlang, der fernen Straße entgegen.
Schwer atmend kamen sie ein Stück hinter dem Haus des Vegetarier-Bundes auf die Straße heraus. Immer noch war von den beiden Männern nichts zu sehen.
»Wir sollten Mr. Harris sagen, daß die dunklen Männer wieder da sind«, meinte Justus.
Sie eilten um die Ecke zur Haustür, und Justus klingelte. Sie warteten, aber niemand kam. Bob versuchte es mit Klopfen. Im Haus rührte sich noch immer nichts. Er rüttelte an der Tür, doch sie war verschlossen. Justus warf inzwischen einen Blick durchs Fenster neben der Tür.
»Er ist bestimmt draußen auf dem Gut«, sagte Bob.
»Das nehme ich auch an«, erwiderte Justus. »Machen wir lieber, daß wir hier wegkommen – los!«
Statt noch lange zu reden, liefen sie zu ihren Rädern und strampelten mit voller Kraft los, bis sie wieder beim Schrottplatz waren.

Justus hat einen Verdacht

In dem Augenblick, als Bob und Justus in den Hof einbogen, hatte Tante Mathilda sie auch schon erspäht.
»Da seid ihr ja! Justus Jonas, kannst du jetzt zu Miss Sanchez aufs Gut mitfahren?«
»Ja, Tante Mathilda«, sagte Justus, »aber erst möchten wir etwas aus meiner Werkstatt holen.«
»Mach's aber kurz, junger Mann. Kenneth und dein Onkel sind in zwei Minuten soweit.«
Die Jungen liefen zur Werkstatt hinüber und schlüpften durch Tunnel II in ihre versteckte Zentrale. Peter war noch auf dem Posten beim Telefon und legte sofort los.
»Warum habt ihr abgebrochen? Ich wollte euch etwas Wichtiges sagen. Zwei Kinder haben angerufen. Sie haben das Auto der beiden Kerle drüben auf der Las Palmas Street entdeckt, und später meldeten sie sich noch mal und berichteten, die Männer seien hinter zwei Jungen her!«
»Wissen wir«, nickte Bob kummervoll.
»Hinter uns waren sie her«, fügte Justus hinzu. Er erzählte, wie die dunklen Männer gerade aufgetaucht waren, als Peter mit ihnen sprechen wollte, und schilderte die Verfolgungsjagd in den Bergen.
»Mann!« rief Peter. »Da habt ihr aber Glück gehabt.«
»Just war für sie zu schlau«, sagte Bob.
Doch Justus war bereits mitten im Planen. »Wenn diese Burschen noch beim Vegetarier-Haus herumlungern, dann haben sie es auf irgendwas abgesehen. Vielleicht haben sie einen zweiten Überfall auf Mr. Harris vor. Falls er draußen bei Miss Sanchez ist, werde ich ihn ja sehen, wenn ich mit Onkel Titus dort bin, und kann ihm berichten, was uns passiert ist. Sollte er aber zu seinem Haus zurückgehen, ehe ich ihn treffe, wäre es gut, wenn ihr auf ihn warten könntet.«

»Hör mal, Chef, ich muß zum Mittagessen heim«, sagte Peter.
»Ich auch«, meinte Bob.
»Na schön, aber seid dann bitte dort, sobald ihr könnt. Vielleicht könnt ihr die beiden Männer entdecken und im Auge behalten.«
»Aber Just – gerade sind wir ihnen erst entwischt!« erhob Bob Einspruch.
Doch das kümmerte Justus nicht. »Ich bin überzeugt, daß dieses Pärchen auf etwas Wichtiges aus ist. Ich glaube, sie könnten uns zu dem Schatz der Chumash führen. Paßt eben gut auf, damit sie euch nicht sehen.«
»Den Rat hättest du dir sparen können«, frotzelte Peter.
»Glaubst du, es sind Yaquali-Indianer, Chef?« fragte Peter.
Justus nickte. »Sie müssen es sein, Peter. Irgendwie haben sie wohl von dem Chumash-Schatz gehört, vielleicht aus einem alten indianischen Schriftsück oder durch mündliche Überlieferung. Es ist gut möglich, daß sie die Worte des alten Magnus Verde zu deuten wissen.«
»Wenn *wir's* nur könnten . . .« Peter seufzte.
»Das wünsche ich mir auch«, gab Justus zu. »Diese Worte sind ganz sicher der Schlüssel zu dem Ort, wo der Schatz liegt – ›im Himmelsauge, wo ihn niemand finden kann‹. Wir müssen das einfach raustüfteln.«
»Aber Just, wenn sie herausgefunden haben, was Magnus Verde meinte – was suchen sie dann noch?«
»Das weiß ich eben nicht.« Justus nagte an seiner Unterlippe.
Da hörten sie alle von weitem Tante Mathildas Stimme: »Justus Jonas! Wo steckst du nun wieder?«
»Also merkt's euch: ihr müßt Mr. Harris warnen und zusehen, daß ihr die dunklen Männer entdeckt. Euch dürfen sie aber nicht sehen«, schärfte Justus seinen Freunden nochmals ein. »Und mit dieser Botschaft von Magnus Verde sollten wir uns noch mal befassen.«
Bob und Peter nickten, und Justus verließ rasch das gemeinsame Versteck. Draußen im Hof fand der Erste Detektiv

Kenneth und Onkel Titus schon im großen Lastwagen. Tante Mathilda lud gerade einen Korb mit einem vorbereiteten Imbiß auf. Justus stieg flink zum Führerhaus hinauf, und Onkel Titus gab Kenneth den Startbefehl. Justs Onkel, ein kleiner Mann mit einem gewaltigen Schnurrbart, war ein höchst ungewöhnlicher Trödler. Er kaufte alles, was ihn interessierte, aber nicht nur, weil er es wieder verkaufen wollte, sondern weil es ihm Spaß machte.

Bald hatte der Wagen Rocky Beach hinter sich gelassen und fuhr die steil ansteigende, kurvenreiche Paßstraße hinauf. Gleich nach der Paßhöhe kamen sie an das eiserne Tor vor dem Gut der Familie Sanchez. Es stand offen. Kenneth brauste hindurch und brachte den Wagen vor der Scheune zum Stehen.

Onkel Titus sprang nicht minder eifrig als Justus vom Wagen, aufgeregt wie immer, wenn es neue Vorräte fürs Trödellager zu erstehen galt. Als sie zur Scheunentür gingen, trafen sie Miss Sanchez, die aus dem großen Wohnhaus kam.

»Sie sind sicher Titus Jonas«, sagte die zierliche Dame mit der Vogelstimme. »Ich freue mich, Sie kennenzulernen. Ich hoffe, Sie finden recht vieles, das Sie gebrauchen können. Ich habe das alte Zeug viel zu lange angesammelt.«

»Sicher werde ich eine Menge finden«, sagte Onkel Titus mit einer formvollendeten Verbeugung, wobei sein prächtiger Schnurrbart sacht in Bewegung geriet. »Wollen Sie sich wirklich von alledem trennen?«

»Aber gewiß! Es ist bestimmt das Beste, wenn hier einmal gründlich entrümpelt wird. Seit mein Neffe Theodor hier ist, interessiere ich mich wieder mehr für das Anwesen. Ich möchte, daß alles wieder in Ordnung kommt.«

»Nun, wenn Sie mir behilflich sein wollen, Miss Sanchez, dann werde ich hineingehen und aussuchen, was ich kaufen möchte«, sagte Onkel Titus.

Miss Sanchez nickte lächelnd und geleitete Onkel Titus und Kenneth in die Scheune. Justus schlenderte hinterdrein, bis die anderen alle drinnen waren. Dann ging er zum Haus hinüber, um Mr. Harris zu suchen. Plötzlich tauchte hinter ihm Ted auf.

»Bist du als Detektiv hier, Justus?« erkundigte sich der junge Engländer interessiert.

»In gewisser Hinsicht, Ted«, bekannte Justus. »Ich würde gern Mr. Harris sprechen.«

»Er ist in der Bibliothek.«

Justus folgte Ted ins Haus. In der Bibliothek fanden sie Mr. Harris beim Zeitunglesen. Als er Justus sah, sprang er auf und kam rasch auf den Ersten Detektiv zu.

»Ted hat mir von eurem Zusammentreffen gestern abend berichtet«, erklärte Mr. Harris beflissen. »Ich muß mich noch für meine Beteiligung an unserem kleinen Täuschungsmanöver entschuldigen, und auch für den Verdacht, daß ihr die Diebe sein könntet. Da wir vermuten mußten, daß ihr die Figur habt, hielten wir es für einen wirksamen Trick, euch für die Rückgabe eine Belohnung anzubieten.«

»Ich verstehe, Sir«, antwortete Justus gelassen.

«Gut. Nun sag mir mal, was eigentlich mit der Figur passiert ist.«

Justus erzählte Mr. Harris von dem Hilferuf, den Bob und Peter hinter der Mauer gehört hatten, und wie die Figur dann über die Mauer geflogen kam. Mr. Harris hörte aufmerksam zu und runzelte hin und wieder die Stirn. Als Justus zu dem lachenden Schatten kam, rief Ted dazwischen:

»Ein Schatten, der lacht wie ein Verrückter? Das ist mal sonderbar. Ich meine nämlich, ich hätte gestern abend selbst ein so merkwürdiges Lachen gehört.«

»Weißt du das ganz sicher, Justus?« frage Mr. Harris. »War es nicht vielleicht der Wind, oder hat deinen Freunden die Phantasie einen Streich gespielt?«

»Nein, Sir, hier auf dem Gut gibt es irgendwo einen solchen lachenden Schatten«, erwiderte der Erste Detektiv. »Und ich glaube, daß dieser Schatten hier Leute gefangenhält.«

»Tatsächlich, Justus?« sagte Ted. »Gefangene – Menschenskind!«
»Aber wieso, Justus?« meinte Mr. Harris. »Worum geht es hier eigentlich?«
»Um den Schatz der Chumash, Sir. Das weiß ich genau.«
»Den was?« fragte Mr. Harris ungläubig.
»Einen riesigen Goldschatz«, sagte Justus. Dann berichtete er alles, was die Freunde selbst über den Schatz der Chumash gehört hatten. Mr. Harris und Ted bekamen vor Staunen den Mund nicht mehr zu. Als Justus fertig war, lächelte Mr. Harris.
»Aha«, meinte er. »Ob ich diese ganze Geschichte glauben kann, weiß ich nicht – überlieferte letzte Worte und all das ... Aber was ihr da behauptet, daß eine Bande von Kriminellen womöglich daran glaubt, das leuchtet mir ein. Das könnte recht gefährlich werden. Es gefällt mir gar nicht, daß ihr Jungen in eine solche Geschichte verwickelt sein sollt.«
»Würdest du noch mal wiederholen, was dieser alte Indianer sagte, Justus?« bat Ted.
»Na ja«, erklärte Justus, »der Kern seiner Worte war, der Schatz sei ›im Himmelsauge, wo kein Mann ihn finden kann‹.«
»Was könnte das bloß bedeuten?« meinte Ted ratlos. »Und was hat es mit Tante Sarahs Goldfigürchen zu tun? Wie meinst du das, daß irgendwo auf dem Gut Leute eingesperrt sind?«
Ehe Justus antworten konnte, hörten sie von draußen Miss Sanchez rufen.
»Theodor! Ich brauche dich mal eben. Wo bist du?«
Ted folgte der Aufforderung und lief hinaus. Als er gegangen war, sagte Justus rasch zu Mr. Harris: »Sir, ich weiß, daß es den lachenden Schatten wirklich gibt – ich habe ihn nämlich selbst gehört! Und ich weiß, daß auf dem Gut Menschen gefangengehalten werden, denn in dem Amulett steckte eine Botschaft, als wir es fanden!«

»Eine Botschaft? Im Innern dieser Figur?« Mr. Harris sah betroffen aus.
»Ja, eine Bitte um Hilfe«, sagte Justus.
»Habt ihr die Polizei verständigt?«
»Nein, Sir, da gab es im Grunde ja nichts zu berichten.«
»Nun, das begreife ich.« Das Problem gab Mr. Harris offenbar zu denken. »Wann hast du diesen lachenden Schatten gesehen?«
»Gestern abend, gerade ehe wir mit Ted zusammentrafen«, sagte Justus. Dann erzählte er Mr. Harris, was er und Peter auf dem Anwesen bei der Jagdhütte beobachtet hatten.
»Und was hältst du davon, Justus?«
»Ich glaube, die vier sonderbaren Gestalten waren Gefangene mit Säcken über dem Kopf! Das sah dann so aus, als hätten sie gar keinen Kopf.«
»Wie?« rief Mr. Harris erstaunt. »Vier Gefangene bei uns in der Jagdhütte? Mit dem lachenden Schatten als Wärter ... Ungeheuerlich. Wie sollte sich so etwas unter den Augen von Miss Sanchez abspielen können?«
»Was wissen Sie wirklich von Ted Sanchez, Sir?« fragte Justus geradeheraus.
»Ted?« Mr. Harris riß den Mund auf und zwinkerte mit den Augen. »Ihr meint, da hat Ted die Finger drin? Teufel noch mal, der Sache muß ich auf den Grund gehen! Komm mit, Justus, ich möchte mir die Hütte dort mal ansehen.«
Mr. Harris trat zum Schreibtisch und zog eine Schublade heraus. Als er sich umwandte, hatte er eine Pistole in der Hand.

Holt die Polizei!

Mr. Harris hatte die Pistole fest im Griff, als er und Justus schweigend den Waldpfad entlang zur Jagdhütte gingen. Sie schritten im Schatten der Bäume kräftig aus, und zu der gesunden Röte im Gesicht des Vegetariers war ein ernster, entschlossener Ausdruck getreten.

»Und du glaubst also, daß die dunkelhäutigen Männer, die euch überfallen und euch die Figur weggenommen haben, dieselben sind, die da auf mich losgegangen waren?« fragte Mr. Harris im Gehen.

»Sie müssen es sein, Sir.«

»Wenn das stimmt, dann sind das vielleicht auch die Burschen, die hier draußen andere gefangenhalten. Seien wir lieber vorsichtig, wenn wir zur Hütte kommen.«

»Wahrscheinlich sind sie inzwischen verschwunden, Sir, besonders wenn der Schatten mich und Bob gestern abend gesehen hat.«

»Das bleibt abzuwarten. Wenn sie wirklich so unverfroren sind, hier auf dem Grundstück jemanden einzusperren, dann lassen sie sich nicht unbedingt von zwei Jungen ins Bockshorn jagen. Aber weißt du, ich begreife einfach nicht, was sie eigentlich vorhaben.«

»Ich glaube, ich begreife es auch nicht«, mußte Justus bekennen. »Vielleicht kennen gerade die Gefangenen das Versteck des Schatzes, und diese dunklen Männer und der lachende Schatten bemühen sich, es zu erfahren.«

»Das könnte sein, Justus. Ja, damit hast du vermutlich das Richtige getroffen. Und vielleicht können wir die gemeinen Kerle auf frischer Tat ertappen!«

So leise wie möglich eilten sie im tiefen, dunklen Wald weiter, bis sie zu der Stelle kamen, wo der schmalere Seitenweg in die Talmulde hinabführte. Der Lastwagen stand nicht

mehr vor der Hütte. In der hellen Mittagssonne hatte der Bau kaum mehr etwas Geheimnisvolles an sich.
Mr. Harris bedeutete Justus, sich hinter den Stämmen hinzukauern und still zu verhalten. Dann begann er sich vorsichtig von oben aus dem Wald herab anzuschleichen. Justus beobachtete die Jagdhütte scharf. Nirgends rührte sich etwas. Die Fensterläden waren geöffnet, und auch die Tür stand offen. Das überzeugte Justus, daß niemand im Haus sein würde.
Mr. Harris ging jedoch kein Risiko ein. Er schlüpfte lautlos weiter zwischen den Bäumen hindurch, bis er am Boden des Tals zum Rand der Lichtung gelangte. Dort blieb er kurz stehen und sah sich die Hütte genau an. Justus oben am Hang wurde vor erzwungener Untätigkeit ganz kribbelig. Doch da trat Mr. Harris aus den Bäumen hervor und lief mit vorgehaltener Pistole auf eine Ecke der Hütte zu. Justus sah, wie er durch eines der Fenster hineinschaute.
Nun lief Mr. Harris vom Fenster weg zu der offenen Eingangstür und ging auch gleich hinein. Justus wartete. Er hörte es im Innern der Hütte rumoren. Dann erschien Mr. Harris an der Tür und winkte. Justus rannte stolpernd den Hang hinunter und lief zu ihm hin.
»Leer, mein Junge. Ich habe in alle Ecken geschaut. Nicht die Spur von ihnen zu finden, aber sie sind tatsächlich dagewesen. Sieh mal!«
Mr. Harris zeigte Justus ein Paar weiße knielange Hosen aus handgewebtem Stoff, genau wie sie die beiden dunklen Männer getragen hatten.
»Ich kann nur annehmen, daß das hier indianisches Zeug ist. Es sieht wirklich so aus, als seien deine dunklen Männer hier gewesen. Und der Lastwagen, von dem du erzählt hast, war auch da. Auf dem Weg ist ein Ölfleck, allerdings schon trokken. Der Lastwagen ist wohl vor einer Weile weggefahren.«
»Gibt es irgendeinen Hinweis darauf, wo sie hingefahren sein könnten, Mr. Harris?« fragte Justus.
»Mir ist nichts aufgefallen, aber schauen wir doch noch mal

nach. Vielleicht entdeckst du eher was.« Sie gingen ins Haus, und Justus blickte sich überall um. Man merkte deutlich, daß die Männer, die er am Vorabend gesehen hatte, die Hütte überstürzt verlassen hatten. Leere Flaschen lagen auf den Tischen herum, und auf ungespülten Tellern waren die Überreste einer Mahlzeit zu einer harten Kruste eingetrocknet. Doch nirgends fand Justus eine Spur, die darauf hindeutete, wohin die Männer gegangen waren.

»Mir scheint, hier ist nichts los«, sagte er schließlich. »Aber ich glaube bestimmt, daß sie noch im Gelände sind!«

Mr. Harris schüttelte den Kopf. »Der Besitz hier ist ungeheuer groß, Justus. Und das meiste davon ist Bergland. Ich fürchte, die Schufte sind weg. Bestimmt hast du durch dein Auftauchen ihren ganzen Plan zunichte gemacht, und daraufhin sind sie ausgerückt.«

»Das glaube ich nicht, Sir«, meinte Justus überzeugt. »Wahrscheinlich sind sie nach wie vor auf der Suche. Als ich mit Bob aus Ihrem Büro kam, haben sie Jagd auf uns gemacht.«

»Jagd auf euch? Vor meinem Haus?« Mr. Harris starrte Justus verwundert an. »Aber was könnten sie jetzt noch von euch wollen?«

»Nicht von uns, Mr. Harris – von Ihnen!« erklärte Justus.

»Von mir? Was um Himmels willen sollten sie von mir wollen?«

»Irgendwas muß es geben, Sir. Nachdem sie uns das Amulett gestohlen hatten, wurden Sie während Ihres Vortrags überfallen. Und dann waren sie wieder hinter uns her, als wir von Ihnen kamen. Bestimmt dachten sie, Sie hätten uns etwas gegeben.«

»Tja, das ist ... Ach herrje!« rief Mr. Harris. »Die andere Figur! Gleich an dem Abend, als die eine gestohlen wurde, nahm ich die zweite sicherheitshalber mit in mein Büro. Ich bestand darauf, daß Miss Sanchez sie mir anvertraut. Und nun hatte ich sie ganz vergessen. Bestimmt haben es die Burschen auf beide Amulette abgesehen!«

Justus nickte eifrig. »Wahrscheinlich brauchen sie beide, um zu erfahren, wo der Schatz liegt.«
»Ja, so könnte es sein«, pflichtete Mr. Harris bei. »Eines ist mir aber nicht klar: Wie konnten diese Männer wissen, daß ich in meinem Büro noch ein solches Amulett habe?«
»Sie müssen gesehen haben, daß Sie es mit sich nahmen.«
»Unmöglich. Die Figur befand sich in einer Schachtel, die ich in der Tasche hatte. Und in meinem Büro können sie auch nicht herumspioniert haben.«
»Wäre es möglich, daß einer Ihrer Angestellten sie eingeweiht hat?« fragte Justus.
»Nein, sie sind alte Freunde von mir und eingeschworene Vereinsmitglieder. Und überhaupt wußten sie gar nichts von dem Amulett.«
Justus nagte an seiner Unterlippe – ein sicheres Zeichen dafür, daß er scharf überlegte. »Mindestens war es Miss Sanchez selbst bekannt, daß Sie die Figur hatten. Da hätten wir also *einen* Mitwisser.«
»Ich glaube kaum, daß Sarah Sanchez mit den Dieben unter einer Decke steckt. Selbst wenn sie sich auf Schatzsuche begeben wollte – sie besaß ja die beiden Amulette schon immer. Und Sarah und Ted sind die einzigen –«
Justus fiel ihm ins Wort. »Ted? . . . Wußte der auch Bescheid?«
Mr. Harris stand mit offenem Mund da. Langsam machte er ihn wieder zu. Dann sagte er: »Das könnte eine sehr ernste Sache sein, Justus. Die arme Miss Sanchez – wenn Ted da wirklich krumme Sachen macht, könnte es ihr das Herz brechen.«
»Er war vorn am Tor, nachdem Bob und Peter das eine Amulett gefunden hatten«, stellte Justus fest, »und auch gestern abend war er im Dunkeln unterwegs. Wie gut kennen Sie ihn, Mr. Harris?«
»Eigentlich nur flüchtig. Wir begegneten uns in England kurz vor seiner Reise hierher. Ich wollte nach Los Angeles. Als er

mir erzählte, daß seine Tante Vegetarierin sei, nahm ich mir vor, sie zu besuchen und sie zur Mitarbeit für unseren Bund zu bewegen.« Mr. Harris hielt inne. Er sah wild entschlossen aus. »Nehmen wir uns Ted lieber mal vor – und zwar sofort!«

Nun, Mr. Harris scheint doch bereit zu sein, seinem gesundheitsfördernden Lebenswerk einmal den zweiten Platz zuzuweisen und sich zusammen mit den drei ??? der Aufklärung eines Falles zu widmen. Er muß Ted jetzt stark im Verdacht haben, denn wir erinnern uns, daß er vorher persönlich Ted vor unbegründeten Anschuldigungen gewarnt hatte.

Justus verfiel in Trab, um auf dem Rückweg von der Hütte durch den Wald zum Gutshaus mit Mr. Harris Schritt halten zu können. Onkel Titus und Kenneth waren noch beim Beladen des Lastwagens. Als Mr. Harris ins Haus ging, um Ted zu suchen, erblickte Onkel Titus seinen Neffen.
»Ei, da bist du ja! Bist du nun zum Arbeiten hergekommen oder nicht, du Lausebengel?« legte Onkel Titus los.
Widerstrebend packte Justus mit an und half Kenneth einen alten geschnitzten Kleiderständer zum Wagen schleppen. Ab und zu blickte er von der Arbeit auf und zur Haustür hinüber. Die Zeit schien zu schleichen, und Justus kochte innerlich vor Ungeduld. Da tauchte Mr. Harris wieder auf.
»Ted ist irgendwohin gefahren. Ich werde wohl am besten wieder in mein Büro gehen.«
»Wenn Ted auch dorthin will, bleibt das nicht unbemerkt«, äußerte Justus grinsend. »Bob und Peter liegen nämlich jetzt auf der Lauer.«
Mr. Harris erstarrte. »Was?«
»Ich hab sie wegen der dunklen Männer auf Posten geschickt«, erklärte Justus.
»Justus!« rief Mr. Harris, der plötzlich ganz blaß geworden

war. »Dieses zweite Amulett liegt noch dort in meinem Safe! Wenn die beiden Jungen sich zu irgendeiner Torheit hinreißen lassen, kann das sehr gefährlich für sie werden! Ich fahre sofort hin. Dein Onkel ist ja hier fast fertig. Sobald ihr in Rocky Beach seid, mußt du die Polizei holen.«
Nach dieser höchst befremdlichen Anweisung lief Mr. Harris zu seinem Wagen und fuhr auf dem Privatweg mit halsbrecherischem Tempo zur Straße vor.

Gefangen!

Nach dem Essen trafen sich Bob und Peter wieder auf dem Schrottplatz. Sie hörten den Anrufbeantworter ab, fanden jedoch keine Nachrichten vor. Also fuhren sie gleich weiter zum Vereinshaus der Vegetarier.
Sie näherten sich vorsichtig, auf irgendwelche Spuren der dunklen Männer gefaßt, aber an dem hohen altertümlichen Bau war kein Anzeichen dafür zu entdecken, daß überhaupt jemand da war. Mr. Harris' Wagen stand weder vor dem Haus noch auf dem Weg dahinter, und die Haustür war abgeschlossen.
»Er muß draußen auf dem Gut sein«, stellte Peter fest.
»Da wird Just mit ihm reden«, meinte Bob, »aber wir bleiben besser hier. Vielleicht kommen die Männer zurück.«
Zwischen zwei anscheinend unbewohnten Häusern gegenüber dem Vereinshaus verlief ein schmaler Durchgang. Bob und Peter beschlossen, sich dort neben ihren Rädern hinzusetzen und abzuwarten, was sich tun würde. Auf die spärlich bewachsenen Berge, über die Bob und Justus von den dunklen Männern gehetzt worden waren, brannte die sengende Sonne nieder, und lange Zeit rührte sich nichts in der Hitze. Einmal zog ein einsamer Geier hoch über den Bergen seine Kreise. Gebannt verfolgten Peters Blicke den großen schwarzen Segler.
»Wie wär's, wenn der Bursche da oben es auf uns abgesehen hätte«, spottete er.
»Geier haben in der Natur eine sehr wichtige Aufgabe«, ereiferte sich Bob. »Sie halten die Wildnis sauber. Sie sind wirklich ungefährlich und notwendig.«
»Für mich sind sie nicht notwendig«, verkündete Peter. »Und ich möchte lieber gar nicht wissen, wozu den da der Hunger treibt.«

Während der nächsten Stunde kam kein einziges Auto auf der heißen Straße vorüber. Peter wurde ungeduldig und begann am Boden mit den herumliegenden Steinchen zu spielen. Nach einer Weile bewegte er die vom langen Sitzen steif gewordenen Beine und stöhnte: »Das ist für mich das weniger Begeisternde, wenn man Detektiv ist – die Warterei und das Aufpassen.«
»Justus sagt, das ist das Wichtigste«, entgegnete Bob. »Richtige Detektive beobachten einen Ort manchmal wochenlang.«
»Dafür danke ich«, sagte Peter mit neuem ungeduldigem Stöhnen. »Warum ist denn unser Chef so überzeugt davon, daß diese dunklen Gestalten noch mal hierher zurückkommen?«
»Just glaubt wohl, daß sie auf etwas aus sind, das Mr. Harris hat. Noch so ein Hinweis auf den Schatz.«
»Mensch, da können sie ja jeden Augenblick auftauchen!« Peter spähte mit neu erwachter Aufmerksamkeit über die Straße.
»Genau das – deshalb ist das Aufpassen so wichtig.«
Plötzlich drang ein erstickter Ruf über die sonnenheiße Straße zu ihnen.
»Hallo! Ist da wer? Hallo da draußen!«
Schwach, aber deutlich waren die Worte in der lautlosen Mittagsglut zu hören.
»Ist da jemand? Hilfe!«
Peter flüsterte: »Das kommt aus dem Vegetarierhaus. Aus dem hinteren Teil.«
»Vielleicht ist Mr. Harris da drin eingesperrt«, meinte Bob. »Vielleicht haben ihn die Diebe wieder überfallen!«
Die Jungen waren unschlüssig. Falls die dunklen Männer in der Gegend waren, könnte es für sie gefährlich werden, wenn sie jetzt aus ihrem Versteck kamen. Aber sollte Mr. Harris tatsächlich eingesperrt sein, so mußten sie ihm freilich zu Hilfe kommen.
»Was sollen wir tun?« fragte Peter.

»Ich finde, wir sollten mal nachsehen, aber seien wir auf der Hut, Peter. Wenn wir was von diesen Burschen sehen, laufen wir lieber schnell weg.«
Vorsichtig überquerten sie die leere Straße. Da sie wußten, daß die Haustür abgeschlossen war, gingen sie leise ums Haus herum und versuchten es an der Hintertür.
»Sie ist offen«, flüsterte Peter, als er die Klinke niederdrückte. Er stieß die Tür auf, und sie schritten einen dunklen Flur entlang, bis sie zu der ehemaligen Küche des alten Hauses kamen. Jetzt stand sie leer. Sie traten durch eine Schwingtür in den hinteren Teil der vollgepfropften Eingangshalle. Hier, in dämmriger Kühle, horchten sie.
»Ich höre nichts«, flüsterte Bob.
»Aber ich weiß, daß das Rufen von hier irgendwo herkam«, meinte Peter überzeugt. »Schauen wir mal im Büro nach.«
Behutsam öffneten sie die Tür zum Büro, aber der Raum war still und leer. Bob wies auf die Tür eines Einbauschranks. Beide Jungen gingen auf Zehenspitzen hin und horchten eine Minute lang. Kein Laut war zu hören. Mit äußerster Vorsicht öffnete Bob die Tür, während Peter neben ihm mit einem gewichtigen Briefbeschwerer von Mr. Harris' Schreibtisch bereitstand.
Der große Schrank war leer.
»Von irgendwo muß das Rufen doch gekommen sein«, sagte Peter.
»Vielleicht bekommt er in seinem Gefängnis keine Luft mehr und ist ohnmächtig geworden«, vermutete Bob.
»Mann, das könnte sein«, gab ihm Peter recht. »Wir müssen schnellstens überall nachsehen.«
Hastig durchsuchten sie alle Räume im Erdgeschoß. Als sie nichts fanden, gingen sie in den ersten Stock hinauf. Sie schauten in einen großen Versammlungssaal, der aus drei kleineren Räumen entstanden war. An einem Ende war ein Podium. Offenbar war dies der Ort, an dem Mr. Harris bei seinem Vortrag überfallen worden war.

»Hallo! Hallo! Ich höre jemand! Hilfe!« Nun kam das Rufen von oben durch die Decke.
Bob rief: »Er muß im zweiten Stock sein!«
»Los, komm!« Peter lief schon zur Treppe.
Im zweiten Stock war es nicht sehr hell. Die Fensterläden waren geschlossen, und auf einem unordentlich hingeworfenen Bretterstapel auf dem Fußboden lag eine dicke Staubschicht. Alle Türen zu den Zimmern, die an dem dunklen Flur lagen, waren offen. Mit gespannter Aufmerksamkeit standen die Jungen da.
Plötzlich hörten sie vom anderen Ende des Flurs her ein heftiges Pochen. Peter hob eine starke Latte vom Boden auf, und beide gingen den Flur entlang. Der Raum an seinem Ende war kahl und völlig leer. Sie standen einen Augenblick still und warteten auf weiteres Rufen oder Klopfen. Dann bemerkte Bob die Tür an der gegenüberliegenden Wand des Raumes.
»Da, Peter!«
Peter nickte, und die beiden Jungen gingen zu der geschlossenen Tür. Bob drückte die Klinke herunter, und Peter stand mit seiner Latte bereit.
»Sie ist abgeschlossen«, sagte Bob. »Können wir sie aufbrechen?«
Hinter ihnen fiel die Tür zum Flur ins Schloß. Mit weit aufgerissenen, erschrockenen Augen fuhren sie herum. Peter hielt seine Latte in Verteidigungsbereitschaft. Aber da war niemand – nur die geschlossene Tür.
Außen an der Tür, im Flur, klickte es, und eine vertraute Stimme brach hinter der verschlossenen Tür in brüllendes Gelächter aus.
»Mann, was seid ihr Superhirne doch bescheuert!« hohnlachte die Stimme. Die Stimme von Skinny Norris!
Bob und Peter stürzten zur Tür, aber die war fest verschlossen. Peter mochte zerren und rütteln und toben – sie gab nicht nach.

»Skinny Norris, laß uns sofort raus!« schrie Bob.
»Wenn du's nicht tust«, drohte Peter, »machen wir dich fertig, sobald wir hier rauskommen. Wir werden dir –«
»Aber ihr kommt hier nicht raus«, rief Skinny hämisch durch die Tür. »Euch beide lasse ich mal schön hier drin schmoren. Geschieht euch naseweisen Bengels ganz recht. Nur schade, daß euer Dickerchen nicht dabei ist. Das würde mir Spaß machen – wie sich dieser fette Schlauberger abmüht, da rauszukommen.«
»Wenn Justus hier wäre, würdest du dich nicht so aufspielen«, sagte Bob zornig.
»Halt die Klappe, Bob Andrews!« rief Skinny. Dem neidischen Skinny setzte es schwer zu, wenn ihm jemand sagte, daß er es mit Justus nicht aufnehmen konnte. »Ihr sitzt hier ganz schön in der Patsche, ist euch das klar?«
»Bald sitzt du selber drin«, gab Peter zurück. »Was bildest du dir überhaupt ein – was machst du hier?«
»Was ich hier mache?« höhnte Skinny auf dem Flur. »Ganz einfach: ich schütze privates Eigentum! Als ich draußen vorbeiging, hörte ich hier drin was. Ich kam herein, und – tatsächlich! Zwei unbefugte Eindringlinge auf frischer Tat ertappt!«
»Du bist verrückt, Skinny Norris! Kein Mensch wird dir das glauben!«
»Nicht? Die Haustür war verschlossen, und es war niemand da. Wieso seid ihr dann eigentlich zur Hintertür reingegangen?« Skinny stieß ein häßliches Lachen aus. »Ich hab den Schrottplatz von Dickerchens Onkel beobachtet, seit Ted Sanchez mich nach euch fragte. Ich wußte, einmal würde ich euch bei irgendwas erwischen.«
Bob stöhnte. »Skinny, Mr. Harris weiß, daß wir hier sind. Wir arbeiten für Miss Sanchez.«
»Mich legt ihr nicht rein«, entgegnete Skinny vom Flur her. »Ted Sanchez sagte mir, er sucht eine kostbare Figur, und ich hatte den Eindruck, daß er euch für die Diebe hält.«

»Nein, nein!« schrie Peter. »Das war doch vorher, ehe wir mit Ted gesprochen hatten! Er hat uns den Auftrag gegeben, die Figur zu finden. Warum gibst du's nicht endlich auf – du bist nicht schlauer als Justus!«
»Und ich bin *doch* schlauer als dieser fette Angeber! Ihr müßt es hier drin wohl oder übel aushalten. Wenn der dicke Jonas so eine Kanone ist, soll er euch doch rausholen. Ich verschwinde jetzt. Macht's gut, ihr Neunmalklugen.«
Bob sandte Peter einen verzweifelten Blick; dann ging er zu der verschlossenen Tür hinüber. Er hörte Skinny die Treppe hinuntergehen. Nach langer Pause hörten sie die Hintertür zuknallen.
Hoffnungslos sahen sich die beiden an, als Bob wieder von der Tür herüberkam. Ohne Frage waren sie übel dran.
»Die Fenster sind vergittert«, stellte Peter fest. »Und die andere Tür hier ist auch abgeschlossen.«
»Es ist ein altes Haus«, meinte Bob. »Was hältst du von den Wänden oder dem Fußboden? Vielleicht finden wir eine schwache Stelle – eine lose Planke oder so was.«
Peter war weniger zuversichtlich, aber er untersuchte den Fußboden, während Bob die Wände abklopfte. Leider aber gab es im Boden keine schwachen Stellen.
»Die Wände sind auch so solide wie Beton«, stellte Bob verdrossen fest.
»Vielleicht kommt Justus bald – oder Mr. Harris«, meinte Peter.
»Unsere Räder stehen noch in dem Hof gegenüber. Justus würde sie sehen.«
»Klar«, pflichtete Peter bei. »Er würde merken, daß wir irgendwo hier drin sind.«
Die Jungen nickten sich grinsend zu, aber das Grinsen war nicht echt. Jeder war sich bewußt, daß er sich Mühe gab, den anderen von der vagen Aussicht auf Rettung durch Justus zu überzeugen. Bob nahm noch einen schwachen Anlauf. »Vielleicht kommt Mr. Harris bald zurück.«

»Und vielleicht kommt er auch nicht, oder noch lange nicht. Vielleicht kommt er erst morgen zurück.«
»Es muß doch einen Ausweg geben!« erregte sich Bob.
Noch einmal untersuchten sie ohne große Hoffnung den kleinen Raum. Sie waren eingesperrt, das war ihnen klar. Und Skinny Norris, dieser Schwachkopf, hatte sie in die Falle gelockt.
»Bob!« rief da Peter, den Blick auf eine Stelle hinter Bobs Rücken geheftet. »Die Tür! Sie geht nach innen auf – die Angeln sind hier drin!«
»Wir könnten die Stifte aus den Angeln schieben!«
»Klar, das ist ganz leicht. Mensch, ist der Skinny blöd.«
»Wir haben aber kein Werkzeug«, wandte Bob ein.
»Doch, freilich.« Peter zog sein schweres Pfadfindermesser mit den vielen starken Klingen heraus und machte sich gleich an die Arbeit. Die Stifte in den Angeln waren mit alter Farbe verkrustet und saßen ganz fest. Peter fing an zu schwitzen, als er sich abmühte, sie loszubekommen.
Bob stand gespannt daneben und versuchte so gut wie möglich zu helfen.
Endlich fiel der letzte Stift in Peters Hand. Bob packte an der oberen Angel an, Peter an der unteren. Sie zählten bis drei und zogen. Die Tür schwang nach innen, das Schloß brach aus, und mit lautem Krach fiel die Tür zu Boden.
Sie stürzten gleichzeitig durch den Türrahmen und rannten zum Treppenhaus vor. Da kam von unten her ein unerwartetes Geräusch: der Klang schwerer Schritte.
Irgend jemand – oder irgend etwas – kam die Treppe herauf!

Justus geht ein Licht auf

Auf dem Gut hatte Justus beim Verladen des Gerümpels von der Scheune auf den Lastwagen fieberhaft mitgearbeitet. Mr. Harris' Sorge wegen Bob und Peter beunruhigte den Ersten Detektiv. Er war zwar sicher, daß Bob und Peter schon in der Lage waren, auf sich aufzupassen, aber Mr. Harris könnte immerhin recht haben: vielleicht waren sie in Gefahr. Justus nahm sich vor, Hauptkommissar Reynolds sofort zu verständigen.

Als der Lastwagen endlich voll beladen war, kletterte Justus ins Führerhaus und nagte nachdenklich an seiner Unterlippe. Da kam Miss Sanchez aus dem Haus und wandte sich an Onkel Titus.

»Mr. Jonas«, sagte die kleine Dame mit ihrer Vogelstimme. »Ich kann mir gar nicht vorstellen, was Sie mit all meinem alten Trödel anfangen werden.«

»Da machen Sie sich mal keine Sorgen, Madam«, meinte Onkel Titus galant und zwirbelte dabei seinen gewaltigen Schnurrbart. »Das alles werd' ich mit einem schönen Gewinn verkaufen, da bin ich sicher. Nun machen Sie mir aber auch eine ordentliche Rechnung auf.«

»Ach, du liebe Güte, dazu sollte Ted hier sein. Ich habe nicht die geringste Ahnung, was ich verlangen kann. Die Bekanntschaft mit Ihren Jungen hat Theodor anscheinend so gut getan, daß ich Ihnen die Sachen am liebsten so geben möchte. Besonders wenn sie mir mein Figürchen wieder herbeischaffen.«

»Ein Figürchen herbeischaffen?« Onkel Titus war verdutzt.

Justus hielt den Atem an, denn Onkel Titus schätzte es nicht immer, daß die Jungen sich als Detektive betätigten. Aber diesmal war der lebhafte kleine Mann zu glücklich mit seiner Wagenladung Trödelkram, um Mißbehagen aufkommen zu

lassen. Er nickte. »Na ja, die Jungen haben ja in solchen Dingen tatsächlich was los. Aber wir wollen jetzt zusammenstellen, was ich Ihnen schuldig bin, Madam.«
Justus biß vor Ungeduld fast ein Stück aus seiner Unterlippe, aber endlich hatte Onkel Titus seine Geschäfte abgewickelt, und der Lastwagen rollte aus dem Gutshof in Richtung Rokky Beach. Kenneth fuhr wie üblich in zügigem Tempo, und bald hatten sie den Schrottplatz erreicht. Justus sprang vom Wagen und sauste zu dem versteckten Campinganhänger. Tante Mathilda und Onkel Titus waren über ihre Erwerbungen viel zu aufgeregt, um sein überstürztes Verschwinden zu bemerken.
Justus krabbelte durch Tunnel II in die Zentrale und tauchte aus der Falltür im Boden auf. Bob und Peter waren nicht da. Rasch schaltete der Erste Detektiv den Anrufbeantworter am Telefon ein. Doch keine Nachricht war aufgezeichnet. Nun sorgte sich Justus doch, und ihm fiel ein, was Mr. Harris ihm aufgetragen hatte. Er kroch zurück ins Freie und verließ den Schrottplatz durch das Rote Tor.
Die kurze Strecke vom Schrottplatz zur Polizeidirektion in Rocky Beach ging er zu Fuß. Er ließ sich gleich bei Hauptkommissar Reynolds melden, und da die Jungen bei der Polizei des Städtchens wohlbekannt waren, saß er bald dem Chef am Schreibtisch gegenüber.
»Nun, was kann ich für meinen Assistenten tun?« fragte Hauptkommissar Reynolds mit einem Lächeln. Er spielte auf den Titel »ehrenamtlicher Junior-Assistent« an, der den Jungen für ihre Hilfe bei einem früher gelösten Fall verliehen worden war.
»Wir bearbeiten da einen Fall, Sir«, sagte Justus rasch, »und ich finde, wir sollten ihn jetzt Ihnen übergeben.«
»Gut – dann berichte mir mal alles darüber.«
»Dazu ist keine Zeit, Sir! Mr. Harris –«
»Nun mal langsam, Justus«, empfahl der Kommissar. »Fang ganz von vorne an. So liefert man einen guten Bericht.«

»Ja, Sir.« Widerstrebend ließ sich Justus dazu herbei. Er erzählte dem Polizeichef von dem Amulett und dem lachenden Schatten, wie sie Bob und Peter an jenem ersten Abend begegnet waren. Er redete hastig, um mit seiner Geschichte so schnell wie möglich zu Ende zu kommen.
»Holla!« unterbrach ihn Reynolds. »Ein lachender Schatten? Da ist Bob und Peter sicher die Phantasie durchgegangen!«
»Nein, Sir«, sagte Justus. »Gestern abend hörte ich ihn dann selbst, und es war richtig gespenstisch. Der Schatten war auch diesmal sehr groß, aber bucklig sah er eigentlich nicht aus. Peter und Bob waren natürlich näher dran. Sie sagten, er hatte einen kleinen Kopf mit einer schnabelförmigen Nase, den er immerzu ruckweise hin und her bewegte. Und als Peter und ich ihn beobachteten, kam ein Lastwagen mit vier kopflosen Zwergen angefahren!«
Hauptkommissar Reynolds räusperte sich. »Kopflose Zwerge?«
»Na ja, nicht richtig – ich meine, sie sahen bloß so aus, aber wahrscheinlich hatten sie Säcke über dem Kopf. Sie werden nämlich dort in der Jagdhütte gefangengehalten, und da hatte man ihnen Säcke übergestülpt, damit sie nichts sehen konnten.«
»Und du meinst, das könnte einer dieser gefangenen ›Zwerge‹ gewesen sein, der da um Hilfe rief und das Amulett über die Mauer warf?«
»Ja, gewiß, Sir«, sagte Justus. »Meiner Ansicht nach hat einer dieser Gefangenen das Amulett gestohlen und dann darin seine hilfesuchende Botschaft versteckt. Als er dann wieder geschnappt wurde, warf er es über die Mauer und hoffte, irgend jemand würde die Nachricht finden.«
»In einem winzigen Geheimfach? Da hatte er kaum eine Chance, Justus.«
»Bestimmt war er völlig verzweifelt, Herr Kommissar. Vielleicht hoffte er, es seien ein paar Freunde in der Nähe. Aber das war nicht der Fall, und dafür fanden wir die Figur. Dann

überfielen uns die beiden dunklen Männer und nahmen sie uns wieder weg. Ihnen ging es vermutlich um das Amulett selbst. Ich bezweifle, ob sie das mit der Botschaft überhaupt wußten.«

»Dunkle Männer?« fragte der Kommissar dazwischen. »Was für dunkle Männer?«

»Verzeihung, Sir, ich hätte wirklich der Reihe nach erzählen sollen. Die zwei hatte ich vergessen zu erwähnen.«

Der Erste Detektiv beschrieb die beiden dunkelhäutigen Männer, die den drei Jungen aufgelauert und Mr. Harris überfallen hatten.

»Ach, die meinst du!« Es hörte sich fast erleichtert an. »Na also, die nehme ich dir eher ab als lachende Schatten und kopflose Zwerge. Dieses Paar suchen wir hier auch seit dem Angriff auf Harris. Schön, Justus, gehen wir, und reden wir jetzt gleich mit Mr. Harris.«

Reynolds ließ zwei seiner Leute kommen, und sie liefen alle vier hinaus zum Wagen des Polizeichefs. Sie fuhren geradewegs zu dem alten Haus des Vegetarier-Bundes. Als sie am Stadtrand in die stille, kleine Straße einbogen, sah Justus, daß Mr. Harris' Wagen vor dem Haus abgestellt war.

»Er muß da sein«, sagte Justus. »Das ist sein Wagen.«

Ehe sie anklopfen konnten, machte Mr. Harris schon die Haustür auf. Er sah Justus groß an und fragte besorgt: »Wo sind denn Bob und Peter? Ich hatte sie hier erwartet, als ich kam.«

»Ich weiß es nicht«, sagte Justus. »Ich dachte auch, sie seien hier. Haben Sie Ted irgendwo getroffen?«

»Nein, Justus. Einmal dachte ich, ich hätte bei eurem Schrottplatz seinen Wagen gesehen, aber wenn es Ted war, haben wir uns verfehlt. Ich fuhr dann direkt hierher.«

Nun erst sah Mr. Harris den Polizeichef neugierig an.

»Oh!« Justus besann sich plötzlich darauf, was sich gehört. »Das ist Hauptkommissar Reynolds, Mr. Harris. Er will uns helfen.«

»Sehr vernünftig, daß Sie mitkommen, Herr Kommissar«, bemerkte Mr. Harris in seiner gewohnten forschen Art. »Anscheinend haben wir hier einige Probleme vor uns. Als diese Störenfriede in meinem Vortrag auftauchten, da dachte ich erst, es handle sich um eine Demonstration gegen die Vegetarier im allgemeinen. Da gibt es nämlich ganz besessene Gegner. Aber aus dem, was mir Justus dann berichtet hat, wird mir allmählich klar, daß es um etwas viel Ernsteres gehen könnte!«
»Sie meinen den lachenden Schatten und diese kopflosen Gefangenen?« fragte der Kommissar.
»Nun – vielleicht hat das alles die Jungen ein wenig zu sehr mitgenommen. Ich stellte fest, daß sie sich nicht recht einigen können, wie dieses Lachen des Schattens nun geklungen hat. Andererseits hat es wirklich den Anschein, als sei da eine Verschwörung im Gange, und als hätten Miss Sanchez' Goldfigürchen etwas damit zu tun.«
Hauptkommissar Reynolds sah nachdenklich aus. »Vom Schatz der Chumash geht hier in der Gegend die Sage, und es ist durchaus möglich, daß es ihn tatsächlich gibt. Nach dem, was ich hörte, würden nicht wenige Leute einiges riskieren, um ranzukommen.«
»Und einiges unternehmen!« sagte Mr. Harris grimmig. »Aber mich bewegt im Augenblick nicht der Schatz. Ich mache mir Sorgen um Bob und Peter. Wie Justus sagte, wollten sie doch hier sein.«
»Wir sehen uns lieber mal nach ihnen um«, entschied der Kommissar, »falls sie schon vor Ihnen hier gewesen sein sollten.«

Hoffentlich wird Hauptkommissar Reynolds als erfahrener Kriminalist Spuren eines Kampfes entdecken! Mr. Harris scheint es jedenfalls entgangen zu sein, daß Bob und Peter vor seiner Rückkehr, wie wir ja bereits ahnen,

in seinem eigenen Haus einem gefährlichen Gegner in die Hände gefallen sein müssen. Doch zwei tapfere Jungen setzen sich schließlich zur Wehr, und in einem fremden Haus alle Spuren dieser Auseinandersetzung zu verwischen, dürfte auch einem gewitzten Verbrecher schwerfallen.

Im Haus nahmen sich Mr. Harris und Justus den ersten Stock vor. Der Polizeichef und seine Leute durchsuchten die oberen Stockwerke. Als sie sich vor Mr. Harris' Büro wieder trafen, hatte niemand eine Spur von Bob und Peter entdeckt. Justus geriet in helle Aufregung.
»Sie müssen doch hier irgendwo stecken!« erklärte er.
Mr. Harris runzelte die Stirn. »Könntest du dir vorstellen, daß sie die dunklen Männer gesehen haben und ihnen nachgegangen sind?«
»Das sähe den Burschen ähnlich«, bekräftigte der Kommissar.
»Aber dann hätten sie sich doch irgendwie gemeldet, Sir«, sagte Justus.
»Nicht unbedingt sofort, Justus«, meinte Mr. Harris.
»Richtig«, pflichtete ihm Reynolds bei. »Dazu hatten sie vielleicht noch keine Gelegenheit. Aber es will mir nicht gefallen, daß sie sich diesen beiden Männern einfach so an die Fersen heften.«
Justus war nicht überzeugt, aber er mußte zugeben: wenn Bob und Peter die beiden Männer entdeckt hatten, dann hatten sie wohl auch versucht, ihnen zu folgen und ihr Versteck ausfindig zu machen. Er würde es selbst ebenso gemacht haben.
»Ich meine, wir sollten uns auf die Suche nach den Jungen machen«, äußerte Hauptkommissar Reynolds.
»Am besten gleich!« stimmte Mr. Harris zu. »Aber ehe Sie gehen, Herr Kommissar, möchte ich Sie bitten, daß Sie das

zweite Amulett zum Revier mitnehmen. Ich möchte es nicht hier behalten.«

Sie gingen in Mr. Harris' Büro. Der Vegetarier trat an seinen Safe, öffnete ihn und nahm eine kleine Schachtel heraus. Er trug sie zu seinem Schreibtisch, auf dem die Reste eines hastigen Imbisses herumlagen.

»Entschuldigen Sie die Unordnung – ich hatte hier am Tisch schnell eine Kleinigkeit gegessen«, sagte Mr. Harris, während er die Überbleibsel in den Papierkorb fegte. Dann öffnete er die Schachtel. »Hier, da haben wir den Anlaß für all die Aufregung.«

Alle drängten sich um ihn und sahen auf das zweite grinsende Goldmännchen nieder. Der Kommissar untersuchte es mit verdutztem Kopfschütteln – was mochte es wohl bedeuten? Dann reichte er die Figur an Justus weiter. Der Erste Detektiv öffnete das Geheimfach, fand es jedoch leer.

»Hier ist keine Nachricht drin«, sagte er.

»Dann sieht es doch so aus, als seien die beiden Gauner hinter dem Amulett selbst her, meinen Sie nicht, Herr Kommissar?« bemerkte Mr. Harris. »Es ist mir wohler, wenn es die Polizei in Händen hat. Dort kann es wenigstens niemand stehlen, und wir können uns darauf konzentrieren, die Bösewichter aufzuspüren und herauszubekommen, was sie vorhaben.«

»Vielleicht können uns Bob und Peter sagen, wo wir sie finden«, sagte der Polizeichef. »Das heißt, wenn wir Bob und Peter erst haben. Komm mit, Justus, wir machen uns jetzt am besten auf die Suche.«

»Rufen Sie mich an, sobald Sie etwas erfahren, und sagen Sie es mir, wenn ich irgend etwas tun kann«, sagte Mr. Harris. »Morgen werde ich Ted Sanchez ein paar Fragen stellen.« Sein Ton war streng. »Hoffentlich hat er eine Erklärung.«

Draußen auf der Straße gingen der Kommissar und seine Leute eilig zum Wagen. Justus kam langsamer hinterher; aufmerksam ließ er den Blick über die heiße, sonnige Straße

wandern. Plötzlich zeigte der Erste Detektiv auf den engen Durchgang zwischen den beiden alten Häusern gegenüber.
»Herr Kommissar! Ich seh was! Da drüben sind Reifenspuren!«
Justus rannte über die Straße. In der schmalen Gasse holte ihn Hauptkommissar Reynolds ein.
»Sie waren hier! Ich kenne Bobs Radspur an einer Flickstelle. Hier in dem Gang mußten sie sich versteckt haben, um das Haus zu beobachten. Da, sehen Sie – dort auf dem Boden!«
Wo Peter gesessen und gewartet hatte, waren Steinchen zu einem kleinen Kegel getürmt.
»So spielt Peter immer mit Steinen«, sagte Justus. »Ganz unbewußt.«
»Dann müssen sie jemanden gesehen haben und ihm nachgefahren sein. Ihre Räder sind nicht da.«
Justus sah sich in dem Gäßchen gründlich um. »Ich weiß nicht, Sir. Wenn es so gewesen wäre, dann hätten sie ein Zeichen hinterlassen. Wir haben immer farbige Kreide bei uns, damit wir eine Spur markieren können.«
»Wahrscheinlich war dazu keine Zeit mehr. Wir werden gleich eine Suchmeldung über alle Dienststellen herausgeben. Die Eltern unterrichten wir wohl besser noch nicht gleich.«
»Nein, Sir«, gab ihm Justus recht. »Womöglich sind sie inzwischen auch wieder auf dem Schrottplatz.«
»Das hoffe ich, mein Junge«, sagte Reynolds. »Ich wünschte nur, wir hätten mehr Anhaltspunkte. Für mich steht es fest, daß wir die dunklen Männer irgendwo finden werden, aber ich wüßte doch gern genauer, wer dieser lachende Schatten sein könnte.«
»Er ist sehr groß, Sir. Das wissen wir. Und die beiden Männer sind ziemlich klein. Ted Sanchez ist groß . . .«
»Aber ihr Jungen kennt doch Teds Stimme gut, nicht? Würdet ihr es nicht merken, wenn er der lachende Schatten wäre?«

»Das sollten wir wohl.« Justus überlegte scharf mit gerunzelter Stirn. »Aber dieses Lachen klang wahrhaftig nicht nach jemand Bekanntem.«
»So wie du es beschrieben hast, klingt es überhaupt nicht wie eine Stimme.«
»Das ist es!« rief Justus. »Das ist gar keine Stimme! Mindestens keine menschliche Stimme. Es erinnert mich an diese Geschichte von Edgar Allan Poe, in der keiner die Sprache des Mörders versteht, weil der Mörder sich als Affe herausstellt. Nur war das hier kein Affe. Aber gibt es da nicht was in ... in Australien, glaube, ich, das so ähnlich lacht wie – wie –«
»Was redest du da nur, Justus?«
Justus biß sich ratlos auf die Unterlippe. »Mir fällt's jetzt einfach nicht ein, aber ich weiß, daß es mit einem Tier in Australien zu tun hat. Ted Sanchez spricht ja mit einem Akzent. Er sagt, er sei aus England, aber vielleicht stimmt das gar nicht. Vielleicht ist er ein Betrüger aus Australien.«
»Nun, wenn du schon von einem Akzent redest – was ist dann mit Mr. Harris selbst?« fragte Hauptkommissar Reynolds. »Mir kommt er auch nicht wie ein Amerikaner vor.«
Justus bekam große Augen. »Herr Kommissar!« rief er. »Meinen Sie, Harris könnte Australier sein? Eine typisch britische Aussprache hat er tatsächlich nicht.«
»Ich weiß nicht, aber ich werde sofort mit den australischen Behörden Verbindung aufnehmen und mich nach beiden erkundigen. Eine genaue Beschreibung können wir ja liefern.«
Sie fuhren zur Polizeidirektion zurück, und der Kommissar machte sich gleich ans Werk. Erst gab er die Suchmeldung nach Bob und Peter heraus. Sie würde die Polizei in Rocky Beach und der ganzen Umgegend anweisen, nach den Jungen zu fahnden. Dann meldete Reynolds das Gespräch mit Australien an.
Justus hastete zum Schrottplatz zurück, aber in der Zentrale war niemand. Nun bekam er Angst. Er saß da und starrte das Telefon an. Wenn nun Bob und Peter irgendwo festgehalten

wurden? Dann kam die polizeiliche Suchaktion zu spät. Er konnte nicht untätig herumsitzen. Wenn er noch einmal zu Mr. Harris zurückging, konnte er in dem Hause vielleicht etwas entdecken, das er vorher übersehen hatte.
Er nahm den Telefonhörer ab, um die Autovermietung anzurufen. Sollte er eine Spur von Bob und Peter finden, so konnte er ein schnelles Fortbewegungsmittel gebrauchen.

Ein Bösewicht wird entlarvt

Eine Viertelstunde später schlüpfte Justus zum Grünen Tor, ihrem Geheimeingang an der Vorderseite des Zauns, hinaus und lief zu dem wartenden Rolls-Royce hinüber.
»Zum Vegetarier-Bund, Morton, und bitte schnell«, trieb der Erste Detektiv zur Eile an. Er nannte die Adresse.
»Sehr wohl – auf dem schnellsten Wege.«
Der prächtige goldbeschlagene Wagen glitt sanft über die Straßen und bog bald in die Las Palmas Street ein, wo der Vegetarier-Bund sein altertümliches Quartier hatte. Mit Herzklopfen hielt Justus im Fahren nach einer Spur von seinen Freunden Ausschau.
Als der Rolls-Royce noch ein paar Häuser weit vom Ziel war, kam ihnen Mr. Harris' Wagen irrsinnig schnell entgegen und raste in einer Staubwolke davon. Justus wollte noch rufen, aber Mr. Harris hatte den Rolls-Royce nicht einmal bemerkt. Mit düsterer Unmutsmiene war er verbissen übers Lenkrad gebeugt.
»War das ein Bekannter der Herrschaften?« erkundigte sich Morton. »Soll ich wenden und ihn einzuholen versuchen?«
»Er sagte, er wollte abwarten, ob er etwas von Bob und Peter hören würde.« Justus sah dem entschwindenden Auto nach. »Dann ist jetzt vielleicht etwas dazwischengekommen. Fahren Sie nur hin zu dem Haus, Morton.«
Morton fuhr weiter, und der große Wagen kam vor dem Eingang sacht zum Stehen. Justus war wie der Blitz draußen, gemessen schritt Morton hinterdrein. Die Haustür stand offen. Justus lief hinein und blieb dann lauschend stehen.
»Hören Sie was, Morton?«
»Nein, junger Mann. Was gibt es denn zu suchen?«
»Bob und Peter«, entgegenete der Erste Detektiv. »Irgendeine Spur von ihnen, wahrscheinlich ein Kreidezeichen oder

sonst etwas, das darauf hindeutet, daß sie hier drinnen waren.«
»Meinst du, sie könnten in Schwierigkeiten geraten sein?«
»Ich weiß nicht«, bekannte Justus. »Kommissar Reynolds glaubt, sie seien auf eigene Faust losgezogen, und da mag er recht haben, aber ich bin sicher, daß sie dann irgend etwas hinterlassen haben würden.«
»Der Meinung bin ich auch«, sagte Morton bedächtig.
»Der Kommissar und seine Leute haben die oberen Stockwerke durchsucht, aber ein Kreidezeichen könnte ihnen entgangen sein. Gehen Sie hinauf und schauen Sie nach, Morton, und ich sehe mich noch mal auf der Straße um.«
»Sehr wohl, der Herr.« Morton zwinkerte Justus zu.
Justus schritt die ganze Straße ab und schaute auf Mauern und Zäunen nach Kreidezeichen aus. Er suchte auch auf der Erde nach eingeritzten Zeichen oder Worten, und er sah sich alle Bäume genau an. Doch außer der kleinen Pyramide aus Steinchen, die sicher von Peter stammte, konnte er nichts entdecken.
Als er wieder ins Haus trat, kam Morton gerade die Treppe herunter. Der hochgewachsene Chauffeur schüttelte den Kopf. »Nichts, das nach einem Merkzeichen aussah, mein Freund.«
Justus runzelte die Stirn. »Vielleicht haben der Kommissar und Mr. Harris recht. Ich werde doch lieber wieder zum Schrottplatz gehen und dort auf sie warten . . . Aber es würde mich interessieren, wohin Mr. Harris so schnell gefahren ist!«
»Vielleicht hat ihn der Kommissar kommen lassen«, erwog Morton. »Aber ich darf wohl bemerken, daß wir das Erdgeschoß nicht untersucht haben.«
»Das hatte ich vorher selbst getan«, sagte Justus niedergeschlagen.
»Da hast du vielleicht doch eine Kleinigkeit übersehen. Ein zweiter Rundgang wäre sicher kein Fehler.«
Sie gingen in Mr. Harris' Büro. An den Wänden sah Justus

keine Zeichen, und Morton entdeckte nichts am Fußboden oder in dem großen Wandschrank. Justus schaute noch in Mr. Harris' Schreibtisch und im Papierkorb nach. Er hatte sich schon wieder abgewandt, da blieb er plötzlich stehen und ging noch einmal zum Papierkorb.

»Morton!« rief er aufgeregt. »Sehen Sie sich das an!«

Der Chauffeur kam rasch herzu und nahm das Stück Wachspapier aus Justs Hand entgegen. Verdutzt blinzelte er. »Das ist nichts als ein Butterbrotpapier, junger Mann. Ich sehe nicht, was Besonderes daran sein sollte.«

»Sehen Sie doch die Flecken darauf! Dieses braune Zeug, und hier den roten Fleck! Merken Sie was?«

Morton nickte. »Ja, ich sehe das. Senf und ein wenig Blut, wie mir scheint. Nichts Ungewöhnliches bei einem fleischbelegten Brot.« Der elegante Chauffeur untersuchte mit spitzen Fingern das Papier mit dem braunen Fleck und schnüffelte daran. »Eindeutig Senf. Und ziemlich scharf.«

»Aber, Morton, Mr. Harris ist doch Präsident des Vegetarier-Bundes!« schrie Justus. »Fällt es Ihnen denn nicht auf? Wenn er ein belegtes Brot mit Fleisch und Senf gegessen hat, muß er doch ein Schwindler sein!«

»Ja, wahrhaftig ... Aber bist du auch sicher, daß das Papier von Mr. Harris ist?«

»Das sagte er ja selbst«, antwortete Justus. »Und wenn er sich als Vegetarier ausgibt, ist garantiert was faul mit dem ganzen Vegetarier-Bund. Mr. Harris hat den Ortsverein von Rocky Beach gegründet, und er behauptet, woanders gäbe es noch eine große Organisation. Aber ich möchte wetten, daß da überhaupt nichts dahintersteckt!«

»Eine schwerwiegende Anschuldigung, junger Freund«, stellte Morton sehr ernst fest. »Welches Ziel könnte er damit verfolgen?«

»Merken Sie es nicht?« hielt Justus ihm vor. »Er wußte, daß Miss Sanchez Vegetarierin ist. Das hat ihm Ted in England erzählt. Ich wette, er hat das Zusammentreffen mit Ted selbst herbeigeführt. Wahrscheinlich hatte er von dem Schatz der Chumash gehört und wollte ihn nun aufspüren. Die Bekanntschaft mit Ted und sein vegetarischer Schwindelverein dienten ihm als Vorwand, sich an Miss Sanchez heranzumachen. Es war ein erfolgreicher Weg, sich Zutritt zum Gut zu verschaffen.«

»Du meinst, er wußte schon Bescheid über den Schatz, ehe er überhaupt hierher kam und sogar ehe er Ted kennenlernte?«

»Das würde mich gar nicht wundern. Wahrscheinlich war es sein Plan, Ted uns gegenüber als den Verdächtigen hinzustellen.« Justus stöhnte. »Wenn ich mir vorstelle, daß ich ihm alles erzählt habe, was wir so kombiniert hatten ... Ich habe ihn ja direkt gewarnt!«

»Das konntest du nicht wissen«, wandte Morton ein. »Er hat offenbar alle hinters Licht geführt.«

»Das kann man wohl sagen. Ha – vielleicht ist er auch noch der lachende Schatten! Womöglich hält er die vier kopflosen Wesen selbst gefangen!« Plötzlich weiteten sich Justs Augen vor Entsetzen. »Wir müssen sofort zum Kommissar!«

»Selbstverständlich, sofort. Ist dir eingefallen, wie man ihm das Handwerk legen könnte?«

»Nein«, sagte Justus, »aber mir ist eben klargeworden, daß Mr. Harris uns hereingelegt hat. Er war ja sehr spät dran, als er vom Gut wieder hierher kam, und er begründete es damit, daß er angeblich Ted beim Schrottplatz gesehen hatte – aber das war gelogen! Er muß lange vor uns schon einmal hier gewesen sein –, und da hat er Bob und Peter geschnappt!«

Bravo, Justus! Mr. Harris wird es noch bereuen, seine Zähne statt in ein Roastbeef-Sandwich nicht lieber in einen Rettich geschlagen zu haben. Man fällt eben nicht ungestraft aus der 'Rolle! Doch hoffentlich werden sich die Detektive vorher nicht die Zähne an den Plänen des eiskalten Verbrechers ausbeißen ...

Die dunklen Männer erscheinen

Mr. Harris saß an dem roh gezimmerten Tisch in der Mitte des ungetünchten Raumes. Nachdenklich sah er Bob und Peter an.

»Es tut mir aufrichtig weh, ihr Burschen«, sagte er.

Bob und Peter antworteten nicht. An Händen und Füßen sachkundig gefesselt, saßen sie mit dem Rücken gegen eine Bretterwand gelehnt. Sie wußten nur wenig darüber, wo sie waren, nur daß sie zu einer kleinen Hütte in den Bergen gebracht worden waren, nachdem Harris sie in seinem Vereinshaus zu Gefangenen gemacht hatte.

Jetzt war ihnen klar, daß Mr. Harris etwas mit dem lachenden Schatten zu tun haben mußte. Aber sie konnten nichts tun, sich an niemanden wenden. Mr. Harris und seine beiden Mitarbeiter hatten sich im Flur des Hauses auf sie gestürzt, sie aus dem Haus und in einen Lieferwagen gestoßen und sie dann gefesselt. Dann hatten die beiden Männer sie zusammen mit ihren Fahrrädern weggebracht. Mr. Harris selbst war offenbar noch eine Zeitlang im Haus zurückgeblieben, denn jetzt erst war er in der Hütte erschienen.

Er lächelte ihnen mit Bedauern zu. »Ihr Jungs habt nun mal die unglückselige Angewohnheit, ausgerechnet dort aufzutauchen, wo ihr nicht erwünscht seid, wie? Dieses Herumspionieren in meinem Haus zum Beispiel. Ihr habt bestimmt nichts gefunden, aber sicher ist sicher, nicht wahr? Zum Glück hatte ich noch Zeit, alle Spuren eurer Anwesenheit zu tilgen, ehe die Polizei kam. Ich fürchte, ich werde euch eine Weile lang bei mir zu Gast behalten müssen. Sagen wir, bis ich mich weit genug von diesem Ort entfernt habe. Ein Glück, daß meine Arbeit hier fast beendet ist.«

Zum ersten Mal verlor Bob die Beherrschung. »Sie sind ein Dieb!«

»Sie wollen den Schatz der Chumash stehlen!« rief Peter hitzig.
Mr. Harris lachte laut. »O ja, ihr seid kluge Jungen. Der Schatz der Chumash ist genau das, was ich will, und heute nacht werde ich ihn mir holen.«
Mr. Harris grinste die beiden Gefesselten an, wandte sich um und ging zur Hütte hinaus. Als es still war, sahen sich Bob und Peter in hilfloser Wut an. Durch eines der schmutzigen Fenster sahen sie die Sonne tief am Horizont stehen. Bald würde die Nacht hereinbrechen, und sie konnten Mr. Harris nicht aufhalten.
»Wir müssen irgendwo auf dem Anwesen von Miss Sanchez sein«, sagte Peter mit seinem untrüglichen Orientierungssinn. »Als der Lastwagen stoppte, kamen mir ein paar Berge bekannt vor.«
»Hätten wir nur ein Zeichen hinterlassen können«, meinte Bob, »aber so wie die uns in den Lieferwagen geschubst haben, ließ es sich einfach nicht machen.«
»Justus wird uns schon finden. Wenn wir aber vorher frei kämen, könnten wir irgendwie Signal geben.« Peter begann an den Stricken zu zerren, mit denen ihm die Hände auf den Rücken gefesselt waren.
Da ertönte ein schadenfrohes Lachen. Mr. Harris war zur Hütte zurückgekommen. »Tapfere Burschen seid ihr mir – ich muß eure Ausdauer ehrlich bewundern.«
»Das wird Sie noch teuer zu stehen kommen!« sagte Peter wütend.
Mr. Harris grinste. »Inzwischen, meine Lieben, suchen die Polizei und euer Freund Justus die ganze Gegend nach jenen dunklen Männern ab, die euch ihrer Vermutung nach entführt haben. Für mich liegen damit die Dinge ausgesprochen günstig.«
»Glauben Sie bloß nicht, Sie könnten Justus zum Narren halten!« ereiferte sich Bob. »Im Zuchthaus werden Sie landen.«
»Das glaube ich nicht«, sagte Mr. Harris zuversichtlich. »Ich

habe alles zu sorgfältig geplant – ein paar grüne Jungen und Kleinstadtpolizisten können mich jetzt nicht aufhalten. Dennoch habt ihr mir gewisse Schwierigkeiten bereitet, und für mich wäre es sicherer, wenn ich euch dazu bringen könnte, mit mir an einem Strang zu ziehen.«

»Mit so einem wie Ihnen – niemals!« fauchte Peter.

»Mutig gesprochen, aber sehr töricht. Ihr hättet mitmachen sollen und mich sogar reinlegen können, als ihr noch frei wart. Ein Glück für mich, daß die meisten Menschen so dumm sind. Sonst wäre der Schatz der Chumash schon längst gehoben worden.«

»Ich glaube nicht, daß Sie ihn wirklich gefunden haben«, sagte Bob böse.

»Du irrst dich, mein Junge. Ich habe Magnus Verdes kleines Orakel gelöst, und in ein paar Stunden werde ich den Schatz heben«, erklärte Mr. Harris, und seine Augen verengten sich, als er die Jungen anblickte. »Und dann komme ich wohl wieder hierher und kümmere mich um euch.«

Er wandte sich um und ging zur Tür. Die Hand auf der Klinke, schaute er noch einmal über die Schulter zurück. »Übrigens wird es euch nichts nützen, wenn ihr euch befreien solltet. Diese Hütte steht am Rand eines dreißig Meter tiefen senkrechten Abgrundes. Sie ist nur über einen schmalen Hohlweg zu erreichen, und dort habe ich einen Wächter postiert. Er hat die einzige Tür direkt im Blickfeld. Sonst gibt es keinen Weg von dieser kleinen Plattform aus.«

Mit höhnischem Lachen verließ Mr. Harris die Hütte. Diesmal hörten die Jungen, wie die Tür abgeschlossen wurde. Sie waren allein – und eingesperrt. Peter begann sogleich wieder mit seinen Handfesseln zu kämpfen.

»Bob«, sagte er, »vielleicht könnten wir uns gegenseitig helfen. Kannst du dich hier rüberrollen, bis wir Rücken an Rükken sitzen?«

Die beiden Detektive wälzten sich mühsam über den unebenen Fußboden, bis sie endlich Rücken an Rücken saßen. Pe-

ter versuchte angestrengt, Bobs Handfesseln zu lösen. Der Schweiß rann ihm übers Gesicht, und er knirschte mit den Zähnen. Der Kampf schien ihm Stunden zu dauern. Erschöpft ließ er sich zurücksinken.
»Ich krieg sie einfach nicht richtig in den Griff«, sagte er verzweifelt.
»Uns sind eben die Hände gebunden«, stellte Bob fest.
Peter suchte nach einem Ausweg. »Wenn Mr. Harris mir nicht mein Messer weggenommen hätte, dann hätte ich es mit den Zähnen packen können und –«
»Mit den Zähnen!« rief Bob. »Vielleicht können wir die Knoten mit den Zähnen aufbekommen!«
»Es wäre den Versuch wert. Ich lege mich mal auf die Seite.«
Peter legte sich flach auf den Boden, den Rücken Bob zugewandt. Bob schob sich mit kleinen Rucken zu Peters Handgelenken vor. Seine Zähne packten kräftig an dem ersten Knoten an. Peter zog in der Gegenrichtung, und Bob begann auf dem Knoten herumzukauen. Dreimal mußten sie innehalten und Kräfte sammeln. Schließlich versuchte Bob es noch einmal.
»Ich spüre, wie er aufgeht!« rief Peter leise. »Jetzt probier es mit den Händen.«
Wieder Rücken an Rücken mit dem Freund, fingerte Bob an den Stricken um Peters Gelenke. Plötzlich löste sich der erste Knoten. Der zweite war nicht so fest, und nach ein paar Augenblicken hatte Peter die Hände frei. Schnell befreite er seine Beine, und dann löste er Bobs Fesseln.
Als erstes erkundeten sie ihre Lage. Peter ging zu den Fenstern neben der Tür, während Bob das eine Fenster an der Rückwand untersuchte.
»Die Fenster nach vorne sind mit Brettern vernagelt«, meldete Peter, »und ich sehe auch den Wächter. Wir können hier nicht ungesehen rauskommen, auch nicht bei Nacht. Er nat eine große Laterne dabei.«
Schon war hinter den höchsten Berggipfeln die Sonne gesun-

ken, und purpurnes Zwielicht legte sich über das Land. Im Herbst brach die Dunkelheit in den Bergen früh und rasch herein.

»Da hinten ist nur ein schmaler Sims, und dann kommt der Abgrund.« Bobs Stimme klang mutlos. »Wir würden es sicher nie schaffen, hier rauszukommen.«

Die beiden Detektive gingen zu dem Tisch in der Mitte des Raumes.

»Wenigstens weiß ich, wo wir sind«, sagte Peter. »Ich kann im Westen die Paßhöhe sehen. Wir sind sieben oder acht Kilometer vom Gutshaus weg, ganz oben in den Bergen.«

»Wenn wir ein Signal geben, würden sie es im Haus vielleicht sehen«, schlug Bob vor. »Wenn uns Justus sucht, geht er sicher zum Gutshaus.«

»Irgendein Licht«, meinte Peter.

Sie durchsuchten die Hütte. Viel zu erhoffen gab es nicht – die Berghütte enthielt kaum Möbel und Gerät, und Harris war ein schlauer Bursche. Aber wie viele allzu selbstsichere Gauner hatte Harris nicht auf das Nächstliegende geachtet. Bob stieß einen Triumphschrei aus, als er von einer alten Holztruhe etliches Gerümpel abräumte und den Deckel hob.

»Da haben wir eine Petroleumlampe!« Er zog die verstaubte alte Lampe heraus. »Und es ist sogar noch Petroleum drin! Wir können Morsezeichen blinken, wenn wir das Licht immer wieder abdecken. Wir geben SOS!«

»Falls wir sie anzünden können«, dämpfte Peter seine Begeisterung. »Wir haben keine Streichhölzer.«

In verzweifeltem Eifer suchten die Jungen noch einmal die Hütte ab. Und wieder hatten sie Glück: ganz hinten in der Tischschublade fanden sie ein altes Streichholzbriefchen. Bob riß ein Hölzchen ab und zündete hastig die Lampe an, während Peter ein Stück Blech entdeckte, womit sie den Lichtschein abdecken und Blinkzeichen geben konnten. Dann traten sie an das rückwärtige Fenster.

Erstarrt, mit offenem Mund, blieben sie stehen – durchs Fenster spähte ein dunkles Gesicht zu ihnen herein! Dann flog das Fenster auf, und die beiden dunklen Männer in ihrer seltsamen weißen Kleidung kletterten hindurch. Sie standen da und starrten die Jungen an, mit blanken langen Messern in den Händen.

Eine Sackgasse

Hauptkommissar Reynolds saß an seinem Schreibtisch, als Justus und Morton hereinplatzten. Justus schwenkte das verräterische Butterbrotpapier.

»Mr. Harris ist ein Betrüger, Sir!« schrie Justus. »Er hat es auf den Schatz abgesehen! Wir sahen ihn vom Vereinshaus aus davonrasen. Ich glaube, er ist zum Gut gefahren, und ich bin sicher, daß er Bob und Peter geschnappt hat.«

»Nun mal langsam, Justus. Laß sehen, was du da hast.« Der Kommissar untersuchte das beschmierte Papier. »Vegetarier ist der bestimmt nicht. Der Verein ist also auch Schwindel. Na, das paßt ja.«

Justus blieb vor Verblüffung der Mund offenstehen. »Paßt wozu, Chef?«

»Zu meinen Ermittlungen«, sagte der Polizeichef mit einem Augenzwinkern. »Ihr Jungen seid nicht die einzigen Detektive in Rocky Beach. Ich habe mit den Behörden in Australien telefoniert. Sie wußten nichts von Ted Sanchez, aber ein Albert Harris war ihnen bekannt. Deine Ahnung hat dich nicht getrogen.«

»Was haben Sie herausgefunden, Sir?«

Der Kommissar stand auf. »Das erzähle ich dir unterwegs. Jetzt ist keine Zeit mehr zu verlieren. Von den verschwundenen dunklen Männern haben wir noch keine Spur gefunden, aber ich habe das Gefühl, daß wir sie finden werden, wenn wir erst Mr. Harris haben. Ich habe Mr. Andrews angerufen, wir treffen uns gleich mit ihm. Peters Vater ist leider nicht da.«

»Wohin gehen wir denn, Chef?« wollte Justus wissen.

»Na, zu Miss Sanchez aufs Gut. Ich bin sicher, daß du auch in diesem Punkt recht hast. Dort werden wir die Missetäter finden.«

»Vielleicht sollten wir den Rolls-Royce nehmen, Sir«, schlug Justus vor. »Mr. Harris weiß nicht, daß wir manchmal damit fahren, und wenn er ein Polizeiauto sieht, versucht er womöglich zu fliehen.«
»Gute Idee, Justus. Meine Leute lasse ich dann im Polizeiwagen nachkommen.«
Der Kommissar wies vier Beamte an, dem Rolls-Royce in einigem Abstand mit dem Dienstwagen zu folgen. Dann fuhr Morton Justus und den Polizeichef zu Bobs Haus. Mr. Andrews kam gleich heraus und stieg ein.
»Gibt es etwas Neues, Kommissar?« fragte er beunruhigt. »Haben Sie Bob und Peter gefunden?«
»Noch nicht, Mr. Andrews, aber wir werden sie finden«, sagte Reynolds.
»Wie ist das denn überhaupt alles gekommen?« erkundigte sich Mr. Andrews.
Hauptkommissar Reynolds faßte kurz zusammen, was die drei Detektive erlebt hatten. »Sie haben gute Arbeit geleistet, Mr. Andrews. Sie sollten stolz auf die Jungen sein. Ohne sie stände es jetzt vielleicht schlecht um Miss Sanchez und Ted, und wir hätten es zu spät erfahren. Die Jungen haben richtig und besonnen gehandelt. Sie konnten ja nicht wissen, wer Harris war. Er hat alle getäuscht.«
»Wer ist denn nun dieser Harris?« fragte Mr. Andrews.
»Ein Dieb und Betrüger, wie Justus und seine Freunde bewiesen haben«, erwiderte der Kommissar, während Morton in der zunehmenden Dämmerung die kurvenreiche Paßstraße hinauffuhr. »Ich habe vorhin mit der Polizei in Sydney gesprochen. In Australien steht Harris auf der Fahndungsliste. Er ist ein berüchtigter Hochstapler, Fassadenkletterer, Erpresser und einiges mehr. Oft ist er als Vorsitzender irgendwelcher Schwindel-Vereine aufgetreten, um nichtsahnende Leute übers Ohr zu hauen. Auch in Mexiko wird er gesucht – dort hat er eine betrügerische Hilfsorganisation für notleidende Indianer aufgezogen.«

»In Mexiko, Sir?« fragte Justus. »War er in letzter Zeit dort?«
»Mehr als einmal. Der letzte Aufenthalt liegt erst ungefähr ein Jahr zurück. Die Australier meinen, er sei innerhalb des letzten Jahres auch einige Zeit in Kalifornien gewesen.«
»Da muß er dann von dem Schatz der Chumash und von Miss Sanchez gehört haben«, folgerte Justus.
»Ich vermute, er hat aus einer Lokalzeitung vom Tod ihres Bruders erfahren«, erklärte Hauptkommissar Reynolds. »Und danach hat er wahrscheinlich beschlossen, sich in England an Ted Sanchez heranzumachen.«
Dank Mortons schneller, aber völlig sicherer Fahrweise hatten sie bald die Paßhöhe erreicht und näherten sich in der Dunkelheit rasch dem Eisentor. Längst hatte der goldbeschlagene Wagen das nachfolgende Polizeiauto weit hinter sich gelassen. Das Tor stand offen. Morton lenkte den starken Wagen mit fast unverminderter Geschwindigkeit in dic Einfahrt.
Der Rolls-Royce brauste weiter, bis ihn Morton vor dem Portal der großen spanischen Villa sacht zum Stehen brachte. Schnell stiegen alle aus, und Hauptkommissar Reynolds bat um absolute Stille. Im Haus war kein Licht und kein Lebenszeichen zu sehen.
»Sieht aus, als sei niemand da«, sagte der Kommissar enttäuscht.
»Aber vielleicht finden wir einen Anhaltspunkt, wohin sie gegangen sind«, erwog Justus.
»Auf alle Fälle wollen wir mal nachsehen«, drängte Mr. Andrews. »Bob und Peter könnten ja da drinnen irgendwo eingesperrt sein.«
Reynolds nickte und gab seinen Männern im Dienstwagen, der gerade herangekommen war und ein Stück vom Haus entfernt unauffällig parkte, ein Zeichen. Während die Männer das Haus umstellten, ging der Kommissar Justus, Mr. Andrews und Morton voran ins Haus hinein.
Sorgfältig durchsuchten sie alle Räume im Erdgeschoß, fan-

den jedoch nichts. Justus nagte in bitterem Selbstvorwurf an seiner Lippe. Waren sie zu spät gekommen? Hatte Mr. Harris alle in seiner Gewalt, um sie als Geiseln festzuhalten, bis er mit dem Schatz der Chumash entkommen war?
Da meldete sich Morton leise zu Wort: »Ich glaube, ich höre etwas.«
Alle lauschten in dem dunklen Haus.
Poch – poch – poch – poch!
»Es ist oben«, sagte der Polizeichef. »In den hinteren Zimmern!«
Vorsichtig stiegen sie die Treppe hinauf – Reynolds mit gezogener Pistole als erster – und gingen oben den Flur entlang, von dessen Ende das dumpfe Pochen kam.
Poch – poch – poch!
»Da drin«, sagte Mr. Andrews und deutete auf eine Tür zu ihrer Linken.
Die Tür war verschlossen. Mit einer Handbewegung hieß der Polizeichef alle zurücktreten, dann wuchtete er mit aller Kraft seinen Körper gegen die Tür. Sie splitterte, aber das Schloß hielt noch. Noch einmal rannte Reynolds dagegen an, und nun flog die Tür auf. Mit schußbereiter Pistole trat er als erster ins Zimmer.
»Da!« rief Mr. Andrews.
In einer Ecke des dunklen Zimmers lag etwas auf dem Fußboden, das wie eine ägyptische Mumie aussah und mit den Füßen gegen den Boden hämmerte. Es war Ted Sanchez – um und um gefesselt und mit einem Knebel im Mund. Sie befreiten den jungen Engländer, und er schrie: »Tante Sarah! Dort drüben!«
Die kleine zarte Dame war fest an einen Stuhl gebunden und ebenfalls geknebelt. Morton machte sie los, und sie starrte mit weiten, entsetzten Augen auf die Gruppe.
»Ich ... ich ... was ist denn geschehen?« Ihr Blick war benommen und verwirrt. »Ich weiß noch, wie Mr. Harris mir am Nachmittag meinen Tee brachte, und dann kam ich

plötzlich auf diesem Stuhl wieder zu mir! Meine Güte, ich habe noch nie solche Angst ausgestanden. Und der arme Theodor! Auf dem Fußboden!«

Aufgeregt trippelte die zierliche Dame zu Ted hin und beugte sich wie eine Gluckhenne mit kleinen besorgten Lauten über ihn. Ted lächelte ihr zu, dann wandte er sich an Justus.

»Nachdem ich aus der Bibliothek von euch weggegangen war, Justus, kam ich zurück und entdeckte, daß ihr beide, du und Mr. Harris, fort wart. Erst spät am Nachmittag kam Harris zurück. Er sagte mir, er hätte mir oben etwas Wichtiges im Zusammenhang mit dem Amulett zu zeigen. Natürlich ging ich mit ihm rauf, und da muß er mir plötzlich von hinten eins über den Schädel gegeben haben. Als ich wieder zu Bewußtsein kam, war ich wie eine Mumie eingewickelt und gebunden. Und seither habe ich so dagelegen.«

»Aber ja!« Justus wurde allmählich klar, wic sich allcs abgcspielt hatte. »Als Mr. Harris und ich aus der Jagdhütte zurückkamen, mußte er mir erzählen, du seist irgendwohin gefahren, damit sich mein Verdacht gegen dich richtete. Dabei warst du überhaupt nicht fort.«

»Und Harris verschaffte sich dadurch auch Gelegenheit, rechtzeitig zu seinem Büro zu gelangen und Bob und Peter zu entführen«, ergänzte der Kommissar. »Justus hatte ihm ja gesagt, daß die beiden dort seien.«

»Oh, bitte, erinnern Sie mich nicht daran«, stöhnte Justus. »Ich habe ihm alles erzählt, und er hat uns alle aus dem Weg geräumt!«

»Heute nacht geht er auf Schatzsuche«, sagte Ted. »Und ich bin an allem schuld. Er hat sich mein Vertrauen erschlichen, um hierher zu kommen. All das mit dem Diebstahlsverdacht gegen euch und mit der Belohnung war seine Idee. Er schlug auch vor, euch über das Geschäft mit den alten Sachen anzusprechen. Er hat mich wie ein Spielzeug benutzt!«

»Mach dir keine Vorwürfe, Theodor«, versuchte Tante Sarah ihren Neffen zu trösten. »Auch ich bin auf ihn hereingefallen.

Ich habe sogar für seinen Verein Geld gespendet. Er besaß so schöne Empfehlungsschreiben von anderen Vegetariern aus meiner Bekanntschaft.«
»Zweifellos gefälscht«, warf Hauptkommissar Reynolds ein. »Ein geschickter Betrüger.«
»Aber wir müssen ihn finden!« erinnerte Justus. »Ted, sagte er irgendwas zu dir von den dunklen Männern oder den kopflosen Zwergen?«
»Nein, Justus, nicht daß ich wüßte.«
Justus zog die Stirn in Falten. »Ich bin überzeugt, diese kopflos aussehenden Gefangenen sind der Schlüssel zum Ganzen. Einer von ihnen muß das Amulett gestohlen und es mit seiner Botschaft über die Mauer geworfen haben – was bedeutet, daß sie Yaquali-Indianer sind. Aber warum hält Harris sie fest?«
Da fuhr Mr. Andrews zornig auf: »Was kümmern uns jetzt Amulette und Zwerge? Wir müssen doch an Bob und Peter denken!«
»Ja, aber wir finden sie vermutlich erst dann, wenn wir Harris finden«, entgegnete der Polizeichef.
Hilflos sahen sich die Erwachsenen an. Justus kaute auf seiner Unterlippe herum. Plötzlich wandte er sich an Miss Sanchez: »Madam, hat Ihr Bruder jemals vom Schatz der Chumash gesprochen?«
»Nein. Mark war noch so jung, als er fliehen mußte, der arme Junge.«
»Was hat er Ihnen dann über die beiden Amulette erzählt?«
»Nichts, Justus. Kurz ehe er wegging, gab er sie mir und sagte, sie nützten nichts. Er sagte, er hätte sein Huhn geschlachtet. Ich habe mich immer gefragt, was er damit gemeint hatte.«
Justus blinzelte. »Na, er meinte wohl: das Huhn geschlachtet, das ihm goldene Eier gelegt hätte. Der Mann, den er umgebracht hatte, muß das Geheimnis des Schatzes gekannt haben. Die Figürchen selbst geben keinen Aufschluß darüber.

Sie sind nur der Beweis dafür, daß es auf dem Anwesen einen Schatz gibt. Und dieser Mann wußte, wo er liegt!«

»Dann kannte Mark Sanchez das Geheimnis also nicht«, sagte der Kommissar. »Harris hingegen muß es kennen – nur woher?«

»Er muß Magnus Verdes Rätsel gelöst haben«, stellte Justus fest. »Vielleicht haben ihn diese dunklen Männer eingeweiht. Und nun müssen wir es selbst lösen, um ihn zu finden.«

»Im Himmelsauge, wo ihn niemand finden kann«, zitierte Reynolds. »Was könnte das bedeuten? Wo sollen wir suchen?«

Niemand antwortete. Alle sahen sich nur an.

»Wenn wir nur diese dunklen Männer finden könnten . . .« Justus seufzte, und wie zum Hohn schien das große Haus zu schweigen.

Hauptkommissar Reynolds hat bei seiner Wiedergabe des Orakelspruchs eine Kleinigkeit außer acht gelassen. Bei solchen Überlieferungen ist es ja immer ratsam, den Wortlaut bis aufs i-Tüpfelchen zu beachten. Also – was sagte Magnus Verde wirklich?

Die Steilwand hinab

Die beiden dunkelhäutigen Männer in der Berghütte standen bedrohlich vor Bob und Peter, ihre langen Messer in den Händen. Während sich die Jungen langsam zur Wand zurückzogen, riß Peter die Lampe an sich – bereit, sich notfalls damit zur Wehr zu setzen.
Einer der Männer schüttelte den Kopf und sagte mit rauher, kehliger Stimme zu Peter: »Nein! Du nicht verstehen. Wir Freunde. Kommen helfen.«
Bob riß die Augen auf. »Ihr könnt Englisch?«
»*Si*, ein wenig. Ich Natches. Das mein Bruder Nanika.«
»Wenn ihr helfen wollt, warum habt ihr dann die Figur gestohlen?« fragte Peter erregt.
»Wir sehen, ihr finden kleine goldene Mann auf Straße. Wir glauben, er bringen Worte von unser Bruder, Vittorio. Wir folgen euch, nehmen goldene Mann, aber keine Worte in ihm.«
»Den Zettel haben wir behalten«, platzte Peter heraus.
»Ah?« sagte Natches. »Was sagen Worte?«
Peter berichtete ihnen den Inhalt der Nachricht, und Natches nickte ein paarmal aufgeregt. Dann steckten die beiden dunkelhäutigen Männer ihre Messer ein.
»Das wir fürchten«, sagte Natches. »Unser kleiner Bruder ist in Gefahr. Harris Lügner, böser Mann!«
»Ihr seid Yaquali-Indianer aus Mexiko, nicht wahr?« fragte Bob. »Und Harris hält euren Bruder gefangen.«
»*Si*, ja«, sagte Natches. »Wir kommen finden Bruder. Wir haben Angst. Wir nicht lieben große Stadt. Aber wir müssen finden Vittorio und andere Jungen.«
»Warum habt ihr uns nicht auf englisch angesprochen, als ihr hinter uns her wart?« wollte Bob wissen.
»Wenn Aufregung, können nicht denken englisch«, erklärte Natches betrübt.

»Warum hält Harris euren Bruder fest? Was treibt er eigentlich?«
In mühsamem Englisch erzählte Natches seine Geschichte. Einen Monat zuvor war Harris in das Yaquali-Dorf im Herzen des mexikanischen Sierra-Madre-Gebirges gekommen und hatte das Angebot gemacht, vier halbwüchsige Jungen mit nach Amerika zu nehmen, wo sie in einem öffentlichen Vergnügungspark ihre Kletterkünste vorführen sollten. Es schien für die Jungen recht aussichtsreich. Vittorio war auch darunter.
»Wir sind arm«, sagte Natches. »Unsere Jungen müssen lernen neue Wege. Mr. Harris sagen, sie werden verdienen Geld, werden sehen Amerika.«
Harris nahm also die Jungen mit, und im Dorf war man glücklich. Die Jungen würden eine neue Welt kennenlernen, und es würde Geld geben. Doch vor einer Woche hatte ein Brief das Dorf erreicht. Er kam aus Rocky Beach und meldete, daß Vittorio Hilfe brauchte. Irgendwie war es dem Jungen geglückt, den Brief abzuschicken.
»Wir gehen weg, nehmen alte Auto, kommen hier«, fuhr Natches fort. »Wir finden Mr. Harris in schöne *hacienda* in Berg. Wir glauben, wir hören Vittorio rufen Hilfe. Wir schauen überall, wir sehen ihr finden goldene Mann. Nächste Tag wir folgen euere große Auto – erst nach großes Haus von Film, dann nach anderes Haus, wo wir euch nehmen kleine Mann. Wenn goldene Mann nicht hat Brief von Vittorio innen, wir schauen wieder nach Mr. Harris. Wir finden ihn in großes Haus bei viele Menschen. Versuchen ihn machen sprechen, wo sind Jungen. Er macht Kampf mit uns, ruft Polizei, uns in Gefängnis werfen. Wir Angst, wir laufen weg.«
»Ihr meint, Mr. Harris hat *euch* angegriffen und wollte euch verhaften lassen?« Bob fing an zu begreifen.
»*Si*«, bestätigte Natches. »So wir schauen mehr und nächste Tag sehen ihr beide kommen aus großes Haus. Wir jagen euch, aber ihr täuschen uns. Wir wieder schauen, sehen Har-

ris stoßen zwei Jungen in große Wagen. Wir folgen nach hier, warten, klettern steilen Berg, wollen reden mit euch. Ihr uns sagen nun, wohin Mr. Harris gegangen.«
»Das wissen wir nicht«, sagte Peter.
»Was macht er denn mit euren Jungen? Wißt ihr irgend etwas davon?« fragte Bob.
»Schlimme Sache«, sagte Natches grimmig. »Wir glauben, er braucht Jungen für Böses, dann vielleicht tötet sie. Sie wissen, was er tun!«
Peter rief: »Er braucht sie, um an den Schatz zu kommen! Sie sind hervorragende Bergsteiger. Und wenn er den Schatz hat, will er sie natürlich los sein – sie könnten reden!«
»Wir müssen hier raus und den Polizeichef verständigen«, sagte Bob.
»Ihr wollen weggehen?« fragte Natches. »Dann wir gehen.«
»Aber wie? Da draußen hält einer Wache, und an dem kommen wir nicht vorbei«, erklärte Peter.
»Wir gehen Berg hinunter«, sagte Natches schlicht.
Nanika nickte eifrig, wies zum hinteren Fenster hinüber und zeigte nach unten – die senkrechte Steilwand hinab bis zu den großen zackigen Felsen, die weit drunten aufragten.
»Die Steilwand runter?« Entsetzt trat Peter vom Fenster zurück.
»Da sein keine Gefahr mit uns, *muchacho*.«
Bob warf Peter einen Blick zu und sah dann wieder Natches an. »Wir versuchen es«, sagte er. »Es ist der einzige Ausweg für uns.«
»Erst wollen wir ein paar Signale funken«, meinte Peter, der neuen Gefahr ergeben entgegensehend.
Er und Bob trugen die Lampe zum Fenster, und mit Hilfe der Blechplatte blinkten sie mit Morsezeichen ein paarmal SOS. Dann kletterten alle vier zum Fenster hinaus, und Natches und Nanika ließen dünne Stricke aus Lederstreifen den Steilhang hinab. Sie verankerten sie an dicken Holzpflöcken, die sie in Felsspalten zwängten. Dann winkten sie den Jungen.

»Wir haben Riemen auf Brust und Schulter«, erklärte Natches. »Ihr greifen ganz fest an Schulterriemen und steigen auf Rücken. So wir tragen euch hinunter.«
Peter klammerte sich also an Natches und Bob an Nanika. Ohne noch ein Wort zu reden, ließen sich die beiden Yaquali über den Rand des Abhanges fallen. In Peters Kopf schien sich alles zu drehen, als er sich ins Leere stürzen fühlte, und Bob packte die Riemen auf Nanikas Rücken ganz fest.
So schnell und behende wie Fliegen an der Wand glitten die beiden Indianer die steile Felsmauer hinab. Sie klommen an den Seilen entlang, sie sprangen vom glatten Felsen zur nächsten Spalte, und so schafften sie flink und ohne Pause den Abstieg. Manchmal schaukelten sie sich weit ins Leere hinaus, so daß sich Bob und Peter in Todesangst an ihren Rükken klammerten. Dann schwangen die beiden Indianer wieder zur Felswand zurück und trafen auf genau die richtige Stelle, um den Abstieg ungehindert fortsetzen zu können. Sie ließen sich im Dunkeln so zielstrebig am Steilhang hinab, wie andere über eine Straße gehen.
Die Jungen hingen ihnen mit geschlossenen Augen wie Kletten auf dem Rücken. Ihnen kam es vor, als würde der Abstieg kein Ende nehmen. Schließlich wurde ihnen bewußt, daß die Indianer wieder auf ebenem Boden waren. Vorsichtig streckten sie die Beine aus und öffneten die Augen.
»Wir haben's geschafft!« rief Bob erleichtert.
Natches grinste. »Ist nicht so schlimm. War leicht.«
»Dann erzählt mir lieber nichts von den schwierigen Touren«, gab Peter kleinlaut zurück. »Aber jetzt laufen wir lieber los. Wo ist euer Wagen, Natches?«
»Straße dort links. Wir gehen nach Polizei? Sie werden helfen!«
»Das werden sie bestimmt, wenn wir ihnen sagen, was wir wissen!« verkündete Bob.
Dann rannten sie alle einen Pfad entlang, zu der Straße, wo Natches und Nanika ihr altes Auto abgestellt hatten.

Und gerade als sie die Straße erreicht hatten, wurden sie von einem Paar plötzlich eingeschalteter Autoscheinwerfer geblendet.
Mr. Harris trat aus der Finsternis hervor, ein Gewehr im Anschlag. »Ihr beide geht mir allmählich auf die Nerven. Aber wenigstens habt ihr mir meine Yaquali-Freunde mitgebracht. Es hat mir schon ein wenig Sorgen gemacht, daß sie frei herumlaufen.«
»Wie . . .« stammelte Bob, »wie konnten Sie . . .«
»Euch finden? Höchst einfach – ich sah eure Lichtsignale und habe mir erlaubt, nach dem Rechten zu sehen.«
»O nein!« stöhnte Peter.
Mr. Harris lachte und wandte sich seinem vierschrötigen Helfer Sanders zu, der ebenfalls bewaffnet hinter ihm stand. In diesem Augenblick murmelte Nanika etwas und stürzte sich auf Mr. Harris. Der aber trat geschickt zur Seite und versetzte Nanika einen Schlag auf den Kopf. Der Indianer fiel zu Boden und blieb reglos liegen.
»Mr. Harris!« rief Sanders. »Der andere!« Harris wirbelte herum, aber Natches war im Dunkeln verschwunden. Nirgends war er zu sehen. Mr. Harris starrte die Jungen erbost an. Sein Selbstbewußtsein ließ ihn, den Dieb und Hochstapler, einen Augenblick lang im Stich. Dann lachte er.
»Was tut's schon – laß ihn gehen. Bald sind wir weit von hier, und ein durchgebrannter Indianer braucht uns dann nicht mehr zu kümmern.« Sanders war es sichtlich unbehaglich zumute. »Sind Sie da sicher, Boss?«
»Natürlich bin ich sicher, du Idiot! Geh und hol Carson von seinem Wachtposten vor der Hütte her. Wir müssen diese naseweisen Dummköpfe mitnehmen. Ich hab es satt, daß sie mir dauernd in die Quere kommen!«
Sanders ging in die Nacht hinaus. Nanika lag noch immer da, ohne einen Laut von sich zu geben, und Mr. Harris beobachtete Bob und Peter unablässig. Mit plötzlichem Erschrecken wurde ihnen klar, daß es diesmal für sie kein Entrinnen gab.

Hinauf in die Berge

Vor dem großen spanischen Gutshaus kam Hauptkommissar Reynolds vom Polizeiwagen zurück. »Keine Meldung über diese dunklen Männer oder ihren Wagen. Es tut mir leid, Mr. Andrews. Aber wir werden schon herausbekommen, wie wir sie finden.«
»Und wie?« fragte Bobs Vater nervös. »Wir wissen überhaupt nicht, wo sie sind. Wir haben noch keine Spur von ihnen gefunden!«
Sie standen vor dem Haus, wo der Mond alles mit silbernem, gespenstischem Licht übergoß. Justus schritt gedankenversunken auf und ab; sein rundes Gesicht wirkte eulenhaft.
»Chef, wir wissen aber doch, wo sie sein könnten, meine ich«, sagte er bedächtig. »Erstens muß der Schatz hier auf dem Anwesen irgendwo in den Bergen sein. Zweitens hat Mr. Harris ein Personenauto und einen Lastwagen. Drittens ist es so gut wie sicher, daß er heute nacht den Schatz holen will. Seine verschiedenen Versuche, sich uns mit List vom Hals zu schaffen, zielten nicht darauf ab, uns für länger außer Gefecht zu setzen. Er wollte nur ein wenig Zeit gewinnen.«
»Aber wie sollte uns all das helfen, Justus?« fragte Ted verwirrt.
»Es bedeutet, daß er einen Fahrweg benutzen will, und dieser Weg ist ziemlich sicher hier im Gutsbereich. Wahrscheinlich führt er ins Gebirge und ist nicht weit von hier«, erklärte Justus voller Eifer. »Die Straße zur Villa und den Weg zur Jagdhütte können wir außer Betracht lassen. Was gibt es also noch für Straßen? . . . Miss Sanchez kann es uns sagen.«
»Donnerwetter, Justus, ich glaube, du hast recht!« sagte der Kommissar. Während Mr. Andrews, Ted und Morton in die Nacht hinaus und zu den Bergen im Osten hinüberblickten, wandte er sich an Tante Sarah:

»Was gibt es hier noch an befahrbaren Wegen, Miss Sanchez?«
»Nun –«, die zierliche kleine Dame kniff die Augen zusammen und überlegte. »In den letzten Jahren bin ich nicht viel hier draußen auf meinem Land gewesen, aber –« Ted fiel ihr ins Wort. »Schaut mal – da drüben! Ein Licht, seht ihr? Es blinkt.«
Die anderen wandten den Blick zu den Bergen hinüber. Jeder hielt den Atem an und wartete. Da blitzte das schwache Lichtpünktchen wieder auf – fern am Horizont, gerade über den Baumkronen.
»Das ist ein SOS-Signal!« rief Justus. »Ich wette, das sind Bob und Peter. Wahrscheinlich hält man sie dort oben gefangen!«
»Sieben oder acht Kilometer von hier, würde ich sagen«, meinte der Polizeichef. »Ungefähr dort, wo die Steilhänge der hohen Berge beginnen.«
»Und genau im Osten, Kommissar«, stellte Morton fest.
Das Lichtpünktchen blinkte nochmals auf.
»Was ist dort drüben, Miss Sanchez?« fragte Justus aufgeregt.
»Oh, das weiß ich nicht genau«, sagte Tante Sarah. »Es ist schon so lange her. Wartet mal – ja, mein Vater hatte dort in den Bergen im Osten eine alte Hütte. Meine Güte, das hatte ich alles vergessen. Dort ist schon lange niemand mehr gewesen.«
»Wie kommen wir hin, Madam?« fragte Mr. Andrews.
»Nun, da ist ein Fahrweg. Ziemlich schmal. Er führt ins Gebirge hinauf und genau unterhalb der Hütte vorbei. Die liegt nämlich auf einer Felsplatte hoch über einem Steilhang. Sie ist nur schwer zugänglich.«
»Für Mr. Harris ein idealer Platz, jemand einzusperren«, bemerkte Justus.
Sie sahen alle dorthin, von wo das Licht gekommen war, aber es blinkte nicht wieder. Obwohl sie gespannt darauf warteten, kam kein neues Signal mehr.

»Da muß etwas passiert sein.« Mr. Andrews sah besorgt aus.
»Los, wir müssen zu dieser Hütte hin«, sagte Hauptkommissar Reynolds. »Wir dürfen keine Zeit mehr verlieren.«
Der Rolls-Royce fuhr mit Justus, dem Polizeichef, Ted und Mr. Andrews voraus. Dann folgte das Polizeiauto mit den Begleitern des Kommissars, von denen allerdings einer zum Schutz von Miss Sanchez zurückblieb. Sie rasten die Hauptstraße entlang, bis sie zu der Stelle kamen, wo der von Miss Sanchez bezeichnete Feldweg abzweigte.
Als sie in den Weg einbogen, stellten sie die Scheinwerfer ab. Nun mußten sie im Dunkeln vorsichtig weiterfahren, wenn auch der Mond mit seinem geisterhaften Schein alle Konturen scharf hervorhob. Bald waren sie am Fuß der steil aufragenden Berge angelangt. Beide Wagen hielten an, und alle stiegen aus.
Justus zeigte nach oben, wo man deutlich eine kleine Hütte erkennen konnte. Vom Mondlicht überflutet, duckte sie sich auf einer Felsplatte.
»Da ist die Hütte!«
»Jetzt sieht man kein Licht mehr«, flüsterte Mr. Andrews.
»Wir wollen beim Aufstieg vorsichtig sein. Es könnte eine Falle sein«, meinte der Kommissar.
»Schnell, Kommissar! Bob und Peter sind vielleicht in Gefahr!« drängte Mr. Andrews.
»Es kann noch gefährlicher für sie werden, wenn man uns zu früh sieht«, hielt ihm der Polizeichef entgegen. »Bleib du unten, Justus. Mit Harris ist nicht zu spaßen.«
Justus nickte widerstrebend und blieb zurück, während der Kommissar und seine Männer den steilen, schmalen Pfad emporstiegen, der zu dem Felsvorsprung führte. Plötzlich ließ ein Tumult zur Rechten alle erstarren. Morton und Mr. Andrews, die beim Rolls-Royce stehengeblieben waren, schlugen sich mit einem kleinen, starken Mann herum.
»Die dunklen Männer!« schrie Justus.
»Bringt ihn her!« befahl der Kommissar seinen Männern.

Zwei Polisisten liefen zu Morton und Mr. Andrews hin und schleppten den wild um sich schlagenden Natches mit sich zu ihrem Chef. Als der Yaquali Justus dort stehen sah, gab er Ruhe, und ein erwartungsvolles Lächeln überflog sein dunkles Gesicht.

»Du Justus, ja? Ich Natches. Freund. Yaquali Freund. Ich geflohen.«

»Das werden wir schon sehen, ob Sie ein Freund sind«, sagte der Kommissar drohend. »Sie haben die beiden anderen Jungen überfallen?«

»*Si* – war falsch. Ich glaube, sie *amigos* von bösem Mann Harris. Ich unrecht, ich sage zu andere Jungen. Sie mir glauben.«

»Sie haben Bob und Peter gesehen?« rief Mr. Andrews. »Wo sind sie? Sagen Sie schon!«

Natches blickte sich voll Verzweiflung um. »Der schlimme – Harris – sie mitgenommen. Auch meinen Bruder Nanika. Schon hat kleinen Bruder Vittorio gefangen. Ich geflohen.«

Hauptkommissar Reynolds seufzte. »Nun fangen Sie mal ganz von vorne an und sagen Sie uns, um was es hier überhaupt geht.«

»Einen Augenblick, Herr Kommissar«, unterbrach Justus. »Ich glaube bestimmt, er spricht besser spanisch. – Können Sie spanisch?« fragte er Natches. Der Indianer nickte.

»Dann erzählen Sie es uns auf spanisch«, sagte Justus. »Der Kommissar und ich können es beide verstehen.«

Also fing Natches mit seiner Geschichte noch einmal an. Diesmal ging sie ihm leichter von den Lippen. Alle hörten gespannt zu und machten ihrer Empörung über den Betrüger Harris aus vollem Herzen Luft.

»Sie sagen, er hat vier von euren Jungen?« forschte Justus.

»Natürlich! Ich war doch dumm. Er läßt Yaquali-Jungen für sich arbeiten – damit hat er Magnus Verdes Rätsel gelöst. Und wir sagten die ganze Zeit: ›Er ist im Himmelsauge, wo ihn keiner finden kann‹.«

»Ja, aber so lautete doch das Orakel?« fragte der Kommissar.
»Nein, Sir, eben nicht. Seine Worte waren: ›Er ist im Himmelsauge, wo kein Mann ihn finden kann.‹ Kein *Mann*, versteht sich. Er meinte, daß ihn kein Mann, wohl aber ein Junge finden kann!«
»Ein Junge!« rief der Polizeichef.
»Genau, Sir. Indianer sind klein, und früher waren sie noch kleiner. Magnus Verdes Leute versteckten ihren Schatz an einem Ort, an den nur ein Junge gelangen kann. Irgendeine Höhle mit sehr engem Eingang.«
»Du glaubst, Harris hat die wahre Bedeutung erkannt und sich aus dem Yaquali-Dorf vier Jungen geholt, die klein genug sind, um zu der Höhle hinaufzuklettern und hineinzuschlüpfen?«
»So ist es«, sagte Justus. »Er wußte, daß die Yaquali hervorragend klettern können.«
»Das bedeutet, daß das Versteck irgendwo hoch droben ist«, stellte der Kommissar kopfschüttelnd fest. »Aber ich begreife nicht, wieso die enge Öffnung für ihn ein Hindernis sein sollte. Er könnte den Zugang ja vergrößern, mit Bohrern oder durch eine Sprengung.«
»Nein, da denke ich anders«, sagte Jusuts. »Erstens könnte dadurch die ganze Höhle zusammenstürzen und das Gold für immer in sich begraben. Und zweitens will Harris den Schatz ja stehlen. Da kann er es sich nicht leisten, im Freien einfach zu bohren oder zu sprengen!«
»Können wir das nicht später klären?« warf Mr. Andrews ein. »Jetzt ist es doch vor allem wichtig, daß wir die Jungen befreien. Wissen Sie, wohin Harris sie gebracht hat, Natches?«
Natches zeigte dorthin, wo die Straße in die höheren Berge führte. »Diese Weg. Auf Straße in großes Wagen.«
»Da geht es tief ins Gebirge hinein«, sagte Hauptkommissar Reynolds. »Wir könnten tagelang suchen. Wenn wir bis morgen früh warten, können wir Hubschrauber einsetzen.«
»Morgen könnte es zu spät sein!« rief Mr. Andrews erregt.

»Wir können aber nicht einfach herumtappen, Mr. Andrews. Das könnte die Jungen erst recht gefährden.«
Jutus hatte zu dem Wortwechsel geschwiegen. Jetzt wandte er sich unvermittelt an Natches. »Mr. Natches, können Sie die Spur der Jungen auffinden?«
»Spur?« sagte Natches. »*Si*, natürlich. Ich gut für Spurensuchen.«
Der Kommissar rief: »Dann ab! Ich hoffe nur, wir kommen noch zurecht.«
Natches trabte im Mondlicht los, die Straße entlang. Die anderen folgten schweigend.

Mr. Harris stand mit Bob und Peter in einem öden Canyon tief im mondbeschienenen Gebirge. Beide Jungen waren mit kräftigen Stricken gut gefesselt.
»Ihr Dummköpfe! Ich hätte euch gleich richtig anpacken sollen. Na, jetzt dauert's nicht mehr lange.«
Lautlos tauchte aus dem Schatten Sanders auf. »Die Yaquali sind soweit, Boss.«
»Gut«, sagte Harris. »Der Freund der beiden da, dieser Dickwanst, hat sicher inzwischen ein Mordsgezeter angestimmt. Es wäre unklug, ihn zu unterschätzen. Er ist ein kluger Kopf. Wir müssen schnell arbeiten. Komm mit, Sanders.«
Im blassen Silberlicht sahen Bob und Peter die beiden Schurken in dem an einer Felswand endenden Canyon verschwinden. Neben ihnen kam von dem an Händen und Füßen gefesselt daliegenden Nanika ein schwaches Stöhnen.
»Was tun wir jetzt?« fragte Peter.
»Hoffentlich hat Harris recht, und Justus sucht uns.«
»Vielleicht hat er unser Signal auch gesehen.«
»Wir hatten nicht viel Zeit dazu«, sagte Bob ohne allzu große Hoffnung. »Und wenn er es je gesehen hat, dann geht er zur Hütte rauf. Wie sollen sie uns im Dunkeln finden?«
»Das weiß ich nicht, aber dringend wär's schon«, sagte Peter. »Mir kommt es so vor, als seien wir morgen früh nicht mehr

hier!« Ehe Bob etwas erwidern konnte, tauchten Harris und Sanders wieder auf. Harris, der falsche Vegetarier, schien sehr mit sich zufrieden. Er nickte Sanders zu; der bückte sich und löste Bobs Fesseln.
»Los, aufstehen!« herrschte Harris Bob an. »Sanders, du weißt genau, was du zu tun hast?«
»Das weiß ich, Boss.«
»Gut. Wenn alle vier Jungen arbeiten, sollten wir in ein paar Stunden fertig sein. Gib jetzt gut acht, Sanders. Wir sind ganz nah an dem Schatz.«
Harris stieß Bob vor sich her, und sie tauchten zusammen in der Finsternis am Ende des Canyons unter. Peter starrte ihnen voll Unbehagen nach. Warum hatte Harris Bob mitgenommen?
Peter ahnte ungefähr, wo sie hier waren. Der tiefe, an einer Seite abgeschlossene Canyon hatte zwar keinen Namen, aber er lag am Fuß des hoch aufragenden »Indianerkopfs«, einem Gipfel inmitten der Berge an der Grenze des Sanchezschen Anwesens. Die Straße und der Lastwagen waren fast zwei Kilometer weit weg. Wie sollte man sie hier jemals finden?

Nun, wenn Peter den Namen jenes vermutlich hervorstechenden Gipfels kennt, dürfte ihm Justus darin nicht nachstehen. Und als Oberhaupt der drei ??? wird er hoffentlich auch die entsprechende Gedankenverbindung herstellen, sobald er den Berg zu Gesicht bekommt. Ihr seid zwar nur im Geiste dabei, aber wie wär's mit ein wenig Kombinieren?

»Sanders«, sagte Peter. »Harris wird Sie nachher im Stich lassen . . .«
»Halt den Mund«, knurrte Sanders. »Der Boss weiß schon, was er tut.«
Niedergeschlagen schwieg Peter wieder. Der verletzte Nanika

bewegte sich und strengte sich an, bis es ihm gelang, aufzusitzen. Finster blickte der kräftig gebaute Yaquali um sich. Peter gab sich Mühe, Nanika ermutigend zuzulächeln; sagen konnte er jedoch nichts. Der Indianer sprach kein Englisch. Falls Peter etwas unternehmen wollte, dann würde er es allein tun müssen.

Aber was konnte er ausrichten? Sanders saß mit einem Gewehr nur wenige Schritte entfernt und behielt die beiden Gefangenen scharf im Auge. Peter hielt verzweifelt nach allen Richtungen Ausschau, ob sich nicht irgend etwas bot, das ihm weiterhelfen würde.

Plötzlich blinzelte er. Er sah wohl Gespenster!

Schattenhafte Gestalten schienen von überallher in dem kleinen Canyon aufzutauchen. Er rief laut: »Hier bin ich! Hilfe! Wir sind hier!«

Da kamen die Gestalten alle auf ihn zugelaufen. Sanders sprang auf und sah entsetzt den anstürmenden Männern entgegen; dann ließ er sein Gewehr fallen und rannte in die Dunkelheit.

»Haltet den Mann auf!« schrie Hauptkommissar Reynolds.

Gleich darauf drängten sich Justus, Mr. Andrews und Morton um Peter und lösten seine Fesseln. Natches lief zu Nanika hin und befreite rasch seinen Bruder. Zwei von Reynolds' Leuten kamen gerade mit Sanders zurück, der sich heftig wehrte, um loszukommen.

»Wo ist Mr. Harris?« fragte Justus Peter.

»Er ist den Canyon rauf zum Indianerkopf«, sagte Peter. »Und Bob hat er mitgenommen!«

Mr. Andrews war verzweifelt. »Er hat Bob noch bei sich?«

Der Polizeichef starrte den mürrisch dreinblickenden Sanders wütend an. »Red schon – wo ist Harris? Was hat er mit Bob und den Indianerjungen gemacht?«

»Such sie doch selber, Polyp«, höhnte Sanders.

»Da war noch ein anderer Mann«, sagte Peter. »Carson heißt der Kerl.«

»Nun, sie kommen nicht weit«, stellte der Kommissar fest. »Sie sitzen in der Falle. Der Canyon hat dort hinten keinen Ausgang! Es ist aus mit ihnen.«

Sanders' Blick war haßerfüllt. »Glaubt bloß nicht, der Boss gibt sich so schnell geschlagen.«

»Weit kann er nicht sein«, sagte Peter. »Er ist da raufgegangen, und der Canyon ist nicht sehr lang. Herr Kommissar.«

»Er kommt nirgends raus als hier, wo wir stehen«, verkündete Justus.

»Stimmt«, bestätigte der Kommissar. »Also gut, Leute, verteilt euch und geht den Canyon rauf.«

Die Gruppe Polizisten schwärmte mit schußbereiter Waffe aus und drang vorsichtig in Richtung Indianerkopf in den Canyon vor. Fahl und silbrig ragte der Berg im Mondlicht empor.

Im Schatten der Berge verengte sich der Canyon allmählich, aber sie gingen weiter. Da sie den Schatz irgendwo hoch droben vermuteten, blickten sie im Gehen immer wieder zum Gipfel hinauf. Als Justus, der mit Peter und Morton hinter den anderen herkam, einmal gegen den Mondschein zu dem Felsmassiv hinaufsah, rief er plötzlich: »Peter! Der Berg! Schau doch, er –«

Weiter kam er nicht. Aus den silbern überglänzten Tiefen des Canyons gellte das wilde, irre Lachen und brach sich in vielfältigem Echo an den Wänden des Canyons.

»Der lachende Schatten!« schrie Peter auf.

»Da drüben!« rief der Kommissar. »Die Lampen her!«

Die Polizisten richteten den Strahl ihrer Handlampen ins Dunkel.

Da stand Mr. Harris mit einem häßlichen Lächeln.

»Nun, Sie sind etwas zu früh gekommen«, sagte er. »Leider. Nun werde ich mich wohl mit weniger begnügen müssen, als ich im Sinn hatte, wie?«

Ganz in seiner Nähe brach das verrückte Lachen wieder los und übertönte Harris' weitere Worte.

Der Schatz der Chumash

»Rühren Sie sich nicht vom Fleck, Harris!« befahl Hauptkommissar Reynolds. »Nehmt ihn fest, Leute, und durchsucht ihn. Wo ist der andere Mann?«

Einer der Polizisten rief: »Wir haben ihn, Chef!«

Harris lächelte immer noch, während er durchsucht wurde. Ein Polizist fand einen kleinen Beutel bei ihm und übergab ihn dem Kommissar. Der Komplice, Carson, wurde neben Harris gestellt. Reynolds öffnete den Beutel und blickte den lächelnden Dieb an.

»In dem Beutel ist Gold, Harris – das bedeutet, Sie haben den Schatz gefunden. Sagen Sie uns lieber gleich, wo er ist. Wir wissen alles über Sie.«

»Alles über mich?« Harris konnte das Lächeln nicht lassen. »Das bezweifle ich. Diese dreckigen Indianer haben Ihnen meinetwegen eine Räuberpistole vorgesetzt, aber wenn Sie denen glauben –«

»Ich habe auch mit Australien gesprochen«, unterbrach ihn der Polizeichef.

Harris erbleichte. »Australien? Aber – wie haben Sie das rausbekommen?«

»Justus, erklär ihm –« fing der Polizeichef an, aber ehe er den Satz beenden konnte, stieß ein großer Vogel aus dem Dunkel hernieder, flog direkt auf Mr. Harris zu und landete auf seinem Kopf. Er hatte etwa die Größe einer Krähe und wirkte zerzaust, mit sehr starkem Schnabel, einem wirren braunen Federbusch auf dem Kopf, weißer Brust, weißem Bauch und struppigem Schwanz. Der Körper war plump, und der Kopf erschien im Verhältnis zu groß.

»Was ist denn das?« Peter starrte verdutzt den seltsamen Vogel an.

Ehe ihm jemand antworten konnte, öffnete der Vogel seinen

mächtigen Schnabel und stieß ein wildes, verrücktes Gelächter aus, das den ganzen Canyon zu füllen schien.
»Das Lachen!« schrie Peter. »Es war ein Vogel!«
»Ein Kookaburra, genauer gesagt«, verkündete Justus mit bemerkenswerter Gelassenheit. »In Australien auch als der Lachende Tölpel oder der Lachende Hans bekannt. Es ist das, worauf ich mich nicht besinnen konnte – ein australisches Tier mit einer Stimme, die fast wie das Lachen eines Menschen klingt.«
Justus nahm eine Lampe und richtete sie auf Mr. Harris. Den Vogel auf dem Scheitel, warf Harris einen riesigen, buckligen Schatten mit vogelähnlichem Kopf und Schnabel, der ständig hin und her zuckte.
»Da haben wir unseren lachenden Schatten«, stellte Justus fest. »Mr. Harris mit seinem zahmen Kookaburra auf dem Kopf – und den Kookaburra gibt es nur in Australien.«
Mr. Harris nickte und zuckte die Achseln. »Also du bist mir auf die Schliche gekommen, Justus? Ich befürchtete selbst, es könnte einmal dazu kommen, und ich habe versucht, das Biest loszuwerden. Dummerweise blieb es aber hier in der Gegend und schrie immer im ungeeignetsten Moment los.«
»Justus hat auch das mit Ihrem Fleischbrötchen entdeckt, Harris«, sagte Hauptkommissar Reynolds. »Sie waren unvorsichtig.«
»Ach, das also auch noch? Ich hätte mir unser kluges Dickerchen doch energischer vornehmen sollen. Doch wie heißt es so schön: noch ist nicht aller Tage Abend. Ich nehme an, es ist allgemein erwünscht, daß Bob und die Indianerjungen heil zurückkehren?«
Mr. Andrews rief erregt: »Was haben Sie mit Bob gemacht?«
»Geben Sie sich keine Mühe mehr, Harris«, fuhr ihn Reynolds an. »Wir haben Sie in der Schlinge.«
»Na, und ob, Chef. Doch ich werde meinen Kopf noch mal rausziehen. Man muß nur immer gut vorbereitet sein«, sagte Harris mit bösem Lächeln. »Da in dem Beutel ist Gold. Nicht

annähernd so viel, wie ich mir erhoffte, aber ein nettes Sümmchen. Ich bin zu einem Tauschhandel bereit. Ich will dieses Gold – nur dieses – und meine Freiheit behalten. Zum Ausgleich überlasse ich Ihnen Sanders und Carson.«
»Du Schuft!« knurrte Sanders und wollte auf seinen Boss losstürzen, aber die Polizisten hielten ihn zurück.
»Sachte, sachte, Sanders – jeder ist sich selbst der Nächste, oder nicht? Ich darf nicht zu habgierig sein. Ich tausche mich und dieses Gold gegen die Jungen und den Rest des Schatzes.«
»Keine Tauschgeschäfte, Harris«, erklärte Hautpkommissar Reynolds mit Nachdruck. »Wir finden die Jungen schon. Da wir Sie und Ihre Leute haben, können Sie ihnen nichts mehr tun.«
»Da irren Sie sich, Kommissar«, sagte Harris aalglatt. »Für diesen Fall habe ich ebenfalls vorgesorgt. An die Jungen kommen Sie erst heran, wenn ich Ihnen sage, wo sie sind.«
»Harris«, sagte der Kommissar, »ich warne Sie. Wenn Sie nicht –«
»Nein!« fuhr Harris in jetzt barschem Ton dazwischen. »Ich warne Sie ! Wenn Sie mir nicht das Gold und meine Freiheit wiedergeben, werden Sie die Jungen nicht mehr lebend finden. Sie können sich nicht befreien, und sie können auch keine Hilfe herbeirufen. Sie haben nichts zu essen und kein Wasser. Wenn Sie mich mit dem Gold gehen lassen, rufe ich Sie an, sobald ich in Sicherheit bin, und sage Ihnen, wo die Jungen sind. Andernfalls müssen sie sterben.«
»Das würden Sie nie wagen! Das wäre ja Mord!«
Harris lächelte. »Mag sein, daß ich es nicht wagen würde, aber das wissen Sie eben nicht sicher, oder? Sie haben keine andere Wahl!«
Harris' Lachen klang gedämpft in der Nacht auf. Aber sein zahmer Kookaburra entsandte von seinem Sitz auf dem Kopf des Verbrechers ein wildes Echo, und grelles Gelächter erfüllte den dunklen Canyon. Mr. Andrews wandte sich mit fle-

hentlichem Blick an den Kommissar. Alle anderen starrten den grinsenden Harris an. Da meldete sich Justus zu Wort.
»Doch«, sagte er ruhig. »Ich glaube, wir haben noch eine Wahl, Herr Kommissar. Ich weiß, wo die Jungen sind.«
Harris blickte Justus mit kalten Augen an. Der Polizeichef schien etwas ungläubig.
»Wo denn, Justus?« rief Mr. Andrews verzweifelt.
»Da oben«, verkündete Justus und zeigte auf den Berg, der sich schwarz vor ihnen auftürmte. »Magnus Verdes Worte hießen: ›Er ist im Himmelsauge, wo kein Mann ihn finden kann.‹ Wir wissen, daß er die Worte ›kein Mann‹ mit Absicht so zweideutig gewählt hat, aber ich glaube, mit dem ›Himmelsauge‹ hat er sich ganz klar ausgesprochen. Er meinte damit nicht die Sonne oder den Mond oder sonst ein Sinnbild. Er meinte ein richtiges Auge. Dort, droben am Berg, am Indianerkopf!«
Alle schauten hinauf. Gegen das silberne Mondlicht hob sich ein Gesicht ab – ein riesenhaftes Steingesicht mit Nase, Mund und zwei Augen.
»Das linke Auge liegt ganz im Schatten«, fuhr Justus fort. »Ich glaube, da oben ist ein Felsvorsprung und dahinter eine Höhle. Und dort ist der Schatz der Chumash verborgen. Harris muß schon oben gewesen sein, und als er unsere Lichter hier unten sah, hat er die Jungen in die Höhle gestoßen und den Zugang versperrt, und nun sind sie gefangen.«
Harris knurrte: »Das glaubst du – ich könnte da raufklettern?«
Justus nickte. »Mit Hilfe der Yaquali-Jungen, ja. Die australische Polizei hat uns berichtet, Sie seien ein Fassadenkletterer.«
»Na, und wenn sie schon dort sind – was könnt ihr machen?«
»Natches und Nanika können hinaufklettern«, sagte Justus.
Natches nickte eifrig. »*Si*! Wir klettern leicht. *Mucho* leicht!«
»Wollen Sie auf einen grünen Jungen hören?« wandte sich Harris an die Erwachsenen. »Ich warne Sie: wenn Sie auf sein

Geschwätz etwas geben und es hernach nicht stimmt, gilt unser Tauschhandel nicht mehr. Entweder wir machen das Geschäft jetzt auf der Stelle, oder wir lassen es bleiben!«

Die Männer standen unbehaglich da. Harris stieß einen Fluch zwischen den Zähnen hervor. Alle Blicke richteten sich auf Mr. Andrews und die beiden Yaquali. Mr. Andrews sprach als erster wieder.

»Ich habe Vertrauen dazu, wie es Justus sieht«, sagte er. Die beiden Indianer nickten.

»Also gut«, meinte Hauptkommissar Reynolds. »Natches und Nanika können hinaufklettern und nachschauen. Wenn aber Harris die Jungen gefesselt hat? Wenn die Höhlenöffnung wirklich so eng ist, kommen Natches und Nanika womöglich gar nicht hinein.«

»Wie sollte dann Harris hineingelangt sein, um sie drinnen zu fesseln?« wandte Justus ein. »Außer er hat einen Jungen dazu gezwungen, die anderen zu fesseln, und ihn dann selbst gefesslt und in die Höhle gestoßen, ehe er den Eingang versperrte. Aber ich glaube nicht, daß er dazu Zeit hatte. Auf alle Fälle wäre es vielleicht am besten, ich ginge auch mit rauf. Dann könnte ja ich reinkriechen.«

»Du, Justus?« Der Polizeichef musterte die stämmige Erscheinung des Ersten Detektivs.

»*Perdone*«, sagte Natches. »Ich nicht glaube, Justus kann klettern hinein. Er ist zu – zu breit?«

Justus errötete bei dieser Erwähnung seiner Statur, mußte aber widerwillig einlenken. »Ich m-meine, Peter sollte gehen.«

»*Si*«, pflichtete Natches bei. »Starker Junge. Groß, aber nicht so schwer. Er kann gehen hinein.«

Peter schluckte. »Na ja, dann bin ich wohl dran.«

Hauptkommissar Reynolds bugsierte Harris und seine beiden wütend dreinblickenden Spießgesellen zwischen ein paar Felsbrocken. Dort hockten sie in finsterem Schweigen, während sich Peter und die beiden Yaquali für die Klettertour

bereitmachten. Als sie mit allem Nötigen versehen waren, seilten die Indianer Peter zwischen sich an, und dann ging es los, Nanika voran.
Vom Grund des dunklen Canyons aus sahen die Zurückgebliebenen sie wie Insekten die Steilwand hochkriechen. Rasch und zielsicher stiegen sie auf. Man merkte, daß die beiden Yaquali ohne Peter den Berg genauso schnell erklettert haben könnten, als gingen sie auf ebener Straße dahin. Aber nun geleiteten sie bedachtsam den Jungen.
So ging es stetig aufwärts, und schließlich erreichten sie den Vorsprung im Fels am »Auge« des steinernen Gesichts. Einen Augenblick lang hielten sie an dem überschatteten Sims inne, dann verschwanden sie dahinter.
»Sie haben's geschafft!« rief der Kommissar unten.
»Mit Natches und Nanika war es nicht gefährlich«, erklärte Justus. »Jetzt sind sie im Himmelsauge.«

Hoch oben auf dem Vorsprung sahen Peter und die beiden Yaquali einen großen Steinklotz, der vor die Felswand in der Tiefe des Auges gerollt worden war. Zu ihren Füßen lag ein Häufchen Gold und eine lange Eisenstange.
»Just hat recht gehabt!« rief Peter. »Hier ist das Gold, und Harris hat mit der Eisenstange als Hebel den Klotz vor die Höhlenöffnung gewälzt. Los, Natches.«
Sie drückten den Stein mit Hebelkraft weg. Dahinter führte ein kleines dunkles Loch in den Fels, viel zu eng für die breiten Schultern von Natches und Nanika. Peter griff nach seiner Taschenlampe.
»Bindet mir einen Strick um den Fuß. Wenn ich damit Signal gebe, dann zieht mich heraus.«
Er kroch in die dunkle Öffnung, zwängte sich in den engen Tunnel und arbeitete sich mit Mühe vorwärts. Bald spürte er einen Luftzug; da vorn mußte sich die Höhle erweitern. Er begann schneller zu krabbeln – und blieb stecken.
Obwohl er sich verzweifelt anstrengte, kam er nicht mehr vor-

wärts. Er war einfach zu groß und saß fest! Links über sich hörte er plötzlich ein Geräusch. In panischer Angst knipste er seine Lampe an und sah eine Gestalt, die mit einem großen Stein nach ihm zielte.

»Bob!« schrie er.

»Peter!« Bob strahlte. »Mensch, bin ich froh, daß ich dich seh! Ich hab versucht, den Jungen klarzumachen, daß ihr alle zu unserer Rettung kommen würdet, aber sie haben es wohl nicht begriffen.« Bob lachte, noch ein wenig nervös. »Das sieht vielleicht ulkig aus, wie du hier drinsteckst. Ich bin selber kaum durchgekommen.«

Peter leuchtete seine Umgebung ab und sah, daß er nicht einmal mehr einen Meter vor der eigentlichen Höhle war. Dann fiel der Schein der Lampe auf vier zierliche, dunkelhäutige Jungen, die Bob umstanden und ihn anlächelten.

»Leuchte mal da hinten rein«, sagte Bob.

Peter richtete den Lichtstrahl in den hinteren Teil der engen Höhle.

»Phantastisch!« rief er.

Über den ganzen Hintergrund der Höhle waren schimmerndes Gold und funkelnde Edelsteine zu Bergen gehäuft und lose umhergestreut. Das Gold war zu allen erdenklichen Formen verarbeitet, die im Lichtschein glänzten und glitzerten. Die Steine, bunt wie der Regenbogen, waren eine funkelnde, blendende Farbensymphonie.

»Der Schatz der Chumash!« rief Peter hingerissen. »Wir haben ihn gefunden!«

Alfred Hitchcock entdeckt einen offenen Punkt

Alfred Hitchcock strahlte vor Wohlwollen, als ihm die drei Detektive am folgenden Nachmittag in seinem Büro gegenübersaßen.

»Dann war also der Schatz der Chumash tatsächlich ›im Himmelsauge, wo kein Mann ihn finden kann‹! Der alte Magnus Verde sagte nichts als die Wahrheit und hat damit zweihundert Jahre lang alle Welt zum Narren gehalten.«

»Niemand kam darauf, daß er die Wahrheit sprach«, bestätigte Justus.

»Bis ihr drei auf den Plan getreten seid!« Der berühmte Regisseur war sichtlich erfreut. »Nun, dieser Harris und seine Kumpane werden viel Zeit haben, ihre krummen Wege zu bereuen.«

»Und wenn sie bei uns aus dem Gefängnis entlassen werden, wartet Australien auf ihre Auslieferung«, sagte Bob.

»Ihre Zukunftsaussichten sind nicht gerade glänzend«, bemerkte Mr. Hitchcock trocken. »Haben sie über ihr Sündenregister ein Geständnis abgelegt?«

»Ja, Sir«, sagte Peter. »Mr. Harris ist ein sehr gewitzter Mann. Er hatte von der Schatzlegende gehört und Magnus Verdes Rätsel tatsächlich gelöst. Als er aber im Gebirge den Indianerkopf ausgemacht und die Höhle gefunden hatte, konnte er nicht hineingelangen. In dem Yaquali-Dorf war er schon während seines Aufenthaltes in Mexiko gewesen. Also ging er noch mal hin, um sich ein paar Indianerjungen zu holen, die zu dem Goldschatz hinaufklettern sollten.«

Bob warf ein: »Er hat zugegeben, daß er dazu keine einheimischen Jungen brauchen konnte, weil er sie sich hinterher vom Hals schaffen wollte. Er war sicher, daß das Verschwinden von vier Jungen aus einem Indianerdorf in Mexiko niemals mit ihm in Zusammenhang gebracht werden würde.«

Alfred Hitchcock zog die Brauen zusammen. »Ein ausgekochter Verbrecher! Ein gutes Werk von euch, daß ihr seinen finsteren Machenschaften ein Ende gesetzt habt.«
»Ja, und dann«, fuhr Justus mit Erzählen fort, »hörte der kleine Bruder von Natches und Nanika, der ein wenig Englisch versteht, Harris einmal mit jemand reden. Es ging ihm auf, daß Harris irgendein Verbrechen plante und die Jungen später beseitigen wollte. Da schrieb er einen Brief und konnte ihn zum Lastwagen hinauswerfen. Zum Glück hat ihn jemand gefunden und an den Empfänger abgeschickt.«
»Das Glück hängt meist vom Zufall ab«, stellte Mr. Hitchcock fest. »Das dürft ihr nie verkennen, meine Freunde. Der Zufall wirkt in vielem, was der Mensch tut. Wir werden nie erfahren, wer der Unbekannte war, der den Brief abschickte, aber er hat ohne Zweifel diesen Jungen das Leben gerettet.«
»Ja, Sir, so war es«, stimmte Justus zu.
»Eine Seite der Angelegenheit beschäftigt mich noch«, meinte der berühmte Mann nachdenklich. »Es scheint, daß Harris sich sehr viel Zeit ließ, bis er zur Tat schritt, um den Schatz zu stehlen.«
Justus nickte. »Ja, das stimmt. Er wußte nämlich, daß es am besten wäre, wenn er den Schatz in aller Heimlichkeit an sich bringen könnte. Niemand sollte erfahren, daß er ihn besaß. Also wartete er ab, bis sich die Gelegenheit bot, Ted und Miss Sanchez vom Gut wegzulocken. Am selben Tag, als wir das Amulett fanden, hatte er vor, sie zur Teilnahme an einem Vegetariertreffen in San Francisco zu bewegen. Sobald sie fort gewesen wären, hätte er sich den Schatz geholt und die Jungen beseitigt, und dann wäre er in einem gecharterten Privatflugzeug geflohen. Wenn das geklappt hätte, dann hätte nie jemand erfahren, daß er den Schatz an sich gebracht hatte oder daß es überhaupt je einen Schatz wirklich gegeben hatte, und er wäre jetzt in Südamerika in Sicherheit.«
Peter übernahm nun wieder die Berichterstattung. »Einmal nachmittags nahmen die Kerle aber den kleinen Vittorio al-

lein mit in die Jagdhütte, und da entwischte er ihnen. Er schlich ums Gutshaus herum, und dabei sah er durchs Fenster der Bibliothek das Amulett. Er stahl es, weil er dachte, das Gold könne ihm irgendwie nützen.«
»Das traf durchaus zu«, warf Bob ein, »aber es war nicht das Gold. Er entdeckte das Geheimfach und versteckte darin eine Nachricht mit der Bitte um Hilfe.«
»Später schnappten sie ihn wieder«, fuhr Peter fort, »und dabei hörten wir diesen Hilfeschrei. Vittorio hoffte, seine Brüder würden seine Botschaft finden, aber statt dessen fanden wir sie.«
»Und das war ein Glück!« sagte Mr. Hitchcock. »Ihr Jungen habt das Rätsel gut gelöst, auch wenn ihr wenig Anhaltspunkte hattet. Sagt mal, haben euch nun diese Amulette zu dem Schatz hingeführt?«
»Nein, Sir«, erklärte Justus, »aber sie waren immerhin ein Beweis dafür, daß es den Schatz wirklich gab. Natches wollte natürlich deshalb das erste Amulett haben, weil er glaubte, es käme vielleicht von Vittorio. Bei dem zweiten Amulett bin ich leider einem großen Irrtum aufgesessen, und Mr. Harris trug noch dazu bei. Alles, was er mir erzählte, war gelogen.«
»Ein Irrtum, Justus?« fragte Mr. Hitchcock mit hochgezogenen Augenbrauen.
»Ja, Sir«, bekannte Justus bekümmert. »Ich nahm an, Ted sei der Schuldige und die Amulette seien ein Fingerzeig. Das hat mir den Blick für die Wahrheit getrübt. Und das machte es Mr. Harris leicht, uns zu täuschen. Er bestärkte mich einfach in dem Glauben, den ich selbst schon für die Wahrheit hielt.«
Der berühmte Regisseur nickte bedächtig. »Ja, das ist der schlimmste Fehler, den ein Detektiv machen kann – etwas für wahr halten, ehe es bewiesen ist. Ein stets wacher Geist ist das einzige Mittel, einer Täuschung zu entgehen. Aber nun erklär mir noch eines, junger Mann. Was hat dir eingegeben, daß der lachende Schatten ein Kookaburra-Vogel war und dich so auf Australien als Harris' Herkunft gebracht?«

»Na, am Anfang blickte ich ja noch nicht durch und dachte, der Schatten sei Ted. Aber Harris' Tonfall erinnerte mich daran, daß ein Ausländer, der Englisch spricht, nicht unbedingt aus England stammen muß.«

»Ja, ich begreife das«, erwiderte Mr. Hitchcock, »aber wie bist zu speziell auf den Kookaburra und Australien gekommen?«

Justus grinste. »Als wir uns allesamt nicht einigen konnten, wie das nun klang, wenn der Schatten lachte. Jeder von uns hörte es wieder anders. Und da fiel mir Edgar Allan Poes berühmte Geschichte ›Der Doppelmord in der Rue Morgue‹ ein, und –«

»Donnerwetter, natürlich! In dieser Geschichte streiten sich auch alle darüber, in welcher Sprache man den Mörder, den niemand zu Gesicht bekommen hatte, reden gehört hatte. Und niemand konnte diese Sprache ausmachen – weil der Mörder ein Affe war und gar keine Sprache sprach!«

»Genau, Sir.« Justus schien sehr mit sich zufrieden. »Plötzlich dachte ich, das Lachen müsse vielleicht nicht unbedingt von einem Menschen stammen. Und dabei fiel mir ein Tier in Australien ein, das lacht. Erst konnte ich mich nicht genau entsinnen, was das für ein Tier war, aber als der Vogel aus dem Dunkeln angeflogen kam, wußte ich es plötzlich wieder: der Kookaburra.«

Mr. Hitchcock lachte. »Köstlich! Der Lachende Tölpel als lachender Dritter auf Kosten von Mr. Harris. Ah, der Schatz muß ein herrlicher Anblick gewesen sein!«

»Das war es wirklich, Sir«, bestätige Bob. »Wir haben Ihnen ein Stück daraus mitgebracht.« Er legte einen prachtvollen goldenen Becher auf den Schreibtisch. »Mit besten Empfehlungen von Miss Sanchez, Sir.«

»Richtet der edlen Spenderin meinen Dank aus, Freunde. Das kommt zu meiner wachsenden Sammlung von Erinnerungsstücken an eure Abenteuer. Und was wurde aus dem Schatz? Wie ich vermute, gehört er Miss Sanchez.«

»Professor Meeker befaßt sich gerade damit«, sagte Peter. »Ich glaube, es ist Sache der Regierung, den endgültigen Verbleib zu regeln. Die Mueseen sind sehr daran interessiert, Schaustücke zu bekommen.«

»Miss Sanchez hofft, daß den Indianern dabei einiges zugute kommen wird«, setzte Bob hinzu. »Es wäre schön, wenn die Yaquali etwas Geld mit in ihr Dorf nehmen könnten.«

Mr. Hitchcock nickte. »Damit ist der Fall also abgeschlossen. Allerdings, meine jungen Freunde, fürchte ich, daß eines noch nicht beigelegt ist. Mir fällt da ein offener Punkt auf.«

»Ein offener Punkt?« rief Peter.

Auch Justus war verblüfft. »Ich wüßte nicht was, Sir?«

»Falls mir in eurem Bericht nicht etwas entgangen ist, habt ihr noch immer mit Skinny Norris zu rechnen.«

Die Jungen grinsten.

»Keine Sorge«, meinte Justus. »Den nehmen wir uns schon noch vor.«

Und so schloß dieser Fall mit einer sehr bedrohlichen Prophezeiung.

Die drei ??? und der Karpatenhund

Erzählt von M.V. Carey
nach einer Idee von Robert Arthur

Die drei ??? und der Karpatenhund

Ein Wort von Alfred Hitchcock

Willkommen, Freunde des Mysteriösen!

Wieder einmal stelle ich mit Vergnügen das Trio jugendlicher Detektive, die sich »die drei ???« nennen, hier vor. Ihre Spezialität sind Fälle, die den Rahmen des Üblichen sprengen, verworrene Geschehnisse, Rätsel jeder Art... Und rahmensprengend, verworren und rätselvoll ist ihr neues Abenteuer ohne Zweifel! Sie begegnen darin einem Mann, der sich vom Spuk bedroht fühlt, ferner dem vermeintlichen Geist eines Geistlichen, einem vorgeblichen Mystiker mit der scheinbaren Gabe, durch Wände zu gehen, und schließlich dem Abbild eines Hundedämons – einem Abbild aus massiver Materie, das sich indessen als gänzlich unsichtbar erweist.
Für diejenigen Leser, die mit den drei ??? zum ersten Mal Bekanntschaft schließen, sei wie üblich kurz vermerkt: Justus Jonas, der Erste Detektiv, ist ein stämmiger Bursche mit Scharfsinn und unersättlicher Wißbegierde. Peter Shaw ist flink und als Sportler topfit, und Bob Andrews, der Bücherwurm, führt und verwaltet für die drei ??? die Akten und verfügt über ein ausgesprochenes Talent für schwierige Recherchen. Alle drei wohnen in dem Küstenstädtchen Rocky Beach in Kalifornien, nicht weit von Los Angeles.
Das genüge vorerst als Einführung. Ich wünsche viel Spaß am Lesen – für Spannung ist gesorgt!

Alfred Hitchcock

Es spukt bei Mr. Prentice

Es herrschte Zwielicht – das jäh hereinbrechende Zwielicht Ende Dezember, das frösteln macht –, als Justus Jonas, Peter Shaw und Bob Andrews erstmals zu der Straße namens Paseo Place kamen. Sie gingen an einem Park entlang, wo trotz der Kälte noch ein paar späte Rosen blühten. Nach dem Park kam ein stuckverziertes Haus mit einem Schild, woraus hervorging, daß dies das Pfarramt der Kirchengemeinde St. Jude war. Weiter vorn drang hinter den Buntglasfenstern einer kleinen Kirche Lichtschein und volltönender, dröhnender Orgelklang hervor. Die Jungen konnten hören, wie hohe Kinderstimmen ein altes Kirchenlied sangen. Sie gingen an der Kirche vorüber und kamen zu einem großen Appartementhaus. Zu ebener Erde war eine Reihe Garagen. Darüber lagen zwei Wohngeschosse. Jedes einzelne Fenster hatte sorgsam zugezogene Vorhänge, als wollten sich die Mieter gegen die Umwelt abschirmen.

»Hier ist es«, sagte Justus Jonas. »Paseo Place, Hausnummer 402, und jetzt ist es genau halb sechs. Wir sind pünktlich zur Stelle.«

Rechts von den Garagen führten etliche breite, mit Steinplatten belegte Stufen zu einem Eingangstor hinauf. Ein Mann in kamelhaarfarbener Jacke kam gerade herunter. Er schritt an den Jungen vorbei, ohne sie anzusehen.

Justus betrat die Stufen, Peter und Bob folgten dicht hinter ihm. Plötzlich machte Peter einen Satz und schrie erschrocken auf.

Justus blieb stehen. Aus dem Augenwinkel sah er ein kleines dunkles Geschöpf die Treppe hinunterflitzen.

»War doch nur 'ne Katze«, sagte Bob.

»Und ich wäre fast draufgetreten.« Peter erschauerte und zog seine dunkle Skijacke vorn fester zusammen. »Eine schwarze Katze!«

Bob lachte. »Na, komm schon! Du bist doch nicht abergläubisch?«

Justus griff nach dem Riegel am Tor. Dahinter, inmitten eines

fliesenbelegten Hofs, lag ein großes Schwimmbecken, von Sesseln und Tischen umgeben. Als Justus das Tor öffnete, leuchteten im Becken und im Gesträuch, das den Hofraum einrahmte, starke Scheinwerfer auf.
»Hausieren verboten!« sagte eine näselnde, heisere Stimme ganz nah an Justs Ohr.
Eine Tür gleich neben dem Eingangstor war aufgegangen, und auf der Schwelle stand eine beleibte rothaarige Frau, welche die Jungen aus zusammengekniffenen Augen hinter randlosen Brillengläsern ansah.
»Egal, ob ihr Zeitschriftenwerber seid oder Süßwaren verhökert oder für verwaiste Kanarienvögel sammelt«, sagte die Frau. »Ich verbitte mir jede Belästigung meiner Mieter!«
»Mrs. Boggle!«
Die Frau sah auf, an den Jungen vorbei. Ein hagerer Mann mit silberweißem Haar war eine Treppe, die von einem Balkon zum Hof führte, heruntergekommen. »Ich glaube, das sind die jungen Herren, deren Besuch ich erwarte«, sagte der Mann.
»Ich bin Justus Jonas.« Der Erste Detektiv stellte sich vor, in der knappen, formellen, für ihn charakteristischen Art. Dann trat er zur Seite und wandte den Kopf zu seinen Freunden. »Peter Shaw und Bob Andrews. Und Sie sind vermutlich Mr. Fenton Prentice.«
»Richtig«, sagte der ältere Herr. Er warf der Frau im Türrahmen einen Blick zu. »Wir brauchen Sie nicht mehr, Mrs. Boggle«, fügte er hinzu.
»Schon gut!« rief die Frau. Sie zog sich zurück und knallte die Tür hinter sich zu.
»Naseweise alte Schachtel«, sagte Fenton Prentice. »Macht euch nichts daraus. Die meisten anderen Leute, die hier im Haus wohnen, sind ganz vernünftige, friedliche Bürger. Bitte kommt mit.« Die Jungen gingen hinter Mr. Prentice die Treppe zum Balkon hinauf. Nur wenige Schritte vom oberen Treppenabsatz entfernt war eine Tür, die Fenton Prentice aufschloß. Er führte die Jungen in ein Zimmer mit Holzbalkendecke und einem sehr alt und kostbar wirkenden Kronleuchter. Auf einem Tisch stand ein künstliches Tannenbäumchen, mit ausgesucht schönem Weihnachtsschmuck behängt.

»Bitte setzt euch.« Mr. Prentice wies zerstreut auf ein paar Stühle und schloß dann seine Wohnungstür ab.
»Das ist nett von euch, daß ihr so schnell hergekommen seid«, sagte er. »Ich hatte schon Bedenken, ihr könntet vielleicht etwas anderes vorhaben, jetzt in der Woche vor Weihnachten.«
»Zufällig ist uns gerade ein wenig freie Zeit beschieden«, sagte Justus liebenswürdig. »Nächste Woche, ehe dann die Schule wieder beginnt, haben wir einige Verpflichtungen.«
Peter mußte mühsam das Lachen unterdrücken. Die drei Jungen hatten für den Rest der Ferien keinerlei Pläne außer dem Vorsatz, Justs Tante Mathilda strikt zu meiden. Die steckte nämlich voller Pläne – und immer wieder wollte sie den Jungen Arbeit zuschanzen!
»Also«, fuhr Justus selbstbewußt fort, »wenn Sie uns nun freundlicherweise berichten wollten, warum Sie um unsere Dienste nachsuchten, werden wir entscheiden, ob wir Ihnen behilflich sein können oder nicht.«
»Was heißt hier ›oder nicht‹?« rief Mr. Prentice. »Ihr *müßt* mir einfach helfen. Es muß unverzüglich etwas unternommen werden!« Seine Stimme überschlug sich zu heiserem Fisteln. »Ich mache das nicht länger mit, was hier alles passiert!« Er hielt kurz inne, um sich wieder zu fassen, und fuhr dann fort: »Ist das hier wirklich eure Karte?« Er holte eine Geschäftskarte aus der Tasche und zeigte sie den Jungen.

Die drei Detektive
???
Wir übernehmen jeden Fall

Erster Detektiv:	Justus Jonas
Zweiter Detektiv:	Peter Shaw
Recherchen und Archiv:	Bob Andrews

Justus warf einen Blick auf die Karte und nickte zur Bestätigung. »Der Freund, von dem ich diese Karte habe«, sagte Mr. Prentice, »meinte, ihr Jungen hättet als Detektive besonderes Interesse für ... na ja, für einigermaßen ungewöhnliche Vorfälle.«
»Das stimmt«, sagte Justus. »Die Fragezeichen auf unserer

Karte, die das Unbekannte symbolisieren, sind ein Hinweis auf eben dieses Interesse. In der Vergangenheit hatten wir mehrfach Erfolg bei der Aufklärung reichlich verworrener Fälle. Aber ob wir Ihnen tatsächlich helfen können, läßt sich erst beurteilen, wenn Sie uns berichten, was Sie beunruhigt. Wir werden selbstverständlich alles versuchen. Ja, wir haben in Ihrem Fall sogar schon Vorarbeit geleistet. Als wir heute früh Ihren Brief bekamen, zogen wir erst einmal Erkundigungen über Sie ein.«
»Was?« fuhr Prentice auf. »Eine Unverschämtheit ist das!«
»Meinen Sie nicht, daß wir etwas über Sie selbst wissen müßten, falls Sie unser Auftraggeber werden sollten?« fragte Justus völlig logisch.
»Ich schätze meine Privatsphäre über alles«, sagte Prentice. »Ich wünsche nicht, daß sich jemand in meine persönlichen Angelegenheiten einmischt.«
»Ganz und gar privat kann keiner leben«, sagte Justus Jonas. »Und Bob ist ein erstklassiger Rechercheur. Bob, bitte berichte Mr. Prentice, was du ermittelt hast.«
Bob grinste. Er bewunderte Justs Talent, in nahezu jeder Lage die Oberhand zu gewinnen. Er zog ein kleines Notizbuch aus der Tasche und öffnete es. »Sie wurden in Los Angeles geboren, Mr. Prentice«, sagte er. »Sie sind jetzt Anfang siebzig. Ihr Vater, Giles Prentice, hat es als Immobilienmakler zu Wohlstand gebracht. Sie erbten sein großes Vermögen. Sie sind nicht verheiratet. Sie reisen viel, und Sie machen Museen und einzelnen Künstlern großzügige Zuwendungen. Die Zeitungen bezeichnen Sie als Kunstmäzen.«
»Mit der Presse gebe ich mich möglichst wenig ab«, sagte Mr. Prentice.
»Aber die sich dafür mit Ihnen«, stellte Justus fest. »Es sieht so aus, als seien Sie wirklich sehr kunstsinnig«, fügte er hinzu, während er sich im Raum umblickte.
Das Wohnzimmer war tatsächlich der üppig ausgestattete Ausstellungsraum eines Kunstsammlers. Gemälde hingen an den Wänden, Porzellanfiguren zierten niedrige Tische, und überall standen Lampen, die einem maurischen Palast hätten entstammen können.

»Sei's drum«, sagte Prentice. »Es ist ja nichts dagegen einzuwenden, wenn jemand Interesse an schönen Dingen hat. Aber das hat mit dem, was hier vorgeht, nichts zu tun.«

»Und was geht hier vor?« fragte Justus.

Prentice blickte sich über die Schulter um, als fürchte er, im Nebenzimmer könne jemand lauschen. Beim Sprechen senkte er die Stimme fast zu einem Flüstern. »Bei mir spukt es«, sagte er. Die drei ??? starrten ihn an.

»Ihr glaubt mir nicht«, sagte Prentice. »Ich hatte das schon befürchtet. Es ist aber tatsächlich so. Irgend jemand verschafft sich hier Zutritt, wenn ich weg bin. Ich komme wieder und finde meine Sachen nicht mehr so vor, wie ich sie zurückließ. Einmal war die Schreibtischschublade halb aufgezogen. Jemand hatte in meinen Briefen gelesen.«

»Das hier ist ein großes Appartementhaus«, stellte Justus fest. »Gibt es einen Hausverwalter? Und könnte dieser Verwalter einen Zentralschlüssel haben?«

Prentice schnaubte verächtlich. »Die Boggle, dieses widerliche Weib, ist die Verwalterin, aber zu dieser Wohnung hat sie keinen Schlüssel. Ich ließ mir ein Spezialschloß einbauen. Und wenn ihr nun nach einer Aufwartefrau fragt – ich habe keine. Und macht mir auch nicht weis, daß jemand durch ein Fenster einsteigen kann. Ich habe kein einziges Fenster zum Balkon hinaus. Die Fenster hier im Raum sind auf der Straßenseite, sechs Meter hoch über dem Bürgersteig. Schlafzimmer und Arbeitszimmer liegen zur Kirche hin, und die Fenster sind auch dort hoch über dem Erdboden. Niemand könnte ohne eine lange Leiter durch die Fenster eindringen, und das würde mit Sicherheit auffallen.«

»Dann *muß* es einen Zweitschlüssel geben«, sagte Peter. »Irgendwer benutzt ihn, wenn Sie nicht da sind, und – «

Fenton Prentice hob die Hand. »Nein. Also es kommt jemand her, wenn ich weg bin, aber das ist noch nicht das Schlimmste.« Wieder sah er sich um, wie in Angst, er sei mit den Jungen nicht allein. »Er kommt auch, wenn ich da bin. Ich ... ich hab' ihn zweimal gesehen.«

»Und wie sieht er aus?« fragte Justus.

Mr. Prentice rieb sich verwirrt die Hände. »So würde ein

Detektiv von der Polizei auch fragen«, sagte er. »Aber meine Antwort würde er mir nicht abnehmen. Deshalb habe ich auch nicht die Polizei, sondern euch beauftragt. Meistens sehe ich nur ein Aufleuchten, und das immer in meinem Arbeitszimmer – Ich sitze am Schreibtisch, und plötzlich bemerke ich im Raum einen Lichtblitz.«

»Kann ich mir das Arbeitszimmer mal ansehen?« fragte Justus.

»Gewiß.« Prentice trat vom Wohnzimmer in eine kleine quadratische Diele. Justus folgte ihm über diese Diele in einen großen, schwach erhellten Raum mit Bücherregalen, mächtigen Ledersesseln und einem großen antiken Schreibtisch. Die Fenster lagen hier an der Seitenfront des Gebäudes. Bei zurückgezogenen Vorhängen konnte Justus die Kirche nebenan sehen. Die Orgel dröhnte jetzt nicht mehr, und auf der Straße hörte man Kinderstimmen; offenbar war die Singstunde des Chors zu Ende. »Aus diesem Raum gibt es keinen Ausgang«, sagte Prentice, »außer der Tür zur Diele. Und kommt mir nicht mit einem Geheimgang. Ich wohne schon viele Jahre in dieser Wohnung, und ich weiß, daß es keine Geheimgänge gibt.«

»Wann haben Sie diese Lichtblitze zum ersten Mal bemerkt?« erkundigte sich Justus.

»Vor einigen Monaten«, erwiderte Prentice. »Ich . . . ich wollte es zuerst gar nicht glauben. Ich dachte schon, ich hätte vor Übermüdung Halluzinationen. Aber mittlerweile ist das zukkende Aufleuchten so oft aufgetreten, daß ich jetzt ganz sicher weiß: meine Phantasie spielt mir keinen Streich.«

Justus merkte, daß es dem Mann wirklich darum ging, ernst genommen zu werden. »Ich könnte mir denken, daß es da mancherlei Erklärungen gibt«, sagte der Erste Detektiv.

Justus ist wie immer vorsichtig mit Äußerungen. Doch genau wie er habt ihr bis zu dieser Stelle wahrscheinlich auch schon mehrere Erklärungen in Betracht gezogen. Die Kapitelüberschrift (wobei zu berücksichtigen wäre, daß sie auf einer unbewiesenen Aussage fußt . . .), der Zweitschlüssel (eine derart nasewei-

se Hausmeisterin könnte recht raffiniert sein), oder doch ein unbekannter Zugang (Mr. Prentice ist schließlich kein Sachverständiger für Geheimgänge, sondern ein mögliches Opfer). Mir scheint, dies wird ein schwieriger Fall. Habt ihr im Großhirn noch kein zuckendes Aufleuchten zu verzeichnen?

»Dann werdet ihr meinen Fall übernehmen?« fragte Prentice. »Ihr werdet Ermittlungen anstellen?«
»Das muß ich mit meinen Freunden besprechen«, sagte Justus. »Können wir Sie morgen früh anrufen?«
Prentice nickte und verließ das Zimmer. Justus, nachdenklich geworden, zögerte noch. Plötzlich flackerte ein heller Lichtschein im Raum auf.
Justus starrte hin. »Peter!« rief er.
»Ja, was ist?« antwortete Peter aus dem Wohnzimmer.
»Peter! Bob!« rief Justus nun laut und hastete zum Lichtschalter hin. In der nächsten Sekunde war der Raum hell erleuchtet, und Peter stand im Türrahmen. »Was ist denn los?« fragte er.
»Da . . . da hat was aufgeleuchtet«, sagte Justus Jonas.
»Na und? Du machst ein Gesicht, als hättest du einen Geist gesehen.«
»Es war genau so, wie es uns Mr. Prentice vorhin beschrieben hat.« Er schüttelte sich. »Muß irgend ein Reflex gewesen sein«, meinte er. Er ging an Peter vorbei und trat ins Wohnzimmer. »Morgen hören Sie von uns«, versprach er Mr. Prentice.
»Sehr gut.« Der Mann, der sich von Spuk heimgesucht wähnte, schloß die Wohnungstür auf und trat zur Seite, um die Jungen hinauszulassen.
Dann hörten alle einen Laut. Es mochte eine Fehlzündung gewesen sein – oder auch ein Schuß.
Peter war mit einem Satz draußen und schaute über das Balkongeländer hinunter. Der Hof unten war leer, aber hinter dem Haus hörte man jemand rufen. Ein Tor schlug zu, und Schritte hallten auf einem Treppenaufgang, welchen die Jungen nicht sehen konnten. Dann kam vom Verbindungsweg zum

Hinterhof her eine schnell laufende Gestalt in Sicht. Ein Mann in einem dunklen Anorak und mit einer schwarzen Skimütze, die nur die Augen freiließ, rannte am Schwimmbecken vorbei und durch das vordere Tor auf die Straße hinaus.
Peter sprang zur Treppe hin. Er war schon fast unten, als hinten auf dem Hof ein Polizist auftauchte.
»So, Freundchen!« brüllte der Polizist. »Stehenbleiben und keine Bewegung, oder es knallt!«
Ein zweiter Polizist kam im Sturmschritt in den Hof. Peter sah, daß beide Männer ihre Pistolen gezogen hatten. Er erstarrte auf der Treppenstufe, wo er stand, und hob die Hände hoch.

Nächtliche Suche

»Mike«, sagte der jüngere der beiden Polizisten, »ich glaube nicht, daß das der Kerl ist.«
»Dunkler Anorak, helle Hose«, sagte der andere. »Die Skimütze hat er wahrscheinlich weggeworfen.«
»Der Mann mit der Skimütze ist hier durchgekommen und durchs Eingangstor gelaufen«, sagte Peter rasch. »Ich hab' ihn gesehen.«
Justus und Bob kamen mit Mr. Prentice die Treppe herunter.
»Dieser junge Mann war die letzte halbe Stunde hier bei mir«, sagte Prentice zu dem Polizisten.
Sirenen heulten, während sich Streifenwagen vor dem Gebäude sammelten.
»Dann los«, sagte der jüngere Beamte. »Aber schnell!«
Die beiden Polizisten liefen zum vorderen Tor hinaus, und gerade da ging Mrs. Boggles Wohnungstür auf.
»Mr. Prentice, was haben die Jungen hier verloren?« fragte Mrs. Boggle barsch.
An der Hauswand rechts vom Hof öffnete sich eine Tür im Erdgeschoß, und ein junger Mann stolperte heraus. Er rieb sich die Augen, als sei er eben aufgewacht. Justus sah ihn an und zuckte leicht zusammen.

»Was ist denn?« flüsterte Bob.
»Nichts«, sagte Justus. »Ich sag's dir später.«
»Mr. Prentice, Sie sind mir noch eine Antwort schuldig!« fuhr Mrs. Boggle auf. »Was haben die Jungen hier verloren?«
»Das lassen Sie mal meine Sorge sein«, sagte Prentice. »Die Polizei sucht jemanden – höchstwahrscheinlich irgendeinen Verbrecher, der vom Durchgang her vorgelaufen kam und dann durchs Vordertor entwischt ist.«
»Einen Einbrecher«, sagte der junge Mann, der aus der Wohnung jenseits des Schwimmbeckens gekommen war. Er trug einen dunklen Pullover und eine beigefarbene Hose, und seine nackten Füße steckten in Turnschuhen. Justus, der auf seine Fähigkeit zur Wahrnehmung von Einzelheiten mächtig stolz war, bemerkte, daß das glatte dunkle Haar des jungen Mannes schon seit längerer Zeit nicht mehr gewaschen worden war. Er war kaum größer als Peter und auffallend mager.
»Sonny Elmquist, Sie Besserwisser!« sagte Mrs. Boggle. »Wie können Sie behaupten, daß die einen Einbrecher suchen?«
Der junge Mann namens Sonny Elmquist schluckte nervös, und sein Adamsapfel hüpfte über dem Pulloverkragen auf und ab. »Na, wen denn sonst?« fragte er.
»Ausschwärmen!« rief jemand draußen auf der Straße. »Dann die Nebenstraßen absuchen – und die Kirche!«
Die drei ??? und Fenton Prentice gingen über den Hof und blieben auf den Eingangsstufen zu der Wohnanlage stehen. Auf der Straße waren vier Polizeiwagen vorgefahren. Lichtstarke Handlampen wurden hin- und hergeschwenkt, als die Polizisten auf der Suche nach dem Flüchtigen in der schwarzen Skimütze das Buschwerk durchstöberten und Garageneinfahrten entlangspähten. Ein Hubschrauber ratterte über dem Gelände, und sein Suchscheinwerfer tastete die Nebenstraßen ab. In anderen Hauseingängen entlang der Straße tauchten immer mehr Gruppen von Schaulustigen auf.
»Weit ist der nicht gekommen!« rief einer der Suchenden. »Er muß hier irgendwo stecken!«
Ein untersetzter Mann mit dichtem grauen Haar stand am Rand des Gehwegs und redete aufgeregt auf einen Polizeileutnant ein. Die Jungen sahen, wie er sich umdrehte und dann

auf die Vortreppe zu der Wohnanlage zulief. »Fenton!« rief er. »Fenton Prentice!«
Mr. Prentice ging die Treppe hinunter, und der Mann begann ihm etwas zu erzählen. Prentice hörte gespannt zu. Offensichtlich hatte er die Anwesenheit der Jungen völlig vergessen. Peter stieß Justus in die Seite. »Gehen wir weiter und sehen wir nach, was in der Kirche los ist«, schlug er vor.
Die Kirchenpforte stand offen. Mehrere Leute, darunter auch Mrs. Boggle und Sonny Elmquist, hatten sich auf dem Bürgersteig versammelt und schauten neugierig ins Innere der Kirche. Zwei Streifenbeamte suchten den Kirchenraum ab und bückten sich immer wieder, um unter die Bänke zu schauen.
Justus schritt gelassen durchs Gedränge und trat die zwei Stufen zum Kircheneingang hinauf. Er sah vor dem Altar Adventskerzen leuchten. Er sah reglose Gestalten – Statuen auf Sockeln und Statuen auf dem Fußboden, in Ecken und an den Wänden. Er sah auch einen Polizisten, der einem beleibten Mann mit rotem Gesicht gegenüberstand. Letzterer hatte einen Stapel kleiner Bücher in den Händen.
»Ich sage Ihnen doch, hier ist keiner hereingekommen«, wehrte sich der beleibte Mann. »Ich war die ganze Zeit hier. Ich hätte es bemerkt, wenn irgendwer hereingekommen wäre.«
»Ist ja schon gut«, sagte der Beamte. »Und jetzt gehen Sie, bitte. Wir müssen den Raum gründlich absuchen.«
Der Polizist sah sich nach Justus um. »Das gilt auch für dich«, sagte er. »Raus!«
Justus zog sich zurück, zusammen mit dem aufgebrachten Mann, der seine Bücher fest an sich preßte. Draußen hatte sich ein schlanker, noch junger Mann in Schwarz mit weißem rundem Kragen – offenbar ein Geistlicher – zu den Zuschauern gesellt. Und desgleichen eine kleine Frau, deren graues Haar am Hinterkopf zu einem Knoten aufgesteckt war.
»Herr Pfarrer!« rief der Mann mit den Büchern. »Erklären Sie es ihnen. Ich war die ganze Zeit in der Kirche. Egal, wen die hier suchen, er hätte nicht reinkommen können, ohne daß ich ihn gesehen hätte.«
»Nur ruhig, Earl«, sagte der Pfarrer. »Sie müssen nachforschen, das geht nun einmal nicht anders.«

»Was?« Earl hielt eine Hand ans Ohr.
»Sie müssen nachforschen«, wiederholte der Pfarrer lauter. »Wo waren Sie denn vorhin?«
»Oben auf der Empore, hab' die Liederbücher eingesammelt wie immer«, sagte Earl.
»Ha!« Die grauhaarige Frau lachte laut auf. »Da könnte eine Herde Elefanten reintrampeln, und Sie würden es nicht hören. Sie sind ja stocktaub, und jeden Tag wird es schlimmer mit Ihnen!«
Jemand in der Menge kicherte.
»Aber, aber, Mrs. O'Reilly«, sagte der Pfarrer mit sanftem Tadel. »Nun kommen Sie, wir gehen ins Pfarrhaus, und Sie machen uns eine schöne Tasse Tee, und wenn die Polizisten hier fertig sind, kann Earl wieder herkommen und abschließen. Es betrifft uns doch überhaupt nicht.«
Die Menge teilte sich, um Earl, dem Pfarrer und der Frau Platz zu machen. Als sie in dem stuckverzierten Haus nebenan verschwunden waren, grinste einer der Zuschauer die Jungen an.
»Wohnt ihr hier in der Nachbarschaft?« fragte der Mann mit erhobener Stimme, um sich trotz des kreisenden Hubschraubers verständlich zu machen.
»Nein«, sagte Bob.
»Hier ist doch immer was los.« Der Mann deutete mit dem Kinn aufs Pfarrhaus. »Earl ist der Mesner, und er hält sich für das Oberhaupt der Gemeinde. Mrs. O'Reilly führt dem Pfarrer den Haushalt, und sie hält sich ihrerseits für das Oberhaupt der Gemeinde. Pfarrer McGovern muß dauernd rudern, sonst würde er von den beiden glatt untergebuttert.«
»Für einen Pfarrer ist er wirklich übel dran«, warf seine Frau ein. »Eine alte irische Bauersfrau, die in jeder Ecke Gespenster sieht, und ein starrköpfiger Mesner, der meint, die Kirche würde einstürzen, wenn er sie nicht ununterbrochen eigenhändig stützte.«
Der Anführer der Polizeistreifen und die übrigen Männer kamen aus der Kirche. Der Sergeant ließ den Blick über die Menge auf dem Gehweg schweifen. »Alles klar!« rief er. »Wo ist denn der Mann, der hierfür zuständig ist?«

»Der trinkt mit dem Pfarrer Tee«, meldete sich der Mann, der mit den drei ??? gesprochen hatte. »Ich hole ihn.«
Der Polizeihubschrauber drehte eine letzte Runde über dem Wohngebiet und zog dann nach Norden ab.
Der Leutnant, der mit Mr. Prentices Freund gesprochen hatte, kam die Straße entlang.
»In der Kirche war nichts«, meldete der Sergeant.
Der Leutnant seufzte. »Keine Ahnung, wie der so rasch von hier verschwinden konnte«, sagte er. »Der Hubschrauber entdeckt die Burschen sonst immer, außer wenn sie einen Unterschlupf finden. Heute abend können wir nichts mehr machen.«
Earl, der Mesner, kam hastig aus dem Pfarrhaus, stapfte in die Kirche und schlug die Tür hinter sich zu.
Nach wenigen Minuten waren die Polizeiautos weggefahren. Die Schaulustigen schlenderten zu ihren Häusern zurück.
Justus, Peter und Bob gingen zu der Wohnanlage, wo Fenton Prentice noch mit dem grauhaarigen Mann im Gespräch war.
»Mr. Prentice«, sagte Justus. »Es tut mir leid, wenn ich Sie unterbreche, aber –«
»Ist schon gut.« Mr. Prentice sah erschöpft aus. »Ich habe soeben von Charles – von Mr. Niedland hier – erfahren, was es mit dem ganzen Wirbel auf sich hatte.«
»Im Haus meines Bruders wurde eingebrochen«, sagte Prentices Freund. »Er hatte sein Haus am Lucan Court. Das ist die nächste Parallelstraße.«
»Es tut mir wirklich sehr leid, Charles«, sagte Mr. Prentice. »Für dich muß es ein schwerer Schlag sein.«
»Für dich ja auch«, sagte Charles Niedland. »Aber reg dich nicht zu sehr darüber auf, Fenton, und versuche jetzt zu schlafen. Wir unterhalten uns morgen wieder.«
Charles Niedland trat in den Hof und verließ ihn über den Fußweg im Hintergrund, der nach Justus' Vermutung zu einem Quersträßchen und den Gebäuden an der Straße hinter Paseo Place führte. Fenton Prentice setzte sich auf die Stufen der Vortreppe nieder, als sei er zu erschöpft, um länger stehen zu können. »Eine schändliche Untat!« rief er.
»Der Einbruch?« fragte Bob.
»Edward Niedland war mein Freund«, erklärte Prentice.

»Mein Freund, mein Schützling, und ein sehr begabter Künstler. Er starb vor zwei Wochen an Lungenentzündung.«
Die Jungen schwiegen betroffen.
»Ein großer Verlust«, sagte Fenton Prentice. »Ich kann es noch kaum fassen, und ebenso geht es seinem Bruder Charles. Und nun noch dieser Einbruch in sein Haus!«
»Wurde etwas gestohlen?« fragte Bob.
»Das weiß Charles noch nicht. Er wird heute im Haus Bestandsaufnahme machen, zusammen mit der Polizei.«
Auf dem Gehweg hinter den Jungen waren schnelle Schritte zu hören. Bob und Peter drehten sich um. Ein forsch aussehender, kräftiger Mann in einem beigefarbenen Pullover kam energisch auf die Steinstufen zu. Als er Prentice dasitzen und die Jungen über ihn gebeugt sah, blieb der Mann verdutzt stehen.
»Was ist denn hier los?« fragte er.
»In der Nachbarschaft ist eingebrochen worden, Mr. Murphy«, sagte Prentice. »Die Polizei hat alles abgesucht.«
»Aha«, sagte der Neuankömmling. »Ich wunderte mich schon, wieso die Gegend voller Streifenwagen war. Haben sie den Kerl erwischt?«
»Leider nicht.«
»Bedauerlich«, sagte Murphy. Er ging an Prentice vorbei die Stufen hinauf. Eine Sekunde später hörten die Jungen vom Hof her, wie eine Wohnungstür sich öffnete und wieder schloß.
»Ich werde jetzt besser auch hinaufgehen«, sagte Mr. Prentice. Ermattet stand er auf. »Bitte ruft mich morgen an und sagt mir zu, daß ihr mir helfen werdet. Das halte ich nicht mehr lange durch. Erst der Spuk, der da bei mir herumflackert, dann Edwards Tod und jetzt noch der Einbruch – das ist mehr, als ein Mensch verkraften kann!«

Die Paste mit der Zauberkraft

Am nächsten Morgen trafen sich Bob Andrews und Peter Shaw in aller Frühe vor der Firma »Gebrauchtwaren-Center

T. Jonas«. Der Betrieb gehörte Justs Onkel und Tante, Titus und Mathilda Jonas. Er war eine richtige Attraktion für jedermann, der an Gerümpel und Trödelkram besonderer Art interessiert war. Onkel Titus kaufte die Lagerbestände meist persönlich ein, und er hatte eine Spürnase für Objekte mit Seltenheitswert, die er beim alltäglichen Schrotthandel nebenbei aufgabelte. Die Leute kamen aus allen Teilen Südkaliforniens, um durch seine Fundgrube zu schlendern. Holzpaneele, noch rechtzeitig vor dem Abbruch aus alten Häusern sichergestellt, schnörkelige schmiedeeiserne Zaungitter, Marmorkamine, altmodische Badewannen mit Löwenpranken, ausgefallene Messingknäufe und Türbeschläge – all das fand sich in Onkel Titus' Lager. Es gab da sogar eine Orgel, die Onkel Titus so ins Herz geschlossen hatte, daß er sich um keinen Preis davon trennen mochte.

Als Bob und Peter an jenem Dezembermorgen beim Lagerplatz ankamen, stöberten keine Schatzsucher zwischen den Stapeln von Trödelkram herum. Das große eiserne Eingangstor war nämlich verschlossen.

Peter gähnte. »Manchmal wäre es mir lieber, ich hätte Justus Jonas nie kennengelernt«, verkündete er. »Der hat Nerven – früh um sechs anzurufen!«

»Für seine guten Nerven müßte dir Just inzwischen bekannt sein«, meinte Bob. »Aber wenn er *so* früh anruft, dann bedeutet das, daß es etwas Wichtiges ist. Komm jetzt!«

Die Jungen gingen von dem verschlossenen Tor aus den Bretterzaun entlang, der das Betriebsgelände umgab. Dieser Zaun war von Künstlern aus Rocky Beach, denen Onkel Titus gelegentlich einen Gefallen getan hatte, üppig bemalt worden. Die Straßenfront zierte ein Seepanorama – ein Segelschiff, das bei tobendem Unwetter zwischen Wellenbergen unterging. Im Vordergrund hob ein gemalter Fisch den Kopf aus dem gemalten Meer und sah sich das sinkende Schiff an. Bob drückte auf das Fischauge, und zwei grüne Planken im Zaun schwenkten zur Seite. Das war das Grüne Tor, einer der Geheimgänge zum Schrottplatz.

Bob und Peter traten durch die Öffnung und ließen das Tor hinter sich wieder zufallen. Jetzt standen sie in Justs Freiluft-

werkstatt, deren Bereich die Jungen vom Warenlager durch sorgsam aufgeschichtete Stapel von Schrott und Gerümpel abgeteilt hatten. In der Werkstatt gab es eine kleine Druckerpresse, und dahinter lehnte ein Eisenrost. Bob zog ihn zur Seite, bückte sich und kroch in Tunnel II, eine weite Wellblechröhre, die unter aufgehäuftem Altmetall zur Zentrale führte.
Diese »Zentrale«, das Hauptquartier der drei ???, war ein verbeulter alter Campinganhänger, der an einer Seite des Lagerhofs stand. Hoch aufgetürmter Schrott und altes Bauholz entzogen ihn den Blicken.
Peter folgte Bob in den Tunnel, zog den Gitterrost hinter sich wieder zurecht und kroch auf allen vieren ungefähr fünfzehn Meter weit. Die Röhre mündete unmittelbar unter einer Bodenluke in der Zentrale.
»Warum kommt ihr denn so spät?« fragte Jonas, als Bob die Luke anhob. Der gewichtige Erste Detektiv war in dem winzigen Laboratorium, das sich die Jungen eingerichtet hatten.
Bob antwortete nicht, aber Peter stöhnte, als er in den Anhänger hinaufstieg. »Ich hab's mir gegönnt, mir vor dem Rüberkommen die Zähne zu putzen und was überzuziehen«, sagte er. »Was ist denn so brandeilig, daß wir zu nachtschlafender Zeit aufstehen müssen, und was hast du da in dem Topf?«
Justus hielt den Porzellantiegel in seiner Hand schräg, so daß die anderen feine weiße Kristalle sehen konnten.
»Zauberpulver«, sagte Justus.
Peter ließ sich auf einen Stuhl fallen und lehnte sich dösig an einen Aktenschrank. »Gräßlich, wenn du so geheimnisvoll tust«, sagte er. »Und auch noch so früh am Tag.«
Justus nahm eine Flasche Wasser von einem Regal über dem Labortisch und goß ein paar Tropfen über die weißen Kristalle, und dann rührte er das Ganze mit einem Plastiklöffelchen um. »Diese Kristalle sind eine metallische Legierung«, sagte er. »Ich habe in einem alten Buch über Kriminologie davon gelesen. Sie sind wasserlöslich.«
Bob seufzte. »Willst du uns Nachhilfe in Chemie geben?«
»Warum nicht?« Justus öffnete eine Schublade und holte eine Tube dicker weißer Paste heraus. Er quetschte ziemlich viel

davon in die Lösung im Topf und mischte dann alles langsam und gründlich durch. »Diese Paste habe ich für besondere Fälle in Reserve«, erklärte er stolz. »Sie zieht Wasser an – und das ist nicht sehr häufig.«
Er spähte befriedigt auf die cremige Masse im Tiegel. »So müßte es richtig sein«, verkündete er, als er den Deckel aufschraubte. »Jetzt haben wir eine Paste mit Zauberkraft.«
»Na und?« fragte Peter.
»Angenommen, wir bestreichen etwas mit dieser Paste ... sagen wir mal, die Griffe der Schreibtischschubladen bei Mr. Prentice. Die Paste wird rein und weiß bleiben. Aber weiter angenommen, es kommt jemand daher und faßt die Griffe an. Nach spätestens einer halben Stunde hat der Betreffende schwarze Flecken an den Fingern – und die lassen sich nicht abwaschen!«
»Aha!« sagte Bob. »Wir sollen also den Fall übernehmen!«
»Mr. Prentice hat mich gestern spätnachts noch angerufen«, sagte Justus. »Er sagte, er könne nicht einschlafen. Während des Abends hat er im Arbeitszimmer mehrmals den Lichtschein gesehen. Er war sehr aufgeregt und hatte Angst.«
»Du liebe Zeit, Just, der Mann ist doch ein Spinner!« sagte Peter. »Was können wir denn für ihn tun?«
»Gut, er leidet vielleicht unter Einbildungen«, bestätigte Justus. »Ich nehme an, er ist sehr oft allein, und einsame Menschen haben manchmal solche Einbildungen. Deshalb hatte ich zuerst Bedenken, den Fall zu übernehmen. Aber es kann auch sein, daß wir ihm unrecht tun, wenn wir es ablehnen, Ermittlungen anzustellen. Er sagt völlig zu Recht, er könne sich mit seinem Problem nicht an die Polizei wenden. Er könnte nicht einmal eine normale Detektei einschalten. Wenn alles nur Einbildung ist, können auch wir vielleicht nichts für ihn tun. Aber wenn hinter der ganzen Sache jemand steckt, dann können wir den vielleicht dingfest machen. Bestimmt wäre das für Mr. Prentice eine große Erleichterung.«
Justus sah seine Detektivkollegen an. »Soll ich ihn anrufen und ihm sagen, daß wir hinkommen?«
Bob grinste. »Die Anwort darauf hast du doch schon gewußt, noch ehe du uns herzitiert hast«, sagte er.

»Na also«, sagte Justus. »Der erste Bus von Rocky Beach nach Los Angeles fährt um sieben. Ich habe Tante Mathilda einen Zettel hinterlegt, um ihr mitzuteilen, daß wir heute vormittag nicht da sind.«
Peter reichte Justus den Telefonhörer herüber. »Dann ruf' Mr. Prentice an, und wir gehen los«, sagte er. »Ich möchte lieber nicht in Reichweite sein, wenn deine Tante den Zettel findet. Du weißt ja, was sie gestern gesagt hat. Sie hat jede Menge Pläne für uns – und das Aufstreichen einer Zauberpaste in einer Privatwohnung steht dabei nicht zur Debatte!«

Der Hundedämon

Es war fast acht Uhr, als die drei an der Haltestelle Wilshire Boulevard aus dem Bus stiegen und zum Paseo Place gingen. Pfarrer McGovern von der Kirchengemeinde St. Jude stand vor seinem Haus und suchte etwas in seiner Tasche, als die Jungen vorüberkamen. Er nickte ihnen munter zu und wünschte einen guten Morgen.
Der unsympathischen Mrs. Boggle begegneten sie beim Betreten des Hauses zwar nicht, aber auch Mr. Prentice trafen sie in seiner Wohnung nicht an. Statt dessen fanden sie an seiner Tür einen Zettel.
»Meine drei jungen Freunde«, lautete die Mitteilung. »Ich bin in Lucan Court, Nr. 329. Das Haus liegt gleich hinter diesem Gebäude. Kommt ums Haus herum zum Eingang. Dort erwarte ich euch.«
Justus steckte den Zettel ein. »Das ist das Haus, in dem eingebrochen wurde«, sagte er.
»Was macht ihr Burschen denn da oben?«
Die Jungen schauten vom Balkon herunter und sahen, daß Mrs. Boggle aus ihrer Wohnung gekommen war. Sie trug einen Morgenrock, und ihr rotes Haar war ungekämmt.
»Ist Mr. Prentice nicht zu Hause?« wollte sie wissen.
»Anscheinend nicht«, sagte Justus.
»Wo könnte er denn um diese Zeit sein?« meinte sie.

Die Jungen antworteten nicht. Statt dessen gingen sie die Treppe hinunter über den Hof und zum Hinterausgang hinaus – einem schmalen Fußweg, der an einer Wäscherei und einem Lagerhaus vorüberführte und über ein paar Stufen mit einer Anliegerstraße verbunden war. Dort sahen sie Mülltonnen und Garagen und die Rückseiten der Gebäude, die an der nächsten großen Parallelstraße lagen.

Wie von Fenton Prentice beschrieben, befand sich Lucan Court 329 unmittelbar hinter dem Haus, wo er wohnte. Es war ein quadratisches eingeschossiges Fachwerkhaus. Als Peter klingelte, wurde die Tür von Charles Niedland, dem grauhaarigen Mann, der am Vorabend mit Prentice geredet hatte, geöffnet. Er sah angegriffen aus.

»Kommt herein.« Er trat zurück und hielt die Tür weit auf. Die drei ??? betraten ein Haus, das teils Wohnung und teils Atelier war. In die Wohnzimmerdecke war ein Oberlichtfenster eingesetzt worden. Der Raum hatte nur wenige Möbel und keine Teppiche. Es gab Zeichentische und eine Staffelei. Fotografien und Skizzenblätter waren mit Reißnägeln überall an den Wänden befestigt, und Bücher stapelten sich zuhauf. Es gab auch einen kleinen Fernsehapparat, eine offensichtlich für hohe Ansprüche ausgewählte Stereoanlage und eine umfangreiche Schallplattensammlung.

Fenton Prentice saß auf einer Liege, das Kinn in die Hände gestützt. Er wirkte müde, aber gelassen. »Guten Morgen, ihr drei«, sagte er. »Vielleicht möchtet ihr noch ein weiteres Rätsel lösen. Es hat sich nämlich herausgestellt, daß *ich* bei dem Einbruch gestern abend der Geschädigte war.«

»Ach, Fenton«, sagte Charles Niedland. »Das war bestimmt nur Zufall. Zweifellos hat die Polizei den Einbrecher verscheucht, ehe er noch mehr mitnehmen konnte – außer dem Karpatenhund.«

Niedland wandte sich zu den Jungen. »Mr. Prentice sagte mir, ihr hättet bei Ermittlungen einen besonderen Spürsinn. Ich finde, in diesem Fall gibt es nichts Ungewöhnliches zu ermitteln. Der Einbrecher ist durch das Küchenfenster eingestiegen. Mit einem Glasschneider schnitt er ein Loch in die Scheibe, griff hindurch und öffnete den Riegel. Routine.«

»Aber er hat nur den Karpatenhund mitgenommen«, meinte Mr. Prentice hartnäckig.
»Die Polizei fand das nicht weiter auffällig«, entgegnete Charles Niedland. »Sie sagten, der Fernseher sei praktisch nichts wert. Es ist ja nur ein kleines tragbares Fernsehgerät. Und auf dem Plattenspieler und den Lautsprecherboxen der Stereoanlage hatte mein Bruder seine Sozialversicherumgsnummer eingraviert. Das hätte einem Hehler den Wiederverkauf sehr erschwert. Und sonst gibt es hier nichts Wertvolles. Mein Bruder lebte sehr bescheiden.«
»Ein großer Künstler«, sagte Mr. Prentice. »Er lebte für seine Kunst.«
»Was ist denn ein Karpatenhund?« fragte Peter.
Charles Niedland lächelte. »Ein Hund eben. Ein Hund, den es vermutlich nie gegeben hat – außer in der Phantasie einiger abergläubischer Leute. Mein Bruder war ein Romantiker, und er wählte für seine Werke gern romantische Motive. Es gibt da eine Legende, daß vor zwei Jahrhunderten ein Gebirgsdorf in den Karpaten von einem Hundedämon heimgesucht wurde. Ich glaube, die Dorfbewohner in den Karpaten sind für ihren Hang zum Aberglauben bekannt.«
Justus nickte wissend. »Das Gebiet kennt man auch unter dem Namen Transsylvanien. Dort soll der Vampir Dracula gelebt haben.«
»Ja«, sagte Charles Niedland, »aber der Hundedämon war kein Vampir und auch kein Werwolf. Die Leute im Dorf glaubten, er sei der Geist eines Edelmannes – eines Mannes, der ein leidenschaftlicher Jäger gewesen war und eine Meute wilder Jagdhunde gezüchtet hatte, halb Wolfsblut, wie es hieß. Der Adlige wollte sie für die Jagd immer scharf halten und ließ sie deshalb fast verhungern. Nach der alten Sage brach eines Nachts einer der Hunde aus dem Zwinger aus und tötete ein Kind.«
»Schrecklich!« rief Bob.
»Ja. Eine Tragödie, wenn es tatsächlich geschah. Der Vater des Kindes forderte, die Hunde sollten getötet werden. Der Adlige weigerte sich, und man sagt, er habe dem Bauern ein paar Geldstücke hingeworfen, als Bezahlung für das tote Kind.

Der Vater, außer sich, warf in seiner Verzweiflung einen Stein nach dem anderen Mann. Tödlich getroffen, verfluchte der Graf das Dorf und alle seine Bewohner. Er schwor, er werde aus dem Jenseits zurückkehren und das Dorf heimsuchen.«
»Und ich vermute, das tat er in Gestalt eines Hundes?« fragte Peter.
»Eines riesenhaften Hundes«, sagte Charles Niedland. »Es war ein gewaltiger, halbverhungerter Hund, der Wolfsblut in sich haben mochte. Die Hundemeute des Adligen wurde bis auf das letzte Tier getötet, aber in dunklen Nächten strich ein hageres Untier durch die Straßen, winselnd und jaulend, und die Rippen stachen ihm unter dem Fell hervor. Die Leute hatten entsetzliche Angst. Manche stellten der Bestie Futter hin, aber sie konnte oder wollte nicht fressen. Wenn also dieser Hundedämon wirklich jener Edelmann war, dann war sein Fluch wahr geworden. Er suchte das Dorf heim. Allerdings waltete darin eine fürchterliche Gerechtigkeit, denn er war immer ausgehungert, wie es auch seine eigenen Hunde zuvor gewesen waren. Nach und nach zogen die Leute aus dem Dorf weg. Wenn der Hund noch dort spukt, dann in verlassenen Ruinen.«
»Hat Ihr Bruder den Hund gemalt?« fragte Justus.
»Mein Bruder war kein Maler«, erklärte Charles Niedland. »Freilich skizzierte er, wenn er einen Entwurf ausarbeitete, aber er war Bildhauer. Er arbeitete mit Glas und Kristall – manchmal auch Kristall mit Metall kombiniert.«
»Der Karpatenhund war ein herrliches Stück«, sagte Fenton Prentice. »Edward Niedland hat ihn eigens für mich gemacht. Er wurde vor einem Monat fertig, aber er war noch nicht übergeben. Edward plante eine Ausstellung einiger seiner neueren Werke in der Galerie Maller, und dabei wollte er auch den Hund zeigen. Natürlich war mir das eine Freude. Und nun ist der Hund weg!«
»Also ist es die Skulptur eines Hundes aus Glas«, sagte Bob.
»Kristall«, berichtigte Mr. Prentice. »Kristall und Gold.«
»Kristall ist Glas«, warf Charles Niedland ein, »aber von ganz besonderer Art. Es wird aus den allerfeinsten Silikaten hergestellt, mit einem hohen Anteil Bleioxid, und daher ist es schwe-

rer und von weitaus stärkerem Glanz als gewöhnliches Glas. Mein Bruder arbeitete mit Glas – und mit Kristall – von so hoher Temperatur, daß es fast noch flüssig war. Er bearbeitete es mit Werkzeugen, erhitzte es von neuem, wenn es abkühlte, verformte es weiter, erhitzte es wieder, arbeitete daran – und so weiter, bis er die gewünschte Form erzielt hatte. Dann kam noch die Schlußbearbeitung, das immer feinere Schleifen und das Polieren mit Säure. Als er das alles getan hatte, war der Karpatenhund eine wundervolle Skulptur. Die Augen des Tiers waren mit Gold eingefaßt, und auf den Lefzen war goldener Schaum aufgetragen. Der Legende zufolge hatte der Hundedämon glühende Augen.«

»Vielleicht bekommen Sie ihn wieder«, meinte Bob voller Zuversicht. »So ein Ding läßt sich doch nur sehr schwer verkaufen.« »Aber gewiß an jemand, der keine Skrupel kennt und Edward Niedlands Werke zu schätzen weiß«, sagte Prentice. »Er war noch so jung – und so begabt. Es gibt schon Leute, die sich ohne Hemmungen mit Dieben zusammentun würden, um an eine seiner Schöpfungen heranzukommen.«

Justus sah sich in dem schlichten Haus um. »Hat er hier gearbeitet?« fragte er. »Hätte er nicht einen Schmelzofen gebraucht, für die Arbeit mit zähflüssigem Glas?«

»Mein Bruder hatte eine Werkstatt im Osten von Los Angeles«, erklärte Charles Niedland. »Dort hat er gearbeitet.«

»Und gab es hier nicht noch andere Skulpturen?« fragte Justus. »Hat Ihr Bruder selbst keine besessen? Oder waren sie in der Werkstatt?«

»Edward hatte eine kleine Sammlung, eigene Arbeiten und Werke von anderen Künstlern, und die verwahrte er hier im Haus. Als er gestorben war, brachte ich die Stücke an einen sichereren Ort. Es war reiner Zufall, daß sich der Karpatenhund zur Zeit des Einbruchs hier befand.«

Fenton Prentice seufzte.

»Das war nämlich so«, fuhr Charles Niedland fort. »Die Ausstellung meines Bruders in der Galerie war vor einigen Tagen geschlossen worden. Er hatte dafür auch Leihgaben von Sammlern seiner Werke beigesteuert, und ich war dieser Tage damit beschäftigt, sie zurückzugeben. Gestern kam ich am

Spätnachmittag hierher. Ich wollte den Karpatenhund zu Fenton bringen, vorher aber noch ein wenig hierbleiben, um die Bücher meines Bruders zu sichten. Ich kam her, als Fenton gerade euren Besuch erwartete – davon hatte er mir schon früher am Tag erzählt, als ich ihn anrief, um die Sache zu vereinbaren. Da ließ ich den Hund vorerst hier und ging zum Essen weg. Als ich wiederkam, sah ich durchs Fenster, daß ein Eindringling im Haus war. Vom Telefon eines Nachbarn rief ich sofort die Polizei an.«
»Also, Charles, du warst schon ein wenig leichtsinnig«, sagte Mr. Prentice mit einem Anflug von Bitterkeit.
»Komm, Fenton, wir wollen uns darüber nicht streiten«, beschwichtigte Niedland. »Es war wirklich Pech.«
»Wußte irgend jemand sonst, daß der Hund gestern wieder zurückgebracht werden sollte?« fragte Justus.
Beide Männer schüttelten den Kopf.
»War der Hund versichert?« erkundigte sich Bob.
»Ja, aber was nützt das, wenn er unersetzlich ist?« gab Prentice zurück. »Es ist . . . ja, als verschwinde plötzlich die Mona Lisa. Ein solches Werk ist unbezahlbar.«
»Ich vermute, die Polizei hat nach Fingerabdrücken gesucht und das Übliche unternommen?« meinte Justus.
»Sie waren die halbe Nacht hier und streuten ihr Pulver für die Fingerabdrücke herum«, erwiderte Niedland. »Anscheinend haben sie aber nichts Schlüssiges gefunden. Jetzt fahnden sie in ihrem einschlägigen Verbrecherarchiv, falls ein Experte für Kunstraub an der Sache beteiligt sein sollte.«
»Das wird bestimmt sehr gründlich gemacht«, sagte Justus. »Ich bezweifle, daß wir da noch etwas tun können.«
Mr. Prentice nickte, verabschiedete sich von Charles Niedland und ging mit den Jungen über die Anliegerstraße in den Hof seines Hauses zurück. Mrs. Boggle war zur Stelle – sie zupfte ein welkes Blatt von einem Strauch. Mr. Prentice würdigte sie keines Blickes und ging treppauf, gefolgt von den Jungen. Als sie in Prentices Wohnung waren und die Tür abgeschlossen war, holte Justus den Tiegel mit seiner Paste hervor und erklärte sein Vorhaben. »Ihre Schreibtischschubladen haben Porzellanknöpfe als Griffe«, erklärte er Mr. Pentice. »Für unseren

Zweck ist das ideal. Diese Chemikalie reagiert mit Metall und könnte Kupfer oder Messing angreifen, aber bei Porzellan kann nichts passieren. Wir werden die Knöpfe mit der Paste bestreichen und dann weggehen. Wenn während unserer Abwesenheit jemand hierherkommt und eine Schublade aufzieht, wird er die Hände voll schwarzer Flecken bekommen.«
Prentice zuckte die Achseln. »Ein geisterhaftes Lichtphänomen hat keine Hände.«
Justus warf seinen Freunden einen raschen Blick zu.

Der Erste Detektiv geht meines Erachtens ganz richtig und zielbewußt vor: erst will er den – doch sicherlich realen – Eindringling überführen, der in Mr. Prentices Intimsphäre die Finger drin hat. Und dann wird er, wie wir alle ihn kennen, den Lichtblitz zu orten versuchen!

»Mr. Prentice, wir können doch wenigstens einen Versuch machen«, sagte Justus. »Sie haben uns ja erzählt, daß Sie einmal nach Hause kamen und Ihren Schreibtisch durchwühlt vorgefunden hatten.«
»Also gut«, sagte Prentice. »Ich bin zu einem Versuch gern bereit. Bestreicht die Schubladengriffe, und dann gehen wir weg und essen etwas zusammen.«
»Großartig!« rief Peter. »Ich bin am Verhungern.«
Justus trug seine Zauberpaste an den Griffen von Prentices Schreibtischschubladen auf, indem er die Schmiere mit einem Papiertaschentuch dem Tiegel entnahm. Dann gingen er, Peter und Bob mit Mr. Prentice aus der Wohnung und langsam die Treppe hinunter, wobei sie sich vernehmlich über das Restaurant unterhielten, wo sie zu essen gedachten. Der Hof war leer, aber vorn beim Tor trafen sie Mrs. Boggle und den schlaksigen jungen Mann, Sonny Elmquist. Beide sahen zur Kirche hinüber.
Vor dem Kirchenportal parkte ein Krankenwagen.
»Was ist da los?« fragte Peter.
»Der Mesner«, sagte Elmquist. »Er ist verletzt! Der Pfarrer hat ihn vor kurzem oben auf der Empore gefunden!«

Verräterische Flecken

Die drei ??? und Mr. Prentice rannten zur Kirche hin. Zwei weißbekittelte Männer kamen gerade mit einer Trage heraus. Darauf lag Earl bis zum Kinn mit einer Decke verhüllt.
Pfarrer McGovern kam mit der geschwätzigen Mrs. O'Reilly aus der Kirche.
»Er ist tot!« jammerte die Frau. »Ermordet! Umgebracht! Tot!« »Mrs. O'Reilly, er ist nicht tot, Gott sei Dank!« Der Pfarrer war blaß. Seine Hände zitterten, als er die Kirchentür absperrte. »Ich hätte gestern abend mit ihm zusammen herkommen und ihm beim Abschließen helfen sollen. Es war nicht das erste Mal, daß er stürzte, aber – nun hat er die ganze Nacht auf der Empore gelegen!«
Der Pfarrer kam die Stufen herunter. »Es ist meine Schuld, daß ich ihn einfach gewähren ließ«, sagte er. »Er schaltet die Lampen ab, wo er nur kann, und tappt dann im Finstern herum. Er meint, er müsse zum Wohle der Gemeinde sparen.«
»Mit solchem Unfug spart er uns gar nichts, im Gegenteil«, sagte Mrs. O'Reilly. »Und wer soll nun seine Arbeit machen, solange er sich im Krankenhaus ausruht?«
»Nun machen Sie sich mal darum keine Sorgen, Mrs. O'Reilly«, sagte der Pfarrer. »Gehen Sie lieber nach Hause und . . . und machen Sie sich einen guten Tee.« Er stieg hinten in den Krankenwagen ein. Die Türen schlossen sich, und der Wagen fuhr an. »Einen guten Tee!« rief Mrs. O'Reilly. »Einen guten Tee, sagt er! Ist der Mann noch zu retten? Earl hat ein Loch im Kopf, womöglich hat ihn dieser Geisterspuk umgebracht, und der Herr Pfarrer redet vom Teetrinken!«
Sie fegte an Prentice und den drei ??? vorüber und lief murrend zum Pfarrhaus hinüber.
»Geisterspuk – umgebracht?« wiederholte Bob fassungslos.
»Sie klammert sich an die Einbildung, es gebe hier in der Nähe einen Geist«, sagte Fenton Prentice. »Sie behauptet auch, sie habe schon einen gesehen – den Geist des früheren Pfarrers. Der ist vor drei Jahren gestorben. Sie sagt, er spuke in der Kirche und auf der Straße.«

Die Jungen und Mr. Prentice schritten vor zum Wilshire Boulevard.
»Mr. Prentice, wäre es denkbar, daß dieser Spuk etwas mit jenem Lichtschein zu tun haben könnte, den Sie in Ihrer Wohnung sehen?« fragte Bob.
»Ausgeschlossen!« erwiderte Mr. Prentice. »Den Geist des früheren Pfarrers würde ich wiedererkennen – sofern es ihn überhaupt gibt. Bisher glaubt ihn nur Mrs. O'Reilly gesehen zu haben. Sie behauptet steif und fest, er wandle nachts mit einer Kerze in der Hand in der Kirche umher. Warum er dazu verdammt sein sollte, kann ich mir nicht denken. Er war ein netter alter Herr. Ich habe oft mit ihm Schach gespielt. Nächtliche Spaziergänge waren gar nicht seine Art. Im Gegenteil, normalerweise lag er um zehn im Bett.« Mr. Prentice und die Jungen bogen in den Wilshire Boulevard ein und gingen noch ein paar Querstraßen weiter bis zu einem Clublokal. Drinnen blinkten Messing-Türgriffe im Glanz jahrelanger sorgsamer Pflege, die Tischdecken waren gestärkt, und die Nelke in der Vase auf ihrem Tisch war ganz frisch. Für ein Frühstück war es zu spät, und Mittagessenszeit war es noch nicht. Abgesehen von einem Kellner, der sich in der Nähe der Küchentür aufhielt, hatten sie den Speisesaal für sich.
»Mr. Prentice«, sagte Justus, als das Essen serviert worden war, »Ihr Haus ist ziemlich groß, aber ich habe dort erst wenige Leute gesehen. Einmal Mrs. Boggle . . .«
Mr. Prentice verzog das Gesicht.
»Mrs. Boggle«, wiederholte Justus. »Und Sonny Elmquist. Der ist anscheinend zu ganz unregelmäßigen Zeiten im Hause.«
»Er arbeitet von Mitternacht bis in die Frühe im Supermarkt auf der Vermont Avenue«, sagte Prentice. »Sonderbarer Bursche. Ein ausgewachsener Mann, der sich Sonny – Söhnchen – nennt, hat etwas gewollt Originelles an sich. Ich weiß, daß er in Wirklichkeit Cedric heißt. Er hat die kleinste Wohnung im Haus. Ich glaube kaum, daß er viel verdient. Dann gibt es noch eine junge Frau, Miss Chalmers – Gwen Chalmers –, die gleich neben Elmquist wohnt. Ihr kennt sie noch nicht. Sie arbeitet als Einkäuferin bei einem Warenhaus in der Innenstadt. Und Mr. Murphy ist Börsenmakler.«

»Das ist der Mann, der gestern abend, als die Polizei fort war, die Treppe heraufkam«, sagte Bob.
»Ja. Er hat die Eckwohnung nach hinten heraus. Vielleicht trefft ihr ihn heute noch. Er geht immer sehr früh in sein Büro, weil die Börse in New York zeitig öffnet und unsere Ortszeit drei Stunden von der Ostküste abweicht. Nachmittags ist er meistens zu Hause. Sein Neffe Harley Johnson, ein Student, wohnt zur Zeit bei ihm. Murphy ist Harleys Vormund, wie ich hörte. Und dann gibt es noch Alex Hassell, den Katzenmann.«
»Katzenmann?« wiederholte Peter.
Fenton Prentice lächelte. »Ja, so nenne ich ihn im stillen. Er füttert nämlich Katzen. Jeden Abend um fünf versammeln sich alle herrenlosen Katzen der Umgegend vor seiner Tür, und er füttert sie. In seiner Wohnung hält er eine Siamkatze.«
»Und was macht er, wenn er keine Katzen füttert?« erkundigte sich Peter.
»Mr. Hassell arbeitet nicht. Er ist vermögend, und so kann er tun und lassen, was ihm beliebt. Ich glaube, er läuft durch die Gegend und hält Ausschau nach heimatlosen Katzen, die er füttern kann. Wenn sie krank oder verletzt sind, bringt er sie zum Tierarzt.«
»Und wer wohnt sonst noch in dem Haus hier?« fragte Justus.
»Etliche Leute, Normalbürger. Die ganze Anlage hat zwanzig Wohneinheiten. Die meisten Mieter sind unverheiratet und berufstätig. Am Wochenende und in der Urlaubszeit sind die meisten fort, um Freunde oder Verwandte zu besuchen. Zur Zeit wohnen wir nur zu sechst hier. Vielmehr zu siebt, wenn man Harley, Mr. Murphys Neffen, mit einrechnet.«
»Das engt für uns den Kreis der Verdächtigen ein«, sagte Justus. Prentice sah Justus forschend an. »Dann meinst du, daß jemand von den übrigen Mietern mir nachspioniert?«
»Das werde ich erst dann ganz sicher wissen, wenn wir mehr Beweise haben«, entgegnete Justus. »Aber höchstwahrscheinlich ist der Täter jemand, dem bekannt sein muß, wann Sie nicht zu Hause sind. Wenn er uns heute früh weggehen sah, hat er sich dies möglicherweise zunutze gemacht und hier herumgeschnüffelt.«

Mr. Prentice zuckte die Achseln. »Da magst du recht haben, Justus. Wenn irgend jemand heute vormittag meinen Schreibtisch öffnen wollte, so hatte er dazu ja genügend Zeit.«
Prentice winkte den Kellner heran und bezahlte. Die drei ??? begleiteten ihn aus dem Clubhaus und den Wilshire Boulevard entlang bis zum Paseo Place.
Die Straße war leer, als sie nach der Kirche einbogen. Sie kamen bei der Wohnanlage an und gingen die Stufen hinauf. In der Wohnung gleich beim Eingang, wo Mrs. Boggle wohnte, hörten sie Wasser laufen und Geschirr im Spülbecken klappern.
»Dem Himmel sei Dank, daß dieses Weib manchmal auch etwas zu essen braucht«, sagte Prentice. »Sonst wären wir nicht eine Sekunde lang unbeobachtet.«
Peter lachte. »Man begegnet ihr hier ziemlich oft, scheint mir.«
»Die geborene Wichtigtuerin und eine fürchterliche Klatschbase«, sagte Prentice. »Sie stellt die unverschämtesten Fragen. Sie bekommt es sogar fertig, die Mülltonnen zu durchwühlen. Mehr als einmal habe ich sie dabei ertappt. Und selbst wenn ich es nicht mit eigenen Augen gesehen hätte, wäre es ihr doch glatt zuzutrauen. Wie sollte sie sonst wissen, daß Miss Chalmers nur Tiefkühlkost ißt oder daß Mr. Hassells heimatlose Katzenhorde mehr als vierzig Dosen Katzenfutter die Woche braucht?«
Die drei ??? gingen hinter Prentice her zu seiner Wohnung, und er schloß die Tür auf.
»Bitte jetzt nichts anfassen«, warnte Justus. Er zog eine kleine Lupe aus der Tasche und ging ins Arbeitszimmer, wo er sich die Griffe an den Schreibtischschubladen genau ansah.
»Aha!« sagte er.
Fenton Prentice kam zur Tür.
»Jemand hat den Schreibtisch aufgemacht, nachdem wir heute früh weggegangen waren«, meldete Justus. »Jemand mit ganz normalen Menschenhänden! Die Paste ist verschmiert.«
Bob ging in die Küche und holte ein Papiertuch, und Justus wischte die Griffe sauber.
»Dürfen wir den Schreibtisch aufmachen?« fragte er Prentice.
»Selbstverständlich.«

Justus zog die oberste Schublade heraus. »Fehlt irgend etwas?«
»Es fehlt nie etwas«, sagte Prentice. »Aber da hat sich jemand die Telefonrechnung angesehen. Die lag nämlich heute früh ganz hinten in der Schublade.«
»Und der unbekannte Täter hat dabei den Umschlag beschmiert. Bestimmt hatte er die Finger voller Paste.« Justus strahlte voller Zufriedenheit.
Darauf ging er durchs Wohnzimmer zur Wohnungstür. Dort bückte er sich und untersuchte den Türknauf.
»Auf den Knauf hatte ich keine Paste gestrichen«, erinnerte er seine Freunde, »aber jetzt sind darauf Spuren zu finden.«
»Damit ist klar, wie der ungebetene Schnüffler hier herauskam«, sagte Bob. »Er machte die Tür auf und ging raus.«
»Und sperrte hinter sich wieder ab«, sagte Justus. Er öffnete die Tür und überprüfte das Schubriegelschloß. Es wies ebenfalls Spuren der Paste auf. »Ja«, sagte er. »Da hat jemand einen Schlüssel.«
»Ausgeschlossen!« rief Fenton Prentice. »Das ist ein Spezialschloß, das ich eigens einbauen ließ. Dazu kann kein anderer den Schlüssel haben!«
»Und trotzdem hat irgendwer einen«, meinte Justus beharrlich.
Sie schlossen die Tür wieder, und dann machten sie sich von neuem ans Durchsuchen der Wohnung. Weitere Spuren der Paste fanden sich am Spiegelschrank im Badezimmer.
»Der Eindringling hat sich Ihre Hausapotheke angeschaut«, erklärte Justus Mr. Prentice. Mr. Prentice gab einen empörten Laut von sich.
»Na, immerhin machen wir Fortschritte«, meinte Justus.
»Meinst du?« fragte Prentice.
»Aber sicher.« Die Worte des Ersten Detektivs klangen selbstbewußt. »Wir wissen, daß derjenige, der Sie da heimsucht, keine Schublade aufziehen konnte, ohne Flecken an den Fingern davonzutragen. Und im übrigen verließ er heute früh diese Wohnung auf normalem Weg, durch die Tür. Wir gehen jetzt in den Hof und setzen uns da hin und passen auf, und dann werden wir bald erfahren, wer es ist.«
»Und wenn es nun jemand ist, der gar nicht hier wohnt?« fragte Prentice.

»Ich bin ganz sicher, daß nur ein Mitbewohner in Frage kommt«, sagte Justus. »Jemand, der uns heute früh weggehen sah.«
Die Jungen verließen die Wohnung und gingen in den Hof hinunter. Sie setzten sich auf Stühle am Beckenrand und warteten.

Das Mysterium des Mandala

»Das ist ein verrücktes Schwimmbad«, stellte Peter nach einer Weile fest.
Bob ging am Beckenrand in die Hocke und blickte durch das klare Wasser auf den Grund hinunter. Auf dem Beckenboden waren in willkürlicher Anordnung blaue und goldene Mosaikfliesen verlegt. »Ganz schön exklusiv. Erinnert mich an die Schwimmhalle im Hearst Castle in San Simeon.« Er tauchte die Hand ins Wasser und stellte fest, das Becken sei beheizt.
Schritte hallten auf den Steinstufen, und das Eingangstor wurde geöffnet. Eine graue Katze sprang in den Hof, und hinterher kam ein hellhaariger Mann in weißem Pullover und kamelhaarfarbener Jacke. Er sah die Jungen ohne Interesse an, während er über den Hof zu einer Tür im hinteren Teil des Gebäudes ging. Die Katze lief ihm nach, mußte aber draußen bleiben, als der Mann seine Wohnung betrat. Nach wenigen Sekunden war er wieder da und stellte einen Futternapf auf die Steinplatten. Er blieb dabei und kauerte nieder, während die Katze gierig fraß.
»Hassell« flüsterte Bob. »Er ging gerade weg, als wir gestern abend hierherkamen.«
»Er hat wohl einen neuen Schützling aufgegabelt«, stellte Peter fest. »Einen, der noch nicht weiß, daß es pünktlich um fünf Abendessen gibt.«
Die Katze hatte den Napf leergefressen und trottete davon. Hassell trug den Napf in seine Wohnung zurück.
Wieder hörte man Schritte auf den Eingangsstufen, und wieder

öffnete sich das Tor. Der kräftige, nicht mehr junge Mann namens Murphy kam mit einer brennenden Zigarette herein. Er nickte den Jungen zu, lächelte und steuerte seine Wohnung an, die neben derjenigen Hassells lag. Ehe er die Tür erreicht hatte, ging diese auf. Ein junger Mann, etwa zwanzig Jahre alt, stand mit finsterem Gesicht im Türrahmen.
»Onkel John, kannst du keine zehn Sekunden ohne eine Zigarette auskommen?« fragte der Junge.
»Harley, laß mich in Frieden. Ich hatte heute viel um die Ohren. Wo ist mein Aschenbecher?«
»Den habe ich gespült und an den Beckenrand gestellt, die ganze Wohnung war verqualmt.«
Murphy drehte sich um und ging zu einem Tisch in der Nähe der Jungen. Er warf sich in einen Sessel, schnippte die Asche in eine große Aschenschale auf dem Tisch und rauchte weiter.
»Hoffentlich tyrannisiert ihr Jungen eure Eltern nicht derart«, sagte er zu den drei ???.
»Meine Eltern rauchen nicht«, sagte Peter.
Murphy knurrte vor sich hin. »Ich sollte es ja auch sein lassen«, bekannte er. »Na, ich passe wenigstens auf. Brandlöcher gibt's bei mir nicht. In meinem Büro habe ich noch so einen Aschenbecher. Auch wenn ich mal eine Zigarette vergesse und glimmen lasse, kann sie nicht herausfallen.«
Sorgfältig drückte er den Stummel aus, stand auf und trug die Aschenschale zu seiner Wohnung.
Als Murphy gegangen war, sah Peter über das Schwimmbekken zur Wohnung von Sonny Elmquist hinüber. »Ob Elmquist wohl zu Hause ist?« meinte er. »Die Vorhänge sind zugezogen. Sollten wir nicht einfach mal klingeln und –«
»Halt!« Justus Jonas richtete sich kerzengerade auf.
Mrs. Boggle war in den Hof gekommen. Sie rieb mit einem Papiertuch an ihren Händen herum. »Kindern ist der Aufenthalt im Bereich des Schwimmbeckens ohne erwachsene Begleitpersonen untersagt«, verkündete sie schroff.
Justus würdigte sie keiner Antwort. Statt dessen stand er auf und trat vor die Frau hin.
»Mrs. Boggle, darf ich mir einmal Ihre Hände ansehen?«
»Was?«

»Ihre Hände, Mrs. Boggle!« Nun klang Justs Stimme lauter. Oben ging eine Tür auf, und Prentice trat auf den Balkon heraus. »Sie haben schwarze Flecken an den Händen!« sagte Justus.
Fenton Prentice kam die Treppe herunter.
»Ja ... ja, richtig ...«, sagte Mrs. Boggle. »Das muß in der Küche passiert sein.«
»Sie waren in Mr. Prentices Wohnung«, sagte Justus unerbittlich. »Sie haben seinen Schreibtisch geöffnet und seine Briefe durchstöbert und dann auch noch seine Hausapotheke aufgemacht. Wer hier spioniert, das sind *Sie!*«
Zum ersten Mal im Leben verschlug es Mrs. Boggle die Sprache. Hilflos starrte sie Justus an, und dann wurde sie feuerrot im Gesicht.
»Sie können reiben, soviel Sie wollen«, sagte Justus. »Die Flekken gehen nicht weg.«
Mr. Prentice tauchte hinter den Jungen auf und sagte: »Ich hätte gern ein paar Worte mit Ihnen gesprochen, Mrs. Boggle.« Der Ton seiner Stimme schien die Hausverwalterin wieder zur Fassung zu bringen. Sie wandte sich an Prentice und kreischte: »Wissen Sie, was diese unverschämten Bengel von mir behaupten?«
»Ja, und sie haben völlig recht!« entgegnete Prentice. »Aber das muß ja nun wirklich nicht jeder im ganzen Haus erfahren.« Er schritt auf die Hausmeisterwohnung zu. »Das machen wir beide unter uns aus.«
»Ich ... ich habe keine Zeit«, sagte die Frau. »Ich ... ich habe so viel zu tun, das wissen Sie doch.«
»Aber natürlich, Mrs. Boggle«, sagte Mr. Prentice. »Was hatten Sie denn als nächstes vor? Nachforschungen in den Mülltonnen oben an der hinteren Straße? Durchstöbern einer anderen Wohnung? Kommen Sie, Mrs. Boggle. Wir gehen hinein und unterhalten uns in aller Ruhe. Oder soll ich lieber meinen Anwalt verständigen?«
Mrs. Boggle japste nach Luft, aber sie ging in ihre Wohnung. Mr. Prentice lächelte den drei ??? zu. »Ich werde die Sache selbst in die Hand nehmen«, erklärte er. »Aber es wäre mir lieb, wenn ihr warten könntet.«

Er folgte Mrs. Boggle in die Wohnung und schloß die Tür. Justus, Peter und Bob blieben im Hof. Ein paar Minuten lang schwiegen sie. Sie konnten Mrs. Boggles Stimme hören, schrill und erbost, aber die Worte konnten sie nicht verstehen. Zwischendurch war es still, und die Jungen konnten sich vorstellen, daß nun Mr. Prentice sprach – sanft, aber nachdrücklich und möglicherweise unter Drohungen.
»Er ist ein netter alter Herr«, sagte Peter, »aber ich möchte wetten, daß er ganz schön massiv werden kann, wenn ihm jemand auf die Zehen tritt.«
Eine Tür jenseits vom Schwimmbecken öffnete sich mit hartem Geräusch, und Sonny Elmquist kam heraus, die Augen vor der Sonne zugekniffen. Er trug eine abgewetzte Cordhose, ein Hemd, an dem mehrere Knöpfe fehlten, und keine Schuhe. Er gähnte.
»Guten Morgen«, sagte Justus.
Elmquist blinzelte und rieb sich die Augen. Die Jungen konnten sehen, daß er sich weder gewaschen noch gekämmt hatte. »Uaah!« sagte er. Fast wäre er beim Weitergehen gestolpert. Die Tür ließ er hinter sich offen. Er schien sich nicht recht entschließen zu können, ob er sich auf einen der Stühle bei den Jungen setzen sollte oder ob er einfach dastehen und untätig ins Becken schauen sollte.
Schließlich tat er keines von beiden. Er setzte sich auf den Fliesenbelag, legte die Beine übereinander und die Füße auf die Oberschenkel. Justus kannte die Haltung: es war die Lotus-Stellung der Yoga-Lehre.
»Guten Morgen«, sagte Justus noch einmal.
Der junge Mann wandte Justus das blasse Gesicht zu und starrte ihn eine Sekunde lang an. Seine Augen hatten keine bestimmte Farbe. Das Weiße war blutunterlaufen, als habe er zu wenig geschlafen.
»Ist es noch Morgen?« fragte er.
Justus sah auf die Uhr. »O nein. Es ist schon ein Uhr durch.«
Sonny Elmquist gähnte wieder.
»Mr. Prentice sagte mir, daß Sie drüben an der Vermont Avenue in dem Supermarkt arbeiten, der nachts geöffnet ist«, sagte Justus.

Da kam ein wenig Leben in Elmquist. Er grinste. »Von Mitternacht bis morgens früh«, sagte er. »Manchmal ist es eine verflixte Schinderei, aber der Lohn ist höher, wenn man diese Schicht übernimmt. Und wenn es nichts zu tun gibt, kann ich lernen.«
»Besuchen Sie eine Schule?« fragte Justus.
Sonny Elmquist winkte ab, als seien Schulen die reinste Zeitverschwendung. »Das ist für mich längst vorbei«, erklärte er den Jungen. »Mein alter Herr wollte, daß ich studiere und Zahnarzt werde wie er selber. Danke, nichts für mich. Den ganzen Tag auf den Beinen sein, den Leuten im Gebiß herumstochern und sich Rückgratverkrümmung holen. Wozu denn? All das ist doch nur Illusion.«
»Illusion?« wiederholte Peter.
»Genau. Alles ist eine Illusion. Die ganze Welt. Wir sind alle wie eine Herde schlafender Tiere, die einen bösen Traum haben. Aber ich werde bald aufwachen!«
»Was lernen Sie denn?« wollte Justus wissen.
»Meditation«, sagte Elmquist. »Den Weg zur Endstufe des Bewußtseins.« Er streckte die Beine aus und stand auf, sichtlich erfreut darüber, daß ihm jemand zuhörte.
»Zur Zeit spare ich«, sagte er. »Ich möchte nach Indien reisen und mir einen Guru suchen. Dort gibt es die besten Lehrer. Also arbeite ich nachts, weil das mehr Geld bringt. Bald habe ich genug beisammen, und dann gehe ich nach Indien und bleibe drei oder vier Jahre dort, so lange man eben braucht, um ... um wirklich alles zu wissen. Nicht daß es mir darum geht, alles über die Wissenschaft oder solche Dinge zu wissen – das hat keinen Sinn. Ich will wissen, wie man ohne irgendwelche Bedürfnisse leben kann. Das ist doch das einzig Richtige, findet ihr nicht auch?«
Bob sagte zweifelnd: »Na ja, ich meine, wenn Sie gar nichts mehr brauchen ... wenn Sie alles haben, was Sie brauchen ...«
»Nein, nein. Du hast keine Ahnung!« rief Elmquist.
»Nicht meine Kragenweite«, murmelte Peter vor sich hin.
»Es ist ganz einfach. Wünsche, Bedürfnisse – damit fängt das ganze Elend an. Nehmt den alten Prentice. Der sorgt sich doch nur um seine Besitztümer – seine Sammlung. In seinem

nächsten Leben wird er wahrscheinlich ein ... eine Ratte sein!«
»Na hören Sie mal!« rief Peter. »Er ist ein feiner alter Mann.«
Sonny Elmquist schüttelte den Kopf. »Ich will ja gar nicht behaupten, daß er stehlen oder jemand angreifen würde, um sich zu bereichern, aber er sorgt sich eben ausschließlich darum, was er hat, und er will immer noch mehr. Er wird nie begreifen, daß er nur Einbildungen nachjagt. Wißt ihr, daß er ein Mandala besitzt und nicht einmal ahnt, wozu man es benutzt? Er hängt es sich einfach an die Decke wie ein Bild.«
»Was ist denn ein Mandala?« fragte Peter.
Elmquist flitzte in seine Wohnung und war gleich darauf mit einem kleinen Buch wieder da. »Ich hätte sehr gern eines«, sagte er voll Eifer. »Es ist eine Art symbolischer Darstellung des Kosmos. Wenn man davor meditiert, treten alle Täuschungen des Lebens in den Hintergrund, und man wird eins mit dem Universum.« Er öffnete das Buch und zeigte den Jungen eine starkfarbige Abbildung: sich überschneidende Dreiecke, die von einem Kreis umschlossen waren. Der Kreis wiederum war von einem Quadrat umgeben.
»So etwas habe ich in Mr. Prentices Wohnung nicht gesehen«, sagte Peter.
»Verständlich, wenn es an der Decke hängt!« meinte Bob. »Aber wieso eigentlich an der Decke?«
»Weil die Wände bei ihm von oben bis unten voller Bücherregale sind«, erinnerte ihn Justus, stolz auf seinen Scharfblick.
»Sein Mandala ist noch feiner ausgeführt als das hier«, erklärte Elmquist. »Es stammt aus Tibet, und darauf sind einige der alten Gottheiten abgebildet, die man dort verehrt.« Elmquist schloß das Büchlein. »Eines Tages werde ich mein eigenes Mandala haben«, sagte er. »Von einem Guru für mich gestaltet. Zur Zeit benutze ich einfach den Fernseher.«
»Was?« sagte Bob.
»Ja, den Fernseher«, wiederholte Elmquist. »Er hilft mir beim Sich-Versenken. Also – ich komm nach Hause, nachdem ich die ganze Nacht lang im Supermarkt an der Kasse sitze und zusehen muß, daß meine Abrechnung stimmt, und da fühle ich mich wie eingesperrt. Also schalte ich den Fernseher ein, aber ohne Ton, kapiert? Dann starre ich auf eine Stelle in

der Mitte des Bildschirms, manchmal auch in eine Ecke des Bildes. Ich gebe mich gar nicht damit ab, das Programm zu verfolgen – ich schaue nur auf die wechselnden Farben. Und bald fühle ich mich meilenweit weg vom Supermarkt und von allem anderen.«
»Dann sind Sie eingeschlafen«, sagte Bob vorwurfsvoll.
Elmquist sah leicht beschämt drein. »Das ... das ist das Problem beim Meditieren«, bekannte er. »Manchmal kommt ein solcher Friede über mich, daß ich wirklich einschlafe und ...«
Mitten im Satz brach er ab. Mr. Prentice war aus Mrs. Boggles Wohnung gekommen und stand am Fuß der Treppe. Er sah zu den drei ??? hin.
»Tut mir leid«, sagte Justus Jonas zu Elmquist. »Wir müssen jetzt gehen.«
»Na, dann kommt mal zu mir rein, wenn ich zu Hause bin«, sagte Elmquist einladend. »Wenn ich nicht gerade meditiere. Dann werde ich euch gern mehr über das Mandala erzählen und über den ... den Trip, den ich vorhabe.«

Ein überdurchschnittlicher Spürsinn wäre Sonny Elmquist durchaus zuzutrauen – möglicherweise könnt'e er ihn den drei ??? bei der Aufklärung der jetzt noch ungelösten Rätsel zur Verfügung stellen? Doch Justus hat vermutlich nach so flüchtiger Bekanntschaft nicht genügend Vertrauen zu einem jungen Mann, dem doch einige befremdliche Züge und Ansichten zu eigen scheinen. Sollen wir uns vorläufig darauf einigen, Sonny Elmquist mit einem Fragezeichen zu versehen?

Die Jungen gingen zu Prentice hinüber. Als sie bei ihm in der Wohnung waren, setzte sich der alte Herr in einen seiner niedrigen Sessel.
»Mrs. Boggle hatte also doch einen Schlüssel zu dieser Wohnung hier?« ging Justus gleich aufs Thema los.
»Ja, tatsächlich«, gab Prentice zu. »Ihr hattet recht, als ihr gleich zu Anfang meintet, es müsse einen zweiten Schlüssel

geben. Dieses elende Weib! Ich habe eine Sonderklausel in meinem Mietvertrag, wonach der Hausmeister meine Wohnung unter keinen Umständen betreten darf. Ich könnte also die Martin Company benachrichtigen, die Gesellschaft, der das Haus gehört.«

»Wie ist sie zu dem Schlüssel gekommen?« fragte Bob.

»Ganz einfach. Als ich vor zwei Monaten in Europa war, ließ sie einen Mann vom Schlüsseldienst kommen, den sie ja öfter in Anspruch nehmen muß. Er fragte nicht lange nach einer Vollmacht. Sie sagte ihm, sie hätte den Schlüssel zu dem Türschloß hier verloren, und sie müßte in die Wohnung und die Leitungen nach einem Rohrbruch absuchen. Er schraubte das Schloß ab und fertigte einen Schlüssel für sie an, und dann setzte er das Schloß wieder ein.«

»Eine eigenartige Frau«, meinte Justus.

»Eigenartig bis an die Grenze des Zwanghaften«, meinte Fenton Prentice zustimmend. »Damit wäre also das Rätsel gelöst, wer in meinem Schreibtisch herumstöbert und in meinen Papieren schnüffelt. Den Schlüssel habe ich ihr natürlich abgenommen. Und euch dreien bin ich wirklich dankbar.«

Mr. Prentice lächelte den Jungen verschämt zu und sagte noch: »Es erleichtert mich nämlich sehr, jetzt zu wissen, daß Mrs. Boggle hier der Eindringling war. Ich meine, daß ein normales menschliches Wesen hier ein- und ausging. Diese Lichtblitze habe ich mir wohl doch nur eingebildet. Es ist geradezu lächerlich! Die Vorstellung, daß jemand meine Wohnung heimsucht, hatte mich so aufgebracht, daß ich wohl ein bißchen verrückt gespielt habe! Mrs. O'Reillys Geistergeschichten haben vermutlich auf mich abgefärbt.«

Er schüttelte den Kopf, als wundere er sich über seine eigene Torheit.

Justus saß da und knetete seine Unterlippe – das Zeichen dafür, daß er eifrig überlegte – und blickte den alten Mann eindringlich an. Schließlich lächelte er und sagte: »Das wär's dann also. Es freut uns, daß wir Ihnen behilflich sein konnten.«

Er stand auf, um zu gehen. »Übrigens, Mr. Prentice, haben Sie ein Mandala?«

»Ja – ja doch. Woher wißt ihr davon? Möchtet ihr es sehen?«

Justus nickte, und der Mann ging ins Arbeitszimmer voraus und wies auf ein gerahmtes Bild hinter Glas, das an der Decke über einer Couch hing. Es war ein kompliziertes Diagramm in bunten Farben. Ein Kreis, mit Schnörkeln geziert, umgab ein Quadrat. In den vier Ecken waren orientalische Gottheiten oder Dämonen zu sehen. Die Mitte war aus Dreiecken gestaltet, die einander überschnitten und überlagerten und kleinere Kreise umschlossen, in die winzige Geschöpfe gemalt waren. Prentice sagte: »Das gehörte einmal einem jungen Künstler, den ich kannte und der in Tibet gewesen war. Es war eigens für ihn gemalt worden. Das ist aber schon lange her. Er ist nun schon viele Jahre tot, und ich habe das Mandala aus seiner Hinterlassenschaft erworben. Ich bewundere es immer wieder als Meisterwerk künstlerischen Ausdrucks, obwohl ich von den Religionen des Ostens wenig weiß.«

»Mr. Prentice, war Sonny Elmquist jemals in dieser Wohnung?« erkundigte sich Justus Jonas.

»Nie«, sagte Prentice. »Außer dem bösartigen Exemplar der Gattung Weib, das dieses Haus verwaltet, war noch kein Mensch aus der Mietergemeinschaft hier. Wie ihr wißt, schätze ich meine Intimsphäre über alles. Und dem jungen Elmquist würde ich niemals meine Tür öffnen. Der steckt doch voll unausgegorener Phantasien. Und besonders reinlich ist er auch nicht.«

»Das letztere stimmt«, bestätigte Justus. »Haben Sie das Mandala einmal zu irgendeiner Arbeit außer Haus gegeben? Ist es vielleicht erst kürzlich gerahmt worden?«

Prentice schüttelte den Kopf. »Es hängt seit mehr als zehn Jahren hier an der Decke. Es wurde nur einmal abgenommen, als die Decken neu gestrichen wurden. Wieso?«

»Wie kann dann Sonny Elmquist wissen, daß Sie ein Mandala besitzen?«

»Das weiß er?«

»Ja, eben. Er weiß sogar, daß es aus Tibet stammt. Er hat ein Buch mit einem Bild darin, das ähnlich aussieht, nur viel einfacher.«

Prentice zuckte die Achseln. »Ich kann nur vermuten, daß diese lästigen Zeitungen einmal erwähnten, daß sich in meiner

Sammlung ein Mandala befindet. Meine Freunde, die Kunstexperten, wissen es natürlich.«
Justus nickte und ging zur Tür.
»Hör mal, Justus«, sagte Mr. Prentice liebenswürdig. »Nun begib dich bloß nicht auf die Suche nach einem neuen Mysterium hier! Eines genügt vollauf!«
»Da haben Sie recht, Mr. Prentice«, bestätigte Justus. »Aber rufen Sie uns an, wenn Sie wieder Probleme haben.«
»Das tue ich bestimmt.« Mr. Prentice reichte jedem zum Abschied die Hand und geleitete die drei ??? hinaus.
Die Jungen gingen im Gänsemarsch treppab und zur Straße vor.
»Na also!« rief Peter, als sie zur Bushaltestelle gingen. »Den Fall haben wir ja in Rekordzeit gelöst! Was machen wir jetzt mit dem Rest unserer Weihnachtsferien?«
»Vor allem vom Schrottplatz der Firma Jonas fernbleiben«, empfahl Bob. »Tante Mathilda würde uns liebend gern voll auslasten! Du kannst dich leider nicht drücken, Just.«
»Mhmmm«, machte Justus. Er war mit seinen Gedanken woanders, und auf dem ganzen Heimweg nach Rocky Beach sprach er kaum ein Wort.
Als die Jungen sich vor dem Schrottplatz trennten, sagte Justus plötzlich: »Bitte bleibt möglichst nah am Telefon, Freunde. Die drei Detektive bekommen vielleicht bald wieder Arbeit. Ich glaube nämlich, daß wir mit Fenton Prentice keineswegs schon fertig sind!«
Er lächelte geheimnisvoll und winkte zum Abschied.

Licht in der Kirche

Tante Mathilda begann zu schimpfen, sobald sie Justus das Betriebsgelände betreten sah.
»Heute früh bist du einfach weggegangen, ohne mich überhaupt zu fragen! Einen Zettel schreiben und ans Kopfkissen heften ist nämlich noch lange nicht das gleiche, als wenn du

mir selber sagst, wo du hingehst! Justus, ich hatte ja Pläne gemacht –«

»Um Weihnachten ist das Geschäft doch immer etwas flau«, stellte Justus fest. »Und jetzt bin ich ja da. Heute kann ich noch einiges tun.«

»Das möchte ich hoffen«, knurrte Tante Mathilda. »Dein Onkel hat gerade eine ganze Wagenladung Haushaltsgeräte angefahren. Sieh zu, was repariert werden kann. Wahrscheinlich wirst du wieder die Hälfte davon für den Eigenbedarf kaufen.«

Justus grinste. Er hielt beständig Ausschau nach altem Trödel, der sich zu Hilfsmitteln für das Detektivunternehmen umarbeiten ließ. Die Zentrale war voller Geräte, die er aus allem möglichen Zeug umgebaut und zusammengebastelt hatte – Walkie-Talkies, ein Lautsprecher fürs Telefon, ein Tonbandgerät, ein Periskop. Das meiste Geld, das Justus mit der Arbeit im Betrieb verdiente, ging für diese Dinge wieder drauf.

Den Nachmittag über sah Justus höchst zufrieden die neuesten Erwerbungen seines Onkels durch und legte ein paar Sachen, von denen er sich Nutzen versprach, zur Seite. Um sechs ging er zum Abendessen über die Straße ins Wohnhaus. Eine Stunde später klingelte das Telefon.

Tante Mathilda nahm ab und verkündete: »Es ist für dich, Justus.«

Justus Augen leuchteten, als er den Hörer entgegennahm.

»Justus? Bist du es?« sagte eine bebende Stimme. »Hier Fenton Prentice. Justus, du wirst es nicht glauben, aber... aber in meiner Wohnung spukt es noch immer!«

»Aha«, entgegnete Justus gelassen.

»Als du die Boggle in die Falle gelockt hattest, war ich sicher, daß ich mir diesen Lichtschein nur eingebildet hatte«, fuhr Prentice fort. »Aber da hatte ich mich geirrt! Ich habe ihn vor einer Stunde wieder gesehen, in meinem Arbeitszimmer! Entweder werde ich langsam verrückt, oder es spukt wirklich bei mir!«

»Sollen wir heute abend noch einmal in die Stadt kommen?«

»Ja, bitte. Es wäre mir sogar sehr angenehm, wenn du mit deinen Freunden bei mir übernachten könntest. Normalerweise lege ich keinen Wert auf Besuch, aber... also ich ertrage

das Alleinsein einfach nicht mehr! Ich sitze da und frage mich, wann diese Dinge das nächste Mal auftreten – und das hält man ja nicht aus!«
»Wir kommen zu Ihnen, sobald wir können«, versprach Justus.
»Justus, mußt du dich denn dauernd absetzen?« beklagte sich Tante Mathilda, als Justus aufgelegt hatte. Aber als er kurz von dem bejahrten, verängstigten Klienten der drei ??? berichtet hatte, zeigte Mrs. Jonas auch Mitgefühl.
»Der arme Mann!« sagte sie. »Es ist schon schlimm genug, alt zu sein – und dazu noch allein. Geht ihr nur hin und bleibt bei ihm, so lange er euch braucht. Dein Onkel kann euch in die Stadt fahren.«
Justus rief Peter und Bob an. Kurz darauf drängten sich die Jungen in den Laderaum des kleinen Transporters von Onkel Titus, und ab ging es nach Los Angeles.
»Na, Just, du hast mal wieder recht behalten«, sagte Peter, während er sich eine bequeme Sitzhaltung suchte. »Wie konntest du wissen, daß wir noch mal von Prentice hören würden?«
»Weil ich davon überzeugt war, daß er sich diesen Lichtschein in seiner Wohnung nicht nur einbildete. Ich habe ihn ja selber gesehen.«
»Du?« rief Bob. »Wann?«
»Gestern, in Mr. Prentices Arbeitszimmer. Da zuckte es im Halbdunkel auf wie ein greller Blitz. Ich habe euch dann gerufen.«
»Ja, und ich bin reingegangen«, sagte Peter. »Aber du sagtest doch dann ganz klar, es sei nur ein Reflex gewesen.«
»Zu diesem Zeitpunkt schien mir das die einzig logische Folgerung. Später war ich mir dann nicht mehr so sicher. Sobald ich diesen Sonny Elmquist zu Gesicht bekam.«
»Da war er dir nicht geheuer, das habe ich gemerkt« erinnerte sich Bob.
»Eben«, sagte Justus. »Wäre es nicht möglich, daß Sonny Elmquist Mr. Prentice belästigt – was auch immer der Bursche in der fremden Wohnung will?«
Bob und Peter saßen schweigend da und überlegten. Schließlich sagte Bob: »Aber wie hätte er hineinkommen sollen? Die Tür ist doch sicher immer abgeschlossen.«

»Ich weiß es nicht«, gab Justus zu. »Ich bin ja gar nicht sicher, daß der, den Prentice vielleicht gesehen hat, Elmquist war. Aber außer Mrs. Boggle konnte sich noch irgend jemand anders Zutritt zu der Wohnung verschaffen. Und das müssen wir jetzt herauskriegen.« Noch ehe seit dem Anruf eine Stunde vergangen war, standen die drei ??? vor Mr. Prentices Tür.
»Dem Himmel sei Dank, daß ihr da seid«, sagte Prentice. »Ich bin mit den Nerven völlig fertig.«
»Begreiflich«, meinte Justus dazu. »Dürfen wir uns bei Ihnen umsehen?«
Prentice nickte, und Justus strebte geradewegs zum Arbeitszimmer. Die Schreibtischlampe warf einen warmen Schein in eine Ecke des Raumes und beschien herrlich gebundene Bücher auf Regalen und ein paar chinesische Porzellanfiguren. Das Mandala an der Decke lag im Zwielicht. Justus starrte das geheimnisvolle Muster an, runzelte die Stirn und zupfte an seiner Unterlippe.
Und wieder, genau wie am Abend zuvor, hatte er plötzlich den Eindruck, daß es im Raum hell aufblitzte.
Justus fuhr herum.
Im Halbdunkel an der Decke hing das Mandala. Und doch – war es nicht eben taghell erleuchtet gewesen? Der Erste Detektiv raste zur Wohnungstür vor, wobei er den anderen im Vorüberflitzen einen mächtigen Schrecken einjagte, und stürzte auf den Balkon hinaus.
Unten im Hof lag das Schwimmbecken wie ein Strudel aus Gold und Blau, und die Scheinwerfer sandten bernsteingelbe Strahlen an den Hauswänden hoch. Justus konnte die Fenster von Sonny Elmquists Wohnung sehen. Die Vorhänge waren nicht zugezogen. Helles Geflimmer deutete darauf hin, daß in Elmquists Wohnzimmer der Fernsehapparat eingeschaltet war. Justus konnte Elmquist jedoch nicht sehen.
»Was ist denn?« flüsterte Bob hinter Justus.
»Da war es wieder«, murmelte Justus. Er spürte, wie er zitterte, und mutig machte er sich klar, daß das nur von der Kühle des Abends herrührte. »Im Arbeitszimmer. Ich war da drin und sah mich um, und da blitzte es wieder. Ich hätte schwören können, daß Sonny Elmquist damit zu tun hatte. Ich will

doch mal sehen –«. Er ging wieder in die Wohnung, trat ins Arbeitszimmer und sah aus einem der Fenster hinunter. Eine Gestalt verschwand im Finstern. Ein schlanker Mann... Justus sah über die Schulter zur Tür des Arbeitszimmers zurück. Dort stand Fenton Prentice und bebte am ganzen Körper. »Du hast ihn gesehen, nicht wahr?« fragte Prentice. »Du hast ihn gesehen, also werde ich wenigstens nicht verrückt.« Die Jungen gingen wieder in die Wohnung und schlossen die Tür. »Nein, Mr. Prentice, Sie werden nicht verrückt«, sagte Justus. »Ich glaube, ich habe eben auf der Straße Sonny Elmquist gesehen. Man soll nicht einfach Verdächtigungen äußern. Aber es könnte Elmquist gewesen sein.« Justus schüttelte verwirrt den Kopf. »Mr. Prentice, was wissen Sie Genaues über Elmquist?«
»Sehr wenig«, sagte Prentice. »Er wohnt erst seit etwa sechs Monaten hier.«
»Haben Sie jemals in Ihrer Wohnung einen Lichtschein bemerkt, ehe Elmquist hier einzog?« fragte Justus. Prentice überlegte kurz, dann schüttelte er den Kopf. »Nein. Diese Erfahrung ist für mich verhältnismäßig neu.«

Oben in der Wohnung blitzt es – und drunten auf der Straße verschwindet in der Dunkelheit einer, der Sonny Elmquist sein könnte. Einige Gedanken über diesen Reflex im Augenwinkel müssen wir uns nun wohl oder übel machen. Nur – Prentices Wohnung liegt sechs Meter hoch über der Straße, und um einen Lichtblitz, der den Anwesenden in die Augen oder doch Augenwinkel fällt, durch ein Fenster dieser Wohnung zu schicken, müßte sich der »Blitzer« ja erheblich über dem Straßenniveau befinden. Einfallswinkel gleich Ausfallswinkel – erinnert ihr euch? Doch einen schwebenden Elmquist hat Justus gewiß nicht gesichtet, als er aus dem Fenster blickte. Mancher schaut hilfesuchend zur Decke, wenn er mit einem Problem nicht weiterkommt. Justus hingegen nicht...

»Elmquist interessiert sich für Ihr Mandala«, sagte Justus. »Sind Sie sicher, daß Sie ihm nie davon erzählt haben?«
»Ganz sicher«, sagte Prentice. »Der junge Mann wirkt nicht gerade einladend, und ich meide den Umgang mit ihm. Miss Chalmers hat mir einmal kurz von ihm berichtet. Sie ist eine gesellige junge Frau, aber aus Elmquist macht sie sich auch nichts. Sie schwimmt jeden Abend, weil sie abnehmen möchte, und er kommt oft heraus und setzt sich an den Beckenrand und versucht mit ihr ins Gespräch zu kommen. Sie findet ihn ›nicht ganz geheuer‹.«
»Ich weiß, daß es kaum denkbar ist, aber es muß da einen Geheimgang geben«, äußerte sich Bob entschieden.
»Sehr unwahrscheinlich«, sagte Justus, »aber ganz ausschließen können wir die Möglichkeit nur durch eine Untersuchung.«
Daraufhin begannen die Jungen zu suchen, zunächst im Arbeitszimmer. Sie fanden keinen Geheimgang. Das große Appartementhaus war zwar nicht neu, aber solide gebaut, und die Wände und Fußböden waren massiv. Allem Anschein nach gab es keine Möglichkeit, daß jemand in die Wohnung eindringen konnte – es sei denn durch die Tür.
»Gespenstisch«, sagte Bob.
Prentice nickte. »Ich wohne schon lange hier und mag diese Wohnung, aber jetzt muß ich mir wohl doch etwas anderes suchen. Dieses Gefühl, beobachtet zu werden, ertrage ich einfach nicht.«
Etwas Ungewohntes trat an diesem Abend nicht mehr ein. Prentice wurde müde und zog sich in sein Schlafzimmer zurück. Die Jungen beschlossen, umschichtig Nachtwache zu halten. Bob machte sich ein Lager auf dem Sofa im Wohnzimmer zurecht und Peter auf einer Liege im Arbeitszimmer.
Justus, der die erste Wache übernommen hatte, saß mit dem Rücken zur Wohnungstür und lauschte.
Nach elf Uhr gab es nicht mehr viel zu hören. Der Verkehrslärm auf der Straße war längst verebbt; Paseo Place war keine Durchfahrtsstraße. Justus nahm ein schwaches Plätschern wahr, das durch die Türritzen zu ihm drang, und vermutete, daß Miss Chalmers ihr kühles abendliches Bad nahm.

»Just?« Peter war aus dem Arbeitszimmer gekommen. »Komm mal rüber! Ich will dir was zeigen.«
Justus folgte ihm zum Fenster des Arbeitszimmers. Peter zeigte hinaus. »Da ist Licht in der Kirche«, sagte er.
Er hatte recht. In dem bunten Glasfenster, das Prentices Wohnung am nächsten lag, leuchteten die Farben hell auf, und dann wurde es wieder dunkel.
»Könnte der Pfarrer sein. Vielleicht schaut er nach, ob abgeschlossen ist«, meinte Justus. »Aber andererseits...«
»Na, was denn?« fragte Peter.
»Vielleicht ist es auch nicht der Pfarrer. Ich werde mal nachsehen.«
»Ich komme mit«, sagte Peter.
»Nein. Du bleibst hier und beziehst Posten an der Tür«, befahl Justus. »Ich bin gleich wieder da.«
Justus holte sich seine Jacke aus dem Garderobenschrank, schloß die Tür auf und trat auf den Balkon hinaus. Im Hof waren die Lampen jetzt abgeschaltet, und im Schwimmbecken war niemand. Justus fröstelte. Rasch lief er treppab.
Als er an der Straße angelangt war, sah er das geheimnisvolle Licht kurz an einem Fenster aufflackern. Justus ging zur Kirchentreppe und versuchte es an einer Tür. Sie war nicht einmal verriegelt. Er drückte, und sie schwang auf.
Er trat in fast völlige Finsternis ein. Vorn beim Altar brannte eine einzige Kerze. Justus hatte den Eindruck, daß sie von einer schwarzgekleideten Gestalt gehalten wurde. Die Flamme flackerte im Windzug.
Die Gestalt, die das Licht hielt, wandte sich um. Die Augen des Mannes konnte er nicht sehen. Oben an dem schwarzen Gewand war ein weißer Rand – ein Kragen wie an der Soutane eines Geistlichen.
Der Mann blieb stumm. Er stand da und starrte über die Kerzenflamme hinweg Justus Jonas an.
»Entschuldigen Sie, Herr Pfarrer«, sagte Justus. »Ich sah von draußen Licht und wollte nachsehen, ob alles in Ordnung ist.«
Der Mann löschte seine Kerze mit einer raschen Handbewegung. »Herr Pfarrer?« sagte Justus. In der Kirche war es jetzt

ganz dunkel. Justus spürte am Hinterkopf ein beunruhigendes Prickeln. Er trat einen Schritt zurück, auf die Tür zu.
Da erfaßte der Zugwind die Tür und warf sie hinter ihm ins Schloß.
Und plötzlich wurde Justus unsanft angerempelt! Er stolperte, blieb mit der Fußspitze an einer Bank hängen und bekam noch einen Stoß. Zwischen zwei Bankreihen taumelte er zu Boden.
Im Finstern hörte er, wie die Kirchentür aufging. Dann schlug sie wieder zu, und der Schlüssel wurde im Schloß umgedreht.
Justus rappelte sich mühsam hoch und tastete sich bis zur Tür hin. Er griff nach dem Knauf, drehte und rüttelte.
Die Tür gab etwas nach, ließ sich aber nicht öffnen.
Justus war eingesperrt!

Der verschwundene Heilige

Justus tastete sich an der Wand neben der Tür entlang. Er spürte den Lichtschalter und drückte darauf. Die Deckenbeleuchtung ging an.
Langsam, mit hastigen Blicken nach rechts und links, bewegte sich Justus von der Tür weg. Er ging den Mittelgang vor bis zu der Stelle, wo er den bleichen Geistlichen mit der Kerze gesehen hatte.
Da war niemand.
Rasch durchschritt Justus den Kirchenraum. Links vom Altar führte eine Tür zu einem kleinen Raum, wo Schränke und Kommoden mit Tüchern und Gewändern standen. An der hinteren Wand dieses Zimmers war noch eine Tür, die – so vermutete Justus – ins Freie führte.
Sie war abgeschlossen.
»Ich finde«, sagte Justus zu sich, »jetzt wäre es an der Zeit, Alarm zu schlagen.«
Er lief zum Portal zurück und fing an, gegen die Tür zu hämmern. »Hilfe!« schrie er. »Ich bin eingesperrt! Hilfe!«

Er hielt inne und horchte kurz, dann hämmerte er mit den Fäusten weiter.
»Peter!« brüllte Justus. »Pfarrer McGovern! Hilfe!«
Wieder wartete er. Und wieder Schreien, wieder Warten.
»Gehen Sie bloß nicht da rein, Herr Pfarrer!« sagte vor der Kirche eine Frau.
»Aber Mrs. O'Reilly!« Justus erkannte die Stimme von Pfarrer McGovern. »So einfältig bin ich nun auch wieder nicht. Die Polizei wird ja jeden Augenblick hier sein und –«
»Pfarrer McGovern!« brüllte Justus. »Ich bin's – Justus Jonas! Jemand hat mich hier eingesperrt!«
»Justus Jonas?« Die Stimme des Pfarrers klang verdutzt.
Justus hörte vom Wilshire Boulevard her eine Polizeisirene. Er lehnte sich gegen die Tür und sah sich noch einmal gründlich in der Kirche um. Der Pfarrer würde mit Sicherheit die Tür nicht vor dem Eintreffen der Polizei aufschließen. Und Justus wußte, daß ein Polizeiverhör nicht gerade angenehm sein würde. Er starrte mit finsterem Blick den Gang entlang. Die Sirene kam immer näher, und plötzlich riß der Heulton ab.
Ein Schlüssel wurde ins Schloß gesteckt. Die Tür ging auf. Da stand der Pfarrer im Bademantel, neben ihm Mrs. O'Reilly. Ihr langes graues Haar war zu einem Zopf geflochten, der ihr über die eine Schulter hing.
»Bitte machen Sie Platz«, sagte ein Polizist hinter ihr.
Sie trat einen Schritt nach links, und Justus starrte in die Augen eines jungen Streifenbeamten. Es war einer der Männer, die am Vorabend die Kirche durchsucht hatten. Sein Kollege neben ihm hatte die Pistole im Anschlag.
»Na?« fragte der erste Polizist.
Justus wies auf die Stelle, wo er glaubte, daß der Pfarrer mit der Kerze gestanden hatte.
»Ich sah Licht in der Kirche«, erklärte er. »Da lief ich herüber, um nachzuforschen, und als ich hereinkam, sah ich da vorn einen Pfarrer. Und dann schlug mich jemand nieder und ging hinaus und sperrte die Tür ab.«
»Du bist hergekommen, um nachzuforschen?« fragte der zweite Mann.

»Ja, ich war bei Mr. Prentice in der Wohnung«, sagte Justus.
»Ach ja – richtig!« sagte Pfarrer McGovern. »Du warst heute früh mit Mr. Prentice auf der Straße. Aber heute abend hast du in dieser Kirche keinen Pfarrer gesehen. Die Kirche ist seit sechs Uhr abgeschlossen. Mein Vikar ist verreist. Unmöglich, daß du in der Kirche einen Geistlichen gesehen hast.«
»O doch!« rief Mrs. O'Reilly. »Das wissen Sie genau!«
»Aber Mrs. O'Reilly, der alte Pfarrer spukt doch nicht hier in der Kirche«, beschwichtigte McGovern.
»Augenblick bitte!« rief jemand hinter den Polizisten. Peter war auf dem Gehweg herangekommen, zusammen mit Fenton Prentice.
»Der junge Mann ist mein Gast«, sagte Mr. Prentice. »Er übernachtet heute mit seinen Freunden bei mir. Und das ist Peter Shaw. Wie er sagt, ist er vor kurzem aufgewacht und sah ein Licht in der Kirche. Er machte Justus darauf aufmerksam, und Justus ging los, um die Sache zu untersuchen.«
Der zweite Polizist sah mit merklicher Mißbilligung von Justus zu Peter und dann zu Mr. Prentice hin.
»Schlimm genug, daß ihr Bengel Räuber und Gendarm spielt«, sagte er, »aber daß euch auch noch ein Erwachsener in Schutz nimmt!«
Mr. Prentice erstarrte, dann schnaubte er verächtlich.
»Aber da *war* doch Licht in der Kirche«, sagte Peter.
»Und es war auch jemand hier drin«, setzte Justus hinzu. »Ein Mann in Schwarz mit einem weißen Kragen, wie Sie ihn tragen, Herr Pfarrer. Er stand da vorn und hielt eine Kerze in der Hand.«
»Barer Unsinn«, entgegnete der Polizist. »Und für dich, Junge, kann ich nur hoffen, daß nichts fehlt.«
»Doch, es fehlt etwas«, sagte Justus. »Etwas, das gestern abend noch hier in der Kirche war.«
Er sah den Pfarrer fragend an. »Dort drüben war eine Statue.« Er zeigte hin. »Am Ende dieses Seitengangs, gleich neben dem Fenster. Der dargestellte Mann trug einen grünen Umhang und eine hohe, spitz zulaufende Mütze. Er hielt einen Stab.«
Die beiden Polizisten traten hastig in den Kirchenraum und starrten hin. »Zum Kuckuck, er hat recht!« rief der jüngere.

»Gestern abend war ich hier, und da stand tatsächlich eine Figur – wahrscheinlich St. Patrick. Wird der nicht immer in grünem Gewand abgebildet, mit einer Bischofsmütze – wie heißt die noch gleich?«
Pfarrer McGovern starrte auch hin. »Eine Mitra«, sagte er leise. »St. Patrick trägt immer Mitra und Bischofsstab.«
»Ja, und was ist nun mit der Statue?« fragte der junge Polizist verblüfft.
»In dieser Kirche war noch nie eine Statue des heiligen Patrick«, sagte Pfarrer McGovern. »Das hier ist die Kirchengemeinde St. Jude. Er ist der Schutzpatron des Unmöglichen.«
»Trifft sich ja gut«, meinte der andere Polizist sarkastisch. »Ihre Haushälterin glaubt den Geist des früheren Pfarrers zu sehen, was unmöglich ist, und dieser Junge hier sieht ihn, was auch unmöglich ist, und wir sehen gestern abend hier eine Statue, die nie hier war, also ist das ebenfalls unmöglich. Sie haben nicht zufällig irgendwo eine Bischofsmütze versteckt?«
Pfarrer McGovern erschrak sichtlich. »Gestern waren eine Bischofsmitra und ein Stab in der Kirche«, sagte er unvermittelt.
»Wieso das?« fragte der Polizist.
»Wir hatten eine Aufführung«, erklärte der Pfarrer. »Für Weihnachten. Die Kinder haben sie für die Eltern eingeübt. Und zwar hier in der Kirche, so wie man im Mittelalter Mysterienspiele aufführte. Sie stellten die Geburt Christi dar und die drei Weisen aus dem Morgenland, und ganz zum Schluß kamen all die berühmten Heiligen dazu. St. Patrick natürlich auch. Er ist ja sehr beliebt. Für ihn hatten wir einen Stab und einen grünen Umhang. Heute habe ich alles wieder in den Kostümfundus zurückgebracht.«
»Aha!« sagte Justus Jonas. »So ging das also aus mit dem Einbrecher!«
»Wie?« sagte ein Polizist verständnislos.
»Das ist doch ganz logisch«, sagte Justus in überlegenster Manier. »Gestern abend wimmelte die Gegend hier nur so von Polizisten, und alle suchten einen Mann, der in ein Haus in der Parallelstraße eingebrochen hatte. Dieser Mann versteckte sich in der Kirche. Als er ahnte, daß nun auch die

Kirche durchsucht werden würde, legte er rasch den Umhang um, setzte sich die Mitra auf und stellte sich als Heiligenstandbild an die Wand. Als Sie hier drinnen nach ihm suchten, waren Sie ihm so nahe, daß Sie ihn hätten berühren können.«
Die beiden Polizisten machten große Augen.
»Natürlich erschrak er, als der Mesner von der Empore herunterkam«, fuhr Justus fort. »Und möglicherweise war er zu jeder Verzweiflungstat fähig, als der Mesner nach der Durchsuchung nochmals in die Kirche kam. Denn ihm würde es ja auffallen, wenn da plötzlich eine Statue stand, wo noch nie eine gewesen war, oder etwa nicht? Pfarrer McGovern, konnte sich der Mesner noch erinnern, was sich wirklich abspielte, als er seine Verletzung davontrug?«
Der Pfarrer schüttelte den Kopf. »Er glaubt, er sei gestolpert. Er hat eine schwere Gehirnerschütterung und einen Schock.«
»Vielleicht hat ihn jemand niedergeschlagen«, stellte Justus nachdrücklich fest. »Er schaltete ein paar Lampen aus, aber auch dann kann der Einbrecher noch befürchtet haben, man könne ihn entdecken. Vielleicht hat er sich von hinten an den Mesner angeschlichen und –«
Der Pfarrer hob die Hand und unterbrach Justs Redefluß.
»Ich hätte mit ihm zusammen herkommen sollen«, sagte er. »Der arme Kerl!«
»Es gefällt mir gar nicht, wie sich das im Protokoll ausnehmen wird«, sagte einer der Polizisten. »Ein Einbrecher, der sich als Statue tarnt! Ein Junge, der behauptet, er hätte einen Geist gesehen!«
»Ich sah einen dunkelgekleideten Mann mit einem weißen Kragen«, stellte Justus richtig. »Ich sagte nicht, ich hätte einen Geist gesehen.«
»Wie sollte aber ein gewöhnlicher Sterblicher hier hereinkommen?« fragte die Haushälterin. »Die Tür war abgeschlossen. Sie hörten selbst, wie Pfarrer McGovern das sagte. Es war der Alte – die arme Seele, die nicht zur Ruhe kommt!«
»Er ist mit einem Schlüssel hereingekommen«, entschied der zweite Polizist. »Es kann nicht anders sein, denn als er wieder hinausging, schloß er die Tür ab. Herr Pfarrer, wer besitzt Schlüssel zu dieser Kirche?«

»Ich natürlich«, sagte der Pfarrer. »Und Mrs. O'Reilly ... und der Vikar ... und natürlich Earl. Ich glaube, sein Schlüsselbund ist bei seinen Sachen im Krankenhaus. Und im Pfarrhaus ist noch ein Satz Reserveschlüssel, falls jemand die seinen verliert. Im Garderobenschrank unten in der Diele. Dort hängen sie an einem Haken.«
»Tatsächlich, Herr Pfarrer?« fragte Justus.
Pfarrer McGovern machte kehrt und lief rasch ins Pfarrhaus. Nach wenigen Minuten war er wieder da.
»Sie sind weg«, sagte er.
Alle schwiegen.
»Es ... es ist ziemlich leichtsinnig, einen Satz Schlüssel an einem solchen Platz aufzubewahren«, gab der Pfarrer zu. »Ins Pfarrhaus kommen so viele Leute, wegen aller möglichen Dinge. Und die Garderobe wird dabei oft benutzt.«
»Sie wollen also damit sagen, Herr Pfarrer«, sagte einer der Polizeibeamten, »daß fast jedermann in der Nachbarschaft die Schlüssel zu dieser Kirche hätte an sich nehmen können.«
Der Pfarrer nickte betreten.
»Dann verständigen wir besser den Leutnant«, sagte der ältere Polizist. »Er wird sich dafür interessieren, daß der Einbrecher, alias der verschwundene Heilige, heute nacht als Pfarrersgeist wieder hierherkam.«
»Das entspricht aber nicht den Tatsachen«, sagte Justus.
»Du sagtest, du hättest einen Kerl in Schwarz mit weißem Kragen gesehen«, erinnert ihn der Polizist.
»Ja. Aber das war nicht derselbe, der mich zu Boden stieß und mich einsperrte. Die Gestalt in Schwarz war da vorn, gleich beim Altar. Wer mich stieß, war hier hinten. Der ›Geist‹ hätte gar keine Zeit gehabt, nach dem Löschen der Kerze hierher und durch die Tür zu kommen. Heute abend waren zwei Eindringlinge in der Kirche!«
»Gleich zwei!« Die Haushälterin stöhnte. »Der Alte, und dann noch wer.« Sie wandte sich an den Pfarrer. »Und jetzt kommen Sie mir bloß nicht mit Ihrer guten Tasse Tee«, sagte sie warnend. »Davon will ich heute abend nichts wissen!«

Der Einbrecher am Telefon!

Die drei ??? verbrachten den Rest der Nacht mit Wacheschieben in der Prenticeschen Wohnung. Es trat aber weder ein Lichtblitz noch eine sonstige Störung auf. Mr. Prentice regte sich schon früh und machte Rührei mit Toast.
»Na, ihr drei«, sagte er, als er ihnen das Frühstück brachte, »seid ihr schon zu einem Ergebnis gekommen?«
»Ja. Ich bin aufgeschmissen!« sagte Peter.
»Das ist vorschnell«, verwarnte ihn Justus. »Jetzt wird es doch erst richtig interessant. Jetzt kommt die Gedankenarbeit.«
»Worüber denn?«
»Über den Einbrecher zum Beispiel. Wie er die Kirche nebenan mit einbezog, das fasziniert mich.«
»Das ist ja alles schön und gut«, sagte Mr. Prentice, »aber was hat der Einbrecher mit dem Lichtblitz in meiner Wohnung zu tun?« »Das weiß ich nicht«, bekannte Justus. »Aber ich glaube, da gibt es schon Zusammenhänge. Mr. Prentice, sehen Sie die Reflexe immer zu einer bestimmten Tages- oder Nachtzeit? Ich habe den Schein nun zweimal gesehen, jedesmal am frühen Abend. Wann sehen Sie ihn?«
Fenton Prentice überlegte kurz. »Gewöhnlich abends, meine ich. Vielleicht auch ein- oder zweimal zu einer früheren Zeit.«
»Und niemals mitten in der Nacht?«
»Dann schlafe ich normalerweise, aber ich kann mich nicht entsinnen, ihn gesehen zu haben, als ich ein paarmal spätnachts noch wach war.«
Justus nickte. »Wenn Sie also nichts dagegen haben, würden wir jetzt gern gehen und später wiederkommen. Ich habe eine Idee, und die erfordert einige Vorbereitungen in Rocky Beach. Und ich glaube, Bob und Peter haben auch noch manches zu erledigen. Sie brauchen sich nicht zu ängstigen. Vor unserer Rückkehr taucht höchstwahrscheinlich nichts Beunruhigendes mehr auf.«
Nachdem die Jungen mit Frühstücken fertig waren, verabschiedeten sie sich. Als sie die Treppe zum Hof hinuntergingen, sprang Sonny Elmquist von einem Stuhl am Beckenrand auf.

»Hallo – ich höre da, du hättest den Pfarrersgeist gesehen!« sagte er zu Justus. »Da hättest du bei mir reinschauen und mir davon berichten sollen. Für solche Dinge interessiere ich mich.«
»Ihnen davon berichten?« Justus starrte Elmquist an. »Wie hätte ich das tun können? Sie waren doch bei der Arbeit, oder nicht?« »Gestern nacht hatte ich frei«, sagte Elmquist. »Ich arbeite nicht dauernd. Wer tut das schon?«

Elmquist hatte also frei. Wenn er nun vor seinem Fernsehgerät meditiert hat und eingeschlafen war? Wo könnte er in seinen Träumen gewesen sein?

»Woher wissen Sie, daß Justus angeblich diesen Geist gesehen hat?« forschte Peter mißtrauisch.
»Höchst einfach. Mrs. O'Reilly erzählte es Mrs. Boggle. Mrs. Boggle erzählte es Hassell, und Hassell erzählte es mir.«
Die Jungen gingen die Stufen zur Straße hinunter. Elmquist blieb ihnen auf den Fersen.
»Stimmt es auch wirklich?« fragte Elmquist. »Du hast ihn gesehen?«
»Ich sah irgend jemand«, antwortete Justus.
Die Jungen ließen Elmquist vor dem Gebäude zurück und gingen die Straße vor, zum Wilshire Boulevard. »Dieser Elmquist ist mir irgendwie unheimlich«, meinte Peter, als sie im Bus nach Rocky Beach saßen.
»Weil er sich für Geister und Mandalas und östliche Weisheit interessiert?« fragte Justus. »Das ist heutzutage nichts Ungewöhnliches.« Er lehnte sich auf seinem Sitz zurück. »Und manche seiner Ideen lassen sich tatsächlich nicht bestreiten. Alle großen Religionen lehren, daß zu starkes Streben nach Reichtum und Besitz vom Übel ist.«
»Die Liebe zum Geld ist die Wurzel allen Übels«, zitierte Bob. »Eben. Aber ich verstehe dich schon, Peter. Mit diesem

Elmquist stimmt irgend etwas nicht. Und daß er offenbar unter Umgehung physikalischer Gesetze Licht in hochgelegene Wohnungen projizieren kann, ist wahrhaftig mysteriös!«

Gegen halb zehn Uhr waren die drei ??? wieder in Rocky Beach.

»Ich glaube, es ist an der Zeit, daß wir uns mal unsere Erlebnisse kritisch vornehmen«, verkündete Justus, als die Jungen an der Haltestelle weggingen. »Gehen wir zur Zentrale.«

Zehn Minuten später saßen die drei ??? um den alten Schreibtisch in ihrem Campinganhänger.

»Jetzt haben wir drei rätselhafte Vorfälle aufzuklären«, sagte Justus, ganz in seinem Fahrwasser. »Erstens: die Lichtreflexe, die hin und wieder bei Mr. Prentice spuken. Wer ist das, und wie kommt er in die Wohnung? Dann der Einbrecher, der den Karpatenhund gestohlen hat. Wer ist *er,* und warum hat er in der Kirche Zuflucht gesucht? Und schließlich der Pfarrersgeist. Wer ist das, und was hat er gegebenenfalls mit den beiden anderen zu tun? Gehen wir alles der Reihe nach durch.«

»Ich dachte, wir wüßten schon, wer der sogenannte Spuk ist«, sagte Peter. »Mr. Prentice hat doch Sonny Elmquist verdächtigt.«

»Stimmt«, bestätigte Justus. »Aber ganz sicher war er nicht.«

»Zumindest wissen wir, daß es nicht Mrs. Boggle ist«, warf Bob ein. »Die ging ja mit einem Schlüssel rein!«

Justus nickte. »Und Figur und Größe stimmen auch nicht – viel zu schwer für eine hagere Gestalt, wie Prentice sie gesehen hat. Elmquist hat schon eher den entsprechenden Körperbau. Aber ich begreife einfach nicht, wie er in Mr. Prentices Wohnung gelangen konnte.«

Peter zuckte die Achseln. »Also ist der Eindringling vielleicht doch jemand anders.«

»Aber Elmquist wußte über das Mandala Bescheid«, brachte Bob in Erinnerung. »Er beschrieb es genau, also muß er es irgendwie einmal zu Gesicht bekommen haben. Und Mr. Prentice hat ihn ja nie zu sich eingeladen.«

»Elmquist ist unser Hauptverdächtiger, was den Verursacher der Lichtblitze angeht«, schloß Justus, »nur haben wir dafür weder Beweise noch Erklärungen. Nun kommen wir zu dem Einbrecher. Die Beweisaufnahme deutet darauf hin, daß es jemand aus Mr. Prentices Nachbarschaft ist – möglicherweise sogar aus demselben Gebäude –, weil er wußte, wo der Kirchenschlüssel zu holen war. Aber wer aus der näheren Umgebung wußte von dem Karpatenhund als Wertobjekt?«

»Der Eindringling?« meinte Peter aufs Geratewohl. »Vielleicht hat er in Mr. Prentices Schreibtisch Unterlagen dazu gefunden oder ein Telefongespräch mitgehört.«

»Und wie wäre es mit Mrs. Boggle?« war Bobs Anregung. »Sie hat vielleicht Unterlagen über den Hund gesehen, als sie in Mr. Prentices Wohnung herumspionierte.«

»Wenn *sie* über den Hund Bescheid wußte, dann war es auch in der Umgebung kein Geheimnis mehr!« rief Peter.

»Just, meinst du, der Einbrecher ging mit der Absicht, den Karpatenhund zu stehlen, in Niedlands Haus?« fragte Bob.

»Das ist schwer zu sagen. Wie hätte er wissen sollen, daß der Hund genau zu dieser Zeit dort war? Vielleicht hoffte er einfach, im Haus irgend etwas Wertvolles zu finden. Wenn er aus der Nachbarschaft war, mußte er wissen, daß das Haus leerstand. Also brach er ein, entdeckte die Skulptur und wurde gleich darauf von der Polizei verscheucht. Er lief in die Kirche und verkleidete sich als Standbild des heiligen Patrick. Unverfroren, so was! Einfach dazustehen, während die Polizei sucht!«

»Dann gingen die Polizisten wieder, aber der Mesner kam noch einmal zurück«, fuhr Bob fort. »Also schlug ihn der Einbrecher nieder und flüchtete!«

»Ich denke schon, daß wir dem Einbrecher diesen Gewaltakt zutrauen können«, bestätigte Justus. »Er mußte sich sagen, daß dem Mesner ein nagelneues Standbild jeden Augenblick auffallen müßte. Sehr wahrscheinlich war es so, daß der Einbrecher Earl niederschlug, dann die Hundeskulptur in der Kirche versteckte und gestern abend zurückkam, um sie zu holen.«

»Aber wieso das?« fragte Peter. »Warum konnte der Einbrecher das Ding nicht in der Tasche oder unter seiner Jacke verstecken, gleich nach dem Diebstahl? Wozu es erst in der Kirche lassen?« »Wegen des Risikos«, entgegnete Justus. »Vermutlich befürchtete er, daß noch immer Streifenwagen in der Gegend unterwegs waren. Er hätte riskiert, angehalten und verhört und sogar durchsucht zu werden. Da dachte er wohl, es sei sicherer, den Hund einen Tag lang in der Kirche zu lassen und ihn am nächsten Abend zu holen.«

»Und da kam er dann gestern abend als Pfarrersgeist zurück«, sagte Peter.

»Nein, das glaube ich nicht«, meinte Justus. »Der Pfarrersgeist stand in aller Ruhe vorn beim Altar, als ich ihn sah. Der Verbrecher wäre sofort zum Versteck des Kristallhundes gegangen und gleich wieder verschwunden. Ich glaube, er war gerade am Gehen, als ich hereinkam. Er gab mir einen Stoß, um freie Bahn zu haben, lief hinaus und schloß die Tür hinter sich ab.«

»Aber wer war dann der Pfarrersgeist?« fragte Bob.

»Sonny Elmquist vielleicht?« meinte Peter. »Er steht mit Geistern auf gutem Fuß, und gestern abend war er zu Hause. Vielleicht steckt er auch mit dem Einbrecher unter einer Dekke.« »Das wäre eine unwahrscheinliche Kombination«, meinte Justus. »Ein Mann, dem es darum geht, sich von weltlichen Bedürfnissen zu lösen, soll mit einem Einbrecher gemeinsame Sache machen?« »Aber er sagte doch, er brauche Geld, Just!« brachte Bob aufgeregt in Erinnerung. »Er versucht ja zur Zeit, das Geld für seine Indienreise zusammenzubekommen, das wißt ihr doch!«

»Na, dann ist vielleicht Elmquist selber der Einbrecher!« ergänzte Peter.

»Ihr dürft nicht übersehen, daß Elmquist in seiner Wohnung schlief, als die Polizei den Einbrecher über den Hof jagte«, sagte Justus. »Und später stand er bei uns vor der Kirche, als die Polizei das Gebäude absuchte – und vermutlich war der Einbrecher zu dieser Zeit drinnen, als Heiligenstandbild!« Justus schüttelte entmutigt den Kopf. »Hier kommen wir nicht weiter. Aber in einem Punkt bin ich mit euch einig. Bei Sonny Elmquist gibt es noch mancherlei, das sich bis jetzt nicht erklären läßt. Ich finde, wir sollten den Mann im Auge behalten, und ich habe auch eine Idee, wie wir's anstellen. Ich habe mir überlegt –« Das Telefon auf dem Schreibtisch klingelte.

Justus nahm ab. »Ja?« sagte er, und dann: »Oh, Mr. Prentice – einen Augenblick bitte!«
Justus hielt den Hörer an ein Spezialmikrofon mit angeschlossenem Lautsprecher, eine aus alten Radioteilen zusammengebastelte Vorrichtung. Nun konnten alle drei Jungen hören, was der Kunstsammler sagte.
»Jetzt bitte, Mr. Prentice«, sagte Justus.
»Ich bin soeben angerufen worden.« Die Stimme des Mannes war unsicher und erregt. »Und zwar von der Person, die jetzt im Besitz des Karpatenhundes ist. Ihr sagtet mir, es sei schwierig, die Figur über einen Hehler abzusetzen. Nun, er hat den richtigen Käufer gefunden. Mir bietet er ihn an – für zehntausend Dollar!«

Diagnose: Vergiftung

Die drei ??? saßen da wie vom Donner gerührt.
»Justus? Bist du noch dran?« fragte Fenton Prentice.
»Eh – ja. Sir.« Justus Jonas war nicht leicht aus der Fassung zu bringen, aber bei der Mitteilung des alten Herrn hatte es ihm die Sprache verschlagen.
»Es . . . es gefällt mir gar nicht, mit einem Verbrecher Geschäfte zu machen«, fuhr Prentice fort. »Aber ich brauche den Hund dringend. Er gehört mir, und wenn ich ihn jetzt nicht wiederbekomme, ist er vielleicht für alle Zeit verloren. Ich werde also das Lösegeld bezahlen. Zum Auftreiben der Summe habe ich zwei Tage Zeit.«
»Haben Sie die Polizei verständigt?«
»Das habe ich nicht vor. Ich will auf keinen Fall das Risiko eingehen, den Einbrecher zu verunsichern. Dann bekomme ich den Hund am Ende doch nicht wieder.«
»Ich finde, das sollten Sie sich nochmals überlegen«, sagte Justus. »Sie haben es da mit einem Gewaltverbrecher zu tun. Vergessen Sie nicht, was er mit Earl gemacht hat.«
»Das ist es ja eben. Der Dieb bekam es mit der Angst, und

da schlug er zu. Ich will ihm keinen Grund geben, von mir etwas zu befürchten. Ja, und wann kommt ihr nun wieder her? Ich muß schon sagen, das Warten hier so allein ist gar nicht angenehm.«

»Ist wieder etwas aufgetaucht?«

»Nein, aber die bloße Vorstellung, es könne einer kommen, ist . . . furchtbar.«

»Ich glaube, wir schaffen es bis zum Bus um drei Uhr«, sagte Justus mit einem einverständnisheischenden Blick zu Bob und Peter. Sie nickten. »Wir kommen zu Ihnen, noch ehe es dunkel wird.«

Justus verabschiedete sich und legte auf. »Puh! Jetzt müssen wir ihn auch noch vor dem Einbrecher beschützen! Diesmal nehmen wir lieber Wäsche und Kleider zum Wechseln mit«, sagte er. »Macht euch darauf gefaßt, daß wir ein paar Tage bei Prentice bleiben. Wir treffen uns dann kurz vor drei an der Bushaltestelle.«

»Und was ist mit deiner Idee, wie wir Elmquist beschatten können?« wollte Peter noch wissen.

»Das erkläre ich euch später. Ich habe die Sache noch nicht fertig ausgearbeitet.«

Bob und Peter gingen weg. Bob beschloß, die nächsten Stunden seiner Ferienarbeit in der Stadtbücherei von Rocky Beach zu widmen, wo er Bücher ins Register aufnahm und einordnete. Peter machte ein paar Besorgungen für seine Mutter, Justus verwendete den Rest des Vormittags darauf, den Rost von ein paar Gartenmöbeln abzukratzen, die Tante Mathilda für den Wiederverkauf hergerichtet haben wollte. Nach dem Mittagessen machte er sich in seiner Werkstatt zu schaffen und reparierte ein paar elektronische Apparate. Diese verpackte er zum Schluß in einen Pappkarton, den er mit einem Matchsack voller Wäsche und Kleider zum Bus brachte.

»Na, was hast du denn in deiner Schachtel?« fragte Bob. »Eine neue Erfindung?«

»Eine Fernsehkamera mit Monitor«, sagte Justus. »Stammt aus einem Kaufhaus.«

»Ah ja!« sagte Peter. »Das haben sie ja jetzt überall. Die Hausdetektive überführen damit die Ladendiebe.«

»Woher hast du das Ding?« wollte Bob wissen.
»Das Geschäft, in dem die Anlage eingebaut war, ist ausgebrannt«, berichtete Justus. »Die Kameras und die Monitoren wurden dabei beschädigt, und Onkel Titus erstand den ganzen Kram unglaublich billig. Ich habe alles wieder repariert. Es war nicht schwierig.«
»Also damit werden wir Sonny Elmquist beschatten!« sagte Bob. »Genau. Da Prentice kein Fenster zum Balkon hat, können wir den Hof ohne ein solches Gerät nicht unbeobachtet überblicken. Freilich könnten wir uns einfach auf den Balkon oder ans Becken setzen, aber ich will nicht, daß Elmquist oder sonst jemand mitbekommt, daß wir auf Wachposten sind. Vor Mr. Prentices Tür steht eine große Topfpflanze, dahinter läßt sich die Kamera verstecken. Und wir sitzen drinnen und sehen alles auf dem Monitor. Elmquist hat sich zwar nicht hier im Hof verdächtig gemacht, sondern draußen auf der Straße, aber wichtig ist, daß wir seinen Wohnungseingang im Blick haben.«
»Großartig!« sagte Peter. »Unser Privatfernsehen.«
Eine Stunde später betraten die Jungen das Gebäude, in dem Prentices Wohnung lag, und prompt begegneten sie der allgegenwärtigen Mrs. Boggle.
»Schon wieder da?« fragte sie. Sie beäugte den Karton, den jetzt Peter trug. »Was ist da drin?« wollte sie wissen.
»Ein Fernsehapparat«, sagte Justus schlicht. »Ein verspätetes Weihnachtsgeschenk für Mr. Prentice.«
Justus schaute an der Verwalterin vorbei. Murphy, der Börsenmakler, saß rauchend am Becken und genoß die letzten Sonnenstrahlen. Alle paar Sekunden klopfte er die Asche in seinen Spezialaschenbecher. Als er die Jungen sah, grüßte er freundlich herüber. »Ihr wollt wohl über Nacht bei Mr. Prentice bleiben?« fragte er.
»Ja, voraussichtlich«, sagte Justus.
»Gut.« Murphy drückte seine Zigarette aus. »Der alte Mann muß sich schrecklich einsam fühlen. Da ist es nett, wenn man ab und zu Gäste hat. Mein Neffe ist heute abgereist, um Freunde zu besuchen, und schon fehlt er mir.« Murphy stand auf und ging in seine Wohnung.

Mr. Prentice erwartet die Jungen in der geöffneten Wohnungstür. Er war von der Fernsehüberwachungsanlage hell begeistert. »Wenn es dunkler geworden ist, stellen wir die Kamera auf«, sagte Justus, »und zwar, noch ehe im Hof die Lampen eingeschaltet werden. Ich glaube, das ist um halb sechs?«
Mr. Prentice nickte. »Die Lampen werden kurz nach Sonnenuntergang automatisch angeschaltet.«
Zwanzig Minuten nach fünf spähte Justus zur Balkontür hinaus und sagte: »Los, Freunde, jetzt sind wir unbeobachtet.« Er schickte Bob und Peter zum Balkongeländer vor, damit sie den Blick von unten zu dem Gummibaum vor Mr. Prentices Wohnung versperrten. Dann stellte er flink die kleine Fernsehkamera in Positur. Sie war auf ein niedriges Metallstativ montiert, und dieses drückte Justus in die Topferde ein. Das Objektiv stellte er so ein, daß es in den Hof hinunter gerichtet war.
»Es ist eine Transistor-Kamera«, sagte Justus, als die Jungen wieder in die Wohnung traten. »Sie ist batteriebetrieben. Der Sendebereich – also die Bildwiedergabe des Aufgenommenen – ist knapp drei Meter weit, aber das genügt uns ja.«
Er schloß die Wohnungstür und stellte den Monitor auf ein Bücherregal. Dann steckte er das Kabel ein und drehte an einer Scheibe. Nach einer Sekunde erhellte sich der Bildschirm schwach.
»He, Just, da sieht man ja gar nichts!« beklagte sich Peter.
»Wart nur ab, bis die Lampen im Hof angehen«, sagte Justus.
Ein paar Minuten später hatten die drei ??? und Mr. Prentice ein gestochen scharfes Bild des Hofes unten vor sich. Plötzlich sahen sie Sonny Elmquist aus seiner Wohnung kommen und auf dem nach hinten führenden Fußweg verschwinden. Dann kam er mit einem Beutel Wäsche zurück und ging wieder in seine Wohnung. Als nächstes erschien im Vordergrund des Fernsehbildes eine füllige junge Blondine. Offenbar war sie gerade vom Haupteingang hereingekommen.
»Das ist Miss Chalmers«, sagte Fenton Prentice.
Miss Chalmers wollte gerade ihre Tür aufschließen, als Mrs. Boggle hinter ihr auftauchte. Die Verwalterin hatte ein Paket bei sich, das sie der jungen Frau aushändigte.

»Anscheinend wurde heute für Miss Chalmers etwas abgegeben«, sagte Mr. Prentice. »Mrs. Boggle nimmt für die Mieter immer Pakete entgegen, wenn der Empfänger nicht zu Hause ist.« »Und bestimmt kommt ihr das gar nicht ungelegen«, bemerkte Peter.
»Nein«, sagte Mr. Prentice. »Es verschafft ihr Gelegenheit, noch mehr über ihre Mieter in Erfahrung zu bringen.«
Mrs. Boggle stand noch immer bei Miss Chalmers. Offensichtlich interessierte sie sich sehr für den Inhalt des Pakets.
Schließlich zuckte Miss Chalmers die Achseln, stellte ihre Handtasche auf einem Tisch beim Schwimmbecken ab und setzte sich hin, um ihr Paket auszupacken.
Da kam Alex Hassell aus seiner Wohnung, und auch er blieb stehen und schaute Miss Chalmers zu.
»Die Leute hier im Haus haben nicht viele Geheimnisse voreinander, wie?« sagte Peter.
Mr. Prentice schnalzte äußerst mißbilligend mit der Zunge. »Miss Chalmers sollte sich von diesem widerlichen Weib nicht überfahren lassen«, sagte er. »Sie ist viel zu gutmütig.«
Miss Chalmers hatte die Verpackung inzwischen entfernt und hob von einer Schachtel den Deckel ab. Die Jungen sahen sie lächeln. Sie nahm etwas aus der Schachtel, steckte es in den Mund und holte sich dann rasch noch etwas.
»Pralinen«, sagte Justus.
»Die Dame müßte bei weitem nicht so viel schwimmen, wenn sie Süßigkeiten besser widerstehen könnte«, meinte Prentice.
Unten bot Miss Chalmers die Pralinenschachtel Mrs. Boggle an, als sei ihr noch eben rechtzeitig eingefallen, was sich gehörte. Dann erstarrte sie in der Bewegung und hob die Hand zum Hals. Die Schachtel fiel zu Boden, und Pralinen sprangen heraus.
»Was . . .?« Peter brachte den Mund nicht mehr zu.
Miss Chalmers stand von ihrem Stuhl auf und torkelte vorwärts. Sie krümmte sich, stürzte auf die Steinplatten des Hofs und lag zuckend da.
Die drei ??? hetzten zur Wohnungstür und rissen sie auf. »Miss Chalmers!« Sie hörten Mrs. Boggle rufen, die Stimme heiser vor Entsetzen. »Was ist denn?«

»Es tut so weh!« schrie Miss Chalmers. »Oh! Oh, tut das weh!« Justus, Peter und Bob hasteten die Treppe hinunter. Als Prentice sie im Hof eingeholt hatte, roch Justus gerade an einer Praline, die aus der Schachtel gefallen war. Miss Chalmers schluchzte wild, und Mr. Murphy war hastig aus seiner Wohnung gekommen und stand über sie gebeugt. Sonny Elmquist war auch da, seine Wohnungstür stand offen.
»Was ist los?« fragte Mrs. Boggle. Sie faßte Justus am Arm und schüttelte ihn unsanft, wobei er die Praline in seiner Hand zerdrückte. Justus hielt sich die klebrige Masse unter die Nase, schnupperte und sah entsetzt auf.
»Schnell, einen Krankenwagen!« rief er. »In den Pralinen ist was, das nicht reingehört. Ich glaube, die Frau ist vergiftet worden!«

Nachtwache

»Lassen wir den Krankenwagen!« sagte Murphy. »Ich fahre sie selber ins Krankenhaus!«
»Ich fahre mit«, bot sich Mrs. Boggle an.
»Und nehmen Sie die Pralinen auch mit«, sagte Justus. »Damit man sie untersuchen kann!«
Murphy holte seinen Wagen aus der Garage, und Peter wuchtete Miss Chalmers auf den Rücksitz. Mrs. Boggle breitete eine Decke über sie. Justus hielt Mrs. Boggle die Pralinenschachtel hin. Eine Sekunde später war Murphy davongebraust.
»Gift!« sagte Mr. Prentice. »Die arme Miss Chalmers! Wer in aller Welt sollte sie vergiften wollen?«
»Wir wissen es ja noch gar nicht sicher, Mr. Prentice«, stellte Justus richtig. »Die Pralinen rochen nur so sonderbar.«
Aber zwei Stunden später hatten Mr. Prentice und die drei ??? Gewißheit. Murphy und Mrs. Boggle kamen mit bitterbösem Gesicht aus der Notaufnahme des Zentralkrankenhauses zurück. »Unerhört, mich so zu beleidigen!« sagte Mrs. Boggle.

»Was war denn?« fragte Prentice. Er und die Jungen hatten gerade zu Abend gegessen, als sie Murphys Wagen zurückkommen hörten. »Die Polizei!« verkündete Mrs. Boggle. »Die stellten ganz brutale Fragen – zum Beispiel, wie lange ich die Pralinen schon in Verwahrung hatte. So eine Frechheit!«
»Sie wollten nur ermitteln, was los war«, sagte Murphy. Seine Stimme klang erschöpft.
»Ich würde doch nie im Leben jemand vergiften!« sagte Mrs. Boggle. Sie stampfte zu ihrer Wohnung, schlug die Tür hinter sich zu und schloß ab.
»Was war denn nun, Murphy?« fragte Alex Hassell. Er war aus der Waschküche gekommen.
»Es war tatsächlich ein Giftstoff in den Pralinen«, sagte Murphy. »Im Krankenhauslabor machen sie gerade die genaue Untersuchung. Miss Chalmers bekam den Magen ausgepumpt und liegt jetzt zur Beobachtung auf der Privatstation. Die Polizei wurde natürlich hinzugezogen, und sie verhörten Mrs. Boggle wegen des Pakets. Wenn diese Frau nur nicht alles gleich auf sich bezöge! Sie führt sich auf, als beschuldige man sie persönlich, Gwen vergiftete Pralinen geschickt zu haben. Aber davon war gar nicht die Rede.«
»Und wie waren die Pralinen angekommen?« fragte Justus.
»Mit der Post. Ganz normal.«
Mrs. Boggles Tür ging wieder auf. Die Hausmeisterin hatte sich gefaßt. Sie kam heraus und sah zum Becken hin. »Alles hat immerhin auch sein Gutes«, sagte sie. »Gwen Chalmers ist die einzige, die bei solchem Wetter noch schwimmen geht. Jetzt muß sie das wenigstens ein paar Tage lang bleiben lassen. Da kann ich das Becken leeren und reinigen lassen, während sie weg ist. Eine gründliche Reinigung ist schon längst fällig!«
Murphy machte den Mund auf, als wolle er etwas sagen, dann zuckte er die Achseln, zündete sich eine Zigarette an und ging in seine Wohnung. Hassell ging auch.
Mr. Prentice sah Mrs. Boggle finster an und schritt auf die Treppe zu. »Wirklich, dieses Weib hat nicht die Spur Mitgefühl«, murmelte er vor sich hin. »Stellt euch das vor – sich jetzt ausgerechnet um das Schwimmbecken zu sorgen!«
»Wer würde versuchen, Miss Chalmers zu vergiften?« fragte

Prentice von neuem, als er und die drei ??? in seiner Wohnung waren.
»Jemand, der sie oder ihre Lebensgewohnheiten kannte«, sagte Justus. »Jemand, der wußte, daß sie gleich beim Öffnen der Pralinenschachtel davon naschen würde. Aber die eigentliche Frage ist: warum wollte sie jemand vergiften?«
Niemand wußte eine Antwort darauf. Justus setzte sich mit gekreuzten Beinen auf den Fußboden, von wo er den Monitor im Blick hatte. Der erleuchtete Hof war jetzt leer.
»Bei Ihnen geht es interessant zu«, sagte Justus zu Prentice. »Wir kennen Sie kaum drei Tage, und in dieser Zeit haben wir einen Eindringling ertappt – Mrs. Boggle –, und zweimal habe ich diesen Lichtblitz gesehen. Ihnen ist ein unersetzliches Kunstwerk gestohlen worden, und nun erpreßt man ein Lösegeld von Ihnen. Und dann wird auch noch eine Ihrer Nachbarinnen vergiftet.«
»Und vergiß nicht den Mesner in der Kirche nebenan«, mahnte Bob. »Der hat eins über den Schädel bekommen, und dann hat man Justus in der Kirche eingesperrt, und er sah dort einen Pfarrersgeist oder sonst wen.«
»All das häuft sich zu auffällig«, sagte Justus. »Es muß da einen Zusammenhang geben. Aber bis jetzt ist der Ort das einzige Bindeglied. Alles hat sich in oder gleich bei diesem Haus hier ereignet.«
»Ja, und alles immer gerade dann, wenn Sonny Elmquist in der Nähe war«, bemerkte Peter. »Und nie, wenn er zur Arbeit gegangen war.«
Bob stand auf. Er ging durch alle Räume und schaltete alle Lichter ein. Prentice faßte bei hell erleuchteter Wohnung wieder Mut, und er machte sich ans Geschirrwaschen. Die drei ??? ließen sich vor dem Fernseh-Monitor nieder.
Mehrere Stunden lang tat sich im Hof gar nichts, nur Mrs. Boggle trug einmal Abfall zu den Mülltonnen hinten. Die Jungen überkam allmählich Langeweile und Müdigkeit.
»Da!« sagte Justus plötzlich. Sonny Elmquist war aus seiner Wohnung gekommen. Er stand am Becken und starrte ins Wasser. Die Jungen beobachteten ihn scharf.
Die Tür zu Murphys Wohnung öffnete sich, und der beleibte

Mann trat heraus. Er rauchte und hielt seinen Super-Aschenbecher in der Hand. Er begrüßte Elmquist mit einer vagen Handbewegung. Dann drückte er seine Zigarette aus, stellte den Aschenbecher auf einem Tisch ab und schritt zum Ausgang hinaus. Gleich darauf hörten die Jungen einen Wagen anfahren. Peter trat an das Fenster, von dem man die Straße überblicken konnte.
»Er fährt weg«, meldete er. »Und er hat es brandeilig.«
»Vielleicht fährt er einfach spazieren«, meinte Prentice. »Er kam mir sehr aufgeregt vor, als er aus dem Krankenhaus zurückkam. Wahrscheinlich kann er nicht einschlafen.«

Mr. Murphy scheint ebenfalls von den Ereignissen verunsichert – ein Börsenmakler sollte ja schon von Berufs wegen bessere Nerven haben . . .

Sonny Elmquist ging in seine Wohnung zurück und zog die Vorhänge vor.
»Verflixt!« sagte Peter. »Jetzt sehen wir nicht mehr, was er treibt.«
»Sicher macht er sich jetzt zur Arbeit fertig«, sagte Justus. »Er muß ja um Mitternacht im Supermarkt sein.«
Und genau in diesem Augenblick erloschen unten im Hof die Lampen. Der Bildschirm des Monitors wurde graublau, und das einzige noch sichtbare Licht war ein heller Fleck hinter Elmquists Vorhängen.
»Verflixt und zugenäht!« sagte Peter. »Jetzt sehen wir gar nichts mehr.«
»Die Hofbeleuchtung hat einen automatischen Zeitschalter«, sagte Mr. Prentice. »Punkt elf wird es finster.«
»Sendeschluß für unser Privatfernsehen.« Justus schaltete das Gerät ab.
»Na, wenn es nun dunkel ist, nützt es uns sowieso nichts mehr«, meinte Peter. »Wenn nämlich Sonny Elmquist heute

nacht arbeiten geht und wenn er tatsächlich derjenige ist, welcher sich hier einschleicht, dann muß er seine Schau jetzt in der nächsten Stunde abziehen oder heute überhaupt nicht mehr. Bleibt ihr beide hier drin bei Mr. Prentice. Ich geh mal raus auf den Balkon und halte Ausschau. Mich sieht schon keiner. Ich stelle mich hinter den Gummibaum.«

»Aber nicht klingeln, wenn du was siehst«, mahnte Justus zur Vorsicht. »Klopf dann nur ganz leise an. Dann kommen wir raus.«

»Schön.« Peter zog seinen Anorak über. Die Lampen in der Prenticeschen Wohnung gingen für kurze Zeit aus, und Peter öffnete die Tür und trat auf den Balkon hinaus. Die Tür schloß sich hinter ihm, blieb aber diesmal unverschlossen. Peter wußte, daß Justus und Bob hinter der Tür in Bereitschaft standen, falls er sie brauchen sollte.

Das Licht in Elmquists Wohnung war noch kurz zu sehen, dann wurde es ausgeschaltet. Peter wartete darauf, daß Elmquist herauskäme und zur Arbeit ginge. Doch nichts geschah. Ein schwacher Widerschein der Straßenbeleuchtung sorgte dafür, daß das Schwimmbecken und seine Umgebung nicht völlig in Dunkelheit getaucht waren. Peter wußte, daß er alles, was sich dort unten bewegte, sehen müßte, aber da bewegte sich nun einmal nichts.

Bald nach Mitternacht kam ein Mann durchs Tor vorn herein. Peter erstarrte, atmete dann aber auf, als die dunkle Gestalt neben einem Tisch am Becken stehenblieb. Es war Murphy, der seinen Aschenbecher holte. Dann trat der Makler in seine Wohnung, und hinter den Vorhängen ging das Licht an.

Peter blinzelte. Ein paar Sekunden lang – so lange, wie Murphy dazu gebraucht hatte, seinen Aschenbecher zu holen und die Tür zu öffnen – hatte der Zweite Detektiv die Augen von Elmquists Tür abgewandt. In dieser kurzen Zeitspanne war Elmquist aus seiner Wohnung getreten. Peter konnte erkennen, daß Elmquist Bademantel und Hausschuhe anhatte. Der junge Mann umrundete lautlos das Becken und näherte sich Murphys Tür.

Peter klopfte rasch an Prentices Tür. Ohne die Erwiderung abzuwarten, schlich er die Stufen zum Hof hinunter. Er wollte

sich an Elmquists Tür aufstellen und den jungen Mann bei seiner Rückkehr abfangen.
Peter hatte gerade den Fliesenkranz erreicht, der das Schwimmbecken umgab, als sein Fuß auf etwas Weiches, Lebendiges trat!
Es folgte ein grauenhafter, kreischender Laut – der Schrei einer gequälten Kreatur!
Schaudernd versuchte Peter zur Seite zu springen, aber das lebendige, zappelnde Ding war ihm zwischen die Beine geraten.
Er schrie auf und stürzte vornüber.
Noch einmal kam das laute Kreischen.
Wie in einer Zeitlupenaufnahme sah Peter den Beckenrand auf sich zukommen. Er sah, daß sich etwas an sein Bein klammerte. Er spürte Krallen. Dann spritzte das Wasser auf, und er lag im Becken!
Alex Hassells Tür flog auf.
Die Lampen auf dem Hof gingen an.
Peter kam an die Oberfläche, schnappte nach Luft und spie gechlortes Wasser aus.
Die kreischende Bestie fauchte, schwamm zum Beckenrand und wurde von Hassell herausgefischt. Es war eine schwarze Katze.
»Du . . . du brutaler Kerl!« sagte Hassell zu Peter.
Peter kletterte aus dem Wasser an die kühle Luft.
»Mr. Prentice!« rief Mrs. Boggle laut. In ihren Bademantel gehüllt, die Haare auf rosa Lockenwickler gedreht, war sie auf der Bildfläche erschienen. »Mr. Prentice, Sie müssen schon dafür sorgen, daß diese Lausebengels sich nachts nicht herumtreiben!« Justus kam die Treppe herunter. Sonny Elmquist stand plötzlich in der Tür seiner Wohnung.
»Ich . . . ich konnte nicht schlafen«, sagte Peter lahm.
Murphys Tür ging auf. »Was ist denn nun schon wieder?« knurrte der Makler erbost.
»Der unverschämte Bursche hat eine meiner Katzen getreten!« sagte Hassell. Er wiegte das triefende, jammervoll aussehende Tier in den Armen. »Es ist schon gut, Kleines«, sagte er tröstend. »Nun kommst du mit mir. Ich bringe dich wieder in Ordnung. Laß den gräßlichen Flegel nur sein!«

»Dich möchte ich nicht noch einmal hier vorfinden!« sagte Mrs. Boggle zornig.
»Ja, Madam«, sagte Peter.
Mrs. Boggle zog sich in ihre Wohnung zurück und knipste das Licht aus.
»Schon wieder dienstfrei?« erkundigte sich Justus mit prüfendem Blick bei Elmquist.
Sonny Elmquist nickte.
»Schade, daß es heute abend etwas unruhig zugeht«, meinte Justus.
Der hagere junge Mann rieb sich die Augen, trat zurück und schloß seine Tür.
Peter ging, zwei Stufen auf einmal nehmend, die Treppe zu Prentices Wohnung hinauf. Justus folgte ihm. Prentice wartete im Wohnzimmer mit einem großen Badetuch, und im Badezimmer ließ Bob die heiße Dusche laufen.
»Habt ihr Töne?« fragte Peter. »Ich war da draußen und schaute Elmquist nach, und ich sah ihn ums Becken herum zu Murphys Wohnung gehen. Also ging ich hinunter, und da trat ich auf die verflixte Katze und –«
»Ich hab's gesehen«, sagte Justus. »Du bist im Becken gelandet.«

Es knallt!

Bis zum Morgen wechselten sich Bob und Justus bei der Wache auf dem Balkon ab. Erst um vier rührte sich wieder etwas im Hof – Mrs. Boggle kam aus ihrer Wohnung. Sie trug einen schweren Tweedmantel. Justus erspähte sie und duckte sich rasch hinter die Wohnungstür.
»Mrs. Boggle geht weg«, meldete er Prentice. Der alte Herr war überhaupt nicht zu Bett gegangen. Er hatte die Nacht im Sitzen verbracht, in die Sofaecke gelehnt, und war hin und wieder eingenickt.
»Nichts Besonderes«, sagte Prentice, als er die Nachricht vernahm.

»Um vier in der Frühe!« meinte Justus verdutzt.
Prentice gähnte. »Der Supermarkt ist durchgehend Tag und Nacht offen«, erinnerte er Justus. »Mrs. Boggle erledigt ihre Einkäufe immer donnerstags, und da geht sie jedesmal um vier Uhr weg.«
Justus konnte Prentice nur anstarren.
»Sie behauptet, um diese Zeit sei es im Supermarkt nicht so voll«, sagte Prentice. »Ich meine zwar eher, sie kann um diese Zeit einigermaßen sicher sein, daß sich hier nichts tut und sie nichts versäumt, wenn sie weggeht. Mr. Murphy geht erst um fünf Uhr in sein Büro, und die andern Mieter liegen da noch alle im Bett.« Bob und Peter kamen aus dem Arbeitszimmer, wo sie ein wenig geschlafen hatten. »Sie meinen, die ist so neugierig, daß sie es nicht fertigbringt, hier mal wegzugehen, außer wenn alles schläft?« sagte Peter.
»Ja, es ist ein eigenartiges, zwanghaftes Verhalten«, sagte Prentice. »Sie ist wic eine Spinne, die ihr Netz nicht verlassen kann, ihr einziges Interesse gilt den Leuten, die hier wohnen. Sie beobachtet sie ununterbrochen. Das ist ihr Leben.«
Bob trat ans Fenster zur Straße und zog die Vorhänge zurück. Er hörte einen Wagen anfahren und sah unten auf dem Asphalt den roten Widerschein von Bremslichtern. Dann fuhr ein großes graues Auto langsam rückwärts unter dem Gebäude hervor.
»Da wundert es mich, daß ihre Batterie mitmacht, wenn sie den Wagen nur einmal in der Woche benutzt«, sagte Bob.
»Sie muß ziemlich oft einen Mechaniker aus der Werkstatt kommen lassen«, sagte Prentice.
Der Wagen schob sich zur Straße vor, wendete dort und fuhr nun langsam vorwärts weiter.
Und dann hörten die Jungen und Prentice in der Stille vor der Morgendämmerung einen Knall und einen Schrei.
Prentice sprang vom Sofa auf.
Justus stürzte ans Fenster.
Ein Stück weiter vorn auf der Straße schleuderte der graue Wagen erst nach links und dann nach rechts. Rauch quoll unter der Motorhaube hervor.
Mrs. Boggle schrie noch einmal. Der Wagen, den sie nun

überhaupt nicht mehr in der Gewalt hatte, schlitterte gegen den Randstein, und beide Vorderreifen platzten. Mit einem häßlichen Knirschen fuhr er frontal auf einen Hydranten auf. Mrs. Boggle schrie und schrie. Den Hydranten hatte es glatt abrasiert, und rings um den Wagen spritzte das Wasser auf. Bob rannte zur Tür. »Wir müssen sie rausholen, ehe sie ersäuft«, sagte er.

Die Jungen hatten gerade den Hof erreicht, als Murphy im Bademantel und Elmquist im Mantel über dem Schlafanzug durch das Tor vorn rannten.

»Mrs. Boggle!« rief Murphy laut. Der kräftige Mann lief auf das Autowrack und das hoch aufspritzende Wasser zu.

Die Jungen überholten Elmquist und Murphy. Sie wateten durchs kalte Wasser und tasteten sich in der eisigen Fontäne aus dem abgerissenen Hydranten zur Wagentür vor.

Mrs. Boggle saß steif hinter dem Lenkrad, blickte starr geradeaus und schrie – schrie, als wolle sie nie mehr aufhören.

»Mrs. Boggle!« Justus zerrte am Türgriff. Die Wagentür war verriegelt.

Murphy klopfte ans Seitenfenster neben Mrs. Boggle.

Die Frau drehte sich um und starrte ihn wie betäubt an.

»Die Tür aufmachen!« brüllte Murphy. »Die Verriegelung!«

Sie fummelte am Knopf in der Tür herum. Eine Sekunde später hatte Murphy die Tür aufgerissen. Er und Bob zogen die unter Schock stehende Frau aus dem Wagen.

Dann heulten auf der Straße die Sirenen auf, und ein Feuerwehrauto kam herangefahren. Männer in schwarzen Regenmänteln schwärmten aus. Einer überblickte kurz die Lage und drehte sich um, um dem Fahrer Bescheid zu sagen. Der Mann ließ den Motor wieder an und raste auf der Straße weiter.

Gleich darauf schoß kein Wasser mehr aus dem Hydranten.

Murphy, Elmquist, Bob und Justus standen bei Mrs. Boggle, die wegen der Schockeinwirkung nicht sprechen konnte.

»Wie haben Sie das gemacht?« fragte Murphy einen Feuerwehrmann.

»An der Ecke ist ein Haupthahn«, sagte der Mann. Er sah Mrs. Boggle an. »Waren Sie am Steuer?« fragte er.

Sie gab keine Antwort.

»Wir bringen sie besser ins Haus«, sagte Murphy. »Sonst holt sie sich hier draußen noch eine Lungenentzündung.«
Bob und Justus mußten Mrs. Boggle fast die paar Stufen zur Wohnanlage hinaufschleppen. Murphy holte die Wohnungsschlüssel aus dem Wagen, um ihre Tür zu öffnen. Der Feuerwehrmann war schon dort angekommen. Hinter ihm tauchte ein Polizist auf.
»Wer hat den Feuermelder eingeschlagen?« erkundigte sich der Polizist.
Mrs. Boggle stand in ihrem Wohnzimmer. »Jemand hat auf mich geschossen«, sagte sie. Es sah aus, als spreche sie, ohne die Lippen zu bewegen.
»Sie ziehen am besten erst mal Ihre nassen Sachen aus, Madam«, sagte der Polizist ruhig. »Und dann, wenn Sie sich wieder besser fühlen, berichten Sie uns vielleicht den Hergang.«
Sie nickte und verschwand im Flur.
Justus merkte, daß seine Zähne aufeinanderschlugen. »Ich werde mich auch umziehen«, sagte er zu dem Beamten.
»Hast du die Sache gesehen?« fragte der Polizist.
»Ja, ich sah, wie der Wagen auf der Straße anfuhr«, sagte Justus.
»Gut, geh und zieh dich um, und dann komm wieder her.« Er wandte sich an Bob und Peter. »Und ihr beiden auch.«
Ein paar Minuten später kamen die Jungen in trockenen Kleidern zurück und gaben zu Protokoll, was sie erlebt hatten. Unten war ein Abschleppwagen vorgefahren. Mehrere Männer in Polizeiuniform und ein Mann im Straßenanzug drängten sich um das zertrümmerte Auto.
»Wenn tatsächlich einer geschossen hat, dann hat er sein Ziel verfehlt«, sagte der Mann im Anzug.
»Man hörte aber einen Schuß«, sagte Justus. »Ich hab' ihn gehört. Gerade als sie die Straße entlangfahren wollte, knallte es – ein Schuß oder eine Explosion.«
Der Wagen, der mit Schlagseite mitten auf dem abgerissenen Hydranten hing, war von den Scheinwerfern des Abschleppwagens hell beleuchtet.
»Keine Einschüsse«, stellte der Mann im Straßenanzug fest.
Justus entdeckte etwas auf dem Asphalt – ein Stückchen röt-

liches Papier, das jetzt ganz durchweicht war. Er bückte sich, hob es auf und untersuchte es genau.
»Eine schwarze Rauchwolke«, sagte er.
»Wie?« meinte der Mann im Anzug.
»Unmittelbar nach dem Schuß oder der Explosion drang direkt unter der Motorhaube eine schwarze Rauchwolke hervor.«
Der Mann ging am Wagen nach vorn und öffnete die Motorhaube.
Ein uniformierter Beamter beleuchtete mit seiner Stablampe den Motor.
Über dem Motorblock waren Papierfetzen und etwas, das wie angesengte Watte aussah, verstreut. Die Zündkabel waren verschmort, und der Keilriemen war gerissen.
»Kein Schuß«, entschied der Mann im Anzug. »Eine Sprengladung. Unter der Haube war eine Art Bombe angebracht!«
Er knallte die Haube wieder zu. »Abschleppen!« rief er dem Fahrer des Lastwagens zu. »Zur Polizeigarage!«
Dann wandte er sich den Jungen zu. Murphy war auch wieder dazugekommen, und Sonny Elmquist stand fröstelnd bei den Eingangsstufen zur Wohnanlage. Alex Hassell war aus seiner Wohnung getreten, und es sah aus, als habe er nur rasch eine Hose über den Schlafanzug gestreift.
»Auf die hatte es aber einer abgesehen!« sagte Hassell.
»Hatte die Frau irgendwelche Feinde?« wollte der Polizist wissen.
»Einen ganzen Bau voll«, sagte Murphy geringschätzig, »obwohl ich mir nicht vorstellen kann, daß ihr jemand deshalb gleich eine Bombe ins Auto legt.«
Der Makler gähnte. »Ich heiße Murphy«, sagte er zu dem Mann im Anzug. »Falls Sie es fürs Protokoll brauchen. John Murphy. Ich wohne in 1 E, und ich habe nichts gesehen. Ich hörte nur den Knall und den Aufprall des Wagens. Ich lief mit den Jungen hier los und half, die alte Schreckschraube aus dem Wagen zu ziehen. So, und da wir heute noch kaum zum Schlafen gekommen sind, werde ich mir einen Tag freinehmen und mich nochmals ins Bett legen. Wenn Sie noch Fragen an mich haben, dann bitte, aber nicht vor Mittag. Bis dann will ich nämlich schlafen.«

Der Makler stapfte die Stufen hinauf und verschwand.
Der Polizist sah ihm nach. »In diesen Tagen geht es hier wirklich nicht mit rechten Dingen zu«, bemerkte er.
»Kann man wohl sagen«, bestätigte Peter. Er blinzelte nach Osten, wo ein rosafarbener Schimmer den Himmel zu erhellen begann. »Wenn an dem Gesetz der Wahrscheinlichkeit was dran ist, haben wir einen ruhigen Morgen zu erwarten. Was kann nun noch passieren?«

Es brennt!

Nach den nächtlichen Strapazen fielen Mr. Prentice und die erschöpften drei ??? in tiefen Schlaf. Spät am Vormittag servierte Prentice den Jungen ein ausgezeichnetes Frühstück. Justus schaltete den Fernsehmonitor wieder ein, blickte jedoch nur gelegentlich hin. Das Haus war ganz ruhig.
»Ich muß zur Bank«, verkündete Mr. Prentice. »Bis morgen brauche ich ja zehntausend Dollar in bar, und zwar in kleinen Scheinen. Es wäre mir sehr angenehm, wenn einer von euch mich begleiten könnte.«
»Aber sicher, Mr. Prentice«, sagte Justus. »Nur meine ich, Sie sollten die Polizei von Ihrem Vorhaben unterrichten.«
»Nein«, sagte Prentice. »Der Karpatenhund ist zu kostbar, um das Risiko eines Verlustes einzugehen. Wenn sich der Dieb bedroht fühlt, zerstört er ihn vielleicht kurzerhand. Wir müssen seine Anweisungen genau befolgen.«
Justus trat ans Fenster. Auf der Straße unten war ein Taxi vorgefahren. Der Fahrer kam die Stufen zum Bürgersteig herunter; er trug einen Koffer. Mrs. Boggle kam hinterher.
»Mrs. Boggle geht weg«, meldete Justus, als das Taxi losfuhr.
»Sie hat eine Schwester in Santa Monica«, sagte Prentice. »Zu ihr geht sie, wenn sie krank ist oder sonst Sorgen hat.«
»Ich kann mir vorstellen, daß sie jetzt sogar große Sorgen hat«, sagte Peter. »Wenn einem jemand eine Bombe ins Auto legt, ist das –«

Das Geräusch splitternden Glases unterbrach ihn – man konnte es sogar durch die geschlossene Balkontür hören.
»Feuer!« schrie jemand. »Hilfe! Feuer!«
Die vier in Prentices Wohnung waren schon zur Tür draußen. Im Erdgeschoß, in John Murphys Wohnung, standen die Vorhänge in Flammen. Sonny Elmquist, barfuß und mit wirrem Haar, schlug mit einem eisernen Stuhl vom Schwimmbecken die Fensterscheiben ein.
»Um Himmels willen!« rief Mr. Prentice. Er rannte zurück, um die Feuerwehr anzurufen.
Peter war drunten und hatte sich einen zweiten Stuhl geschnappt, noch ehe Justus und Bob im Hof angekommen waren.
Alex Hassell kam aus seiner Wohnung getaumelt.
»Mr. Murphy!« brüllte Peter.
Er fegte Glassplitter vom Fenstersims und schlug mit seiner Jacke nach den lodernden Vorhängen.
»Da!« Justus hatte einen Feuerlöscher in einer Nische bei der Treppe entdeckt. Er riß ihn an sich und lief auf die Lohe zu.
Gleich darauf spritzte Schaum aus dem Löscher und erstickte die Flammen an den Vorhängen. Das Feuer erstarb mit gehässigem Zischen, und die Jungen und Elmquist kletterten durchs Fenster hinein. Justus zielte mit dem Feuerlöscher auf ein schmorendes Sofa, das beim Fenster stand, und verabreichte dem Weihnachtsbaum hinter dem Sofa noch eine wohlbemessene Ladung.
Die Jungen husteten und würgten in der raucherfüllten Wohnung. Sie riefen laut, aber Murphy gab keine Antwort. Justus und Peter robbten am Boden entlang, um sich einigermaßen vor dem Qualm zu schützen. Sie fanden Murphy im Türrahmen zwischen Wohn- und Schlafzimmer zusammengebrochen.
»Wir müssen ihn rausschaffen, schnell!« keuchte Peter. Er packte Murphy an einem Arm, drehte ihn um und gab ihm ein paar kräftige Ohrfeigen.
Murphy rührte sich nicht.
»Ziehen«, gebot Justus.
Justus nahm den einen Arm, Peter den anderen. Bob packte

den Mann an den Füßen. Hinter ihnen würgte und hustete Sonny Elmquist.
»Raus hier!« rief Peter. »Soll es Sie auch noch erwischen?«
Elmquist ging zur Tür und schloß auf.
Noch immer auf allen vieren, schleiften die drei ??? den Bewußtlosen zum Ausgang, ans Licht und an die frische Luft. Der reglose Murphy war fürchterlich schwer, wie ein Sack Kohlen. Doch die Jungen schafften es und kamen schnell voran. Binnen Sekunden hatten sie den Makler neben das Becken gelegt, lang hingestreckt, und die Sonne beschien das bleiche Gesicht.
»Du liebe Güte!« sagte Mr. Prentice.
Alex Hassell starrte hin. »Ist er ... ist er ...?«
Peter legte das Ohr auf Murphys Brust. »Er lebt.«

Nun sind außer Miss Chalmers noch zwei weitere Mitbewohner ausgeschaltet. Ob sie alle mehr wußten, als dem noch unbekannten Drahtzieher in dieser undurchschaubaren und gefährlichen Affäre lieb war? Mich wundert, wie lange sich Sonny Elmquist noch dem Zugriff dieses Mächtigen entziehen kann.

Da kam die Feuerwehr an, samt Krankenwagen mit Beatmungsgerät. Die Männer rasten in Murphys Wohnung, um an Vorhängen und Polstermöbeln die letzten Glutnester zu löschen.
Der Feuerwehrhauptmann kam wenige Minuten später im Dienstwagen und ging zu seinen Leuten in die Wohnung.
Einer der Rettungssanitäter nahm Murphy gerade die Sauerstoffmaske ab, als der Makler tief Luft holte, die Augen öffnete und das Ding mit einer Hand wegschob.
»Schon gut«, sagte der Fahrer des Krankenwagens. »'Ne kleine Rauchvergiftung, mehr nicht. Noch mal Glück gehabt.«
Murphy versuchte, sich aufzurichten.
»Wir bringen Sie ins Krankenhaus«, sagte der Sanitäter.
Murphy hatte einen abwehrenden Ausdruck auf dem Gesicht, sank dann aber kraftlos auf die Steinplatten zurück.

»George, bring die Trage«, sagte der Fahrer zu seinem Begleiter.
Murphy lag still und ließ sich auf die Trage heben. Die beiden Sanitäter breiteten eine graue Decke über ihn und wollten ihn zum Wagen tragen.
»Sollte nicht lieber jemand mitfahren?« meinte da Hassell.
»Mein Neffe«, sagte Murphy schwach. »Ich lasse meinen Neffen kommen.«
Gleich darauf fuhr der Krankenwagen mit heulender Sirene an. Der Feuerwehrhauptmann tauchte in der Tür zu Murphys Wohnung auf. »Immer wieder die alte Geschichte«, sagte er. Er hielt eine halbgerauchte Zigarette in der Hand, die vom Löschschaum durchweicht war. »Beim Rauchen eingeschlafen. Zigarette fällt aufs Sofa, glimmt dort weiter, und das Ding brennt an. Dann fangen die Vorhänge Feuer, und ...«
»Ein Glück, daß ich es gesehen habe.« Sonny Elmquist war noch immer barfuß. Er war ganz blaß.
»Ein Glück für den Mann hier drinnen. Er hätte tot sein können. Sie kamen gerade rechtzeitig. Der Christbaum da drinnen ist eine trockene Fichte. Hätte der Feuer gefangen, dann hätte die Wohnung in der nächsten Minute in hellen Flammen gestanden.«
»Er ging mit einer Zigarette schlafen?« fragte Justus.
»Das tun leider sehr viele«, sagte der Feuerwehrhauptmann.
»Aber er hatte doch diesen Spezialaschenbecher«, sagte Justus. »Er behauptete, der sei idiotensicher – da könne man eine Zigarette ablegen und vergessen. Die Zigarette könne nicht wieder herausfallen.«
»Wenn sich einer schon halb im Schlaf eine Zigarette ansteckt, kann alles mögliche passieren«, hielt ihm der Feuerwehrhauptmann entgegen.
»Und Mr. Murphy war todmüde«, stellte Mr. Prentice fest. »Er hat sich wohl auf dem Sofa ausgestreckt und war sofort weg.«
»Aber wir fanden ihn doch auf dem Fußboden, auf dem Weg zum Schlafzimmer. Wenn er auf dem Sofa eingeschlafen war, warum ging er dann nicht einfach zur Wohnungstür und ins Freie?« fragte Justus.

»Das hat er bei dem Qualm verwechselt«, sagte der Feuerwehrmann beschwichtigend. »Das kann jedem passieren. Als erst alles voller Rauch war, wußte er nicht mehr, wo es lang ging.«
Justus und die anderen traten zur Seite, als die Feuerwehrleute das Sofa auseinanderrissen, um sich zu vergewissern, daß sich keine Glut mehr darin verbarg.
»Na, bis das hier alles wieder hergerichtet ist«, sagte Hassell. »Mrs. Boggle fällt in Ohnmacht, wenn sie das sieht.« Sonny Elmquist sah schadenfroh drein. »Sagt mal, wo ist sie denn?«
»Die ist vor einer Weile im Taxi weggefahren«, sagte Bob.
»Wohin bringt der Krankenwagen Mr. Murphy?« fragte Justus den Feuerwehrhauptmann.
»In die Notaufnahme beim Zentralkrankenhaus. Dort ist die Unfallstation für diesen Bezirk. Wenn sie ihn nicht gleich wieder entlassen können, behalten sie ihn dort oder verlegen ihn in eine andere Klinik, wenn er das lieber möchte.«
Justus nickte. »Zentralkrankenhaus«, wiederholte er. »Da ist auch Miss Chalmers. Aber ... wieso muß Mr. Murphy dorthin?«
»Da ist doch die Unfallstation«, sagte der Feuerwehrmann.
»Das meine ich nicht«, sagte Justus. »Mr. Murphy war mit dem Rauchen immer sehr vorsichtig. Daß es ausgerechnet bei ihm brennen mußte – das ist mir unbegreiflich!«

Über Schlafwandler

»Das Haus ist verhext!« erklärte Alex Hassell, als die Feuerwehr wieder weggefahren war. »Erst Gwen Chalmers, dann Mrs. Boggle und jetzt Murphy!«
»Mit dem Einbruch hat alles angefangen«, sagte Mr. Prentice. Er vermied es, Sonny Elmquist anzusehen, der sich auf einer Liege ausgestreckt hatte, die Augen vor der hellen Sonne halb geschlossen. »Bis vor drei Nächten war hier alles ganz friedlich, und dann rannte dieser Einbrecher über unseren Hof. Und seither geht es Schlag auf Schlag.«

Justus nickte. »Da liegt die Schlußfolgerung auf der Hand«, sagte er. »Der Karpatenhund ist hier! Und derjenige, der ihn gestohlen hat, ist höchstwahrscheinlich auch hier!«
»Junger Mann, was redest du da?« fragte Hassell scharf. »Hier ist kein Hund, kein gestohlener und auch sonst keiner. Meine Katzen würden es merken, wenn hier ein Hund wäre!«
»Es ist die Kristallskulptur eines Hundes«, erklärte Fenton Prentice. »Ich habe die Figur von dem Künstler Edward Niedland gekauft und sie ihm für seine Ausstellung in der Galerie Maller leihweise zur Verfügung gestellt. Am Montag abend wurde sie aus Edwards Haus gestohlen.«
Alex Hassell stieß ein kurzes, verächtliches Lachen aus. »Also das hat Mrs. Boggle gemeint! Sie erzählte mir, Sie wollten sich einen Hund zulegen, und ich solle nur ja auf meine Katzen achtgeben! Ein Glashund! So was!«
Prentice seufzte. »Sie hat also in meinen Unterlagen gelesen. Sicher hat sie geglaubt, ich hätte einen richtigen Hund gekauft. Also verbreitete sie es gleich im ganzen Haus – und dann hat jemand den Hund gestohlen!«
»Na, ich jedenfalls nicht!« fuhr Hassell auf. »Und im übrigen werde ich auch nicht hierbleiben, solange einer die Leute vergiftet und Autos in die Luft sprengt. Ich ziehe in ein Motel!«
Er lief in seine Wohnung. Nach kurzer Zeit kam er wieder heraus, in einer Hand einen Katzenkorb und in der anderen einen Koffer. »Um fünf komme ich her, um meine Kätzchen zu füttern«, verkündete er. »Tabitha nehme ich natürlich mit. Wenn mich jemand sprechen will – ich bin im Motel ›Ramona‹, bis hier wieder Vernunft eingekehrt ist.«
Hassell warf Mr. Prentice einen erbitterten Blick zu. »Sie können ja meine Wohnung durchsuchen, wenn Sie es wünschen«, sagte er. »Aber bitte nur mit Polizeivollmacht!«
Er stakste hinaus. Gleich darauf fuhr vorn an der Straße ein Wagen an.
»Sie können auch meine Wohnung durchsuchen, wenn Sie wollen«, bot Sonny Elmquist an. »Heute muß ich mittags um zwölf zur Arbeit, aber vorher ist ja noch Zeit. Und eine Vollmacht brauchen Sie bei mir nicht.«
»Mittags?« fragte Bob. »Ich denke, Sie arbeiten nachts.«

»Heute habe ich die Frühschicht übernommen«, erklärte Elmquist. »Ein Kollege hat sich krank gemeldet.«
»Ich bin sicher, daß der Hund nicht in Ihrer Wohnung ist«, sagte Justus gelassen. »Im übrigen ist er in keiner von den Wohnungen hier im Gebäude.«
Sonny Elmquist sah leicht enttäuscht aus. Er zuckte die Achseln und kehrte in seine Wohnung zurück.
»Wie kannst du da so sicher sein?« fragte Prentice.
»Aus dem einfachen Grund, weil Mrs. Boggle die geborene Spionin ist«, erklärte Justus, »und sich hier eifrig als solche betätigt. Sie schnüffelt im Privatleben aller Mieter herum, und alle wissen das. Bis heute war sie noch nie längere Zeit weg. Sie hat einen Zentralschlüssel und kann alle Wohnungen außer der Ihren betreten. Wenn ich den Karpatenhund gestohlen hätte und hier wohnte, würde ich die Skulptur jedenfalls nicht in meiner Wohnung verstecken.«
»Ja, da hast du wohl recht.«
»Doch das will keineswegs besagen, der Hund könne nicht ganz hier in der Nähe sein. Warum würde sonst jemand versuchen, so viele Mitbewohner aus dem Weg zu räumen? Gestern wurde Miss Chalmers vergiftet. Heute explodierte in Mrs. Boggles Wagen eine Bombe – und fast wäre sie dabei verletzt worden. Dann brannte es in Mr. Murphys Wohnung. Dies macht mich freilich stutzig. Ich würde gern mit Murphy darüber reden. Wenn es ihm besser geht, fällt ihm vielleicht zum Hergang wieder etwas ein.«
Bob hob die Brauen. »Du meinst, das Feuer ist nicht unbedingt zufällig ausgebrochen?«
»Durchaus möglich.«
»Na, verdächtigst du etwa Sonny Elmquist als Brandstifter? Er war ja auffällig schnell als Retter zur Stelle. Vielleicht hat er sich erst in Murphys Wohnung geschlichen, hat den Brand gelegt und dann als Tarnungsmanöver Murphy gerettet, ehe das Feuer sich zu stark ausbreitete.«
»Wie willst du eine so irrsinnige Theorie beweisen?« fragte Peter. »Zunächst einmal«, sagte Bob entschlossen, »werde ich mit Dr. Barrister reden.« Er sprach von einem Anthropologie-Dozenten an der Universität Ruxton – einem Mann, der den

drei ??? schon zuvor mit seinen Kenntnissen in Magie und Okkultismus geholfen hatte. »Vielleicht ist Elmquist auch nicht der Brandstifter, aber auf mysteriöse Weise in fremden Wohnungen herumzuspionieren – das traue ich ihm glatt zu. Dr. Barrister hat dafür möglicherweise eine Erklärung.«
»Na, ich halte mich lieber an Tatsachen!« sagte Peter. »Ich werde Elmquist mal beschatten, wenn er zur Arbeit geht. Er sagt ja, er sei im Supermarkt beschäftigt, aber einen Beweis dafür haben wir nicht. Außerdem kann ich dabei feststellen, ob Hassell tatsächlich in dieses Motel umgezogen ist.«
»Und ich«, verkündete Justus, »werde ein paar Krankenbesuche machen. Ich brauche noch Informationen von Miss Chalmers und Mr. Murphy.«
Mr. Prentice erschrak. »Na aber – ich wollte doch mit euch Jungen zur Bank gehen. Ich will nicht das ganze Lösegeld in bar allein mit mir herumtragen.«
»Nein, und Sie sollten auch nicht allein hier bleiben«, sagte Justus. »Ob Ihnen jemand Gesellschaft leisten könnte?«
»Doch, natürlich – Charles Niedland!«
Prentice rief Niedland gleich an, und dieser versprach, in wenigen Minuten beim Paseo Place zu sein.
Bob telefonierte mit Dr. Barrister und bestellte dann ein Taxi. Zwanzig Minuten später war er im Büro des Dozenten an der Universität Ruxton. Die sonst so gelassene Miene des Mannes war gespannt und erregt.
»Was ist es diesmal?« fragte Barrister. »Was für einem mystischen Vorfall sind die drei Detektive auf der Spur?«
Bob erklärte die Sache mit den Lichtblitzen, die in Prentices Wohnung auftraten.
»Hmm!« sagte Barrister. »Das gehört eigentlich nicht in mein Fach. Ich bin Experte für die Folklore der Maori-Stämme und für Magie, wie sie in der Karibik und anderen Gebieten praktiziert wird. Was du da schilderst, scheint ein echtes physikalisches oder psychisches Phänomen zu sein. Ich glaube an viele Dinge, die andere für unmöglich halten, aber an Geister glaube ich nicht. Allerdings« – und hier hellte sich Barristers Miene auf – »habe ich da eine Kollegin, die in dieser Beziehung sehr aufgeschlossen ist.«

Bob strahlte. »Ich wußte ja, Sie helfen uns wieder.«
»Mit Vergnügen«, erwiderte Barrister. »Komm nur mit. Ich bringe dich zu Professor Nora Arbiter. Sie leitet unser Institut für Neurologie und Psychiatrie. Hier an der Uni glaubt die eine Hälfte der Leute, sie sei verrückt, und die andere Hälfte hat Angst, sie könne ihre Gedanken lesen. Die Bekanntschaft wird dich interessieren.«
Professor Arbiter, die sie in einem nüchternen kleinen Ziegelbau hinter der Sporthalle antrafen, erwies sich als eine Dame um die vierzig mit sympathischem Äußeren. Sie las gerade Briefe, als Bob und Dr. Barrister zu ihr ins Büro kamen. Sie lächelte Barrister strahlend an und schwenkte einen Bogen Papier.
»Was es nicht alles gibt!« sagte sie. »Dieser Brief kommt von einem Mann in Dubuque, der behauptet, bei ihm spuke der Geist seiner Schwester – und dabei hatte er gar keine Schwester.«
»Sie bekommen bei weitem die spannendste Post hier, Nora«, sagte Barrister. Er setzte sich Professor Arbiter am Schreibtisch gegenüber und wies auf einen weiteren Stuhl für Bob.
»Das ist Bob Andrews«, sagte er. »Er gehört zu einem Team von Privatdetektiven, und er hat da eine Sache, die Sie interessieren dürfte.«
»Privatdetektive?« wiederholte Professor Arbiter. Ihre Augen funkelten vor Vergnügen. »Bist du dafür nicht noch etwas zu jung?«
»Die Jugend hat ihre Vorzüge, wie Sie wissen«, meinte Dr. Barrister. »Junge Menschen haben viel Energie, sind sehr neugierig und ziemlich frei von Vorurteilen. Bob, erzähl' Professor Arbiter von eurem neuesten Fall.«
Wieder berichtete Bob von den Ereignissen in Mr. Prentices Wohnung. Diesmal erwähnte er auch Justs Begegnung mit dem Pfarrersgeist in der angrenzenden Kirche.
»Aha!« sagte Professor Arbiter.
»Wissen Sie etwas von diesem spukenden Pfarrer?« fragte Bob.
»Der jetzige Pfarrer hat mich in dieser Sache vor einiger Zeit angerufen«, sagte Professor Arbiter. »Ich werde oft darum gebeten, solche Vorfälle zu untersuchen. Pfarrer McGovern

hat den Geist nie selbst gesehen, aber seine Haushälterin war wegen des Spuks einem Zusammenbruch nahe. Die Gestalt, die dein Freund in der Kirche sah – ein hagerer Mann mit Soutane – entspricht der Beschreibung. Der frühere Pfarrer war ein magerer, weißhaariger Mann. Sein Bild hängt im Amtszimmer im Pfarrhaus. Als ich aber die Haushälterin befragte, entdeckte ich etwas Interessantes. Sie kommt aus einer kleinen Stadt in Irland – Dungalway –, und die Kirche in Dungalway ist berühmt. Dort soll nämlich der Geist eines Priesters spuken, der im Meer ertrunken ist. Ich habe mehrere Nächte in der Kirche von St. Jude zugebracht, und ich habe nichts gesehen. Ich habe mich auch mit vielen Bewohnern der Umgebung unterhalten. Obwohl etliche Ältere fest an den spukenden Pfarrer glaubten, hatte ihn noch keiner jemals gesehen. Ich halte ihn für eine Erfindung von Mrs. O'Reilly. Ich glaube, sie ließ ihn aus den alten Geschichten ihrer Kindheit erstehen, ohne sich dessen klar bewußt zu werden. Eure rätselhafte Erscheinung in dieser Wohnung ist hingegen wieder etwas anderes.« Professor Arbiter beugte sich vor. »Du sagtest ja, sie sei in Mr. Prentices Wohnung erschienen, während ihr annehmen mußtet, daß alle sich schlafend in ihren Wohnungen befanden?«

»Das stimmt«, bestätigte Bob.

Professor Arbiter lächelte. »Wunderbar!« rief sie. »Es ist ein Somnambuler!«

»Ach so, ein Schlafwandler.« Bob hatte schon begriffen. »Aber Mr. Prentice findet es gar nicht wunderbar. Wie macht dieser Elmquist das nur?«

Professor Arbiter ging zu einem Aktenschrank und zog mehrere Schnellhefter heraus. »Ein Somnambuler führt im Schlaf Handlungen aus«, erklärte sie, »aber hinterher erinnert er sich nicht mehr daran. Er hat die Augen offen, ist ansprechbar, kann reden, kann auch komplizierte Bewegungsfolgen ausführen. Es handelt sich um einen Zustand nicht völliger Wachheit, eine Bewußtseinsstörung. Man könnte es auch als ein Stadium der Hypnose bezeichnen. Volkstümlich werden diese Menschen auch ›Mondsüchtige‹ genannt, obwohl ein ursächlicher Zusammenhang mit dem Mond nicht bewiesen ist.«

Bob starrte die Frau mit offenem Mund an.
Sie setzte sich wieder und schlug eine Akte auf. »Wir haben nur wenige Fälle, die unter Testbedingungen im Labor untersucht wurden«, sagte sie. »Die Leute, die diese Veranlagung haben, wissen ja oft gar nichts davon. Wenn sie es von Beobachtern einmal erfahren, dann halten sie sich für verrückt, oder sie schämen sich. Aber erst im vorigen Jahr war jemand hier bei uns. Eine Hausfrau aus Montrose. Ich kann den Namen nicht nennen, aus Gründen der Diskretion.«
Bob nickte.
»Sie hatte seit einiger Zeit Kummer besonderer Art«, sagte Professor Arbiter. »Sie wurde nämlich offenbar von ihrem Mann gezwungen, posthypnotische Befehle auszuführen.«
Dr. Barrister beugte sich vor. »Wollen Sie damit sagen, Nora, daß sie Dinge tat, zu denen sie normalerweise nicht in der Lage gewesen wäre?«
»Nein, das nicht. Die in Trance oder in somnambulem Zustand ausgeführten Handlungen stimmen in der Regel mit den Verhaltensnormen und den Überzeugungen des Betreffenden überein. Kein Mensch kann beispielsweise mittels Hypnose dazu veranlaßt werden, einem anderen Schaden zuzufügen, sofern er dazu nicht ohnehin geneigt und fähig wäre. Auch jene Frau wurde von ihrem Mann nicht als Werkzeug für Untaten benutzt, aber gewissermaßen als Versuchskaninchen, weil ihn ihre Fähigkeit, die ihr selbst lange Zeit unbewußt war, faszinierte. Im übrigen legte er allerdings Wert darauf, sie in den Augen der Nachbarschaft als nicht normal erscheinen zu lassen, weil er sich von ihr trennen wollte. Er nahm sich vor, eines Abends im Winter zu einer Party bei Freunden zu gehen, sagte seiner Frau jedoch nichts von diesem Plan. Sie ging an diesem Abend früh zu Bett, und nach unseren Vermutungen muß er sie während des Dämmerzustandes vor dem Einschlafen hypnotisiert und ihr aufgetragen haben, eine Stunde später zu erwachen, ein Sommerkleid anzuziehen und zu Fuß zum Haus der Freunde zu gehen. Jedenfalls ging er zu der Party und kündigte dort an, seine Frau werde nachkommen. Und tatsächlich klingelte es später, und die Frau stand verstört und frierend im leichten Kleid vor der Haustür, was natürlich

alle Gäste höchst sonderbar fanden. Der Mann ging dann mit seiner scheinbar geistig verwirrten Frau nach Hause zurück. Die wahrscheinlichen Zusammenhänge dieses für die Frau ganz und gar unerklärlichen Vorfalls erfuhr sie dann beim ersten Gespräch mit uns, und da begann sie, den unredlichen Absichten ihres Mannes zu mißtrauen.«

»Sie sagten, Sie hätten ihre Fähigkeiten unter Testbedingungen überprüft«, wandte Bob ein.

»Ja. Wir legten ihr nahe, einige Tage hier im Institut zu verbringen. Sie schlief in einem Versuchsraum, wo wir sie ständig durch eine Einwegscheibe beobachten konnten. So war es uns möglich, nachzuweisen, daß sie sowohl ohne äußeren Anlaß als auch unter dem Einfluß posthypnotischer Befehle alltägliche oder absurde, jedoch immer harmlose Handlungen in somnambulem Zustand zu begehen vermochte. Der Spielraum solcher Handlungen reicht ja vom nächtlichen Aufstehen eines kleinen Kindes, das auf die Toilette und wieder ins Bett zurück geht, ohne richtig wach zu werden, bis zu einer scheinbar sinnlosen Spazierfahrt mit dem Auto an einen Ort, wo der somnambule Fahrer noch nie zuvor gewesen war. Die Frau aus Montrose verhielt sich bei uns im Institut gewissermaßen mustergültig. Sie wandelte zwar nicht bei Vollmond über den Dachfirst wie die sattsam bekannte Witzblattfigur, aber einmal stand sie auf und unterhielt sich mit dem zufällig im Raum anwesenden Versuchsleiter, der einer Eingebung folgend das Gespräch auf Band aufnahm. Als wir es ihr am nächsten Morgen vorspielten, deuteten alle Anzeichen darauf hin, daß sie sich an kein Wort dieser – übrigens völlig banalen – Unterhaltung erinnern konnte. Ein anderes Mal versetzte ein Kollege sie mit ihrer Einwilligung in hypnotische Trance, gab ihr eine Zeitungsnotiz zu lesen und trug ihr auf, deren Inhalt mit Angabe der Uhrzeit niederzuschreiben. Sie tat es und wurde dann geweckt; als ihr der Arzt ihre Handschrift mit der Zeitangabe auf einem Blatt Papier zeigte, reagierte sie derart hysterisch, daß wir – wohl zu Recht – befürchten mußten, sie habe in dieser Beziehung durchaus konkrete Ängste. Vermutlich war sie in ähnlicher Weise schon von ihrem Mann manipuliert worden. Ein weiterer Versuch bewies uns das, was ich vorhin schon erwähnte: daß ein Somnambuler oder Hypnotisierter nichts tun kann, das seiner Einstellung zuwiderläuft. Sie führte den Befehl, sich nach dem Erwachen aus der Trance mit ihrem Mann am Telefon über eine Ehescheidung auszusprechen, nicht aus. Wir mußten einsehen, daß sie eine Trennung auch unter den gegenwärtigen ungünstigen Umständen im Grunde nicht wünschte, und da schickten wir sie nach Hause.« Bob überlegte kurz. »All das erklärt aber wenig im Zusammenhang mit Elmquist«, meinte er.

»Nun, es könnte erklären, woher der Schlafwandler im Haus deines Auftraggebers weiß, daß dieser Mann ein Mandala besitzt«, sagte Dr. Bärrister.

Bob machte sich eine Notiz. »Haben Sie dazu auch einschlägige Erfahrungen?« fragte er Professor Arbiter.

»O ja. Hier ist noch ein Fall, der dich interessieren dürfte.« Sie schlug eine zweite Akte auf. »Ein Mann, der in Orange wohnt«, sagte sie. »Er hattc sich einen Nachschlüssel zum Haus seines Bruders besorgt, weil er wichtige Dokumente im Zusammenhang mit einem Rechtsstreit an sich bringen wollte. Der Bruder bekam Wind von diesem Vorhaben und richtete sich eine Alarmanlage ein. Eines Nachts wurde der andere Mann als Einbrecher gestellt. Seine Aussagen machten zwar glaubhaft, daß er die Tat in somnambulem Zustand begangen hatte und über diese Konsequenz entsetzt war, aber der widerrechtliche Besitz des Hausschlüssels reichte aus, um ihn vor Gericht zu stellen.«

»Komplizierter Fall für die Rechtsprechung«, stellte Bob fest.

»Ja, meinte Professor Arbiter. »Es ist verblüffend – und beängstigend. Es ängstigt die Menschen, die über die Gabe verfügen, derartige Wanderungen zu unternehmen, und es ängstigt auch die, denen so ein Somnambuler begegnet.«

»Sonny Elmquist hat Mr. Prentice wirklich Angst eingejagt!« sagte Bob. »Aber wie können wir sicher sein, daß er ein solcher Schlafwandler ist?«

»Das könnt ihr eben nicht«, sagte Professor Arbiter. »Er könnte sich bereiterklären, zu einigen kontrollierten Experimenten hierher zu kommen. Dann läßt sich vielleicht nachweisen, daß er diese eigenartige Fähigkeit besitzt. Andererseits ist es auch möglich, daß dabei gar nichts herauskommt.« Professor Arbiter hob die Brauen. »Ich verstehe«, sagte Bob. »Und Mr. Prentice kann ihn sich inzwischen nicht irgendwie vom Leibe halten?«

»Sonny Elmquist will nach Indien reisen«, erwähnte Bob noch. »Um dort Studien zu machen.«

Professor Arbiter nickte. »Es ist eine weit verbreitete Meinung, daß indische Weise Geheimnisse kennen, die dem westlichen Menschen nicht zugänglich sind«, sagte sie. »Ich bezweifle das. Wenn aber Mr. Elmquist wirklich zu diesen suggestiblen, also leicht beeinflußbaren Personen gehört, glaubt er vielleicht, er könne in Indien mehr darüber erfahren.« »Gut, so viel zu dem Auftauchen in Mr. Prentices Wohnung«, sagte Bob. »Aber was ist nun mit dem Pfarrer, der als Geist umgeht? Und mit Geistererscheinungen überhaupt?«

Professor Arbiter hob die Schultern. »Es ist mir bisher nicht gelungen, auch nur den geringsten Beweis dafür aufzutreiben, daß dieser Pfarrersgeist irgendwo existiert – außer in der Phantasie der Haushälterin. Vielleicht hat dein Freund den Spuk in der Kirche gesehen, vielleicht auch nicht. Ich habe selbst niemals einen Geist gesehen, und ich bin Geistern seit vielen Jahren auf der Spur.«

Es muß sich bei dieser Professorin ebenfalls um eine suggestible Person handeln, wenn sie in dieser wichtigen Frage auch nur mit einem Fragezeichen zu schließen vermag. Schulweisheit kann eben doch nicht alles erklären – das scheint die kluge Dame zu akzeptieren.

Die Opfer

Als Bob Andrews zur Universität Ruxton abgefahren war, rief Justus im Zentralkrankenhaus an. Er erfuhr, daß John Murphy nach der Behandlung der akuten Rauchvergiftung

in die Belvedere-Klinik verlegt worden war, wo sein Hausarzt angestellt war. Gwen Chalmers lag noch im Zentralkrankenhaus. Justus beschloß, zunächst sie aufzusuchen.
Er fand Miss Chalmers in einem Privatzimmer. Sie saß aufrecht im Bett und blickte starr zum Fenster hinaus.
»Hallo«, sagte sie zu Justus, als er im Türrahmen stand. »Du bist doch einer der jungen Freunde von Mr. Prentice, nicht?«
»Ja«, sagte Justus. »Wie geht es Ihnen?«
»Nicht schlecht, wenn man bedenkt, daß mich jemand umbringen wollte«, sagte sie. »Und Hunger habe ich auch. Aber sie wollen mir nichts zu essen geben, nur Quellstoffe und Milch.« Ungeduldig bewegte sie die Beine unter der Bettdecke.
»Laß dich bloß nie vergiften«, empfahl sie Justus.
»Ich werde mich hüten!« sagte er. Er sah die Frau aufmerksam an. Obwohl sie jetzt nicht sehr ausgeglichen war, wirkte ihr Gesicht nicht unsympathisch. An den Mundwinkeln waren Fältchen, als ob sie viel lachte.
»Was war es denn für Gift, wissen Sie das?« erkundigte sich Justus.
»Irgendeine Chemikalie, nichts Besonderes«, sagte Miss Chalmers. Es hörte sich fast ein wenig beleidigt an. »Die Polizei hat mir die Bezeichnung genannt, aber ich konnte sie mir nicht merken. Es war nichts wie Arsen oder Strychnin, also die klassischen Gifte, wie sie im Kriminalroman vorkommen.«
»Da hatten Sie Glück!« meinte Justus. »Hätte man Ihnen Strychnin verabreicht, so wären Sie bestimmt nicht hier!«
»Ich weiß ja, ich weiß! Ich sollte dankbar sein, daß mir von dem Zeug nur übel wurde. Daß jemand überhaupt vergiftete Pralinen bekommt, ist ja schon dramatisch genug.« Sie lachte.
»Konnte die Polizei dazu schon etwas ermitteln?«
»Sie sagten, die Herkunft des Giftes sei nicht festzustellen«, antwortete Gwen Chalmers. »Und die Pralinenpackung kann man überall kaufen.«
Ihr Blick wanderte zu der Topfpflanze, die auf ihrem Nachttisch stand.
»Ein Geschenk?« fragte Justus.
Miss Chalmers nickte. »Ich rief heute früh im Büro an, und kurz darauf kam schon die Pflanze.«

»Sie kommen mit Leuten gut aus, nicht?« meinte Justus.
Sie lachte. »Du fragst wie die Polizei! Sie waren den halben Vormittag über hier, um herauszukriegen, ob ich irgendwelche Feinde habe. Unsinn! Leute wie ich haben keine Feinde.«
»Dessen bin ich sicher«, sagte Justus. »Mr. Prentice wird sich darüber freuen, daß es Ihnen besser geht.«
»Er ist ein netter Mann«, sagte sie. »Ich mag ihn. Es freut mich, daß er sich jetzt einen Hund anschaffen will.«
Justus stand starr. »Diesen Karpatenhund?«
»Ja. Er erzählte mir . . .«
»Er erzählte Ihnen, er wolle sich einen Karpatenhund anschaffen?«
Sie zog die Brauen zusammen, als habe sie Mühe, sich zu erinnern. »Nein, wenn ich es recht überlege, hat er es mir doch nicht erzählt. Es war wohl eher Mrs. Boggle. Ja, jetzt weiß ich es wieder. Vorigen Samstag war ich zum Schwimmen draußen, und Mrs. Boggle drückte sich im Hof herum und tat so, als warte sie auf den Postboten. Da sagte sie, Prentice wolle sich einen Hund zulegen, hätte ihr aber noch nicht Bescheid gegeben. Sie war deshalb ganz außer sich. Sie meinte wohl, ein Hund im Haus könne stören, obwohl ich das nicht begreife. Alex Hassell versammelt ja auch dauernd all diese streunenden Katzen um sich.«
Justus nickte. »Sagen Sie, kann ich Ihnen aus Ihrer Wohnung etwas herbringen?«
Sie schüttelte den Kopf. »Man hat mich schon mit Zahnbürste und Kamm und allem, was eine Frau so braucht, versorgt«, sagte sie. »Und außerdem werde ich schon morgen oder übermorgen entlassen. Sie wollten mich nur ein paar Tage zur Beobachtung hierbehalten.«
Justus verabschiedete sich und ging nachdenklich weg.
Also war Miss Chalmers die Sache mit dem Karpatenhund ebenfalls bekannt gewesen, obwohl auch sie alles gänzlich mißverstanden hatte. Zweifellos wußte jedermann in der Wohnanlage, daß Mr. Prentice sich demnächst irgendeinen Hund anzuschaffen gedachte. Aber wie viele Leute wußten, daß dieser Hund in Wahrheit eine Kristallskulptur von der Hand des verstorbenen Künstlers Edward Niedland war?

Ob es Elmquist wohl wußte? Oder vielleicht Murphy? Es wäre interessant, Murphy zu der Sache zu hören.
Ein Taxi stand im Lieferantenbereich vor dem Krankenhaus. Der Fahrer räkelte sich zeitunglesend auf dem Sitz.
»Wissen Sie, wo die Belvedere-Klinik ist?« fragte Justus.
»Klar, Junge. Drüben bei der großen Kreuzung, Wilshire Boulevard und Yale Avenue.«
Justus stieg in das Taxi. »Dort möchte ich hin.«
»Schön.« Der Fahrer schaltete den Taxameter ein und fuhr los. Justus merkte, daß sie wieder in die Richtung des Appartementhauses am Paseo Place fuhren. Und wirklich stellte sich heraus, daß die Belvedere-Klinik, eine kleine Privatklinik, nur zwei Straßen davon entfernt war.
Justus zahlte und betrat das Gebäude.
Verglichen mit dem Zentralkrankenhaus herrschte hier Eleganz. Die Empfangshalle war mit einem dicken Teppich ausgelegt und geschmackvoll weihnachtlich dekoriert. Die Empfangsdame war nicht weiß bekittelt, sondern trug ein weich fallendes rosafarbenes Kleid. Sie rief in John Murphys Zimmer an und meldete, Justus Jonas sei in der Klinik und wolle Mr. Murphy besuchen. Dann lächelte sie und nannte Justus Mr. Murphys Zimmernummer.
Der Raum war ein großes Eckzimmer. Die Sonne schien durch zwei Fenster herein. Murphy lag im Bett, und sein sonst so gut durchblutetes Gesicht war so weiß wie das Kissen. Sein Neffe, Harley Johnson, saß am Fußende des Bettes in einem Armsessel und sah Murphy halb belustigt, halb mißbilligend an.
Murphy warf Justus einen erregten Blick zu, als der Erste Detektiv ins Zimmer trat. »Falls du vorhast, mir auch gute Ratschläge zu verpassen«, sagte er barsch, »dann laß es bitte sein. Harley hat mich für heute schon genügend eingedeckt.«
»Ich sagte schon immer, daß das Rauchen eines Tages noch dein Tod sein wird«, erklärte Harley. »Nur hätte ich es nicht ganz so schnell erwartet!«
»Ich war müde«, sagte Murphy. Es klang gereizt. »Ich war müde, sonst nichts. Normalerweise bin ich immer sehr achtsam. Ich habe im Schlafzimmer auch keine Zigaretten liegen.«

»Dann solltest du aber auch im Schlafzimmer schlafen und nicht auf dem Sofa«, sagte Harley.
Murphy stöhnte. »Es gibt doch nichts Schlimmeres als einen rechthaberischen Neffen.«
»Ist es so passiert?« fragte Justus. »Sie sind auf dem Sofa eingeschlafen, und die Zigarette ist Ihnen heruntergefallen?«
»Vermutlich ja«, gab Murphy zu. »Ich kann mir nicht vorstellen, wie es sonst hätte passieren können. Ich weiß noch, wie ich in die Wohnung kam – nach der Explosion in Mrs. Boggles Wagen – und mich müde hinsetzte. Ich wollte noch eine letzte Zigarette rauchen und dann zu Bett gehen. Und da muß ich eingenickt sein. Als ich wieder zu mir kam, war das Zimmer voller Rauch. Ich versuchte noch, zur Tür zu kommen. Dann weiß ich nichts mehr.« »Sie gingen in die falsche Richtung«, sagte Justus, »aufs Schlafzimmer zu.«
Murphy nickte. »Und du hast mich rausgeholt«, sagte er.
»Wir alle zusammen«, erklärte Justus. »Bob und Peter und Sonny Elmquist. Er hat als erster das Feuer bemerkt.«
»Sonderbarer kleiner Kerl«, knurrte Murphy. »Konnte ihn nie recht leiden. Und jetzt verdanke ich ihm mein Leben.«
»Mr. Murphy«, sagte Justus, »wußten Sie etwas von dem Hund, den sich Mr. Prentice anschaffen wollte?«
»Hund?« Murphy hob den Kopf vom Kissen. »Na – was sollte denn Prentice mit einem Hund anfangen? Ich habe gehört, seine Wohnung sei mit antikem Zeug vollgepackt. Ein Hund? Das soll wohl ein Witz sein?«
»Mrs. Boggle war darüber schon ganz aus dem Häuschen«, sagte Justus.
»Das ist bei ihr nichts Besonderes. Im übrigen gebe ich nichts auf das, was Mrs. Boggle sagt. Die redet mal dies und mal das daher.« Er streckte sich aus, als sei er sehr erschöpft. »Ich ziehe vielleicht weg«, sagte er. Er sah Justus an. »Ihr Jungen solltet auch nicht in dem Haus bleiben. Dort ist man nicht mehr sicher.«
Harley stand auf und trat an die Bettkante. »Mach dir jetzt deshalb keine Sorgen«, redete er seinem Onkel zu. »Der Arzt hat dir Ruhe verordnet. Ich werde in deine Wohnung gehen und für dich alles wieder in Ordnung bringen. Und wenn

es dir besser geht, können wir eine neue Wohnung suchen.«
Murphy lächelte. »Du bist ein guter Junge, Harley. Manchmal bist du mir ein besserer Vormund, als ich es dir bin.«
Harley und Justus gingen zusammen weg.
»Mein Onkel raucht zuviel«, sagte Harley. »Und er arbeitet zuviel und sorgt sich zuviel. Irgendwie bin ich fast froh darüber, daß der Brand bei ihm ausgebrochen ist.«
Justus warf dem jungen Mann einen schnellen Blick zu.
»Ich meine natürlich nicht, ich sei froh, daß er jetzt im Krankenhaus liegt und all das«, sagte Harley rasch. »Aber er war in letzter Zeit sehr nervös und schlief schlecht. Es fiel mir auf, als ich über Weihnachten bei ihm war. Er stand mehrmals auf und wanderte herum, wenn er glaubte, ich sei eingeschlafen. Ich könnte mir denken, daß seine Geschäfte schlecht gehen. Die Rauchvergiftung war nicht schlimm. Ihr Jungen habt ihn rechtzeitig ins Freie gebracht. Aber sein Arzt will ihn ein paar Tage im Bett behalten und ein paar Untersuchungen machen und dafür sorgen, daß er einmal wieder ordentlich schläft.«
»Das wird ihm sicher gut tun«, sagte Justus, als sie die Klinik verließen und den Wilshire Boulevard zum Paseo Place entlanggingen.
»In diesem Haus ging es in letzter Zeit recht turbulent zu. Sie waren in der Nacht, als eingebrochen wurde, nicht da, oder?«
»Du meinst, als der Einbrecher von der Parallelstraße her über den Hof lief? Nein, das habe ich versäumt. Ich war mit Freunden zum Abendessen ausgegangen und anschließend im Theater. Onkel John hat mir hinterher alles erzählt. Und jetzt höre ich, daß es noch eine Vergiftung und einen Bombenanschlag gegeben hat. Onkel John hat schon recht. Man ist dort seines Lebens nicht mehr sicher.«
»Hat vielleicht *Ihnen* jemand erzählt, Mr. Prentice wolle sich einen Hund zulegen?« forschte Justus.
»Nein. Wer hätte das tun sollen, außer meinem Onkel? Ich stehe schließlich nicht im Hof herum, wenn ich bei ihm zu Besuch bin. Die Stimme dieser Mrs. Boggle geht mir auf die Nerven.«

Harley pfiff durch die Zähne, als er die Fenster seines Onkels sah. Ein paar gezackte Glasscherben steckten noch in den Rahmen, und die verkohlten Vorhänge hingen in Fetzen herab. »Am besten lasse ich zuerst den Glaser kommen«, sagte er, während er einen Schlüsselbund aus der Tasche zog. »Drinnen ist sicherlich auch alles verwüstet. Da hatte ich mir den denkbar ungeeigneten Zeitpunkt für die Abreise von hier ausgesucht.« Er straffte sich in den Schultern und verschwand in Murphys Wohnung.

Justus verweilte noch kurz, ehe er die Treppe hinaufging. Er versuchte, sich die Zusammenhänge zurechtzulegen. War Gwen Chalmers wirklich ein unschuldiges Opfer? Hatte Murphy tatsächlich nichts von dem Karpatenhund gewußt? War Harley der neutrale Beobachter, als der er erschien?

Wenn ja, dann machte sich lediglich Sonny Elmquist verdächtig. Elmquist war der einzige Nachbar, der auch von dem Kristallhund wissen konnte. Und Elmquist war der einzige Mitbewohner, der jetzt noch im Haus war.

Dann fiel Justus noch etwas ein. Jemand wandte Gewalt an, um die Leute aus dem Haus zu schaffen. Würden die drei ??? als nächste an die Reihe kommen?

Der Karpatenhund

Als Justus bei Mr. Prentice klingelte, öffnete ihm Charles Niedland. »Komm herein«, forderte er den Ersten Detektiv auf. »Dein Freund Bob ist gerade aus Ruxton zurückgekommen, und er wird gleich mit seinen Neuigkeiten herausplatzen.«

Bob saß auf dem Sofa, sein Notizbuch aufgeschlagen vor sich. Mr. Prentice hatte vorsichtig auf einem zierlichen antiken Stuhl Platz genommen.

»Wie geht es Miss Chalmers?« fragte er.

»Sie ist bald wieder ganz auf der Höhe«, berichtete Justus.

»Sehr erfreulich«, sagte Prentice. »Und Mr. Murphy? Hast du den auch besucht?«

»Ja. Bei ihm waren die Folgen nicht so schlimm. Haben Sie das Lösegeld für den Hund bekommen?«
Charles Niedland wies auf eine braune Einkaufstüte auf einem Tischchen. »Noch selten im Leben war ich derart aufgeregt«, sagte er. »Meistens habe ich nur drei Dollar in bar und ein paar Kreditkarten bei mir. Und Fenton Prentice läuft mit zehntausend Dollar, klein gestückelt, in einer Papiertüte durch die Stadt!«
Justus sah die Tüte an und grinste. »Sehr gute Idee«, sagte er. »Die macht gar nichts von sich her. Sie ist praktisch unsichtbar.«

Unsichtbar – wie das gläserne Kunstwerk, unsere Titelfigur! Liegt hier der Hund begraben? (Nur ein Gedanke, der mir durch den Kopf ging; spinne ihn weiter, wer mag . . .)

Wieder klingelte es, und Charles Niedland ließ Peter herein. »Der Geschäftsführer im Supermarkt mag keine Jungen, die hinkommen und rumstehen und in Illustrierten blättern und nichts kaufen«, meldete er. »Er hat mich rausgeschmissen. Ich kaufte das ›Los Angeles Magazine‹, aber dableiben durfte ich trotzdem nicht.«
Peter flegelte sich auf das Sofa neben Bob. »Nicht weiter schlimm, glaube ich«, sagte er. »Wenigstens wissen wir, daß Sonny Elmquist jetzt gerade im Supermarkt ist. Und Hassell ist tatsächlich in dieses Motel gezogen.«
Bob beugte sich vor. »Gut. Dann nehmen wir uns Sonny Elmquist vor.«
»Was hast du herausbekommen?« fragte Justus.
»Daß er vermutlich ein Schlafwandler ist!« sagte Bob. Dann berichtete er weiter, was er in Ruxton über Somnambulismus und posthypnotische Befehle erfahren hatte.
»Das heißt also«, sagte Justus, als Bob alles erzählt hatte, »daß Elmquist möglicherweise einen Schlüssel zu Mr. Prentices

Wohnung besitzt und als Schlafwandler dort eindringt. Prentice zuckte zusammen und nickte.
»Ich halte es sogar für möglich, daß ihm seine Besuche bei Ihnen, Mr. Prentice, gar nicht bewußt sind. Wie er zu dem Schlüssel gekommen sein kann, wissen wir freilich noch nicht«, sagte Bob. »Wir können ja noch immer nicht behaupten, daß er es wirklich so macht. Aber wenn er ein solcher Schlafwandler ist wie die Leute, mit denen Professor Arbiter gesprochen hat, dann tut er es mit offenen Augen im Schlaf.«
»Phantastisch!« sagte Peter munter. »Also wäre für heute klar, daß er uns in Ruhe läßt. Einschlafen oder abhauen kann er nämlich nicht – dafür sorgt schon der Filialleiter!«
Fenton Prentice stand auf und verstaute die Tüte in einem mit Schnitzwerk verzierten Schränkchen, das er abschloß. »Bestimmt wird er nicht ausgerechnet durch die Tür hier schauen. Somnambule haben schließlich keinen Röntgenblick,« meinte er.
»Und wenn er es doch tut, kriegt er nichts als eine Papiertüte zu Gesicht«, stellte Bob fest. »Laut Professor Arbiter können die Schlafwandler, die im Schlaf Ausflüge machen, nichts unternehmen, was ein wacher Mensch nicht auch könnte.« »Ja«, sagte Justus, »aber daß Sonny Elmquist somnambul ist, wäre dann die Erklärung dafür, woher er Ihr Mandala kennt. Ebenso könnte er auch über den Karpatenhund Bescheid wissen. Er könnte ein Telefongespräch zwischen Ihnen und Mr. Niedland mitangehört haben. Aber als Einbrecher scheidet er aus. Er war in seiner Wohnung, als der Einbruch passierte.«
Justus zog die Stirn in Falten und zupfte an seiner Lippe. »Es ist schwer vorstellbar«, sagte er, »aber es ist die einzig einleuchtende Erklärung. Wenn es in diesem Haus keine zwei Personen gibt, die voneinander nicht zu unterscheiden sind, dann muß Elmquist ein Schlafwandler im Sinne von Professor Arbiters Theorie sein. Und ich glaube nicht, daß zwei Menschen, die einander aufs Haar gleichen, in einem Haus wohnen können, ohne daß es irgendwer merkt.«
»Bei Mrs. Boggle auf keinen Fall«, sagte Prentice.
»Allerdings ist all das noch keine Erklärung für die Lichtblitze hier in der Wohnung, die ja offenbar auch Elmquist auf ge-

heimnisvolle Weise erzeugt«, brachte Justus noch vor. »Dazu täte mir endlich ein Geistesblitz not.« Alle bis auf Mr. Prentice grinsten.

Peter war ans Fenster getreten und meldete, Murphys Neffe sei aus dem Haus gegangen.

»Dann sind wir jetzt unter uns.« Justus blickte nachdenklich auf das Schränkchen, worin Prentice das Lösegeld verborgen hatte. »Eine Tüte voller Bargeld«, sagte er. »Weil es in der Tüte steckt, ist das Geld unsichtbar.« Seine Miene hellte sich auf, und plötzlich funkelten seine Augen.

»He, Just, was ist denn?« fragte Bob, der daran erkannte, daß dem Ersten Detektiv ein Licht aufgegangen war.

»Soll ich euch eine Geschichte erzählen?« war Justs Erwiderung. »Red nicht um den heißen Brei!« sagte Peter gereizt. »Die Zutaten kannst du dir sparen!«

»Es ist ein Mordfall«, fuhr Justus unbeirrt fort. »Eine Erzählung, die ich vor langer Zeit gelesen habe. Es geht darin um einen Mord, der mit einer unsichtbaren Waffe verübt wurde.«

»Ja, und?« sagte Fenton Prentice.

»In der Geschichte«, sagte Justus, »saßen ein Ehepaar und ein Freund in einem Zimmer beim Essen. Der Ehemann und der Freund gerieten während des Essens in Streit, und daraus entwickelte sich bald ein fürchterlicher Kampf. Die Männer schlugen sich, und die Kerzen – die einzige Beleuchtung im Raum – stürzten dabei um. Da hörte die Frau ihren Mann aufschreien und spürte, wie etwas an ihrem Rock zerrte. Sie schrie laut, und die Diener kamen gelaufen. Sie fanden den Mann tot und die Frau mit blutverschmiertem Rock. Der Mann war erstochen worden – aber im Raum war keine Waffe zu finden. Die Bediensteten suchten und die Polizei ebenso, aber niemand konnte die Waffe entdecken. Zunächst zog man daraus den Schluß, der Mann sei von einem Dämon umgebracht worden.«

»War ganz praktisch, zu einer Zeit zu leben, in der man solche Schlüsse ziehen konnte«, bemerkte Charles Niedland.

»In Wahrheit verhielt es sich so«, erzählte Justus weiter, »daß er mit einer unsichtbaren Waffe getötet worden war – einem gläsernen Dolch. Der Mörder – der Freund, der mit dem

Paar gegessen hatte – hatte den Mann im Dunkeln erstochen und den gläsernen Dolch am Rock der Frau abgewischt. Dann steckte er den Dolch in einen Wasserkrug, der auf der Anrichte stand. Im Wasser war er nicht zu sehen. – Mr. Prentice, warum sollte jemand Miss Chalmers vergiften wollen?« fragte Justus. »Gibt es dafür irgendein Motiv außer der Tatsache, daß sie jeden Abend schwimmen ging?«

»Um Himmels willen!« sagte Charles Niedland.

»Und Mrs. Boggle«, fuhr Justus fort. »Gewiß ist sie fürchterlich naseweis, aber keiner wollte ihr ernstlich Schaden zufügen – bis sie sagte, sie würde das Becken leeren und reinigen lassen. Mr. Prentice, wir haben die ganze Zeit nach einem Kristallhund gesucht, der unsichtbar ist und dabei offen zutage liegt – genau wie der gläserne Dolch im Wasserkrug.«

»Das Schwimmbecken!« rief Bob. »Er ist in dem Becken!«

Justus stand da und strahlte, die Hände in die Seiten gestemmt. »Morgen sollen Sie den Kristallhund gegen das Lösegeld eintauschen. Wenn wir uns den Hund nun heute schon holen? Die Zeit ist bestens geeignet. Niemand außer uns ist im Haus.«

»Nicht zu fassen!« rief Prentice.

Justus grinste. »Bob«, sagte er, »stell dich an den hinteren Hofeingang und paß auf, daß keiner durchkommt. Peter, du überwachst die Straße vom Vordereingang aus.«

»Und was hast du vor?« wollte Peter wissen.

Justus war schon auf dem Weg zum Balkon, und sein Hemd hatte er halb aufgeknöpft. »Ich werde schwimmen gehen.«

Bob und Peter gingen auf ihren Posten, und Prentice und Niedland folgten Justus zum Schwimmbecken. Er zog sich bis auf die Unterhose aus und ließ sich bibbernd am flachen Ende ins Wasser gleiten.

»Jetzt nur Ruhe bewahren«, sagte Prentice besorgt.

Justus watete zum tiefen Ende vor und suchte die blauen und goldfarbenen Fliesen auf dem Beckenboden sorgfältig ab. Als ihm das Wasser bis ans Kinn reichte, tauchte er und ließ sich auf den Grund sinken. Dann arbeitete er sich mit kräftigen Beinschlägen dicht über dem Beckenboden vor.

Noch einmal stieß er sich mit den Beinen ab, und dann griff er nach etwas.

»Er hat ihn gefunden!« Fenton Prentices Stimme war ein erregtes Flüstern. »Er hat ihn tatsächlich gefunden!«
Justus kam flink an die Oberfläche. In der Hand hielt er einen Gegenstand, von dem eine Schnur herabbaumelte. Er paddelte zum Beckenrand und reichte Fenton Prentice seine Beute hinauf. »Der Karpatenhund!« rief der alte Herr. Er nahm die Skulptur entgegen und drehte und wendete sie in den Händen. Es war ein Werk von eigenartigem Reiz, diese Gestalt eines kraftvollen Hundes mit kantigem, schwerem Kopf. Die großen runden Augen waren goldgerändert, und goldener Schaum lag auf den kristallenen Lefzen. Die Figur maß von der Unterkante des Glassockels bis zu den Ohrspitzen knapp zwanzig Zentimeter. Zwischen den Beinen des Tieres lag ein Totenschädel. Um den Rumpf des Hundes war ein langes Stück goldfarbener Kordel geknotet.
»So einfach ist das«, sagte Justus. »Der Einbrecher mußte nicht einmal untertauchen. Er versenkte den Hund an dieser Kordel, bis er den Grund erreicht hatte, und dann ließ er los. Die goldene Schnur war vor dem wirren Mosaik aus Blau und Gold nicht zu sehen.«
»Genial!« sagte Charles Niedland.
»Kann ich ihn wieder haben?« wandte sich Justus an Fenton Prentice.«
»Wie?« fragte Prentice.
»Ich sagte: kann ich ihn wieder haben? Ich möchte ihn ins Becken zurücklegen.«
»Aber wozu das?«
»Weil der Einbrecher heute nacht vielleicht den Hund holen kommt. Er rechnet ja noch damit, daß Sie morgen das Lösegeld deponieren. Wir werden den Karpatenhund in sein Versteck zurückbringen, und dann werden wir den Monitor einschalten und den Einbrecher beobachten!«
»Aha.« Aber Fenton Prentice hielt den Hund fest an sich gedrückt.
»Recht vernünftige Idee, Fenton«, ermunterte ihn Charles Niedland.
»Aber . . . aber der Hund könnte Schaden nehmen – es könnte ein Stück absplittern, oder er könnte ganz zu Bruch gehen!«

»Bisher ist der Einbrecher achtsam mit ihm umgegangen«, sagte Justus. »Und das wird er auch weiterhin tun.«
Fenton Prentice seufzte und gab Justus die Kristallfigur zurück. Der Erste Detektiv ließ sie bedächtig an der Stelle, wo er sie gefunden hatte, ins Wasser sinken.
»Jetzt hätte ich gern ein Handtuch«, sagte er. »Es braucht keiner zu wissen, daß ich im Becken war. Auf den Platten hier dürfen keine nassen Fußspuren zu sehen sein.«
Charles Niedland sprang in großen Sätzen die Treppe hinauf und war nach einer Minute mit mehreren Handtüchern und einer dicken Badematte zurück. Justus stieg aus dem Wasser auf die Matte und trocknete sich flink ab.
»Hassell kommt!« Peter war vom Vordereingang herübergerannt. »Sag Bob Bescheid!« befahl Justus und griff dann hastig nach seinen Kleidern. »Schnell, alles rauf!«
Als die Gruppe schleunigst in Prentices Wohnung verschwand, waren auf den Stufen, die von der Straße zum Eingangstor führten, Schritte zu hören. Justus schaltete den Monitor ein und sah sich an, wie Alex Hassell unten steifbeinig über den Hof und in seine Wohnung ging.
»Er hat gar nicht zum Becken hingesehen«, sagte Justus.
»Warum sollte er?« meinte Bob.
»Weil die Wasserfläche nicht ganz glatt ist, obwohl ich sehr vorsichtig war. Das passiert immer, wenn jemand in ein Schwimmbecken steigt. Es wird noch eine ganze Weile dauern, bis das Wasser wieder ruhig daliegt.«
»Dann ist Hassell nicht der Einbrecher«, entschied Peter.
»Entweder das, oder er hat Grund zu der Befürchtung, daß man ihn beobachtet. Vielleicht hat er das bewegte Wasser sehr wohl bemerkt und ist nur zu raffiniert, um sich eine Reaktion ansehen zu lassen. Wir müssen abwarten.«
Im Hof begannen sich die Katzen zu versammeln. Sie bildeten einen stummen Halbkreis um Alex Hassells Tür und saßen wartend da. Gleich darauf kam Hassell mit ein paar Näpfen heraus. Er schaute den Katzen beim Fressen zu. Er streichelte sie und redete auf sie ein, dann zogen die Tiere wieder ab. Nach kurzer Zeit verließ auch Hassell das Haus.
Die Jungen halfen Fenton Prentice mit dem Abendessen, und

dann aßen sie alle, während jeweils einer der drei ??? den Monitor im Auge behielt. Um elf Uhr gingen im Hof die Lampen aus.
Peter holte seine Jacke aus dem Garderobenschrank. »So, und weiter geht's mit dem Wacheschieben auf dem Balkon.«
»Ich komm mit«, sagte Justus.
Bob stand auf. »Dann bin ich auch dabei. Heute nacht dürfte sich noch etwas tun – und das will ich nicht versäumen!«

Der »Mondsüchtige« in Aktion

Um Mitternacht wurde leise das Tor aufgeschlossen. Die schlanke, gebeugte Gestalt des jungen Elmquist tauchte unten auf und ging in die Wohnung. Hinter Elmquists Fenster wurde es kurze Zeit hell und dann wieder dunkel.
Die Beobachter auf dem Balkon warteten.
Eine Tür öffnete und schloß sich. Die drei ??? konnten sehen, wie sich drunten etwas bewegte!
Peter packte Justus beim Arm.
Eine Gestalt schlich langsam zum flachen Ende des Beckens. Lautlos ließ sie sich ins Wasser gleiten und bewegte sich darin vorwärts, wobei kaum Wellen entstanden.
Plötzlich hörten die drei ??? den Schwimmer tief Atem holen. Nun tauchte er mit einem schwachen Plätschern. Dann war unter Wasser ein Lichtstrahl zu sehen. Der Taucher hatte eine wasserdichte Stablampe bei sich. Der Strahl schweifte kreuz und quer über den Beckenboden.
Eine Hand erschien in der Lichtbahn. Sie streckte sich nach unten und schloß sich um einen unsichtbaren Gegenstand – den durchsichtigen Karpatenhund!
Die Gestalt tauchte wieder auf und entstieg dem Becken. Gleich darauf hörte man das Öffnen und Schließen einer Tür.
Peter griff hinter sich und klopfte leise an Prentices Tür. Sie ging sofort auf.
»Das war Elmquist!« flüsterte Peter.

Die drei ??? liefen treppab, mit Verstärkung durch Prentice und Charles Niedland.
Sonny Elmquists Fenster blieben dunkel.
»Vielleicht war er das als Schlafschwimmer«, sagte Peter ironisch.
»Unsinn!« erklärte Justus.
»Elmquist!« brüllte er. »Elmquist, machen Sie auf! Aufmachen, oder ich hol die Polizei und laß die Tür aufbrechen!«
Die Tür ging auf. Da stand Elmquist im Bademantel, unter dem die nackten Beine und Füße hervorschauten.
»Was ist denn?« fragte er. »Ich habe geschlafen. Was wollt ihr?« Justus griff hinter den Türrahmen und knipste in der Wohnung einen Lichtschalter an. Der Schein einer Lampe enthüllte, daß Elmquists schwarze Haare triefnaß am Kopf klebten.
»Sie waren im Schwimmbecken«, sagte Justus anklagend.
»Nein, ich war nicht . . .« Elmquist suchte nach Ausflüchten, spürte dann aber, wie ihm ein Wassertropfen aus dem Haar übers Gesicht rann. »Ich war gerade unter der Dusche«, sagte er.
»Nein, Sie waren im Schwimmbecken«, stellte Justus unbeirrt fest. »Nasse Fußspuren führen zu Ihrer Tür.«
Elmquist sah sich den Beweis an und zuckte die Achseln.
»Na schön, dann war ich eben im Schwimmbecken. Im Supermarkt war den ganzen Tag viel Betrieb, und beim Schwimmen kann man sich gut entspannen. Was ist dabei?«
»Wo ist der Karpatenhund?« rief Prentice. »Sie Halunke! Sie Räuber!«
»Ich weiß gar nicht, wovon Sie reden«, sagte Elmquist. Aber er blickte verstohlen und hastig in Richtung Küche.
»Dort in einem Schrank, vermute ich«, sagte Justus. »Sie hatten noch keine Zeit, ihn anderswo zu verstecken.«
»Du spinnst ja!« protestierte Elmquist.
»Mr. Prentice«, sagte Justus. »Sie sollten wohl besser die Polizei verständigen. Sie sollen herkommen, mit einem Haussuchungsbefehl.«
»Das geht nicht!« rief Elmquist. »Mitten in der Nacht kriegt ihr keinen Haussuchungsbefehl!«

»Möglich«, meinte Justus. »Na, dann warten wir eben bis morgen früh und lassen dann die Haussuchung machen. Inzwischen bleiben wir unten im Hof, und Sie werden Ihre Wohnung nicht unbeobachtet verlassen können.«

»Das könnt ihr nicht machen!« Elmquist schrie es beinahe heraus. »Das . . . das ist Nötigung!«

»Wieso denn?« sagte Justus gelassen. »Daß wir uns im Hof hinsetzen, wo es uns nicht entgehen kann, wenn Sie abhauen, darf uns niemand verbieten. Aber handeln Sie sich doch nicht noch mehr Schwierigkeiten ein. Geben Sie uns jetzt gleich den Kristallhund, dann brauchen wir die Polizei nicht zu bemühen.«

Elmquist starrte den Ersten Detektiv sekundenlang an und trat dann vom Türrahmen zurück. »Er ist im Backofen«, sagte er mit dumpfer Stimme. »Ich hätte ihn Ihnen zurückgebracht, Mr. Prentice. Ehrlich.«

Fenton Prentice schnaubte verächtlich. »Ja, und erst die zehntausend abkassiert!«

»Zehntausend?« Sonny Elmquist war sichtlich verblüfft. »Welche zehntausend?«

»Das wissen Sie nicht?« fragte Justus. »Sie wissen tatsächlich nichts von dem Geld?«

Sonny Elmquist starrte die anderen an. »Für die Wiederbeschaffung des Hundes hatte ich wohl eine kleine Belohnung von Mr. Prentice erwartet – aber doch nicht zehntausend Dollar!«

Fenton Prentice ging an Elmquist vorbei zur Küche. Er öffnete die Tür des Backofens. Da war der Kristallhund, noch immer mit der um den Leib geknoteten Kordel.

»Mr. Prentice, ich glaube nicht, daß er in die Sache mit dem Geld verwickelt ist«, sagte Justus. »Er ist nicht der Einbrecher. Er ist nur ein Somnambuler, der zufällig etwas beobachtet hat, das auch in sein waches Bewußtsein gedrungen ist.«

Sonny Elmquist zuckte zusammen und wurde noch um einige Schattierungen bleicher. Sein Adamsapfel hüpfte beim Schlukken auf und nieder.

»Was haben Sie gesehen, Elmquist?« fragte Justus. »Wenn Sie hier einschlafen, während der Fernseher läuft, und wenn

Sie dann glauben irgendwo anders zu sein – was sehen Sie dann?«
Elmquist zitterte am ganzen Körper.
»Ich kann nichts dafür«, sagte er. »Ich bin einmal am Schwimmbecken aufgewacht. Ich kann doch nichts dagegen tun, oder?«
»Was haben Sie gesehen?« bohrte Justus weiter.
»Ich sah einen Hund, einen gläsernen Hund. Ich sah jemand, der den Hund ins Wasser setzte. Wer es war, weiß ich nicht.«
»Ich glaube«, sagte Justus zu seinen Freunden, »er sagt die Wahrheit.«

Lösegeld-Blüten

Sonny Elmquist war sichtlich in Bedrängnis. »Hört mal, ihr Burschen, ich habe den Hund für Mr. Prentice aus dem Becken gefischt. Ich wollte ihm das Ding zurückgeben. Wirklich, das hatte ich vor. Und gestohlen habe ich ihn schon gar nicht.«
»Nein«, sagte Justus, »das waren nicht Sie. Sie schliefen während des Einbruchs. Aber Sie versteckten den Kristallhund sofort, als Sie ihn gefunden hatten. Das macht keinen sehr guten Eindruck.« Charles Niedland lehnte sich gegen die Wand. »Ziehen Sie sich an und kommen Sie mit rauf«, befahl er. »Wir wollen Sie oben bei uns im Auge behalten.«
Elmquist funkelte Niedland böse an. »Sie haben kein Recht dazu, mich herumzuschikanieren!« rief er mit überkippender Stimme. »Das Haus gehört schließlich nicht Ihnen.«
»Und Sie haben kein Recht dazu, ungebeten meine Wohnung zu betreten, in keinerlei Gestalt«, sagte Fenton Prentice. »Tun Sie, was er Ihnen sagt, sonst rufe ich die Polizei und lasse Sie wegen Hehlerei festnehmen! Wie kommen Sie überhaupt zu einem Schlüssel für meine Wohnung?« herrschte er den jungen Mann an.
Elmquist wurde blaß und dann rot. »Ich finde mich ja überhaupt nicht mehr zurecht«, gestand er, sichtlich verwirrt.

»Einmal bin ich aufgewacht, wie ich vor Mrs. Boggles Wohnungstür stand und ihr einen Schlüssel gab, den sie sofort wegsteckte. Das machte mir Angst. Ich glaube, sie wußte über mich Bescheid und hat es irgendwie ausgenützt.«
»Gut, das werden wir überprüfen, wenn Mrs. Boggle zurückkommt«, sagte Justus. »Aber da ist noch etwas, Mr. Elmquist. Wie haben Sie die Lichtblitze in Mr. Prentices Arbeitszimmer erzeugt?«
Elmquist erstarrte. »Ich wollte das Mandala sehen, ich wollte es mir genau einprägen«, stieß er hervor. »Es hat mich fasziniert. Ich hatte es einmal gesehen, als ich in Mr. Prentices Wohnung wach wurde. Und dann versuchte ich immer wieder, es von der Straße aus zu studieren. Mit einer Taschenlampe und einem Spiegel. Das Bild hing ja an der Decke, gleich beim Fenster. Aber es ist mir nie gelungen, das Mandala im Spiegel zu sehen.«
»Dafür ist es Ihnen gelungen, Mr. Prentice tüchtig zu erschrekken«, hielt ihm Justus vor. »Der Strahl Ihrer Taschenlampe brach sich in der Glasscheibe vor dem Mandala und wurde von dort in den Raum gelenkt, ziemlich genau an den Arbeitsplatz am Schreibtisch.« Der Erste Detektiv nickte befriedigt. »So ähnlich hatte ich es mir vorgestellt«, sagte er. »Unglaublich!«
Elmquist drehte sich um und knallte die Schlafzimmertür hinter sich zu. Die Jungen hörten, wie Schranktüren aufgerissen und Schubladen herausgezogen wurden. Nach ein paar Minuten kam Elmquist zurück, in schwarzem Pullover und heller Hose.
»Sie bleiben bis morgen früh in meinem Wohnzimmer, und schlafen Sie bloß nicht ein!« sagte Prentice.
Elmquist nickte mürrisch.
Prentice nahm behutsam seinen Kristallhund in den Arm. »Justus, ich nehme an, du hast noch immer vor, heute nacht den Einbrecher zu überführen?«
»Nach Möglichkeit ja – wenn wir ihn mit unserem Lärm nicht schon vertrieben haben.«
Prentice händigte ihm widerstrebend den Hund aus, und dann führten er und Charles Niedland den jungen Elmquist die

Treppe hinauf. Die drei ??? setzten den Hund wieder ins Bekken und nahmen ihren Wachtposten auf dem Balkon ein. Wenn der Einbrecher tatsächlich vorhatte, sich den Hund wieder zu holen, so doch nicht in dieser Nacht. Die langen, dunklen Stunden in der Kälte gingen ereignislos vorüber, und endlich kam grau und neblig die Morgendämmerung.
»Eigentlich brauchte er den Hund gar nicht aus dem Becken zu holen«, meinte Justus schließlich. »Er müßte nur von Mr. Prentice das Geld kassieren und ihm dann sagen, wo der Hund ist.«
Die Tür hinter den Jungen öffnete sich. »Frühstück?« erkundigte sich Fenton Prentice. Er war wie immer sorgfältig gekleidet und wirkte gut erholt.
Alle setzten sich zum Essen hin, nur Sonny Elmquist nicht. Er räkelte sich auf einem Stuhl im Arbeitszimmer und wollte weder essen noch reden.
Nach dem Frühstück nahm Justus die Zeitung vom Vortag zur Hand und schnitt sie in kleine Rechtecke – jedes etwa fünf Zentimeter breit und zwölf Zentimeter lang.
»Was machst du denn da?« fragte Bob.
»Der Einbrecher müßte uns jetzt bald mitteilen, wann das Lösegeld abzuliefern ist. Dann sollten wir einen Packen Geld für ihn bereithalten«, sagte Justus. »Mr. Prentice weiß ja, wo sein Hund ist, also braucht er kein echtes Geld abzuliefern.«
»Wieso überhaupt was abliefern?« meinte Peter.
»Weil wir genau erfahren müssen, wer der Einbrecher ist«, sagte Justus. »Das Geldpaket behandeln wir mit meiner Spezialpaste. Vielleicht können wir nicht selbst beobachten, wie sich der Einbrecher das Geld holt. Aber wenn er mein Paket anfaßt, hat er binnen kurzem dauerhafte schwarze Flecken an den Händen. Und dann haben wir ihn!«
»Du nimmst also nach wie vor an, daß wir ihn kennen«, sagte Fenton Prentice.
»Natürlich kennen wir ihn«, sagte Justus frohgemut. »Er kennt Gwen Chalmers' Vorliebe für Süßes. Er weiß, daß Mrs. Boggle um vier Uhr früh zum Einkaufen fährt. Er *muß* ein Hausbewohner sein!«
»Hassell!« rief Peter. »Der ist als einziger noch übrig!«

Justus lächelte, sagte aber nichts.
»Du weißt, wer es ist!« sagte Prentice.
»Ich weiß es, kann es aber nicht beweisen«, erklärte ihm Justus. »Noch nicht. Erst wenn er sich das Lösegeld holen will, kriegen wir unseren Beweis!«
Mehr wollte Justus dazu nicht sagen. Als um zehn die Post kam, hatte er zwei Stapel zugeschnittenen Zeitungspapiers säuberlich auf dem Wohnzimmertisch stehen.

Der Erste Detektiv weiß also bereits, wer der Dieb und Erpresser ist? Ich finde das ziemlich spekulativ; wohlweislich hüllt sich Justus noch in Schweigen.

Der Postbote warf bei Fenton Prentice einen Brief ein – einen maschinengeschriebenen Brief ohne Unterschrift.

WICKELN SIE DAS GELD IN PACKPAPIER EIN UND STECKEN SIE ES PUNKT FÜNF HEUTE NACHMITTAG IN DEN ABFALLEIMER AM PARKEINGANG.

Diese Mitteilung stand auf einem einfachen weißen Bogen, und der Poststempel auf dem Umschlag war vom Vortag.
»Gut!« sagte Justus mit zufriedenem Lächeln. Er machte sich daran, auf die zuoberst liegenden Zeitungsgeldscheine Paste aufzutragen, während Mr. Prentice einen Bogen Packpapier holen ging. Dann wickelte er die Lösegeld-»Blüten« ein und bestrich das Päckchen auch von außen mit Paste.
»So«, sagte er zu Mr. Prentice. »Um fünf gehen Sie einfach zur Ecke runter und stecken das in den Abfalleimer, wie es der Einbrecher haben will. Ihre Hände können Sie mit alten Handschuhen vor der Paste schützen. Vorher verständigen Sie natürlich die Polizei. Dann verteilen die sich im Park, und wenn der Einbrecher das Geld holen kommt, schnappen sie ihn.«

»Und wenn nun irgendein Tippelbruder das Paket mitgehen läßt?«, sagt Prentice. »Es wimmelt ja nur so von Leuten, die im Abfall wühlen.«
»Der Einbrecher wird dafür sorgen, daß es nicht dazu kommt«, sagte Justus. »Der paßt schon auf.«
»Sind wir denn beim letzten Akt nicht dabei?« wollte Peter wissen.
»Doch, freilich. Um fünf haben wir den Abfalleimer auch im Blick. Sie werden uns nicht sehen, Mr. Prentice, aber wir werden zur Stelle sein!«

Jetzt ist Justus endgültig sicher, das ahnt man. Wichtig ist der Text des Erpresserbriefs – jede einzelne Angabe zählt! Na, versucht es nur!

Ein perfektes Alibi

Um viertel vor fünf hatten sich Bob, Peter und Justus im Gebüsch neben dem Pfarrhaus versteckt. Der kleine Park am Ende der Straße war menschenleer bis auf einen Wächter, der mit einem Sack und einem spitzen Stock die Wege abschritt und Abfall aus dem Rasen aufspießte.
»Der Einbrecher kommt vom Wilshire Boulevard her«, prophezeite Justus.
Ein Lieferwagen mit Zeitungen kam die Straße entlanggefahren und hielt nahe beim Parkeingang an. Ein Mann sprang hinten ab, nahm einen Packen Zeitungen heraus und setzte diesen auf den Bürgersteig. Dann fuhr der Wagen weiter, und der Mann blieb bei den Zeitungen stehen, offenbar auf Kundschaft wartend.
Hinter den Jungen ging im Pfarrhaus ein Fenster auf. »Ich finde«, sagte eine wohlbekannte Stimme, »ihr könntet es bequemer haben, wenn ihr hier drinnen warten wolltet!«

Peter fuhr herum. Pfarrer McGovern stand pfeiferauchend am offenen Fenster.
»Das Auflauern im Gebüsch macht sich nicht gut«, sagte er. »Kommt an die Haustür, dann lasse ich euch rein. Von hier aus könnt ihr alles überblicken.«
Justus Jonas spürte, wie ihm die Röte ins Gesicht stieg.
»Man sieht euch nämlich«, sagte der Pfarrer. »Kommt jetzt herein. Die Polizei wird es nicht sehr schätzen, daß ihr euch schon wieder einmischt.«
Da krochen die Jungen hastig aus dem Gebüsch und gingen ins Pfarrhaus.
»Ich sah euch schon auf der Straße kommen«, erklärte der Pfarrer. »Die Männer da draußen – der mit den Zeitungen und der mit dem Sack – warten auf jemand. Hat das mit Earl und dem Einbruchdiebstahl zu tun?«
»Ich glaube, es sind verkleidete Polizisten, Herr Pfarrer«, sagte Justus.
»Von einem weiß ich es sogar sicher«, entgegnete der Pfarrer. »Der Mann mit dem Sack ist Sergeant Henderson. Er hat Earl einmal im Krankenhaus besucht. Dort bin ich ihm begegnet. Den anderen – den Zeitungsverkäufer – kenne ich nicht. Aber da vorn am Park steht normalerweise kein Zeitungsverkäufer.«
»Sie würden einen ganz guten Detektiv abgeben, Herr Pfarrer!« sagte Bob. »Wie geht es Earl?«
»Er wird bald wieder auf den Beinen sein. Es hat ihm wohl gut getan zu erfahren, daß ihn vermutlich jemand niederschlug. Er will nichts davon wissen, daß er gestürzt sein könnte.« Der Pfarrer zündete seine Pfeife, die ausgegangen war, wieder an. »Mrs. O'Reilly hat heute nachmittag frei«, sagte er. »Deshalb rauche ich im Wohnzimmer.«
Justus Jonas grinste. Dann sah er auf die Uhr. »Gleich fünf«, verkündete er.
Fenton Prentice kam mit dem in braunes Papier gehüllten Paket die Straße entlang. Beim Zugang zum Park hielt er an. Dort stand ein Abfalleimer, der beinahe überquoll. Prentice sah sich um, stopfte dann das Paket in den Eimer und ging auf der Straße wieder zurück.

Und da bog ein Mann um die Ecke des Wilshire Boulevard. Er sah entsetzlich verkommen aus. Der Kragen seines zerlumpten Mantels war hochgeschlagen, damit man nicht sehen sollte, daß er kein Oberhemd trug. Die Knie seiner Hose waren ausgebeult, und der Saum des einen Hosenbeins war zerrissen.

»O je«, sagte Pfarrer McGovern. »Der arme Kerl kann einem leid tun.«

Der Landstreicher näherte sich dem Eingang zum Park. Der Wächter stand wenige Schritte von ihm entfernt und bückte sich gerade, um etwas im Gras Entdecktes näher zu untersuchen. Der Zeitungsverkäufer zählte seine Zeitungen.

Der zerlumpte Mann stöberte im Abfalleimer. Keine Sekunde später hatte er das braune Paket in den Händen. Dann verschwand es unter seinem Mantel.

Der Zeitungsverkäufer lief auf den Landstreicher zu.

Der Parkwächter ließ Sack und Stock fallen und lief auch los. Der Landstreicher sah die beiden kommen. Blitzschnell sauste er zur Straße vor. Peter stieß das Fenster auf und sprang aus dem Zimmer.

Ein Auto hupte laut, und der Fahrer riß das Lenkrad herum, um den Mann nicht zu überfahren. Der Kerl rannte weiter. Gerade als Peter losspurtete, brüllten die Polizisten ein Kommando. Einer feuerte einen Schuß in die Luft ab. Der Landstreicher hatte die Kreuzung am Wilshire Boulevard erreicht, bog rechts ab und war verschwunden.

»Entschuldigen Sie mich, Herr Pfarrer!« sagte Justus und setzte sich ebenfalls durchs Fenster ab. Bob kam als Letzter nach.

»He, ihr Jungen!« schrie der Polizist, der sich als Zeitungsverkäufer getarnt hatte. »Aus dem Weg hier!« Er winkte Peter, um ihn zu stoppen.

Ein Streifenwagen kam angebraust und hielt mit quietschenden Reifen an. »Er ist auf dem Wilshire Boulevard nach Westen gelaufen!« rief Sergeant Henderson, der Parkwächter, dem Beamten im Wagen zu.

»Warten Sie!« brüllte Justus.

Die Polizisten starrten ihn unwillig an. »Was soll das?« fragte einer.

»Nichts überstürzen«, sagte Justus. »Ich weiß, wo der Einbrecher ist – samt seinem Paket mit falschem Lösegeld. Er wird nicht einmal den Versuch machen, sich zu verstecken. Er hat nämlich ein perfektes Alibi.«

»Ach, du bist also der kluge Junge, von dem Mr. Prentice erzählte«, sagte Sergeant Henderson. »Na schön, und wo ist er nun?«

»Er ist – spätestens in ein paar Augenblicken – in der Belvedere-Klinik«, sagte Justus Jonas. »Die ist nur ein paar Straßen von hier.«

Der Mann am Lenkrad des Streifenwagens verzog das Gesicht, sagte dann aber: »Schön, steigt ein!«

Die drei ??? drängten sich flink auf den Rücksitz. Der Wagen raste davon und hatte gleich darauf die Klinik erreicht. Die Empfangsdame im rosa Kleid war hell empört, als die drei ??? und die Polizisten an ihrem Schreibtisch vorüberhasteten, ohne sich überhaupt an sie zu wenden.

Im zweiten Stock trafen sie eine Krankenschwester, deren Dienst gerade begonnen hatte. Sie blieb stehen und riß die Augen auf. »Wen möchten Sie besuchen?« fragte sie streng. »Von der Anmeldung habe ich keinen Bescheid!«

»Geht auch so«, sagte Justus. Energisch schritt er den Flur entlang, auf das große Eckzimmer zu, wo John Murphy lag. Die Tür war geschlossen. Justus stieß sie auf und fand Murphy im Bett, die Decke bis zum Kinn heraufgezogen. Der Fernsehapparat an der Wand gegenüber dem Bett war eingeschaltet. Murphy wandte den Blick vom Bildschirm ab und sah die Besucher im Türrahmen an.

»Was gibt es denn?« fragte er.

»Ist das Geldpaket im Schrank, Mr. Murphy?« wollte Justus wissen. »Oder haben Sie es unter der Bettdecke versteckt?«

Murphy setzte sich auf. Sein Gesicht war gerötet, und er schnaufte heiser. Die Bettdecke verrutschte. Er trug eine zerlumpte Jacke und kein Oberhemd.

Justus öffnete die Schranktür. Da lag das Paket, noch nicht einmal geöffnet.

Murphy stöhnte laut.

»Auch wenn Sie es auf dem Rückweg zur Klinik irgendwo deponiert hätten, wüßten wir Bescheid«, sagte Justus. »Es war

mit Spezialpaste behandelt, und bald werden Ihre Hände voll schwarzer Flecken sein.«
Murphy sah auf seine Hände nieder.
Sergeant Henderson trat vor. »Sie können die Aussage verweigern«, erklärte er Murphy. »Sie haben das Recht . . .«
»Schon gut«, sagte der Mann im Bett. »Ich kenne meine Rechte. Ich ziehe mich an – und ich möchte mit meinem Anwalt telefonieren.«
Der Sergeant starrte die drei ??? an. »Prentice sagt, ihr wärt in Ordnung«, meint er. »Ein perfektes Alibi. Eine Privatklinik. Wer käme auf die Idee . . .«
»Murphy hat das Feuer in seiner Wohnung selbst gelegt!« sagte Justus. »Er brauchte einen Vorwand, um in die Klinik zu kommen! Er wußte, daß zwischen Weihnachten und Neujahr nicht viele Patienten hier sein würden. Und verletzt oder behindert war er ja nicht. Als er den Dienstplan der Schwestern erst spitzgekriegt hatte, konnte er nach Belieben ein- und ausgehen. So streng bewachten sie ihn nicht – er sollte doch viel schlafen!«

Besuch bei Alfred Hitchcock

Es war Mitte Januar, als es den drei ??? endlich glückte, einen Termin bei Alfred Hitchcock zu bekommen. Sie trafen den berühmten Filmregisseur in seinem Büro, wo er gerade in einer Kunstzeitschrift blätterte.
»Wenn ihr mir die Geschichte des Karpatenhundes erzählen wollt«, sagte Alfred Hitchcock, »so könnt ihr euch die Mühe sparen. Hier ist ein Artikel mit Fotos über das Werk des verstorbenen Edward Niedland. Der Kristallhund ist auch abgebildet, und die alte Sage wird erzählt.«
Mr. Hitchcock legte die Zeitschrift hin. »Aber wenn ihr mir berichten wollt, wie der gestohlene Hund wieder zu Fenton Prentice gelangt ist, werde ich mir das mit Vergnügen in aller Ausführlichkeit anhören. Die Pressemeldungen waren recht dürftig.«

»Mr. Prentice will Aufsehen vermeiden«, sagte Bob.
»Das kann ich mir denken«, meinte Alfred Hitchcock. »Allerdings erwähnt er in einem Interview, daß drei Jungen aus Rocky Beach ihm in dankenswerter Weise behilflich waren, und da tippte ich gleich auf euch.«
Bob reichte dem Regisseur einen Schnellhefter. »Aha!« sagte Alfred Hitchcock.
Wie üblich gab er keinerlei Äußerungen von sich, bis er Bobs Bericht gründlich studiert hatte. Als er damit fertig war, schloß er den Hefter und saß einen Augenblick mit gerunzelter Stirn da.
»Erstaunlich!« rief er dann. »Und mich setzt nichts so leicht in Erstaunen. Ein Mensch, der sich hinlegt und schläft, dann wieder aufsteht und schlafend auf Wanderschaft geht! Und der sich in einen »Spionagefall« hineinziehen läßt, ohne daß es ihm recht bewußt wird! Diese neugierige Mrs. Boggle hat also herausgefunden, daß er somnambuliert, und ihn ganz kalt für ihre unlauteren Absichten eingesetzt.«
»Ja, sie hat ihm mehrmals, als sie ihn spät abends auf dem Hof schlafwandelnd antraf, den Auftrag gegeben – gewissermaßen einen Befehl unter Hypnose –, sich mit ihrem Zweitschlüssel zu Prentices Wohnung dort einzuschleichen, nach einer Viertelstunde die Wohnung wieder zu verlassen, an ihre eigene Wohnungstür zu kommen und ihr von Gesehenem oder Gehörtem zu berichten. Den Zweitschlüssel hat sie ihm natürlich jedesmal wieder abgenommen. All dies wäre Elmquist bei glattem Verlauf gar nicht bewußt geworden. Wie wir aber von ihm hörten, ist er dabei einmal aufgewacht, und deshalb erinnerte er sich hinterher an den Vorfall.«
»Er gibt sein besonderes Talent nur ungern zu«, sagte Bob. »Wie Professor Arbiter sagt, verheimlichen das viele dieser Somnambulen. Es macht ihnen Angst.«
»Begreiflich!« sagte Mr. Hitchcock. »Ja, und du, Justus – wie konntest du wissen, daß Murphy der Einbrecher war?«
»Das war ganz einfach, ein reiner Eliminierungsvorgang«, sagte Justus. »Erst machte ich mir klar, daß der Einbrecher jemand aus der unmittelbaren Umgebung sein mußte – jemand, dem bekannt war, daß die Kirchenschlüssel im Pfarrhaus im

Schrank hingen. Als Miss Chalmers und Mrs. Boggle von der Bildfläche verschwanden, wußte ich, daß der Einbrecher nur ein Hausbewohner sein konnte. Nur ein solcher konnte über die Gewohnheiten der übrigen Mieter hinlänglich Bescheid wissen – und nur ihm konnte bekannt sein, daß das Schwimmbecken ein sicheres Versteck war, wenn die anderen erst aus dem Weg geräumt waren. Sonny Elmquist schlief bekanntlich, als der Einbruch stattfand, also konnte er nicht der Täter sein. Harley Johnson hatte für den Abend des Einbruchs ein nachprüfbares Alibi. Blieben also Alex Hassell und John Murphy. Sowohl Hassell als auch Murphy waren zur Tatzeit nicht zu Hause«, fuhr Justus fort. »Und beide hörten Mrs. Boggles Ankündigung, sie wolle das Schwimmbecken ablassen. Später fiel mir ein, daß Murphy dabei erschrak. Und noch am selben Abend fuhr er weg, irgendwohin.«
»Zweifellos, um den Sprengsatz zu besorgen«, warf Mr. Hitchcock ein. »So etwas bewahrt man kaum in der eigenen Wohnung auf.«
»Er ging zu einem Freund, der Chemikalien herstellt«, sagte Justus. »Der Sprengsatz, den er in Mrs. Boggles Wagen anschloß, war nicht lebensgefährlich, erzeugte aber einen heftigen Knall und viel Rauch. Er wollte sie nur damit erschrecken, so daß sie die Sache mit dem Schwimmbecken noch einen Tag oder zwei Tage aufschieben sollte. So viel Zeit benötigte er – einen Tag, zwei Tage. Hätte es in Murphys Wohnung nicht gebrannt, so wäre ich schon früher sicher gewesen, daß er der Einbrecher war. Einen Unfall hielt ich von Anfang an für ausgeschlossen, weil Murphy tatsächlich immer sehr sorgsam mit seinen Zigaretten umging. Es sah eher so aus, als sei auch er ein Opfer des Verbrechers geworden. Zwar hatte er zum Schwimmbecken keine ersichtliche Verbindung, aber ich glaubte, der Einbrecher wolle einfach alle in Frage kommenden Zeugen beseitigen. Also ging ich davon aus, daß Alex Hassell der Täter sein könnte – daß er in Murphys Wohnung eingedrungen war und dort Feuer gelegt hatte. Ihn hätten wir dabei nicht unbedingt sehen müssen. Als der Brand ausbrach, hatten wir den Monitor nicht so genau im Blick. Hassell hätte dann wieder zum Motel fahren können, um sich ein

Alibi zu verschaffen, genau wie Murphy sich dann selbst den Klinikaufenthalt verordnete. Aber als der Brief mit der Anweisung für die Übergabe des Lösegelds kam, wurde mir klar, daß der Einbrecher nicht Hassell sein konnte. Es mußte Murphy sein. Das Lösegeld sollte Punkt fünf Uhr in den Abfalleimer beim Park deponiert werden, und zu dieser Zeit füttert Hassell seine Katzen! Hätte Hassell den Einbruch begangen, so wäre als Übergabetermin eine andere Uhrzeit genannt worden – niemals fünf Uhr nachmittags.«
Alfred Hitchcock lachte. »Nein. Fünf Uhr – nie. Auch wenn er daran gedacht hätte, seine Katzen einmal im Stich zu lassen, hätte er diese Zeit nicht anzugeben gewagt. Seine Abwesenheit wäre ja aufgefallen. Aber wieso ist Murphy wegen zehntausend Dollar ein solches Risiko eingegangen? Er war doch ein bekannter Börsenmakler. War er so sehr in Geldverlegenheit?«
»Er bildete es sich wenigstens ein«, erwiderte Justus. »Er hat gestanden, daß er als Harleys Vormund vom Konto seines Neffen Geld für seine eigenen Spekulationen an der Börse abgehoben hatte. Und das hatte er alles verloren. Im nächsten Monat wird Harley volljährig. Dann wäre Murphy für das fehlende Geld zur Rechenschaft gezogen worden – und die Erklärung hätte ihn ins Gefängnis gebracht. Also brauchte er dringend zehntausend Dollar, um Harleys Konto wieder aufzufüllen.«
Alfred Hitchcock seufzte. »Eine traurige Geschichte, und immer das alte Lied.«
»Harley hat ihm verziehen«, sagte Justus. »Aber ausrichten konnte er damit nicht viel. Die Sache wird gerade vor Gericht verhandelt. Murphy hat immerhin Earl niedergeschlagen und Gwen Chalmers vergiftete Pralinen geschickt, damit ihr übel werden sollte und sie nicht schwimmen konnte. Und er hat einen Einbruch begangen und Mr. Prentice zu erpressen versucht.«
»Das bringt uns zum nächsten Punkt«, sagte Alfred Hitchcock.
»Woher wußte Murphy, daß der Karpatenhund an jenem Tag in dem Haus am Lucan Court sein würde?«
»Das hat ihm Sonny Elmquist erzählt!« sagte Bob. »Justus war schon auf der richtigen Fährte – es gab eine Verbindung

zwischen den Lichtblitzen in Prentices Wohnung und dem Einbruch. Also: am vergangenen Montag hörte Elmquist als Schlafwandler bei Prentice ein Telefongespräch mit, wobei Prentice mit Charles Niedland die Übergabe der Skulptur besprach. Zumindest müssen wir das annehmen. Elmquist bestreitet es – er behauptet, er habe die Sache schon vorher von Mrs. Boggle erfahren. Aber die wußte nicht genau, wann der Hund ankommen würde. Jedenfalls ist Elmquist, nachdem er von seinem Ausflug zurückgekehrt, aber noch nicht aufgewacht war, Murphy zufällig im Hof begegnet und hat dabei den Hund erwähnt. Elmquist wußte nicht, was der Hund in Wahrheit war – aber Murphy kannte den Namen des Künstlers Niedland und konnte sich einen Reim darauf machen. Also ging er mit einer Skimütze und einer Pistole zum Lucan Court hinüber, um Niedland zu überfallen.«
»Wahrhaftig eine Verzweiflungstat«, bemerkte Alfred Hitchcock dazu.
»Ja, und dann kam es noch schlimmer!« warf Peter ein. »Er dachte nämlich, er könne den Kristallhund einfach schnappen und damit nach Hause laufen. Es sah so einfach aus, vor allem weil Niedland ja gar nicht in dem Haus war. Aber da kam plötzlich die Polizei und hätte ihn beinahe gefaßt. Er wagte nicht, in seine Wohnung zurückzugehen, und da lief er in die Kirche und machte rasch einen Plan. Er stellte sich als Standbild hin, und später zog er dem alten Earl mit der Pistole eins über und versteckte den Kristallhund. Dann schlich er ins Freie, warf die Mütze und die dunkle Jacke in den Abfalleimer beim Park und ging in aller Ruhe nach Hause.«
»Und am nächsten Abend wollte er sich den Hund holen, als Pfarrersspuk verkleidet!« rief der Regisseur.
Justus schüttelte den Kopf. »Nein. Murphy hat uns gesagt, er habe den Geist des Pfarrers auch gesehen!«
»Hm?« meinte Alfred Hitchcock.
»Das hat ihn tüchtig erschreckt«, fuhr Peter fort. »Aber er riß sich zusammen und machte sich aus dem Staub, wobei er Justus in der Kirche einsperrte. Später, als sich alles wieder beruhigt hatte, ließ er den Hund ins Schwimmbecken eintau-

chen. Und nach Elmquists Aussage befand er sich da gerade auf Wanderschaft und sah das, unbemerkt von Murphy. Elmquist war ja in jener Nacht zu Hause.«
»Was hat Elmquist zu erwarten?« erkundigte sich Mr. Hitchcock. »Gar nichts«, sagte Peter. »Vielleicht wollte er aus unlauteren Motiven den Hund behalten, aber er kam ja gar nicht dazu. Er hofft noch immer, nach Indien zu kommen, aber vorerst ist er nur nach West Los Angeles umgezogen.«
»War er noch einmal als Schlafwandler bei Prentice?« »Nein, so weit wandelt ein Somnambuler nicht. Er ist nun zwei Wochen fort, und bei Mr. Prentice ist seither alles friedlich. Mrs. Boggle ist natürlich auch nicht mehr im Amt. Mr. Prentice hat eine neue Hausmeisterin besorgt. Er sagt, ihr sei es egal, was die Mieter treiben, solange sie nicht den Plattenspieler voll aufdrehen oder nach zehn Uhr abends schwimmen gehen. Mr. Prentice ist darüber sehr froh. Auch er braucht sich jetzt um Schnüffler keine Sorgen mehr zu machen.«
»Also hat sich für ihn alles gelöst«, sagte Mr. Hitchcock. »Nun ist da nur noch die Sache mit dem spukenden Pfarrer.«
»Pfarrer schon«, entgegnete Justus Mr. Hitchcock, »spukend nein – rauchend wäre richtiger. Es war niemand anders als Pfarrer McGovern selbst, den wir für den Spuk hielten. Weil er leidenschaftlich gern Pfeife raucht, Mrs. O'Reilly aber den Geruch von Pfeifentabak verabscheut, zog er es vor, dann und dort zu rauchen, wenn Mrs. O'Reilly außer Reichweite war. Bei dieser Gelegenheit hat er an jenem Abend seine Pfeife beim Altar vergessen. Weil davon aber niemand wissen sollte, ging er sie erst spät holen. Auf diesem Weg bemerkte er mich. Für einen Kirchenbesucher war es viel zu spät, also glaubte er an einen Einbrecher. Schnell verschwand er durch die hintere Tür bei der Sakristei und verriegelte sie. Als dann die Polizei da war, konzentrierte sich alles auf den ›Einbrecher‹, und niemand wollte mehr den ›Geist‹ aufklären. Daß Pfarrer McGovern es nicht selbst zur Sprache bringen wollte, können wir heute verstehen. Er wollte sich seinen Pfeifengenuß und deswegen Mrs. O'Reilly den ›Spuk‹ erhalten. Hätte sie jemals davon erfahren, ich glaube, sie wäre dem Pfarrer für immer böse gewesen.«

Die drei ??? und das Bergmonster

Erzählt von M.V. Carey
nach einer Idee von Robert Arthur

Die drei ??? und das Bergmonster

Ein Wort von Alfred Hitchcock

Seid gegrüßt, Freunde spannender und geheimnisvoller Lektüre!

Wieder einmal präsentiere ich mit Vergnügen unser Trio jugendlicher Spürhunde, das wir als »die drei ???« (sprich: die drei Detektive) kennen. »Wir übernehmen jeden Fall« ist ihr Motto, und danach handeln sie auch. Normalerweise unternehmen sie ihre Ermittlungen daheim im Umkreis der Kleinstadt Rocky Beach unweit von Hollywood. Diesmal reisen sie allerdings zu den hohen Bergen der Sierra Nevada und landen in einem Abenteuer, das ganz bescheiden anfängt: mit der Suche nach einem verlorenen Schlüssel. Doch bald häufen sich die Verwicklungen. Die Jungen ergründen das seltsame Geheimnis, das eine Frau namens Kathleen bedroht, und spüren hinter den düsteren Legenden um einen Einsiedler und ein Monster die Wahrheit auf.

Falls jemand aus unserer Leserschaft den drei ??? zum ersten Mal begegnen sollte, sei hier vorausgeschickt: Justus Jonas, Erster Detektiv und Anführer des Trios, ist ein stämmiger Bursche von überragender geistiger Beweglichkeit und bemerkenswerter Begabung, Unrat zu wittern. Peter Shaw zeichnet sich durch Körpergröße und sportliche Tugenden aus. Bob Andrews, der ruhige Gelehrtentyp, führt das Archiv der Detektivzentrale und hat ein besonderes Talent für Recherchen, das den drei ??? hochwillkommen ist.

Genug der Vorrede – der Leser wird gebeten, sich dem ersten Kapitel zuzuwenden. Das Bergmonster liegt schon auf der Lauer!

Alfred Hitchcock

Ein seltsamer Empfang

»Mann!« sagte Peter Shaw, als er das Dorf Sky Village zum ersten Mal erblickte. »Das sieht aus wie eine Theaterkulisse. Hier müßte man einen Film drehen!«

Bob Andrews kniete neben ihm auf der Pritsche des Lieferwagens und schaute über das Dach des Führerhauses auf die Dorfstraße. »Na, jedenfalls nicht Alfred Hitchcock«, meinte er. »Ein so idyllisches Fleckchen Erde ist nicht das Richtige für einen Gruselfilm.«

Justus Jonas kniete sich aus der Hocke ebenfalls hin und legte seine stämmigen Arme breit aufs Führerhaus. »Mr. Hitchcock weiß, daß es an jedem beliebigen Ort geheimnisvoll zugehen kann«, gemahnte er seine Freunde. »Aber ihr habt schon recht. Sky Village ist zu neu, ein Dorf aus der Retorte.«

Der Wagen erklomm mühsam die steile Paßstraße und fuhr an einem Sportgeschäft vorüber, das einem Bauernhaus in den Alpen glich. Daneben stand ein Motel, ebenfalls mit betont rustikalem Anstrich. Jetzt, im Hochsommer, waren Laden und Motel geschlossen. Leuchtend blaue Holzläden lagen vor den Fenstern einer Gaststätte namens »Tyrol«. Ein paar Spaziergänger schlenderten die besonnten Gehwege entlang, und vor einer Tankstelle döste der Tankwart in verwaschenen Jeans auf einem Stuhl.

Der Lieferwagen bog in die Tankstelle ein und hielt bei den Zapfsäulen. Patrick und Kenneth stiegen aus. Die beiden irischen Brüder arbeiteten schon seit Jahren bei Justs Onkel Titus und Tante Mathilda. Sie halfen beim Aussortieren, Reinigen, Instandsetzen und Verkaufen all jener Dinge, die Onkel Titus für seinen Schrotthandel und Trödelmarkt einkaufte. Die Brüder kamen immer sauber und ordentlich zur Arbeit. Doch an diesem Tag hatten sie sich selbst übertroffen. Patrick trug ein neues Sporthemd, das kein einziges Fältchen aufwies, nicht einmal nach der langen Fahrt von Rocky Beach durch das Owens-Tal und hinauf zum Wintersportort hoch droben im Bergland der Sierra Nevada. Auch Kenneths Hose hielt noch immer die Bügelfalten, und seine Schuhe waren auf Hochglanz poliert.

»Sie möchten auf ihre Kusine Kathleen einen guten Eindruck machen«, flüsterte Bob Justus zu.

Justus lächelte und nickte. Die drei Jungen sahen von der Pritsche aus zu, wie die beiden Iren auf den schlafenden Tankwart zugingen.

»Entschuldigen Sie«, sagte Patrick zu dem Mann.

Der Mann grunzte und machte die Augen auf.

»Bitte«, sagte Patrick, »wo ist hier das Haus von Kathleen O'Hara, die *Pension Katie?*«

Der Mann stand auf und zeigte zu einem Kiefernwäldchen hin, das an die Straße angrenzte. »Da müssen Sie an diesen Bäumen vorbei, und dann sehen Sie links ein weißes Haus. Sie können es nicht verfehlen. Es ist das letzte Haus vor der Abzweigung zum Zeltplatz.«

Patrick bedankte sich und wollte wieder in den Wagen steigen. »Weiß Kathleen, daß Sie kommen?« fragte der Mann. »Ich habe sie vor ein paar Stunden vorbeifahren sehen, runter nach Bishop. Ich glaube nicht, daß sie schon zurück ist.«

»Dann warten wir auf sie«, sagte Kenneth.

»Kann sein, daß Sie lange warten müssen«, sagte der Mann. »Hier in Sky Village sind über den Sommer fast alle Geschäfte geschlossen. Da macht Kathleen in Bishop wahrscheinlich Großeinkauf.«

»Darauf kommt's jetzt auch nicht mehr an«, sagte Kenneth munter, »Wir haben Kathleen nicht mehr gesehen, seit wir alle drei Kinder waren, zu Hause in Irland, ehe wir nach Amerika kamen.«

»Na so was!« rief der Mann. »Also Freunde aus der alten Heimat, was? Da wird sich Kathleen aber wirklich freuen.«

»Nicht Freunde«, sagte Kenneth. »Verwandtschaft. Wir sind mit Kathleen verwandt – Vettern von ihr. Heute wollen wir sie mit unserem Besuch überraschen.«
»Hoffentlich schätzt sie Überraschungen«, sagte der Mann. Dann kicherte er. »Und Sie hoffentlich auch. Bei Kathleen war in den letzten Wochen viel Betrieb.«
»So?« sagte Patrick.
»Sie werden sehen.« Die Augen des Mannes funkelten. Er erinnerte Justus an gewisse Freundinnen seiner Tante Mathilda, die dauernd Klatsch und Tratsch über ihre Nachbarn in Rocky Beach aufschnappten.
Patrick und Kenneth gingen zum Wagen zurück.
»Mir scheint, diesem Burschen entgeht so leicht nichts«, sagte Peter, als sie weiterfuhren.
»Wahrscheinlich hat er im Sommer nicht viel zu tun und kann in Ruhe jeden aufs Korn nehmen, der die Dorfstraße rauf oder runter fährt«, meinte Bob. »Wenn erst mal der Schnee weg ist, wer kommt dann schon noch zum Tanken?«
Der Wagen fuhr langsam durch den Ort. Sie kamen an einem Eiscafé vorbei, das geöffnet war, und an einer Drogerie, die geschlossen hatte. Der Supermarkt des Dorfes war dunkel und ein Souvenirladen ebenfalls.
»Ich frage mich, wieso bei Kathleen so viel Betrieb gewesen sein soll«, sagte Peter. »Hier ist doch jetzt nichts los.«
»Soviel ich von Patrick und Kenneth weiß«, sagte Justus, »findet ihre Kusine immer etwas Einträgliches zu tun. Sie ist vor zehn Jahren aus Irland eingewandert und hat zuerst in New York als Zimmermädchen in einem Hotel gearbeitet. Patrick sagt, nach sechs Monaten hätte sie das ganze Hauspersonal unter sich gehabt, und schon nach sechs Jahren hatte sie genügend gespart, um sich die kleine Urlaubspension hier in Sky Village zu kaufen. Ein Jahr später ließ sie einen Skilift einrichten, und der macht sich sicherlich ganz nett bezahlt, wenn Schnee liegt.«

»Und das alles von ihrem Angestelltengehalt im Hotel?« fragte Peter.
»Nicht nur. Sie hatte noch einen Nebenerwerb, nach Feierabend, und ihr Geld hat sie immer in guten Wertpapieren angelegt. Sie ist eine geschickte Geschäftsfrau, und Patrick und Kenneth sind sehr stolz auf sie. Sie lesen jedem, der zuhören mag, ihre Briefe vor, und in ihren Zimmern haben sie lauter Fotos von ihr, die sie nach und nach geschickt hat. Als Tante Mathilda und Onkel Titus plötzlich beschlossen, den Betrieb für vierzehn Tage zu schließen und Ferien zu machen, war es für die beiden Vettern das Höchste, endlich einmal hierherzufahren.«
»Schön, daß sie das taten«, sagte Peter. »Wie wären wir sonst zu einer Campingfahrt weggekommen? Ich wollte schon immer mal bergsteigen, und ich habe gehört, der Zeltplatz hier in Sky Village sei herrlich und nicht überlaufen.«
»Zu weit weg von den Hauptverkehrsstraßen«, sagte Bob.
»Ich will mal hoffen, daß Kusine Kathleen Überraschungen nicht krummnimmt«, sagte Justus. »Patrick und Kenneth haben versucht, sie anzurufen, ehe wir wegfuhren, aber sie war nicht zu Hause. Natürlich sind sie darauf eingerichtet, mit uns im Freien zu zelten, damit sie ihr nicht zur Last fallen.«
Der Lieferwagen kämpfte sich weiter bergan durch das Kiefernwäldchen, das ihnen der Tankwart bezeichnet hatte. Als sie die Kiefern hinter sich gelassen hatten, konnten die Jungen einen Skihang sehen. Er war jetzt eine öde braune Schneise an der Ostflanke des Berges, so kahl, als hätte ein Riese jeglichen Baum oder Strauch, der die Schußfahrt der Skiläufer ins Tal hätte aufhalten können, glatt abrasiert. Den Hang hinauf zogen sich in regelmäßigen Abständen Stahlgerüste, die durch Stahlseile verbunden waren. Ungefähr alle sechs Meter baumelte ein Sitz vom Seil.
Der Wagen fuhr auf die linke Straßenseite hinüber und hielt vor einem stattlichen weißen Haus, dessen Rückseite sich fast

an den Skihang schmiegte. Ein Schild vor dem Haus wies es als »Pension Katie« aus.
»Ich stelle fest, daß Kusine Kathleen immer noch ein Haus in Schuß halten kann«, sagte Bob.
Der Gasthof war ein schmuckes Holzhaus, weiß gestrichen leuchtete es in der Nachmittagssonne. Die Fenster waren so kristallklar, daß man die Scheiben kaum sah. Im Gegensatz zu vielen anderen Gebäuden in Sky Village gab sich Kathleen O'Haras Haus keinen Schweizer oder Tiroler Anstrich. Es war einfach ein Berggasthof mit einer breiten Terrasse über die ganze Vorderfront. Die Tür war leuchtend rot gestrichen, und Pflanzen in roten und blauen Kübeln waren entlang dem Terrassengeländer aufgereiht. Links vom Haus lagen eine gepflegte Kieszufahrt und ein kleiner Parkplatz, auf dem ein staubiger Kombiwagen und ein blanker roter Sportwagen standen.
Patrick und Kenneth stiegen vom Lieferwagen, und die Jungen kletterten von der Pritsche herunter.
»Ich finde, Kathleen macht das großartig«, verkündete Patrick.
»Das war bei Kathleen schon immer so«, sagte Kenneth.
»Weißt du noch, wie sie schon mit zehn Jahren besser Irish Stew machen konnte als unsere Mutter? Wir wollten immer zu Kathleen rüber zum Futtern, Fischbouillon und Stew und Rumtorte.«
Patrick lächelte. Die Sonne neigte sich langsam den Bergzakken über dem Skihang zu, und die dünne Gebirgsluft war kühl. »Gehen wir rein. Wir wollen warten, bis Kathleen von ihrem Großeinkauf zurückkommt, vielleicht hat sie was Leckeres für uns.«
Patrick und Kenneth stiegen die Stufen zur Terrasse hinauf. Justus, Peter und Bob blieben unten stehen.
»Kommt ihr nicht mit?« fragte Patrick.
»Wir sollten vielleicht schon zum Zeltplatz vorgehen«, sagte

Bob. »Ihr habt eure Kusine so lange nicht gesehen, und da wollen wir nicht stören.«
Patrick und Kenneth mußten beide lachen. »Ihr und stören!« sagte Patrick. »Ihr seid doch keine Fremden. Wir haben Kathleen geschrieben und ihr berichtet, was für schlaue Sachen ihr macht. Sie meint, ihr seid gescheite Jungen. Sie hat immerzu geschrieben, wir sollen zu ihr auf Besuch kommen und euch mitbringen.«
Also folgten die drei Jungen Patrick und Kenneth die Stufen hinauf. Die Haustür war unverschlossen. Sie öffnete sich unmittelbar in einen sehr großen Raum mit bequemen Ledersesseln und einem langen lederbezogenen Sofa. Auf dem gemauerten Kamin an der Wand gegenüber standen blankpolierte Kupferlampen und schimmernde Zinnkrüge. An einem großen Eßtisch zur Rechten waren vier Gedecke aufgelegt; dahinter ging es zur Küche. Vor der linken Wand führte eine rustikale Holztreppe ins Obergeschoß hinauf. Im Raum roch es nach Holzfeuer und Bohnerwachs, und ein schwacher Dufthauch ließ Justus ahnen, daß Kusine Kathleen noch immer sehr gut zu backen verstand.
»Kathleen!« rief Patrick. »Katie, bist du zu Hause?«
Niemand antwortete.
»Dann warten wir eben«, sagte Kenneth. Er begann im Raum umherzuwandern und strich über die Lehnen der Ledersessel. Er strahlte vor Befriedigung. »Das ist alles ganz wunderbar hier«, sagte er. »Ja, Kathleen hat es großartig gemacht.«
Doch dann führte ihn seine Wanderung vor eine Tür in der Wand zur Rechten. Obwohl sie ein Schildchen mit der Aufschrift »Privat – kein Zutritt« trug, stand die Tür offen. Kenneth schaute hinein und sagte: »Oho!«
»Was gibt's?« wollte Peter wissen.
»Jeder hat eben seine Schwächen«, sagte Kenneth, »sogar unsere vorbildliche Kusine Kathleen.«

Patrick trat zu seinem Bruder hin, und dann schüttelte er in gespieltem Entsetzen den Kopf. »Katie, Katie! Damit werden wir dich noch ganz schön aufziehen. Just, schau dir nur das Büro der perfekten Hausfrau an.«
»Vielleicht solltet ihr da lieber nicht reinschauen«, mahnte Peter zur Vorsicht. »Meine Mutter fährt jedesmal aus der Haut, wenn ich an ihren Schreibtisch oder ihre Handtasche gehe.«
Justus Jonas wollte sich gerade in einem Sessel niederlassen, als sich Patrick plötzlich zu ihm umdrehte. »Just«, sagte er, »Bob, Peter – ich glaube, hier stimmt was nicht!«
»Was ist denn?« Justus ging zur Tür hinüber und schaute in ein kleines Zimmer, zweifellos das Büro des Gasthofs. Ein großer Schreibtisch, ganz mit Schriftstücken bedeckt, stand der Tür gegenüber, daneben ein Aktenschrank. Aktenhefter und lose Blätter waren in wirrem Durcheinander über den Fußboden verstreut, dazwischen Knüllpapier aus einem umgekippten Papierkorb. Die Schreibtischschubladen waren ganz herausgezogen und lehnten an der Wand. Auf dem Fenstersims hinter dem Schreibtischstuhl herrschte ein Chaos aus Briefumschlägen, Fotos und Ansichtskarten. Ein Bücherregal war von der Wand abgerückt worden, und aus einer umgestürzten Schale hatte sich ein Strom Büroklammern über den Boden ergossen.
»Das Zimmer hier hat einer durchsucht!« sagte Peter, der dicht hinter Justus herangetreten war.
»Ja, es scheint so«, sagte Justus, »und zwar einer, der entweder sehr unvorsichtig war oder es sehr eilig hatte.«
»He, was habt ihr hier zu schaffen?« knurrte eine heisere Stimme aus dem großen Raum hinter ihnen.
Die Jungen fuhren herum.
An der Treppe stand ein Mann – mit einem Gewehr!

Kusine Kathleens Überraschung

»Na los, raus mit der Sprache. Was wollt ihr hier?« Der Mann an der Treppe machte eine ungeduldige Bewegung und schwenkte das Gewehr in seinen Händen hoch. Peter duckte sich instinktiv.
Der Mann trat ein paar Schritte vor. Er war groß und breitschultrig und hatte dichtes dunkles Haar. Seine Augen blickten sehr hart und kalt. Er zielte mit dem Gewehr auf die an der Tür zum Büro zusammengedrängte Gruppe.
»Redet schon!« gebot er noch einmal drohend.
»Wer . . . wer sind Sie?« fragte Kenneth.
Der Mann antwortete nicht. Statt dessen wiederholte er seine Frage. »Was wollt ihr hier? Könnt ihr nicht sehen, daß das ein Privatzimmer ist? Man sollte euch –«
»Einen Augenblick!« Justus Jonas' Stimme schnitt ihm seinen Wortschwall ab. Justus hatte sich aufgereckt, so hoch es nur ging. »Vielleicht sind Sie so liebenswürdig, sich zu erklären«, sagte er im arrogantesten Tonfall, der ihm zu Gebote stand.
»Was?«
»Es hat den Anschein, als sei diese Örtlichkeit durchsucht worden«, äußerte Justus. »Es dürfte die Polizei interessieren, zu erfahren, was Sie hier wollen und warum Sie so flink ein Gewehr im Anschlag haben.«
Justus hatte keinerlei Berechtigung, die Polizei zu rufen, und das wußte er nur zu gut. Doch sein gebieterisches Gehabe machte den Mann mit dem Gewehr stutzig. Er sah finster drein und senkte die Waffe, bis sie zu Boden zeigte.
»Ihr wollt die Polizei holen?« fragte er.
»Mir scheint, es wäre das Gegebene, die Polizei hinzuzuziehen«, sagte Justus in seiner überspitzen Art. »Andererseits wäre es vielleicht klüger zu warten, bis Miss O'Hara aus Bishop zurückkommt, und ihr die Anzeige zu überlassen.«

»Miss O'Hara?« sagte der Mann. Dann lachte er. »Da muß ich euch wohl in einigen Punkten aufklären«, meinte er. In diesem Augenblick schlug draußen eine Autotür zu. Schritte eilten über die Terrasse. Die Haustür ging auf, und eine großgewachsene Frau mit einer schweren Einkaufstasche kam herein.

»Kusine Kathleen!« sagte Patrick.

Die Frau blieb stehen. Ihre Augen gingen von dem Mann mit dem Gewehr zu Patrick und Kenneth, dann zu den Jungen, dann zurück zu dem Mann mit dem Gewehr.

»Kusine Kathleen?« sagte Patrick noch einmal. Diesmal klang es wie eine Frage.

»Kusine?« sagte der Mann mit dem Gewehr. »Lieber Himmel! Dann seid ihr Patrick und Kenneth aus Rocky Beach! Nach den Fotos, die mir Kathleen gezeigt hat, hätte ich euch nicht erkannt. Warum habt ihr denn nichts gesagt? Ich hätte ja glatt auf euch schießen können!«

»Sie sind ein Freund von Kathleen?« fragte Kenneth.

»So kann man es auch nennen. Kathleen, du hast deinen Vettern nicht geschrieben. Du hast mir versprochen, ihnen zu schreiben, ehe wir nach Lake Tahoe fahren.«

»Oh – Patrick und Kenneth!« Die Frau setzte ihre Einkaufstasche auf einem Tisch ab, faßte mit einer Hand an ihr prachtvolles rotes Haar, das sie kunstvoll aufgesteckt trug, und lächelte liebenswürdig. »Patrick und Kenneth!« Sie streckte Patrick beide Hände hin; er ging auf sie zu und küßte sie auf die Wange.

»Es ist so lange her«, sagte sie.

Kenneth drängte seinen Bruder mit dem Ellbogen zur Seite und küßte sie auch.

»Schau mal einer an!« sagte Kathleen. »Groß seid ihr geworden, man kennt euch kaum wieder!« Sie sah von einem zum anderen. »Nein. Obwohl ihr mir Bilder schicktet, könnte ich jetzt nicht sagen, welcher Patrick und welcher Kenneth ist.«

Ihre Stimme war warm und voll Heiterkeit. Sie sprach schnell und fast ohne den Akzent der Iren.
Die Brüder lachten und stellten sich ihr beide mit Namen vor. Dann machten sie ihre Kusine mit Justus, Peter und Bob bekannt.
»Von diesen fixen Jungen habt ihr mir ja öfter geschrieben«, sagte Kathleen.
»Sehr gescheite Jungen«, versicherte ihr Patrick.
Kenneth sagte etwas auf Gälisch und klopfte dabei Justus auf die Schulter.
Sogleich verschwand Kathleens Lächeln. »Wir wollen englisch reden«, sagte sie.
Wieder sagte Kenneth etwas im gälischen Dialekt der gemeinsamen Heimat.
»Ich weiß«, sagte Kathleen. »Es ist wie früher zu Hause, wenn wir in unserer Sprache reden, aber wir wollen englisch sprechen, bitte.« Sie ging zu dem Mann hin, der noch bei der Treppe stand, und hakte sich bei ihm ein.
»Mein Mann spricht kein Gälisch. Darauf wollen wir Rücksicht nehmen.«
»Dein Mann?« sagte Kenneth.
»Katie!« rief Patrick. »Wann hast du –«
»Vorige Woche«, sagte der Mann. »Kathleen und ich haben vorige Woche in Lake Tahoe geheiratet. Mein Name ist Joe Hammond.«
Es gab einen Augenblick verdutzten Schweigens. Dann sagte Peter: »Also das ist Kusine Kathleens Überraschung?«
Kathleen lachte. Patrick und Kenneth umarmten und beglückwünschten sie, und sie zeigte ihnen ihren Ehering – einen einfachen Goldreif, der locker auf dem Ringfinger ihrer linken Hand saß. Auch Joe Hammond nahm die Glückwünsche der beiden Brüder entgegen.
Halbe Sachen und ungelöste Rätsel waren Justus Jonas zuwider. Er wartete, bis Gelächter und muntere Reden abge-

klungen waren, dann trat er in das Büro von »Pension Katie« und winkte Kathleen heran.
»Schauen Sie sich das an«, sagte er und wies auf all das am Boden verstreute Papier. »Da muß jemand eingedrungen sein, während Sie weg waren, und den Raum durchwühlt haben. Vielleicht möchten Sie die Polizei verständigen, oder –«
Kathleen lachte. »Ach, das ist komisch! Patrick und Kenneth haben mir geschrieben, daß du ein Detektiv bist.«
Justus schätzte es gar nicht, wenn man über ihn lachte. Er fühlte sein Gesicht heiß werden und zog die Brauen zusammen.
»Nein, nein. Nicht böse sein«, sagte Kathleen. »Ich finde, du bist ein guter Detektiv. Du hast recht. Dieses Zimmer ist durchsucht worden. Mein Mann und ich haben es durchsucht.«
Justus wartete wortlos.
»Das war nämlich so«, erklärte Kathleen. »Ich habe einen Schlüssel verloren. Es ist ein wichtiger Schlüssel, und ich muß ihn finden, also habe ich überall gesucht.«
»Vielleicht können wir helfen«, bot sich Peter an. »Oder wenigstens Justus. Er hat einen besonderen Spürsinn dafür, wo Leute so ihre Sachen hinstecken.«
»Und im Suchen sind wir alle ganz prima«, fügte Bob hinzu. »Just, hast du eine von unseren Karten dabei, die du Miss O'Hara – ich meine, Mrs. Hammond geben kannst?«
Justus war noch immer leicht verärgert, weil Kathleen ihn ausgelacht hatte, aber er zog seine Brieftasche heraus und suchte darin, bis er eine Karte fand, die er Kathleen reichte:

Die drei Detektive
???
Wir übernehmen jeden Fall

Erster Detektiv	Justus Jonas
Zweiter Detektiv	Peter Shaw
Recherchen und Archiv	Bob Andrews

Kathleen sah sich die Karte an. »Sehr hübsch«, sagte sie.
»Vielen Dank«, sagte Justus steif. »Wir haben recht beachtliche Erfolge zu verzeichnen. Es ist uns gelungen, Rätsel zu lösen, an denen weit ältere Leute als wir irre geworden sind. Die Fragezeichen auf der Karte sind ein Symbol für das Unbekannte, dem wir stets gern auf der Fährte sind.«
Joe Hammond grinste Patrick an. »Führt der Junge immer solche Reden?« fragte er.
»Sie meinen, so hochgestochen?« sagte Patrick. »Ja, Justus liest eben alles mögliche, und manchmal, wenn keiner mehr weiter weiß, kann er einer Sache doch noch auf den Grund gehen. Lassen Sie Justus nach Ihrem Schlüssel suchen, er findet ihn bestimmt.«
»Das ist sehr freundlich«, entgegnete Joe Hammond, »aber ich glaube nicht, daß wir eine Nachwuchs-Detektei bemühen müssen, um einen verlorenen Schlüssel zu finden. Er ist ja hier, also muß er irgendwo auftauchen.«
Ohne ein Wort gab Kathleen Justus die Karte zurück.
»Ja, gut«, sagte Justus. »Der Schlüssel wird sich schon wieder finden. Inzwischen machen wir uns am besten auf den Weg. Auf dieser Seite der Sierra wird es früh dunkel, und wir möchten zum Zeltplatz und unser Zelt aufbauen, solange wir noch gut sehen können.«
»Wir gehen auch«, sagte Patrick. »Und später können wir ja noch einmal herkommen und ein wenig zusammensitzen, nicht?«
»Nicht nötig!« sagte Joe Hammond freundlich und bestimmt. »Kathleen, wir haben unsere Hochzeit noch gar nicht festlich begangen. Jetzt sind deine Vettern hier – das sollten wir doch feiern. Und Patrick und Kenneth brauchen nicht zu zelten. Wir haben ein Zimmer frei. Sie können hier schlafen.«
Kathleen schien von dem Vorschlag nicht sehr erbaut, und Patrick, der das beobachtete, erhob Einwände. Kenneth unterbrach seinen Bruder jedoch rasch. »Es ist ganz gut,

wenn wir hier bleiben«, sagte er bestimmt. »Kathleens Vater lebt nicht mehr.«
»Ja, Kathleen hat es mir gesagt«, meinte Joe Hammond. »Was hat das damit zu tun?«
»Sie hat also keinen Vater mehr, der auf sie achtgibt«, fuhr Kenneth fort. »Wir sind hier ihre einzigen Angehörigen, und jemand aus der Verwandtschaft sollte Kathleens Sache vertreten.«
Er wandte sich an seinen Bruder und sagte etwas auf Gälisch zu ihm.
»Wir reden englisch, bitte sehr«, fuhr Kathleen auf. »Und wenn ihr mit Joe über mich sprechen wollt, hättet ihr das vor unserer Heirat tun sollen. Da hätte es sich gehört.«
»Aber Katie, du hast uns ja gar nicht mitgeteilt, daß du heiraten willst«, stellte Kenneth wahrheitsgemäß fest.
»Dazu war auch gar kein Anlaß. Und es besteht kein Anlaß zur Sorge. Joe ist finanziell gut gestellt. Und er wird hier in Sky Village bleiben und mir im Gasthof helfen. Im Winter wird er den Skilift betreiben. Es ist alles beschlossen, und ihr braucht hier keine Reden zu schwingen.«
Kenneth wurde rot und verstummte. Joe Hammond versuchte Kathleen zu besänftigen. Doch sie ging mit ihrer Einkaufstasche zur Küche, und beim Verlassen des Raumes würdigte sie keinen ihrer Vettern eines Blickes.
»Ich glaube, wir sollten wieder abreisen«, sagte Kenneth bedrückt.
»Ach was«, sagte Hammond. »Nehmen Sie das nicht so tragisch. Kathleen gerät leicht aus der Fassung, aber bis zum Abendessen ist sie sicher wieder besserer Laune. Ich weiß, daß sie sich über Ihren Besuch freut. Sie hat mir viel von Ihnen erzählt. Nur ist sie eben stolz auf ihre Selbständigkeit. Es hat ihr nicht gefallen, als Sie sich wie ihr Vormund aufführten.«
Kenneth rieb sich die Stirn. »Ich bin dumm«, sagte er. »Ich

habe eben Katie nicht mehr gesehen, seit sie ein Kind war, und nun plötzlich komme ich mir vor wie ihr Vater, tja . . .«
»Genau das ist es«, sagte Hammond.
Hammond hatte recht. Noch vor dem Abendessen hatten Patrick und Kenneth ihr Gepäck in das große quadratische Zimmer nach Norden geschafft. Da das Haus nur vier Schlafräume besaß, wovon zwei bereits durch zahlende Gäste belegt waren, schlugen die drei ??? ihr Zelt unter den Kiefern rechts vom Haus auf, ebenfalls gegen Norden hin. Darauf hatte Joe Hammond bestanden. Der Bach, der durch den Zeltplatz lief, führte kaum Wasser, wie er ihnen erklärte, weil es im vergangenen Jahr nur sehr wenig geschneit und geregnet hatte. Die Jungen täten besser daran, in der Nähe von Kathleens Gasthof zu bleiben, wo es immer reichlich Wasser gab. Hammond bestand auch darauf, daß die Jungen am Abend zum Essen ins Haus kämen. Die beiden Gäste müßten ebenfalls in die kleine Familienfeier einbezogen werden, meinte Hammond, aber er würde zusehen, daß Mr. Jensen und Mr. Smathers nicht unangenehm auffielen.
Die Jungen machten noch kurz vor dem Essen die Bekanntschaft von Mr. Jensen und Mr. Smathers. Mr. Smathers war ein magerer kleiner Mann, etwa um die Fünfzig, vielleicht auch älter. Er trug Shorts und Wanderstiefel, deren geschnürte Schäfte ihm fast bis an die knotigen Knie reichten. Mr. Jensen war jünger, größer und schwerer, mit kurzgeschorenem braunem Haar und einem Gesicht, das farblos, aber nicht unsympathisch wirkte.
Als Kathleen den Braten aus der Küche hereintrug, schnalzte Mr. Smathers mißbilligend mit der Zunge und sagte: »Rindfleisch!«
»Bitte keine Vorträge«, sagte Mr. Jensen. »Ich finde Roastbeef köstlich und würde es begrüßen, wenn Sie mich nicht jedesmal, sobald ich eine Gabel zur Hand nehme, zum Mörder stempelten.«

»Die Tiere sind unsere Freunde«, sagte Mr. Smathers. Seine wäßrigen blauen Augen blickten starr auf Mr. Jensen. »Und Freunde fressen sich nicht gegenseitig auf.«
Kathleen hatte offensichtlich ihre gute Laune wiedergewonnen. Sie lächelte Smathers zu. »Die Kuh, die uns freundlicherweise das Abendessen lieferte, kannte ich nicht persönlich. Machen wir uns ihretwegen keine Sorgen. Für Sie, Mr. Smathers, habe ich Rahmspinat und roh geriebene Karotten und Weizenkeime.«
»Ausgezeichnet.« Mr. Smathers stopfte sich seine Serviette vorn ins Hemd und bereitete sich auf den Genuß seiner vegetarischen Abendmahlzeit vor, während Mr. Jensen Joe Hammond beim Tranchieren des Bratens zuschaute.
»Wie wär's denn einmal mit Wild nach der Schonzeit?« erkundigte sich Jensen. »Heute nachmittag habe ich auf dem Weg nach Bishop ein paar Rehe geschossen.«
»Geschossen?« wiederholte Bob.
»Mr. Jensen ist ein fleischfressendes Raubtier«, sagte Smathers. »Er würde Rehe liebend gern mit der Schußwaffe erledigen, wenn es nicht verboten wäre. Zum Glück ist es verboten, und deshalb schießt Mr. Jensen nur mit seiner Kamera.«
»Ich bin Berufsfotograf«, erklärte Jensen. »Auf Tiermotive spezialisiert. Es gibt eine Menge Zeitschriften, die Tierfotos aus freier Wildbahn sehr gut bezahlen.«
»Er ernährt sich von seinen Mitgeschöpfen, genau wie seine Ahnen«, bemerkte Mr. Smathers.
»Ich tu' ihnen ja nichts zuleide«, erhob Jensen Einspruch. »Ich mache nur Bilder von ihnen.«
Smathers rümpfte die Nase.
Joe Hammond war mit Tranchieren fertig und reichte eine Platte mit Fleischscheiben über den Tisch. »Mr. Smathers ist zum Wandern im Hochland hergekommen«, erläuterte er Patrick, Kenneth und den Jungen. »Durch ihn bin ich auf eine prachtvolle Idee gekommen. Da oben, über dem Skihang, ist

eine Wiese, und noch weiter oben reicht die Wildnis meilenweit. Wir versuchen jetzt, über den Sommer Bergwanderer hierher zu bekommen. Wir werden Anzeigen aufgeben – daß wir gutes Essen bieten und gute Betten in unmittelbarer Nachbarschaft der unberührten Natur.« Mr. Smathers sah von seinen Weizenkeimen auf.
»Wenn Sie das tun, ist sie nicht mehr lange unberührt.«
»Ein paar Wanderer werden die Vögel und die Bären schon nicht vertreiben«, sagte Hammond. »Im übrigen sind die Bären überhaupt nicht scheu.«
»Nur weil gestern nacht einer im Abfall gewühlt hat . . .« fing Mr. Smathers an.
»Ja, und ihn im ganzen Hof verstreut hat!« sagte Hammond.
»Dafür kann er doch nichts«, entgegnete Smathers. »Das Jahr war eben viel zu trocken. Im Hochland finden die Tiere nicht genügend Nahrung, also kommen sie ins Dorf. Wer wollte ihnen das Recht dazu streitig machen? Die Bären waren lange vor den Dorfbewohnern hier im Gebirge.«
»Dieser spezielle Bär aber nicht«, sagte Hammond. »Und wehe ihm, wenn er wiederkommt!«
»Sie Barbar!« entrüstete sich Smathers.
Kusine Kathleen schlug mit der flachen Hand auf den Tisch. »Jetzt aber genug!« rief sie erbost. »Heute feiern wir unsere Hochzeit, und da soll uns kein Streit den Abend verderben.«
Unbehagliches Schweigen breitete sich am Tisch aus. Justus, der sich wegen eines unverfänglichen Gesprächsstoffs das Hirn zermarterte, dachte an die ausgehobene Grube, die ihm am Nachmittag hinter dem Haus aufgefallen war.
»Haben Sie für den Gasthof einen Anbau geplant?« fragte er Kathleen. »Da hat jemand hinterm Haus ausgeschachtet. Ist das eine Baugrube für ein neues Gebäude?«
»Das gibt ein Schwimmbecken«, sagte Hammond.
»Ein Schwimmbecken?« Patrick staunte. »Hier wollen Sie ein Schwimmbecken anlegen? Reichlich kühl zum Schwimmen.«

»Mittags wird es ganz schön heiß«, sagte Hammond. »Und natürlich wird es ein beheiztes Schwimmbad. Wenn wir die Anzeigen für die Wanderfreunde aufgeben, können wir nicht nur unberührte Natur, sondern auch einen erfrischenden Sprung ins kühle Naß am Abend bieten. Wir könnten das Becken sogar überdachen und dann auch im Winter benutzen. Stellt euch vor: am selben Tag erst skilaufen, dann schwimmen!«
»Sie haben ja große Pläne, wie?« sagte Mr. Jensen. In seiner Stimme lag ein gereizter Ton, der Justus auffiel.
»Stört Sie das etwa?« fragte Hammond.
Ehe Jensen antworten konnte, hörte man hinter dem Haus ein metallisches Klappern und dann eine große Abfalltonne mit Gepolter umstürzen.
Hammond stieß seinen Stuhl zurück und ging entschlossen zu dem schmalen Einbauschrank unter der Treppe.
»Nicht!« schrie Smathers.
Hammond wandte sich vom Schrank ab. Er hielt ein Gewehr in den Händen, offenbar mit allen Finessen ausgestattet.
»Unterstehen Sie sich!« Mr. Smathers sprang auf und rannte zur Küche.
»Lassen Sie das, Smathers!« Hammond lief dem kleinen Mann hinterher. Patrick, Kenneth und die Jungen folgten. Sie kamen gerade zurecht, um zu sehen, wie Smathers die Hintertür aufriß.
»Geh fort!« schrie Smathers. »Versteck dich! Bleib hier weg!«
Hammond ergriff Smathers am Arm und schleuderte den kleinen Mann zur Seite. Die Jungen sahen gerade noch eine mächtige dunkle Gestalt zu den Bäumen hin flüchten, die den Skihang säumten. Dann erschien Hammond auf der Schwelle. Er riß das Gewehr hoch und legte an. Es gab ein leises Schwirren.
»Verflucht!« sagte Hammond.
»Vorbeigeschossen, wie?« frohlockte Mr. Smathers.

Hammond trat in die Küche zurück. »Man sollte Sie windelweich prügeln!« fuhr er Smathers an.
Peter faßte Justus am Arm und ging mit ihm ins Wohnzimmer.
»Hast du dir das Gewehr angesehen?« flüsterte Peter, ehe sie wieder am Eßtisch anlangten.
Justus nickte. »Ein Betäubungsgewehr«, sagte er leise.
»Sonderbar. Warum rückt man einem Bären mit einem Betäubungsgewehr zu Leibe, wenn es im Haus ein richtiges Gewehr gibt?«

Wer schleicht durch die Nacht?

Justus Jonas bohrte mit den Zehen im Futter seines Schlafsacks und starrte in die Dunkelheit. »Die drei Detektive haben wieder einen Fall!« sagte er laut.
Bob lag im Zelt neben Justus. Er drehte sich um und stützte sich auf einen Ellbogen. »Sollen wir jetzt doch nach Kusine Kathleens Schlüssel fahnden?« fragte er.
»Nein. Patrick und Kenneth haben nach dem Abendessen mit mir gesprochen. Sie wollen, daß wir Kusine Kathleens frisch angetrauten Ehemann unter die Lupe nehmen. Er ist ihnen gar nicht geheuer.«
An Bobs anderer Seite gähnte Peter laut. »Mir ist der Bursche auch nicht geheuer«, sagte er. »Der Kerl ist ja schießwütig. Immerhin haben wir heute nachmittag doch nur ins Büro reingeschaut, und gleich drohte er, auf uns zu schießen.«
»Und er benutzte ein Betäubungsgewehr, um einen Bären zu verjagen«, sagte Justus. »Das ist doch ganz unsinnig. Wieso hat der überhaupt ein Betäubungsgewehr? Aber nicht die Gewehre machen Patrick und Kenneth Sorgen, sondern das

Schwimmbecken. Sie haben Angst, daß ihre tüchtige, praktische Kusine einen Mann geheiratet hat, der ihr Geld für sinnlose Pläne verplempert. Wir sind uns ja wohl darüber einig, daß ein Schwimmbad für eine Pension mit nur drei Gästezimmern keine lohnende Investition ist. Das zahlt sich nie aus. Patrick und Kenneth gefällt es auch nicht, daß Hammond keine Arbeit hat. Nach ihrer Ansicht müßte ein Mann in seinem Alter einer geregelten Tätigkeit nachgehen. Als er ihnen half, ihre Sachen ins Haus zu tragen, erzählte er ihnen, er hätte von Verwandten Geld geerbt, und er hätte vorher in Reno gewohnt, bis er dann Kathleen kennenlernte und beschloß, sie zu heiraten. Der rote Sportwagen auf dem Parkplatz gehört ihm, und der hat tatsächlich Nummerntafeln aus Nevada, also stimmt seine Geschichte wenigstens zum Teil.«

»Was machen wir nun?« fragte Peter. »Nach Reno fahren und mit seinen früheren Nachbarn reden?«

»Ich glaube kaum, daß das nötig sein wird«, sagte Justus. »Bob, kennt dein Vater irgendwen in Reno?«

Bobs Vater war Journalist in Los Angeles und kannte andere Presseleute in vielen großen Städten des Westens. »Reno?« wiederholte Bob. »Nein, ich erinnere mich nicht, daß er jemals von einem Bekannten aus Reno gesprochen hat. Aber ich könnte ja Papa bitten, bei der Kredit-Auskunftei in Reno einen Bericht über Hammond anzufordern. Wenn Hammond irgendwann mal ein Darlehen aufgenommen hat, existiert dort im Büro eine Akte darüber. Papa sagt, diese Kreditakten geben über die Leute alle möglichen Auskünfte – wo sie ihr Bankkonto haben und wieviel Geld darauf ist und ob sie ihre Schulden pünktlich bezahlen – lauter solche Dinge.«

»Gut«, sagte Justus. »Wir können deinen Vater morgen anrufen.« Er setzte sich auf und hob die Verschlußklappe am Zelt. Wie er über den Hof hinweg feststellte, waren alle Fenster des Gasthofs bis auf eines dunkel. »Joe Hammond ist in Kathleens Büro«, meldete Justus.

»Für ihn gilt wohl das Schild ›Kein Zutritt‹ nicht«, meinte Peter. Er setzte sich auch und spähte zum Zelt hinaus.
Durch das unverhangene Fenster des Büros konnten die Jungen Kusine Kathleens Ehemann sehen. Er saß mit dem Rükken zum Fenster am Schreibtisch und war mit Sortieren von Schriftstücken und Ablegen in Schnellheftern beschäftigt.
»Räumt auf«, sagte Peter. »Es überrascht mich, daß Kathleen das nicht selber macht. Sie soll doch sonst so ordnungsliebend sein.«
»Ich bin fast ein wenig enttäuscht von Kusine Kathleen«, sagte Justus. »Und Patrick und Kenneth wohl leider auch. Sie sah nicht gerade erfreut aus, als Hammond den beiden anbot, im Gasthof zu übernachten. Und sie will nicht gälisch mit ihnen sprechen. Überhaupt redet sie nicht viel mit ihnen. Das überläßt sie ganz ihrem Mann.«
»Familientreffen verlaufen nicht immer so, wie man es sich ausgemalt hat«, bemerkte Peter. Er war in Jeans und einem warmen Trainingspullover in seinen Schlafsack geschlüpft. Jetzt stöberte er im Dunkeln nach seinen Schuhen. »Immerhin haben Kathleens Kochkünste die Erwartungen erfüllt«, sagte er. »Da Hammond sowieso noch auf ist, bin ich dafür, daß wir ins Haus rübergehen. Ich könnte ein Glas Milch vertragen und was zum Knabbern dazu.«
»Du denkst auch nur ans Essen«, brummte Justus, aber auch er begann sich die Schuhe anzuziehen.
Bob öffnete den Reißverschluß seines Schlafsacks. »Ich mache auch mit.«
»Moment mal!« sagte Justus plötzlich. »Horcht!«
Bob und Peter erstarrten. Hinter dem Zelt war ein leiser Laut zu hören, halb Knurren und halb neugieriges Winseln.
»Ein Bär!« flüsterte Peter.
»Ganz ruhig«, mahnte Justus zur Vorsicht.
Ein Zweig knackte, und dann hörte man ein schwaches scharrendes Geräusch, als werde ein herabgefallener Kiefernzap-

fen zur Seite geschleudert. Das Tier kam in Sicht und verhielt vor dem Zelt. Die Jungen konnten seinen Umriß im Licht des Bürofensters klar erkennen. Es war tatsächlich ein Bär, ein großer hungriger Bär. Er witterte in ihre Richtung.
»Hau ab!« flüsterte Peter heftig.
»Pssst!« warnte Bob. »Erschreck ihn nicht!«
Der Bär stand regungslos und starrte die drei Jungen an. Sie hielten sich ruhig wie Statuen und starrten zurück. Plötzlich schien der Bär das Interesse an dem Zelt und seinen Insassen zu verlieren. Er nieste und trottete hinters Haus.
»Puh!« Peter stieß einen erleichterten Seufzer aus.
»Er will nur im Abfall wühlen«, flüsterte Bob.
Sekunden später hörten sie ein Poltern, als eine Abfalltonne umgekippt wurde. Durch das Bürofenster sahen sie Joe Hammond aufspringen und zur Tür eilen. Doch ehe er drei Schritte weit gekommen war, flammte hinter dem Haus ein blauweißer Lichtblitz auf. Gleich darauf hörten die Jungen ein wildes Aufjaulen und dann einen Schrei – den Schrei eines Menschen!
Die drei ??? krabbelten schleunigst aus ihrem Zelt und rannten zum hinteren Teil des Hauses. Als sie um die Ecke flitzten, sahen sie gerade noch den Bären als dunklen Schatten schwerfällig den Skihang hinauftappen. Und aus den Bäumen südlich vom Haus drang das Geräusch brechender Äste, als ob etwas blindlings durchs Dickicht davonhastete.

Also hatte der hungrige Bär noch einen ebenso hungrigen Artgenossen bei sich? Die beiden müssen böse erschrocken sein, als es blitzte. Ging euch schon ein Licht auf, was das war?

Die Lampe über der Hintertür wurde eingeschaltet, und die

Tür flog krachend auf. Joe Hammond stürzte auf die kleine Veranda heraus, das Betäubungsgewehr im Anschlag. Er starrte böse auf die Jungen herab, und danach auf den Inhalt der umgekippten Abfalltonne, der am Fuß der Stufen überall verstreut lag. Dann erschrak er.

Mr. Jensen, der Tierfotograf, lag mit dem Gesicht nach unten mitten im Unrat. Er war in Schlafanzug und Bademantel, und einen Hausschuh hatte er verloren. Seine Kamera lag zerschmettert neben ihm.

»Was zum . . .« brüllte Hammond.

»Da hat sich einer angeschlichen«, sagte Justus. Er beugte sich über den hingestürzten Fotografen. »Ein Bär. Ich fürchte, Mr. Jensen ist verletzt!«

Ein Bär oder zwei Bären?

Joe Hammond nahm das Gewehr herunter und kniete sich neben dem bewußtlosen Jensen hin. »Habt ihr gesehen, wie es passiert ist?« fragte er die Jungen.

»Wir sahen einen Bären an unserem Zelt vorbeigehen«, sagte Bob. »Er ging dann weiter bis hinters Haus, und wir hörten die Abfalltonne umkippen. Dann sahen wir einen Lichtblitz und hörten den Bären kurz jaulen, und dann schrie Mr. Jensen.«

Im Gasthof ging jetzt in allen Zimmern das Licht an. Kathleen erschien in der Tür. »Joe? Was ist denn?«

»Jensen«, sagte Joe knapp. »Wollte mit Blitzlicht einen Bären knipsen und hat eins aufs Dach gekriegt. Wir sollten ihn lieber zum Arzt bringen.«

Mr. Smathers drängte sich hinter Kathleen durch die Tür. Sein spärliches graues Haar stand wirr vom Kopf ab, und er

hatte seinen Bademantel mit der Innenseite nach außen übergestreift. »Was ist denn hier los?« fragte er.
Patrick und Kenneth folgten Mr. Smathers ins Freie und kamen die Verandastufen herunter. »Na, na!« sagte Patrick. »Was gibt's denn?«
Jensen stöhnte, wälzte sich herum, zog die Beine an und schaffte es schließlich, sich aufzusetzen.
Hammond setzte sich auf die Treppenstufen. Er sah sehr erschrocken und gleichzeitig sehr erleichtert aus. »Alles in Ordnung?« fragte er Jensen.
Der Fotograf schnitt eine Grimasse und faßte sich mit der rechten Hand an den Hals. »Jemand ... jemand hat mir einen Schlag versetzt«, sagte er.
»Sie haben vielleicht Glück gehabt, daß sie überhaupt noch atmen«, sagte Hammond. »Mancher, der von einem Bären vertrimmt wurde, hat das nicht überlebt.«
Jensen drehte sich auf die Knie, stand dann auf und lehnte sich an die Hauswand. »Vertrimmt ist der richtige Ausdruck«, sagte er. Er schüttelte den Kopf, wie um klarer zu sehen. »Vertrimmt hat mich einer, aber nicht der Bär. Jemand hat sich von hinten angeschlichen und mir ins Genick gehauen.«
»Nun mal langsam«, sagte Hammond. »Das war der Bär und sonst keiner. Sie haben ihn mit Ihrem Blitzlicht erschreckt, und da hat er kräftig nach Ihnen ausgelangt.«
»Das weiß ich auch, aber der hier war es nicht. Ich habe ihn von meinem Fenster aus gesehen, und da holte ich meine Kamera und kam herunter. Ich hatte den Bären gerade im Sucher, als ich hinter mir jemanden hörte. Dann ging das Blitzlicht los, und eine Sekunde drauf – Volltreffer!«
Jensen richtete sich auf und funkelte Mr. Smathers an, der neben Kathleen auf der Terrasse stand. »Sie!« wandte er sich gegen den kleinen Mann. »Sie mit ihrem Tierfimmel. Sie waren das! Was dachten Sie sich denn? Daß ich die Intimsphäre des Bären verletze, oder was?«

Hammond nahm Jensen beim Arm. »Sie haben sich zu sehr aufgeregt«, sagte er. »So, jetzt bringen wir Sie zum Arzt.«

»Ich will keinen Arzt. Ich will die Polizei!«

»Mr. Jensen!« Justus trat vor. »Es hätte doch einen zweiten Bären geben können. Wir waren hier, gleich nachdem Sie geschrien hatten. Ein Bär lief den Skihang hinauf, aber auch von da drüben kam ein Geräusch, wie wenn einer durchs Unterholz bricht.«

»Den Schlag hat mir kein Bär versetzt!« behauptete Jensen steif und fest. Er warf Mr. Smathers einen zornigen Blick zu.

»Ich pflege meine Mitgeschöpfe nicht zu schlagen«, sagte Smathers beleidigt. »Und außerdem hätte ich Sie gar nicht schlagen können. Ich lag im Bett. Fragen Sie Mrs. Hammond. Sie war in der Diele, als ich aus meinem Zimmer kam.«

Kathleen nickte. »Das stimmt, Mr. Jensen. Ich hörte ein Geräusch und zog meinen Morgenmantel über. Ich war gerade oben an der Treppe, als Mr. Smathers seine Tür aufmachte.«

»Es ging alles so schnell«, sagte Hammond beschwichtigend. »Sie können sich gar nicht genau entsinnen. Nicht nach einem solchen Schlag auf den Kopf.«

»Ins Genick«, sagte Jensen hartnäckig. »Ins Genick hat man mich geschlagen. Ein fachgerechter Nackenschlag. Seit wann teilen Bären Nackenschläge aus?«

»Kommen Sie ins Haus, dann rufen wir den Arzt an«, meinte Hammond beruhigend. Er sprach so, wie man mit einem aufsässigen Kind redet.

»Ich will keinen Arzt!« schrie Jensen. »Rufen Sie die Polizei. Hier treibt sich ein Verbrecher herum, der unschuldige Menschen anfällt!«

»Unschuldige Menschen sollten nachts um diese Zeit im Bett liegen«, sagte Mr. Smathers, »und nicht mit Blitzlicht und Kamera andere Geschöpfe zu Tode erschrecken.«

»Meine Kamera!« Jensen stürzte sich auf die Überreste seiner Kamera. »Um Himmels willen!« Er hob zwei Bruchstücke auf und schaute wütend auf die Filmschleife, die aus dem Wrack baumelte. »Vandale!« stieß Jensen anklagend hervor. Die Bemerkung war offensichtlich an Mr. Smathers gerichtet. »Wenn Sie eine Kamera runterfallen lassen, geht sie eben kaputt«, sagte Smathers. »Und wenn Sie die Polizei rufen wollen, werde ich selbstverständlich meine Aussage machen. Inzwischen lege ich mich wieder ins Bett. Und wecke mich keiner ohne triftigen Grund!«

Smathers trat ins Haus und überließ Jensen seiner Erbitterung.

»Er hat recht«, sagte Hammond vernünftig. »Wir sollten alle wieder ins Bett gehen.« Er wandte sich an die drei ???. »Holt eure Schlafsäcke herein«, meinte er. »Ihr wollt doch nicht draußen bleiben, wenn sich ein bösartiger Bär herumtreibt.«

»Es war aber kein Bär!« brüllte Jensen.

»Was dann?« fragte Hammond barsch. »Justus hat etwas durch die Bäume flüchten gehört, also muß da ein zweiter Bär gewesen sein – oder meinen Sie, es ist urplötzlich jemand aus dem Dorf zum Gewalttäter geworden? Also, wollen Sie nun, daß wir den Arzt rufen? Wenn wir den Sheriff holen, wird er Ihnen höchstens nahelegen, daß man bei Nacht nicht herumspaziert und das Wild aufscheucht.«

Das stimmte, und Jensen wußte es. »Na gut, na gut«, brummelte er. »Und einen Arzt brauche ich nicht.« Er ging die Stufen zur Veranda hinauf und in die Küche, wobei er sich den Nacken rieb.

Eine Viertelstunde später hatten die drei ??? ihre Schlafsäcke aus dem Zelt geholt und sich im Wohnzimmer häuslich eingerichtet. Sie warteten, bis die Geräusche im Obergeschoß verstummten. Dann begann Peter im Dunkeln zu sprechen.

»Jensen hat Glück gehabt«, sagte er. »Nicht allzu viele Leute, die sich mit einem Bären anlegen, kommen so glimpflich davon. Es sei denn, das war am Ende doch kein Bär.«

Justus Jonas runzelte die Brauen. »Da hast du den gleichen

Gedanken wie ich. Könnte ein Bär einen Schlag austeilen, der einen Mann betäubt und trotzdem nicht mal einen Kratzer auf der Haut hinterläßt? Die Haut in Jensens Genick war unverletzt.«

»Jemand vom Gasthof hätte es nicht sein können«, sagte Bob. »Patrick und Kenneth sind keine Schläger. Joe Hammond war im Büro, als es passierte, und Kusine Kathleen und Mr. Smathers liefern sich gegenseitig ein Alibi. Auch wenn Mr. Smathers wie eine Fliege die glatte Wand hochgehen könnte, hätte er nicht schnell genug wieder in sein Zimmer kommen können, so daß ihn Kusine Kathleen sehen konnte, als sie selber die Treppe herunterkam.«

»Also war es entweder jemand Fremdes oder ein zweiter Bär«, meinte Justus Jonas. »Morgen früh, sobald es hell wird, gehen wir zu den Bäumen südlich vom Haus hinunter, wo der Angreifer nach dem Überfall auf Mr. Jensen hingelaufen ist. Wir haben zwar ein trockenes Jahr, aber Bäume speichern die Bodenfeuchtigkeit, und die Erde dort müßte weich genug sein, um Fußspuren zu zeigen. Wer oder was Jensen den Schlag versetzt hat, muß Spuren hinterlassen haben. Daran sollten wir feststellen können, ob der Angreifer ein Bär oder ein Mensch war.«

Bär oder Mensch oder . . .?
Welch monströse Vorahnung streift meine Leser hier?

Der versteckte Schlüssel

Justus Jonas erwachte davon, daß Peter ihn am Arm rüttelte.
»Der Zug ist raus«, sagte Peter. »Komm aus deinem Sack und schau es dir an.«
Justus setzte sich auf. Das Licht im Raum war noch trüb und grau.
»Joe Hammond ist uns zuvorgekommen«, berichtete Peter.
Neben Justus drehte sich Bob um und streckte die Glieder.
»Zuvorgekommen – wieso?« fragte er.
»Wir schaffen es nicht mehr, den Platz hinterm Haus nach Bärenspuren oder menschlichen Fußspuren oder sonstigen Spuren zu untersuchen«, verkündete Peter. »Kommt und seht es euch selber an. Sonst glaubt ihr mir ja doch nicht.«
Bob und Justus standen auf und folgten Peter zur Küche.
Peter ging zum Fenster beim Herd und zeigte hinaus.
»Hochinteressant«, sagte Justus.
»Das ... das ist ja verrückt!« rief Bob. Finster starrte er auf Kusine Kathleens Ehemann, der sehr energisch mit einem Besen den Erdboden hinter dem Haus kehrte.
»Den Platz unter den Bäumen hat er schon glattgefegt«, sagte Peter.
»Er wurde gerade damit fertig, als ich euch weckte.«
»Hmm«, überlegte Justus. »Sieht so aus, als wolle er vorsätzlich alle etwaigen Spuren von Mr. Jensens Angreifer tilgen. Sehr sonderbar.« Er trat zur Tür, öffnete sie und tappte auf die Veranda hinaus. »Guten Morgen!« rief er munter.
Hammond zuckte leicht zusammen, dann lächelte er. »Morgen«, grüßte er zurück. »Gut geschlafen nach all der Aufregung?«
»Wie die Murmeltiere«, versicherte ihm Justus. »Sie sind aber früh auf.« Der Erste Detektiv blickte vielsagend auf den Besen.

Hammond stellte die umgestürzte Abfalltonne wieder auf und begann den Unrat vor den Stufen zu einem Haufen zusammenzukehren. »Hab' viel zu tun«, entgegnete er. »Will den Abfall gründlich wegräumen, sonst streunen hier bald so viele Bären herum, daß wir ihrer nicht mehr Herr werden. Und nach dem Frühstück will ich am Schwimmbecken arbeiten. Zieh dir Schuhe an, dann zeig' ich es dir.«

Er kippte den Abfall in die Tonne, setzte den Deckel darauf und kam die Stufen zur Veranda herauf.

Peter und Bob standen ganz arglos am Spülbecken, als Hammond und Justus in die Küche kamen.

»Morgen«, sagte Hammond. »Möchtet ihr mein Schwimmbecken sehen?«

Die drei Jungen holten ihre Schuhe und folgten Hammond zu der Ausschachtung etwa fünfzehn Meter hinter dem Haus.

»Zum Ausheben ließ ich ein paar Leute aus Bishop mit starken Baumaschinen kommen«, erklärte Hammond. »Das Verschalen und Betonieren mache ich dann selber, aber im Alleingang hätte ich das ganze Jahr über buddeln können.«

»Kann ich mir denken«, sagte Peter. »Das muß ja über drei Meter tief sein!«

»Vier«, berichtigte Hammond.

»Ja«, sagte Peter, »aber ein Schwimmbecken hat doch eine Seite, auf der es nicht so tief ist.«

»Das hier eben nicht«, erwiderte Hammond.

Peter runzelte die Stirn. »So ein Becken hab' ich noch nie gesehen. Wenn das Wasser überall gleich tief ist, wo sollen dann die Leute hin, die nicht schwimmen können und nur rumstrampeln möchten?«

»Sehr richtig«, sagte Hammond. »Die Leute, die nicht schwimmen können, sollen eben draußen bleiben. Ich hab' mal einen Mann gesehen, der konnte nicht schwimmen und hatte in einem Bassin plötzlich keinen Boden mehr unter den Füßen. Das war gar nicht komisch.«

»Aha«, sagte Peter.
Patrick und Kenneth sandten vom Haus muntere Hallorufe herüber.
»Wir sind hier drüben«, rief Hammond.
Die Brüder kamen eilig die Stufen herunter und über den Hof. »Hoppla!« sagte Patrick, als er Hammonds Erdgrube erblickte. »Schwimmbecken, was?« Man sah ihm an, daß er sich ein freundliches Gesicht abringen mußte.
»Genau. Das Schwimmbecken«, bestätigte Hammond.
»Und Sie machen das ganz allein?« fragte Kenneth.
Hammond nickte. »Da hat mich Kathleen eine Weile los.«
»Ein Schwimmbecken bauen – das ist Schwerarbeit«, sagte Patrick. »Wir haben Urlaub. Wir helfen Ihnen.«
»Aber nein, auf keinen Fall!« sagte Hammond rasch. »Sie sind hier in Ferien. Kommt gar nicht in Frage, daß Sie –«
»Was sollten wir im Urlaub Besseres anfangen, als dem Mann unserer Kusine zu helfen?« sagte Kenneth. Es war ein freundliches Angebot, aber Kenneths Tonfall war sehr bestimmt, als dulde er keinerlei Widerspruch.
Hammond zuckte die Achseln und fing an, den beiden Brüdern sein Bauvorhaben zu erläutern. Die drei ??? schlenderten zum Haus zurück.
»Patrick und Kenneth haben sich gerade das Recht zum Hierbleiben verdient«, murmelte Justus. »Die Mithilfe am Schwimmbecken liefert ihnen einen Vorwand dafür, in der Nähe zu bleiben und mehr über Joe Hammond herauszufinden.«
»Ich weiß nicht – hat der nicht alle Tassen im Schrank?« wunderte sich Peter. »Ich hab' noch nie ein Schwimmbecken gesehen, das keine Nichtschwimmerzone hat.«
Das Frühstück war an diesem Morgen eine spannungsgeladene Angelegenheit. Mr. Jensen redete mit niemandem, und seinen Gegner Smathers würdigte er keines Blickes. Mr. Smathers verschmähte demonstrativ die Eier und zeigte sich

entsetzt, als Kusine Kathleen eine Platte mit heißen Würstchen auftrug. Kathleen selbst aß fast gar nichts. Sie saß da, drehte den Ehering an ihrem Finger und nötigte jeden einzelnen dazu, sich noch mehr zu nehmen. Hammond lehnte ab und ging dann mit Patrick und Kenneth wieder hinaus, um am Schwimmbecken zu arbeiten. Mr. Smathers nahm ein Brötchen und machte sich auf den Weg zum Zeltplatz hinunter. Mr. Jensen bedankte sich ziemlich verdrossen bei Kathleen und verkündete, er habe in Bishop zu tun.
Kusine Kathleen blickte betrübt auf die Essensreste. »Ich glaube fast, keiner hatte so recht Appetit«, sagte sie zu den Jungen.
»Alles war ganz ausgezeichnet«, sagte Justus schnell. »Sie erinnern mich richtig an meine Tante Mathilda.«
»Tante Mathilda?« wiederholte Kathleen. »Ach ja – die Dame, die immer so nett zu Patrick und Kenneth ist.«
»Sie kocht auch ganz prima«, erklärte Justus.
Peter kicherte. »Just ist dabei ein Schwergewicht geworden.«
»Tante Mathilda und ich werden diät leben«, kündigte Justus an, »sobald ich wieder nach Rocky Beach komme.«
Bob lachte. »Ist mir nicht neu. Aber das glaube ich erst, wenn ich es sehe, Pummel!«
»Du wirst schon sehen!« Justus war so beleidigt, daß er richtig laut wurde.
»Pummel?« sagte Kathleen. »Den Namen habe ich doch schon gehört.«
»Wenn Sie spät abends im Fernsehen die alten Filme anschauen, kriegen Sie Just vielleicht mal auf der Mattscheibe rein. Er war früher ein Kinderstar – in einer Serie, die ganz Amerika heiß geliebt hat.«
»Ja, richtig. Davon haben mir Patrick und Kenneth nichts geschrieben.« Kathleens Gesicht hellte sich plötzlich auf. »Sie schreiben nur immer, daß ihr kluge Jungen seid und gute Spürnasen habt.«

»Sie haben ja unsere Karte gesehen«, sagte Justus steif. Er litt noch ein wenig unter der am Vortag erhaltenen Abfuhr.
»Eure Karte? Freilich, und ich habe mich da wohl daneben benommen. Ich habe nun schon überall gesucht, aber meinen Schlüssel finde ich nicht. Er ist sehr wichtig. Vielleicht könnt ihr ihn für mich finden.«
»Sie möchten die Dienste der drei Detektive in Anspruch nehmen?« fragte Justus.
»Dienste in Anspruch nehmen – was soll das heißen?«
»Justus will nur wissen, ob Sie uns beauftragen, den verlorenen Schlüssel zu suchen«, erklärte Bob. »Manchmal erheben wir dafür eine Gebühr, aber in Ihrem Fall nicht. Wir liegen Ihnen ja hier auf der Tasche, und das Essen ist wunderbar.«
»Zehnmal besser als das Konservenzeug, das wir einpackten, als wir dachten, wir würden campen«, sagte Peter.
»Vielen Dank.« Kathleen lächelte. »Also: Ich beauftrage euch hiermit, den Schlüssel zu suchen. Es ist zu dumm. Als ich nämlich von hier aus nach Lake Tahoe fuhr, wollte ich den Schlüssel nicht mitnehmen, und da versteckte ich ihn an einem sicheren Ort. Und jetzt fällt mir nicht mehr ein, wo ich ihn hingesteckt habe. Ich war so neunmalklug, daß ich mich selber hereingelegt habe.«
»Wie sieht denn der Schlüssel aus?« erkundigte sich Justus.
»Er ist klein«, sagte Kathleen. »So etwa.« Sie hob die Hand und zeigte zwischen Daumen und Zeigefinger etwa vier Zentimeter an. »Es ist der Schlüssel zu meinem Wertsachen-Schließfach in der Bank.«
»Dann ist das freilich sehr wichtig«, bestätigte Peter, »aber könnten Sie nicht zur Bank gehen und denen klarmachen, daß Sie den Schlüssel verloren haben? Man würde Ihnen doch einen Zweitschlüssel geben, nicht?«
»Mein Vater hat mal den Schlüssel zu seinem Banktresor verloren«, sagte Bob. »Da gab es keinerlei Probleme. Zwar mußte er bei einer Dienststelle der Bank vorsprechen, und ich

glaube, an seinem Schließfach wurde ein neues Schloß eingebaut. Es kostete auch was, aber nicht mal so viel.«
»Mir ist das peinlich«, sagte Kathleen. »Bei der Bank in Bishop bin ich sehr geachtet. Man kennt mich dort als zuverlässige Kundin, und als ich Geld brauchte, um den Skilift zu bauen, bekam ich ein Darlehen. Ich möchte jetzt nicht zur Bank gehen und sagen, daß ich dummerweise einen so wichtigen Gegenstand verloren habe.«
»Also gut«, sagte Justus. »Den drei Detektiven müßte es gelingen, Ihnen diese Peinlichkeit zu ersparen. Die Aufgabe kann ja nicht unlösbar sein. Der Gasthof ist nicht so groß. Wo verwahren Sie denn normalerweise den Schlüssel?«
»In meiner Schreibtischschublade. Aber jetzt ...« Kathleen breitete in einer Geste der Verzweiflung die Hände aus. »Ich weiß noch, wie ich überlegte, daß mein Haus ja nun leer wäre, und da wollte ich den Schlüssel verstecken, falls jemand einbrechen sollte. Nur weiß ich nicht mehr, wo.«
»Dann suchen wir mal«, sagte Peter. Er schob seinen Stuhl zurück und stand vom Tisch auf.
»Sollen wir im Büro anfangen?« fragte Justus.
»Im Büro haben wir schon gesucht«, erklärte Kathleen. »Dort ist er nicht.«
»Wir können ja noch mal nachsehen.« Auf Justs rundem Gesicht zeigte sich ein Hoffnungsschimmer. »Wir stoßen vielleicht noch auf etwas, das Ihnen entgangen ist.«
»Wenn ihr wollt, gut.« Kathleen begann den Tisch abzuräumen.
Die drei ??? gingen sogleich zum Büro, wo noch immer Papiere, Aktenhefter und Geschäftsbücher bunt durcheinanderlagen.
»Ich glaube, hier verschwenden wir nur Zeit, Just«, meinte Peter. »Kathleen und ihr Mann haben das Zimmer buchstäblich auf den Kopf gestellt. Wäre hier eine Stecknadel verlorengegangen, hätten sie sie längst gefunden.«

»Scheint mir auch so.« Justus setzte sich an den Schreibtisch. In der Küche klapperte Geschirr, und Wasser rauschte ins Spülbecken. »Aber vielleicht finden wir heraus, was Kathleens Mann gestern abend hier wollte, als die anderen alle im Bett waren. Patrick und Kenneth haben uns gebeten, über Hammond möglichst viel in Erfahrung zu bringen. Also werden wir als erstes nachforschen, was ihn an diesem Büro so sehr interessiert.«

Justus begann einen Stapel Schriftstücke auf dem Schreibtisch durchzublättern. »Hm. Ein Brief von Patrick, und noch einer von Kenneth. Der hier ist über zwei Jahre alt. Kathleen hat wohl alle Briefe aufbewahrt, die ihr ihre Vettern schickten.«

»Trotzdem kein Grund für Hammond, zu dieser Lektüre die ganze Nacht aufzubleiben, oder?« Bob nahm eines der Geschäftsbücher von dem Stapel auf dem Bücherregal und machte sich ans Blättern. »Patrick und Kenneth sind ja nun in voller Lebensgröße hier, und wenn er irgendwas von ihnen wissen möchte, kann er ja fragen.«

»Nein, wirklich kein Grund.« Justus stützte sich auf die Ellbogen und fing an, seine Unterlippe zu kneten, ein sicheres Anzeichen dafür, daß er sich stark konzentrierte.

»Oh, da ist ja was«, sagte Bob. Er schob Justus das Buch über die Tischplatte zu. »Kathleens Kontobuch über ihr Sparguthaben.«

»Das ist ja ein recht gewichtiges Sparbuch«, stellte Peter fest.

»Es ist gar kein Sparbuch. Es ist nur ein Notizbuch mit einer Spalte für die Einzahlungen und einer für die abgehobenen Beträge, und die letzte Spalte auf jeder Seite weist das verfügbare Guthaben aus.«

Justus wandte flink die Seiten um, bis er das Buch zur Hälfte durchgeblättert hatte. Dann hielt er inne. »Die letzte Eintragung stammt aus der vorletzten Woche«, berichtete er Bob und Peter. »In der vorletzten Woche hat Kathleen 175 Dollar auf ihr Sparkonto einbezahlt – wo, ist uns unbekannt. Abgehoben hat sie nichts, und die Endspalte gibt an, daß sie 10 823 Dollar besitzt.«

»Alle Achtung!« rief Peter. »Wenn das alles Bargeld ist, dann ist Kathleen etwa neunzig Prozent der amerikanischen Bevölkerung weit voraus. Das habe ich dieses Jahr in Sozialkunde gelernt. Die meisten Leute haben überhaupt nie Geld flüssig und stecken so tief in Schulden, daß schon ein geplatzter Autoreifen sie in die Klemme bringt.«

»Also ist Kusine Kathleen doch recht wohlhabend«, sagte Justus. »Bob, wir müssen ihren Schlüssel so schnell wie möglich finden und dann vom Dorf aus deinen Vater anrufen. Es würde mich sehr interessieren, ob die Kredit-Auskunftei in Reno eine Akte Hammond angelegt hat.«

»Du meinst, er hat es auf Kathleens Moneten abgesehen?« fragte Peter.

»Möglich ist es schon. Patrick und Kenneth haben sicherlich einen Verdacht, und man merkt ja auf Schritt und Tritt, daß ihm die beiden gar nicht gelegen kommen. Er war keineswegs entzückt, als sie beschlossen, im Urlaub hier zu bleiben und ihm beim Schwimmbadbau zu helfen. Und diese Reaktion ist doch sonderbar. Überhaupt erscheint mir die Sache mit dem Bad sonderbar. Und daß er den ganzen Platz gekehrt hat. Und das Betäubungsgewehr.«

Justus hob warnend die Hand, als im Wohnzimmer Schritte zu hören waren. Ein paar Sekunden später erschien Kathleen an der Tür zum Büro. »Na?« fragte sie.

»Sie hatten doch recht«, meinte Justus. »Der Schlüssel ist nicht hier.«

»Wir durchsuchen noch das ganze Haus«, versicherte ihr Bob. »Macht es Mr. Jensen und Mr. Smathers etwas aus, wenn wir in ihren Zimmern nachschauen? Könnte es sein, daß Sie den Schlüssel in einem Gastzimmer versteckt haben?«

»Vielleicht«, sagte Kathleen. »Als ich zur Trauung wegfuhr, waren noch keine Gäste da. Aber rührt das Gepäck nicht an. Das ist nicht notwendig, und die Herren wären sehr erbost, wenn ihr euch an ihren Sachen zu schaffen machtet.«
»Das versteht sich.« Justus stand auf. »Sollen wir hier drin für Sie aufräumen?«
»Das mache ich besser selbst«, sagte Kathleen. »Ihr wißt ja nicht, wo die Sachen hingehören.«
»Also gut.« Justus kam um den Schreibtisch herum. Er war schon fast an der Tür, als er wegen einer plötzlichen Eingebung stehenblieb. »Haben Sie in der letzten Zeit Ihr Scheckbuch benutzt?« fragte er Kathleen. »Ein Scheckbuch habe ich hier nirgends gesehen.«
»Ich habe gar kein Scheckbuch«, erklärte ihm Kathleen. »Ich bezahle alles in bar.«
»Alles?« Justus war verblüfft. »Ist das nicht zu riskant?«
»Ich habe nicht viel Geld im Haus«, sagte Kathleen. »Ich habe mein Geld auf der Bank, in meinem Schließfach im Tresorraum. Deshalb ist mir auch der Schlüssel so wichtig. Ich muß bald Rechnungen bezahlen, und dazu brauche ich Geld. Und mein Mann hat Zement für das Schwimmbecken bestellt. Den möchte ich gleich bei der Lieferung bezahlen.«
»In bar?« fragte Justus.
»Das ist sicherer«, entgegnete Kathleen. »Wenn ich ein Scheckbuch habe, kann mir einer meine Schecks stehlen und meine Unterschrift fälschen. Ehe ich überhaupt davon erfahre, könnte mir einer alles abnehmen. Wenn ich mit barem Geld arbeite, habe ich nie mehr im Haus, als ich brauche, und das stiehlt mir niemand. Ich stecke es nämlich nachts unters Kopfkissen. Und tagsüber trage ich es bei mir.«
»Die Polizei würde Ihre Methode wohl kaum gutheißen, Mrs. Hammond«, sagte Justus. »Wenn Sie für alles bar bezahlen, müssen die Leute ja wissen, daß Sie hin und wieder größere Beträge im Haus haben. Wenn Sie nun jemand überfällt?«

Kusine Kathleen lächelte. »Ich glaube, mein Mann würde jeden erschießen, der das wagen wollte«, sagte sie.
»Kein Zweifel«, sagte Peter. »Das täte er glatt!«

Der Monsterberg

Den Rest des Vormittags widmeten die drei ??? einer gewissenhaften Durchsuchung des Gasthofs. Sie schlugen Teppiche zurück, sahen unter Kommoden nach und tasteten die Oberkanten von Fenster- und Türrahmen ab. Peter stieg auf einen Stuhl und räumte das Geschirr aus allen oberen Borden in der Küche heraus. Bob schüttelte jeden Topf, drehte jede Tasse um und untersuchte mit einem langen Löffel den Mehlkasten und die Zuckerbüchse. Justus besah sich im Dachgeschoß jeden Balken, ging anschließend in den Keller und stocherte in den Ritzen und Ecken der betonierten Wände herum. Kathleens Schuhe wurden aus dem Schrank geholt und eingehend untersucht. Ihre Manteltaschen wurden durchforscht, ihre Handtaschen ausgeleert.
»Sind Sie denn sicher, daß er hier ist?« fragte Justus, als er sich mit Bob und Peter zum Mittagessen einfand. »Könnten Sie ihn nicht irgendwo verloren haben – vielleicht in der Bank, als Sie ihn das letzte Mal benutzt haben?«
Kathleen war sicher.
Peter hockte krumm am Tisch. »Mir unbegreiflich«, sagte er. »Wir haben das Haus Zoll für Zoll durchgekämmt. Wie können Sie etwas so gut versteckt haben und sich nicht erinnern, wo das Versteck ist? Dazu gehört schon eine besondere Begabung!«
Kathleen seufzte und stellte eine Platte mit überbackenen Käsebroten auf den Tisch. »Vielleicht solltet ihr jetzt Pause

machen und morgen weitersuchen«, schlug sie vor. »Ich werde auch noch einmal überlegen. Aber so viel ich überlege, ich kann mich einfach nicht erinnern«.
»Lassen Sie das Überlegen lieber bleiben«, riet Justus. »Denken Sie gar nicht mehr daran, dann fällt es Ihnen vielleicht ein.«
Kathleen setzte sich nicht zu den Jungen an den Tisch. Statt dessen ging sie in ihr Büro und schloß die Tür.
»Warum ist sie nur so aus dem Häuschen?« fragte Bob. »Sie kann sich doch einen Zweitschlüssel beschaffen oder das Schloß ändern lassen – irgendwie wird sie ja an ihr Schließfach wieder rankommen.«
Justus wußte nur ein Achselzucken als Antwort, und die Jungen aßen schweigend. Dann wuschen sie rasch das Geschirr ab und gingen hinters Haus. Justus blieb stehen und starrte auf den säuberlich gefegten Erdboden, auf dem sich nun die Fußspuren von allen, die zwischen dem Haus und der ausgehobenen Grube hin- und hergegangen waren, abzeichneten.
»Hallo, Just!«
Patrick rief vom Rand der Grube herüber. Die Jungen hörten energisches Pochen. Da hämmerte jemand auf dem Grund des künftigen Schwimmbeckens.
Justus, Peter und Bob liefen rasch hin und schauten hinuntern. Kenneth war drunten im Loch und nagelte Bretter zur Verschalung für den Betonguß zusammen.
»Habt ihr schon was rausgekriegt?« fragte Patrick.
Kenneth hörte auf zu hämmern und schaute herauf.
»Wir haben Kusine Kathleens Schlüssel gesucht«, sagte Justus. »Leider haben wir ihn nicht gefunden. Jetzt können wir uns näher mit Hammond befassen. Bestimmt werden wir für euch was über ihn in Erfahrung bringen. Bob muß nur anrufen. Wo ist denn Hammond?«
Patrick zeigte zum Skihang hinauf. »Er hat sein Gewehr genommen und ein paar Sachen in einen Rucksack gepackt,

und dann ist er da raufgegangen. Er sagte, er muß auf der Wiese oben was erledigen und kommt später wieder her.«
Die drei ??? überließen die Brüder ihrer Arbeit und gingen die Zufahrt hinunter. Sie bogen nach rechts in die Dorfstraße ein und kamen bald an die kleine Tankstelle, wo Patrick und Kenneth am Vortag nach dem Weg gefragt hatten. Der neugierige Tankwart war nirgends zu sehen, und der Betrieb schien geschlossen zu sein. An einer Ecke des Geländes war eine Telefonzelle. Bob trat hinein, schloß die Tür und rief seinen Vater in der Redaktion an.
»Na?« fragte Peter, als Bob wieder aus der Zelle kam.
»Wir haben Glück«, meldete Bob. »Ich mußte mir erst die üblichen Vorhaltungen anhören, daß ich ihn bei der Arbeit nicht stören soll, aber er kennt tatsächlich einen Kollegen in Reno, und an den will er sich wenden, um sich über Hammond zu erkundigen. Er sagte, ich soll ihn morgen abend zu Hause anrufen.«
»Das ist doch schon was«, sagte Justus.
Die Jungen schlenderten die Dorfstraße wieder hinauf, am Gasthof vorbei, und bogen dann in den Weg zum Zeltplatz ein.
»Diese Ferien sind ja nicht ganz das, was ich mir vorgestellt hatte«, meinte Peter. »Wir wollten zelten und wandern und angeln. Statt dessen nächtigen wir im Gasthof auf dem Fußboden und lassen uns von Kusine Kathleen verköstigen. Wenn es hier nun noch dunstig wäre, würde ich glatt meinen, ich sei daheim in Rocky Beach.«
»Wir können doch zelten, finde ich«, sagte Bob. »Wir könnten heute nachmittag unser Zelt wieder hierher bringen. Patrick und Kenneth machen ja wohl nicht mit. Ihnen ist die Sache mit Kathleens Ehemann zu ungemütlich. Aber *wir* können wieder zelten.«
Justus grinste. »Und vor den Bären hast du keine Angst?« fragte er.

»Der Bär gestern abend wollte doch gar nichts von uns«, hielt ihm Bob entgegen. »Der suchte nur was zum Fressen.«
»Aber Mr. Jensen hat was abgekriegt«, erinnerte ihn Justus. »Was das wohl war? Und warum hat Hammond heute früh die Spuren weggefegt?«
Nach einer Wegbiegung lag der Zeltplatz vor den drei Jungen. Er war mit fünf gemauerten Feuerstellen und ebenso vielen roh gezimmerten Holztischen ausgestattet. Rechts war ein schmales Bachbett. Abgesehen von einem dünnen Rinnsal, das zwischen den Steinen hindurchlief, war es fast ganz ausgetrocknet. Hinter dem Zeltplatz führte ein gewundener Pfad in den Wald.
Peter sah sich das Bächlein an und fuhr sich mit der Hand durchs Haar. »Jetzt begreife ich, was Joe Hammond meinte, als er vom Wasserproblem sprach«, sagte er. »Wenn wir hierher umsiedeln, müssen wir uns Wasser aus dem Haus mitbringen.«
»Dann hat das Ganze ja wenig Sinn«, meinte Justus. »Im übrigen möchte ich lieber in der Nähe des Hauses bleiben, mindestens bis wir mehr über Hammond wissen. Mit dem stimmt zu vieles nicht. Und der Überfall auf Mr. Jensen . . .«
»Hammond kann das nicht gewesen sein«, sagte Bob. »Wir sahen ihn doch im Haus sitzen, als Jensen angefallen wurde.«
»Nein, Hammond kann es nicht gewesen sein. Aber in diesem Haus tut sich irgendwas Verdächtiges. Ich wüßte zu gern, was es ist.«
In den Büschen hinter Justus raschelte es. Alle drei fuhren zusammen.
»Schöner Schreck, wie?« fragte eine belustigte Stimme. »Tut mir leid.«
Justus fuhr herum. Der Mann von der Tankstelle in Sky Village tauchte aus einem Strauch wildem Flieder auf. Geschäftig stopfte er ein Knäuel schmutziges, zerknülltes Papier in einen Leinensack.

»Ihr seid wohl ein wenig bange vor Bären?« fragte er. Seine scharfen Augen funkelten. »Hab' gehört, gestern abend habt ihr im Gasthof alle einen Mordsschrecken bekommen.«
»Wieso ... woher wissen Sie das?« fragte Justus.
»Mr. Jensen kam heute früh zum Tanken her«, erklärte der Mann. »Dabei fiel mir auf, daß er einen steifen Hals hatte, und ich erkundigte mich danach. Ich interessiere mich eben für die Leute. Er war fuchsteufelswild. Behauptet, einer hätte ihm einen Schlag ins Genick versetzt, als er gerade einen Bären fotografieren wollte.«
»Soviel wir wissen, hat es sich wirklich so abgespielt«, sagte Bob. »Mr. Hammond meint, es sei ein zweiter Bär gewesen.«
»Für einen Bären ein sonderbares Benehmen«, sagte der Mann. »Aber man kann eben nie wissen, und dieses Jahr haben wir schon eine Menge Bären im Dorf gehabt. Ist in trokkenen Jahren immer so. Überall durchwühlen sie die Abfalltonnen. Ich laß sie machen. Dann krieg' ich auch keinen Ärger.«
Der Mann schaute über den Zeltplatz hin. »So, jetzt ist hier wieder Ordnung«, verkündete er. »Letzte Woche war ein Pärchen aus der Stadt da, und die haben vielleicht gehaust – wie die Wilden. Papiertücher überall auf der Erde und Orangenschalen im Bachbett. Da verliert man den Glauben an seine Mitmenschen.«
»Betreuen Sie den Zeltplatz?« erkundigte sich Bob.
»Eigentlich nicht«, sagte der Mann, »aber der Zeltplatz ist das einzige, das im Sommer was einbringt, und ich will ja Benzin verkaufen. Die Urlauber erzählen sich gegenseitig vom Zustand der einzelnen Campingplätze. Wenn der Platz hier in Verruf kommt, kann ich meine Tankstelle dichtmachen und von Mai bis zum nächsten Schneefall am Hungertuch nagen.«
»Verständlich«, sagte Bob.
»Ich heiße übrigens Richardson«, sagte der Mann. »Charlie

Richardson, und alle nennen mich die Dorfzeitung.« Er kicherte. »Keinen Respekt haben die Leute.«
Peter lachte. Er streckte die Hand aus. »Ich bin Peter Shaw, und das ist Justus Jonas. Und unser Freund mit der Brille, das ist Bob Andrews.«
Charlie Richardson sagte, es freue ihn, die drei kennenzulernen, und er schüttelte allen die Hand.
»Wollt ihr nun hier zelten?« fragte er. »Als ich an Kathleens Haus vorbeifuhr, sah ich euer Zelt dort unter den Bäumen.«
»Eigentlich haben wir heute nacht im Haus geschlafen«, sagte Justus. »Nachdem die Bären den Abfall durchstöberten, hat es uns Mr. Hammond empfohlen.«
Charlie Richardson lachte. »Man merkt sofort, daß Kathleen O'Haras frischgebackener Ehemann unseren Monsterberg noch nicht sehr gut kennt, wenn ihm ein oder zwei Bären solche Angst machen.«
»Monsterberg?« wiederholte Peter.
»Na klar. Ach so, für euch Touristen sollte ich wohl Mount Lofty sagen, wie es auch auf der Landkarte steht. Aber als ich klein war, wohnten hier nur fünf Familien, und wir nannten ihn den Monsterberg.« Er zeigte auf einen Wachturm, der auf einem hohen Gipfel im Norden ganz schwach zu erkennen war. »Seht ihr den Turm dort? Da war früher die Feuerwache bei Waldbrandgefahr. Jetzt ist er nicht mehr besetzt, aber früher hieß er nur der Turm vom Monsterberg.«
Peter setzte sich an einen der Picknick-Tische. »Aus einem bestimmten Grund?« wollte er wissen.
Charlie Richardson setzte sich neben Peter und lehnte sich gegen den Tisch. »Als ich ein Junge war«, sagte er, »erzählten die Großen immer, auf dem Berg gäbe es Riesen und Menschenfresser, die in Höhlen wohnen und kleine Kinder auffressen, die nicht nach Haus gehen, wenn es dunkel wird.«
Bob lachte. »Das hört sich an wie ein Gruselmärchen, das eine Mutter erfindet, damit ihre Kinder parieren.«

»Das war's wohl auch«, bestätigte Richardson, »aber wir glaubten das aufs Wort, und was uns nicht die Großen erzählten, das dachten wir uns selber aus. Wir graulten uns gegenseitig halb tot mit Geschichten, wie furchtbare Monster nachts bei Vollmond hervorkommen und um die Häuser schleichen und Einlaß suchen. Ein alter Trapper hat mal hier gewohnt, und er konnte schwören, daß er im Schnee oben beim Gletscher die Fußspuren eines riesenhaften Mannes gefunden hatte. Abdrücke von bloßen Füßen, sagte er. Das war schön blöd. Wenn da oben einer barfuß rumlaufen wollte, dem würden ja alle Zehen abfrieren.«

»Hört sich an, als hätten Sie das Gruseln richtig genossen«, sagte Peter.

»Oh, es machte uns allen Spaß, aber wenn es dunkel war, blieb keiner von uns draußen. Komisch. Man sollte fast meinen, der Einsiedler hätte diese Geschichten schon gekannt und sich von ihnen anstecken lassen, aber so war es gar nicht.«

»Ein Einsiedler?« Bob setzte sich auf einen Felsbrocken neben dem Picknicktisch. »Erst Monster und nun noch ein Einsiedler. Sie hatten ja eine recht spannende Kindheit.«

»Oh, den Einsiedler gab es hier noch nicht, als ich klein war«, sagte Richardson. »Der kam erst vor drei ... nein, vor vier Jahren hier angewandert. Er kam zu Fuß von Bishop raufgestiegen, mit einem Bündel auf dem Rücken – ein junger Mann, vielleicht fünfundzwanzig oder dreißig. Es war Sommer, als er kam, und es waren nicht allzu viele Leute in der Gegend, und als ich ihn da mitten auf der Straße stehen und dumm gucken sah, fragte ich ihn, was er suche. Er sagte, er suche einen guten Platz zum Meditieren. Ich erklärte ihm, daß wir hier in Sky Village keine Kirche haben, aber das meinte er nicht. Er suchte einen Ort, wo er sich hinsetzen und sein Bewußtsein mit dem All vereinigen konnte. Das hörte sich unverfänglich an, also sagte ich ihm, er könnte es mit der Wiese über dem Skihang versuchen. Dort geht im Sommer kaum einer hin. Ich hatte gedacht, er ginge für einen Nachmittag hinauf und würde sich hinsetzen und mal gründlich nachdenken, aber da hatte ich mich geirrt. Ging der doch tatsächlich rauf auf den Berg und baute sich da eine kleine Hütte! Er kaufte im Dorf Bauholz und Dachpappe und ein paar Nägel, aber niemals irgendwas zum Essen. Muß wohl von Beeren gelebt haben wie die Bären oder von Nüssen wie die Eichhörnchen.«

»Zurück zur Natur, was?« sagte Bob. »Und was ist aus ihm geworden?«

»Na«, sagte Charlie Richardson. »Ich persönlich finde, es macht einen Mann wirr im Kopf, wenn er so viel allein ist. Der junge Einsiedler redete mit keinem Menschen, und wenn jemand den Berg heraufkam, schloß er sich in seiner Hütte ein. Das hat er drei Monate lang ausgehalten. Dann kam er eines Tages runter und raste wie wild durchs Dorf. Ich hab' ihn nicht gesehen, aber Jeff, der im Supermarkt aushilft, sagte, der Kerl hätte was von einer Schreckgestalt auf der Wiese geschrien. Und gleich darauf sah ihn Jeff nur noch von hinten, wie er die Straße nach Bishop runterflitzte.«

Peter erschauerte unwillkürlich. »Und Sie haben ihn nie mehr gesehen?« fragte er.

»Keine Spur von ihm«, sagte Richardson.

Justus Jonas schaute zu den Berggipfeln auf, die vor ihnen aufragten. »Monster«, sagte er. »Mir ist nicht klar . . .«

Richardson schnaubte verächtlich und setzte sich aufrecht hin. »Gebt nicht zuviel auf solche Geschichten«, sagte er. »Der Bursche in seiner Einsamkeit da oben mußte ja mit der Zeit Geister sehen. Würde jedem so gehen. Tut keinem gut, so allein zu hausen.« Er stand auf. »Wenn ihr hier draußen zelten wollt, dann bitte. Macht euch keine Sorgen über Bergmonster, und die Bären lassen euch in Frieden, wenn ihr sie nicht stört. Ihr solltet nur nichts Eßbares rumliegen lassen.«

Er warf sich seinen Sack über die Schulter und ging auf den Weg zu, der nach Sky Village zurückführte. Am Rand des Zeltplatzes blieb er noch einmal stehen und wandte sich um mit der Warnung: »Und verschandelt mir die Natur nicht mit Abfall!«

»Bestimmt nicht«, versprach Bob.

Der Tankwart stampfte den Weg entlang. Nach ein paar Minuten war er außer Sicht.

»Monsterberg«, sagte Bob. »Das sind doch bloß Märchen, die die Großen den Kindern erzählten, damit sie brav folgten. Hier kann es keine Ungeheuer geben. Die Sierra ist schließlich nicht der Himalaya. In den Bergen hier ist doch seit eh und je alles erschlossen – erst Pfade für Tragtiere, jetzt Wege für Wanderer und Campingfreunde –«

»Eben nicht überall«, unterbrach ihn Justus. »Das Bergland hier ist sehr weitläufig. Es muß viele unwegsame Gebiete geben, wo man nicht wandern und zelten kann.«

Peter schüttelte sich. »Just, du machst mir ja Angst. Nun behaupte nur noch, dieser Einsiedler hätte tatsächlich ein Bergmonster gesehen.«

»Auch in den phantastischsten Geschichten steckt gewöhnlich ein Körnchen Wahrheit«, sagte Justus Jonas. »Falls Mr. Charlie Richardson nicht diese ganze Darstellung aus der Luft gegriffen hat, können wir annehmen, daß dieser Einsiedler wirklich hier hauste und daß er etwas Erschreckendes gesehen hat, und –«

»Horch!« Bob wurde plötzlich aufmerksam. Er sah zum Bachbett hinüber. »Da ist jemand!«

Im Gebüsch jenseits des Wasserlaufs raschelte es sachte, und obwohl der Nachmittag windstill war, sahen die Jungen, wie sich Zweige bewegten.

Peter stand wie angewurzelt, den Blick auf die dicht beisammenstehenden Sträucher hinter dem Bach geheftet. Er glaubte mitten darin einen seltsamen Schatten wahrzunehmen.

Das Rascheln wurde deutlicher und kam näher.
»Da ist etwas«, flüsterte Bob, »und es kommt hierher!«

Nun denkt Bob sicherlich an seine eben geäußerten Worte: »Die Sierra ist nicht der Himalaya ...« O ja, das ist eine seltsame Spielart der Natur (oder des Aberglaubens), die in unregelmäßigen Abständen immer wieder einmal in der Presse auftaucht – dieser Yeti oder »Schneemensch« aus den verschneiten Gebirgen des Himalaya. Ich fürchte, er ist noch um einiges unsympathischer als ein ausgewachsener Bär ...

Ein Freund der Tiere

Immer näher kam das leise Rascheln im Gebüsch.
Den drei ??? brach der kalte Schweiß aus. Visionen von seltsamen Geschöpfen bedrängten sie ... Menschenfresser und Riesen, die den Wald durchstreifen ... mißgestaltete Ungeheuer, vor denen ein Einsiedler schreiend den Berg hinunterflüchtet ... finstere Gestalten, die in mondheller Nacht im Schatten lauern ...
Knistern, Rascheln. Ein Knacken.
Immer näher ...
Plötzlich kam kein Laut mehr. In den Büschen jenseits des Baches war es wieder ganz ruhig. Die Stille war grauenvoll. Würde das Ding angreifen oder nicht?
Und dann sagte eine vertraute Stimme: »Sieh da! Entschuldigung, mein Freund. Fast wäre ich auf dich getreten.«
Peter hatte noch gar nicht gemerkt, daß er schon eine ganze

Weile den Atem anhielt. Er riß den Mund auf und begann hastig die dünne, klare Gebirgsluft in tiefen Zügen in seine Lungen zu pumpen.
»Mr. Smathers ist das!« stieß Justus mit erstickter Stimme hervor. Die Kehle war ihm vor Angst ausgedörrt. Kraftlos ließ er sich gegen den Picknicktisch zurücksinken. »Bin ich aber froh!«
Bobs Lachen hörte sich ein wenig unecht an. »Hast dir wohl eingebildet, es sei das Ungeheuer vom Monsterberg? Ich hatte es tatsächlich kurz gedacht.«
»Die Macht der Suggestion«, sagte Justus. »Wir hören uns eine Schauergeschichte an, und schon graulen wir uns halb tot vor dem ersten Wanderer, dem wir begegnen.« Er erhob die Stimme und rief laut: »Mr. Smathers!«
Die Büsche hinter dem Bach teilten sich, und Mr. Smathers' hageres Gesicht spähte zu den Jungen herüber. Der schmächtige kleine Mann trug einen Leinenhut mit schmaler Krempe, und er schien noch gar nicht bemerkt zu haben, daß er einen Sonnenbrand auf der Nase und einen Kratzer über der Stirn hatte. »Ihr stört hier den Frieden«, sagte er. Seine Stimme klang streng, aber seine Mundwinkel kräuselten sich zu einem leichten Lächeln.
»Sie haben uns erschreckt«, sagte Peter. »Wir dachten, Sie seien ein Bär – oder noch was Schlimmeres!«
»Heute nachmittag wäre ich gern ein Bär«, erklärte Smathers. »Ich habe einen Bienenstock in einem Baum entdeckt. Ein Festmahl für einen Bären!« Er trat aus dem Gebüsch und blieb am Bachufer stehen. Die Jungen sahen, daß er ein Stinktier ganz liebevoll im Arm hielt.
»Um Himmels willen!« rief Peter.
Smathers senkte den Blick zu dem schwarzweißen Tierchen. »Ist es nicht wunderhübsch?« sagte er.
»Mr. Smathers!« sagte Bob ganz verzweifelt. »Tun Sie es weg!«

Smathers lachte. »Stört dich mein Freund hier?« Er kraulte den Skunk mit dem Zeigefinger unterm Kinn. »Ist das nicht dumm?« fragte er das Tier. »Die Jungen haben Angst, du würdest sie mit deinen Drüsen bespritzen. Das würdest du doch nicht tun, oder? Nur wenn es sein müßte.«
Smathers setzte den Skunk nieder. »Lauf lieber weg«, riet er dem Tier. »Nicht jeder versteht dich so wie ich.«
Der Skunk machte ein paar Watschelschritte, blieb dann stehen und wandte sich wie fragend zu Smathers um.
»Lauf los«, drängte Smathers. »Ich möchte mit unseren jungen Freunden hier ein paar Worte reden, und du machst sie nur nervös. Es tut mir so leid, daß ich dich im Mittagsschlaf gestört habe, ich Tolpatsch. Ich will's nicht wieder tun, das verspreche ich.«
Der Skunk schien damit zufrieden. Er verschwand im Gebüsch, und Mr. Smathers stieg die Uferböschung herunter ins Bachbett und über das Rinnsal weg.
»Entzückende Geschöpfe, diese Stinktiere«, sagte Smathers, als er bei Justus, Peter und Bob auf dem Zeltplatz ankam. »Man sollte eigentlich keine erklärten Lieblinge haben, aber mir sind die Skunks doch beinahe lieber als alle anderen Tiere.«
»Wenn ich es nicht selber gesehen hätte, würde ich es nicht glauben«, erklärte Bob.
Peter runzelte erbittert die Stirn. »Das ist ein Trick«, behauptete er. »Das kann nur ein zahmer Skunk gewesen sein, ein Schoßtier. Sicher hat man ihm die Drüsen rausoperiert.«
»Was für eine abscheuliche Vorstellung!« rief Mr. Smathers. »Richtig barbarisch! Oh, ich weiß, daß sich Leute wirklich Stinktiere zähmen und ihnen die Drüsen entfernen. Und was passiert dann?«
»Gar nichts«, sagte Peter. »Gar nichts passiert. Deshalb macht man die Drüsen ja raus – damit nichts passieren kann.«

»Typisch menschliche Schlußfolgerung«, sagte Smathers. »Man nimmt ein Tier, das von der Natur mit einem zuverlässigen Abwehrsystem versehen wurde, und entfernt dieses System. Das Tier wird hilflos – von nun an völlig abhängig vom Menschen, da es sich ja nicht mehr verteidigen kann. Und dann behauptet der Mensch stolz, das sei jetzt sein Tier, als könne ein Geschöpf das andere besitzen. Äußerst widerwärtig!«
Die Jungen schwiegen, ein wenig erschrocken über den scharfen Ton von Mr. Smathers' Stimme.
»Ach ja«, sagte Smathers nach einer Weile, »wenn die Leute nur ihren Verstand gebrauchen und sich die Zeit nehmen wollten, ihre Mitgeschöpfe zu verstehen, dann wäre diese ausgemachte Barbarei gar nicht vonnöten. Vorausgesetzt, daß wir uns anständig benehmen, könnten wir alle in die Wildnis gehen und dort unsere wilden Freunde besuchen. Wir hätten dann so viel Anstand, ihnen ihre Freiheit zu lassen.«
Mr. Smathers zog eine Papiertüte aus der Tasche und schüttete daraus ein paar Erdnüsse in seine hohle Hand.
»Seid mal ganz ruhig, dann zeig' ich euch was«, sagte er zu den Jungen.
Er spitzte den Mund und gab ein Zwitschern von sich. Ein blauer Eichelhäher kam über ihren Köpfen angeschwebt, kreiste einmal über dem Zeltplatz und ließ sich dann zu Smathers' Füßen nieder. Von den Jungen nahm der Vogel gar keine Notiz. Er kreischte Smathers an.
»Nicht so gierig«, sagte Smathers. »Warte auf die anderen.«
Der Häher schimpfte laut.
»Es dauert nicht lange«, sagte Smathers zu dem Vogel. »Hab' ein wenig Geduld, bitte.«
Ein Eichhörnchen erschien und hüpfte auf Smathers zu. Der Eichelhäher kreischte das Eichhörnchen ungeduldig an, und das Eichhörnchen keckerte gereizt zurück.
»Streitet euch nicht«, mahnte Smathers. »Es ist für alle genug da.«

Das Eichhörnchen ließ das Keckern sein und begann sich wie in Verlegenheit mit den Vorderpfötchen das Gesicht abzuwischen.
Zwei Streifenhörnchen schossen über die Lichtung, fast wären sie über Peters Fußspitzen gehuscht.
»Ah, da seid ihr endlich!« sagte Smathers. »Also gut. Es geht los.«
Das Eichhörnchen wartete, während Smathers dem Eichelhäher die Nüsse hinhielt. Der Häher pickte zwei Nüsse auf und hüpfte dann etwas zur Seite, während Smathers das Eichhörnchen fütterte. Dann kamen die Streifenhörnchen an die Reihe.
»Seht ihr«, sagte Smathers zu den Jungen, »sie machen einander Platz, wenn man ihnen nur alles ordentlich erklärt. Kein Drängeln, kein Wegschnappen.«
Die Jungen sagten nichts, nur Justus nickte.
Als die Streifenhörnchen die letzte Nuß gemümmelt hatten, verabschiedete Smathers die Tiere, gewissermaßen wie ein Lehrer eine Schulklasse entläßt. Der Häher flog in den Wipfel einer großen Kiefer, ließ sich kurz auf einem Ast nieder und zeterte laut. Dann flog er weg. Das Eichhörnchen lief zu einem Versteck unter einem Steinhaufen am Bachufer, und die Streifenhörnchen huschten davon in den Wald.
»Freilich verwöhne ich sie«, sagte Smathers. »Aber jedes Wesen verträgt von Zeit zu Zeit ein bißchen Verwöhnen.«
»Ja, Sie verwöhnen sie«, sagte Justus. »In den Naturschutzparks warnen die Aufseher immer die Besucher davor, die Tiere zu füttern. Die vergessen sonst, wie sie sich selbst Futter beschaffen müssen, wenn sie von zu vielen Leuten Nüsse und Popcorn und solches Zeug bekommen.«
»Deshalb gehe ich höchst ungern in Naturschutzparks«, fuhr Mr. Smathers auf. »Diese dummen Leute stehen überall Schlange, die Hände voll zivilisiertem Fraß, den sie den Wildtieren hinstrecken, und die Tiere stopfen sich damit voll.

Wenn der Winter kommt, sitzen die Leute zu Hause und machen sich keine Sekunde lang Gedanken darüber, welchen Schaden sie angerichtet haben, und viele Tiere verhungern dann. Das ist Mord, so gewiß es Mord ist, wenn man ein Tier mit einem Gewehr erschießt. Ich bringe meinen Freunden nur ein paar Nüsse, und ich habe das Eichhörnchen und die Streifenhörnchen davor gewarnt, von Fremden Futter anzunehmen. Sie verstehen, was passieren kann. Sie wissen, daß ich ihnen nur ein paar Leckerbissen mitbringe. Das ist ungefähr dasselbe, wie wenn ich meinem Neffen einmal ein Eis kaufe.«

»Aha«, sagte Bob. »Sie haben den Tieren also erklärt, daß sie sich vor den Leuten in acht nehmen müssen. Und Sie glauben, die verstehen das?«

»Ich weiß, daß sie es verstehen«, erklärte Smathers. »Sie haben es mir gesagt. Oh, beim Häher bin ich nicht ganz sicher. Der ist mir zu gierig. Er begreift womöglich nicht viel davon, außer wie er seinen Kropf füllt. Aber er ist ein herrlicher Anblick, findet ihr nicht?«

»Wunderschön«, sagte Justus Jonas.

»Zu seinem Glück gehört er nicht zu einer seltenen Art«, sagte Smathers. »Sonst würde er in dieser Gegend bestimmt von Verrückten gejagt und im Zoo eingesperrt. Das ist der Gipfel der Grausamkeit – ein Zoo!«

Mr. Smathers' Gesicht rötete sich leicht, und seine Lippen preßten sich zornig aufeinander.

»Ich habe mal gelesen, daß Tiere im Zoo länger leben«, sagte Peter leise.

»Länger leben? Na, das mag sein – falls man das Leben nennen kann. Sie werden entweder in Käfige eingesperrt oder in tiefen Gruben gefangengehalten. Wenn sie groß sind, fürchten sich die Wärter vor ihnen, und dann werden sie mit Betäubungsmitteln zahm gemacht, ehe sich ein Pfleger heranwagt. Und das nennst du Leben?«

»Es würde mir wahrscheinlich auch nicht behagen«, gab Peter zu.
»Ganz bestimmt nicht!« Mr. Smathers' wäßrige Augen verengten sich. »Betäubungsmittel!« sagte er. „Ich weiß, wozu der Kerl im Gasthof ein Betäubungsgewehr hat, aber solange mir noch ein Tropfen Blut in den Adern fließt, wird er nicht damit schießen!«
»Aber wozu hat denn Mr. Hammond das Betäubungsgewehr?« fragte Justus.
»Was?« Smathers starrte Justus feindselig an. »Das sage ich euch nicht«, erwiderte er. »Wenn ich es euch erzähle, dann glaubt ihr mir womöglich, und das wäre eine Tragödie.«
Er marschierte davon, den Weg zum Gasthof hinauf.
»Was hat er damit nur gemeint?« fragte Bob. »Wenn wir ihm glaubten, wäre es erst recht eine Tragödie. Wieso denn das?«
»Hammond will bestimmt irgendein Tier einfangen«, sagte Justus langsam. »Ein Betäubungsgewehr dient nur dazu, daß man damit ein Tier anschießt, ohne es zu töten. Will er einen Bären fangen? Ich glaube das nicht. Das könnten wir uns ja leicht vorstellen. Nein, Smathers meint ein Tier, an das wir vielleicht gar nicht glauben. Aber was für ein Wesen könnte das sein?«
Er hielt inne, als spräche er seine Gedanken nur ungern aus, und sah die anderen fragend an.

Joe Hammonds hochfliegende Pläne

Die drei ??? waren schon fast beim Gasthof angelangt, als ein Lastwagen langsam die Dorfstraße heraufgefahren kam. Es krachte im Getriebe, als der Fahrer wegen der Steigung herunterschaltete.

»Das muß der Zement für das Schwimmbecken sein«, sagte Peter.
Der Lastwagen bog in die Zufahrt zum Gasthof ein und rollte am Parkplatz vorbei in den Hof. Der Fahrer stieg aus. Er und Joe Hammond begannen Zement- und Sandsäcke abzuladen und auf hölzernen Paletten neben der ausgehobenen Grube zu stapeln. Patrick und Kenneth waren nirgends zu sehen.
»Das ist eine Menge Zement«, stellte Bob fest.
»Es ist ein großes Becken«, sagte Peter. »Ich frage mich, ob Kusine Kathleen wohl wußte, daß der Zement heute kommen würde. Sie sagte, sie wollte bei der Lieferung gleich bezahlen, und wir haben ja ihren Tresorschlüssel noch nicht gefunden.«
»Wenn sie tatsächlich als so zuverlässig bekannt ist, bekommt sie den Zement bestimmt auch ohne Bezahlung, gegen Unterschrift«, meinte Justus. »Oder ihr Mann bezahlt dann. Gerade er ist ja so begeistert von dem Schwimmbecken.«
Die Jungen gingen die Vortreppe hinauf ins Haus. Das große Wohnzimmer war leer, aber aus dem Obergeschoß kamen die Stimmen von Patrick und Kenneth.
»Kathleen!« Das war Joe Hammond, der aus dem Hof heraufrief. »Kathleen, kannst du einen Augenblick herauskommen?«
Kathleens fester Schritt ertönte in der Küche. Die Hintertür öffnete sich und schloß sich wieder. Justus, Peter und Bob schlenderten durchs Wohnzimmer in die Küche, wo das Fenster über der Spüle offenstand. Sie schauten hinaus und sahen, wie Kathleen auf Hammond und den Lastwagenfahrer zuging. Sie trug eine Schürze, und im Gehen wischte sie sich geschäftig die Hände an einem Geschirrtuch ab.
»Ist das alles, was du brauchst?« fragte sie ihren Mann.
Hammond nickte. »Jetzt habe ich alles beisammen«, sagte er.
»Gut.« Kathleen ließ sich vom Fahrer ein Blatt Papier reichen und prüfte es. »Ist das in Ordnung?« fragte sie dann Hammond.

»Ich habe nachgerechnet«, sagte er. »Die Rechnung stimmt.«
»Gut.« Sie wandte sich an den Fahrer. »Ich habe heute das Geld nicht hier«, sagte sie zu ihm. »Ist Ihr Chef wohl damit einverstanden, wenn ich den Zement nächste Woche bezahle?«
»Aber natürlich, Miss O'Hara«, sagte der Mann.
»Mrs. Hammond«, berichtigte Kathleen.
»Entschuldigen Sie, Mrs. Hammond. Wenn Sie nur eben den Lieferschein abzeichnen, zur Bestätigung, daß Sie den Zement erhalten haben, können wir –«
»Den Lieferschein abzeichnen?« Zum ersten Mal wirkte Kathleen ein wenig unsicher. Ihr ganzer Körper hatte sich versteift.
»Das ist bei uns so üblich«, sagte der Fahrer. »Wenn wir das Geld nicht gleich kassieren, lassen wir uns eine Unterschrift geben.«
»Ach so«, sagte Kathleen. »Na gut. Ich nehme den Lieferschein mit ins Haus und unterschreibe dort.«
»So viel Mühe brauchen Sie sich doch nicht zu machen.«
Der Fahrer nahm einen Kugelschreiber aus seiner Hemdentasche und gab ihn Kathleen. »Bitte sehr. Unterschreiben Sie einfach irgendwo auf dem Beleg. Hier – möchten Sie ihn auf den Kotflügel auflegen?«
»Oh.« Kathleen blickte ihren Ehemann an und dann zum Fahrer zurück. Sie gab ihrem Mann das Geschirrtuch und legte den Lieferschein auf den Kotflügel des Lastwagens. Mit dem Kugelschreiber des Fahrers schrieb sie etwas darauf. Den Jungen in der Küche kam es so vor, als brauche sie sehr lang dazu. Als sie fertig war, gab sie dem Fahrer den Beleg und den Kugelschreiber zurück. »Ist es so recht?« fragte sie.

Der Mann warf einen flüchtigen Blick auf das Papier. »Schön, Mrs. Hammond.«
»Normalerweise schreibe ich besser«, sagte Kathleen. »Ich

bin nur gerade am Brotbacken und steckte mitten im Teig. Meine Hand zittert.«

»Oh, wir sind alle mal ein bißchen zittrig«, sagte der Fahrer munter. Er faltete den Lieferschein zusammen, kletterte auf den Wagen und fuhr aus dem Hof auf die Straße hinaus.

»Schön blöd!« fuhr Hammond auf, als der Wagen weggefahren war.

»Ich sagte dir ja, ich wollte das nicht tun«, sagte Kathleen. »Du hättest schließlich auch unterschreiben können.«

»Aber Kathleen O'Hara ist langjährige Kundin bei der Baustoffhandlung, nicht Joe Hammond«, sagte er. »Du hättest dich dem Fahrer gegenüber gar nicht so auszulassen brauchen. Er ist ja kein Schönschreibspezialist.« Hammond schwieg kurz, dann wiederholte er: »Blöd bist du!«

Kathleen drehte sich brüsk um und ging wieder aufs Haus zu. Doch schon nach wenigen Schritten blieb sie wieder stehen. »Du bist blöd, nur du«, sagte sie zu Hammond. Ihre Stimme war leise und angespannt. »Du mit deinem idiotischen Loch im Boden. Ich glaube, du bildest dir da etwas ein, das es gar nicht gibt.«

»Freilich gibt es das«, erklärte Hammond. »Ich habe es ja gestern oben auf der Wiese gesehen, und hier unten war es auch schon.«

»Ich glaube das alles nicht«, sagte Kathleen.

»Du glaubst auch nur das, was du anfassen oder schmecken oder zählen und zur Bank bringen kannst«, wehrte sich Hammond. »Du bist ein Trampel. Du kannst überhaupt nicht beurteilen, was eine gute Idee ist, du bist ja blind für so was. Ohne mich –«

»Ich weiß, ich weiß. Ich kenne das alles schon. Du hast den genialen Weitblick, wie? Du hast die Phantasie. Wo käme ich hin ohne dich? Aber ich glaube, ohne dich wäre ich viel besser dran. Ich übernehme das ganze Risiko, und du hast freie Hand, du mit deinen hochfliegenden Plänen!«

»Du wirst schon sehen«, sagte Hammond.
»Warten wir's ab!« erwiderte Kathleen barsch. Sie ging weiter auf die Küchentür zu.
»Verduften wir!« flüsterte Peter.
Die drei ??? zogen sich aus der Küche ins Wohnzimmer zurück und ließen sich hastig auf Stühlen nieder.

Hier ging es – unter anderen ehekrachfördernden Dingen – um ein Unterschriftsproblem; Mrs. Kathleen Hammond mochte ihren Namen nicht schreiben. Dabei dürfte sie eigentlich als erfahrene Geschäftsfrau hier keine Hemmungen haben. Und ganz allgemein: Nichts schreibt sich doch so flüssig wie der eigene Name, oder?

Kathleen trat energisch ins Zimmer und blieb jählings stehen, als sie die Jungen sah.
»Oh«, sagte sie. »Ich wußte gar nicht, daß ihr wieder da seid.«
Justus legte die Zeitschrift hin, in die er sich zum Schein vertieft hatte, und stand auf. »Wir waren heute nachmittag unten auf dem Zeltplatz«, sagte er zu Kathleen. »Wir haben uns sehr interessant mit Mr. Smathers unterhalten.«
Kathleen nickte. »Ein richtig verschrobener kleiner Mann«, meinte sie.
»Er behauptet, daß er mit den Tieren reden kann und daß sie ihn verstehen.«
Kathleen zuckte die Achseln. »Männer!« sagte sie. »Die haben doch nur dummes Zeug im Kopf – aber alle.« Sie ging an den Jungen vorüber die Treppe hinauf, und die drei hörten, wie eine Tür zuknallte.
»Ich glaube«, sagte Bob, »die Flitterwochen sind schon vorbei.«
Peter kratzte sich hinterm Ohr und runzelte die Stirn. »Ich

komme da nicht mit«, sagte er. »Sie wollte für den Zement nicht unterschreiben, und sie hat den Fahrer angelogen. Sie backt doch gar kein Brot. Und von welchem Risiko redet sie da?«
Justus Jonas lehnte sich an den Kamin. »Kusine Kathleen glaubt, ihr Ehemann sieht Gespenster. Sie glaubt nicht, daß es das gibt – was Hammond oben auf der Wiese gesehen hat und was hier unten war.«
Peter stand auf und begann auf und ab zu gehen, die Schultern hochgezogen und den Kopf gesenkt. »Könnte es sein«, fragte er, »daß an Charlie Richardsons Geschichten etwas Wahres dran ist?«
»Ein Betäubungsgewehr«, sagte Justus. »Ein Betäubungsgewehr und etwas, das Hammond auf der Wiese gesehen hat. Kollegen, ich glaube, wir wissen jetzt, was Hammond mit diesem Gewehr vor hat!«
Etwa eine halbe Minute lang herrschte knisterndes Schweigen. Dann sagte Bob leise: »Er macht Jagd auf ein Monster.«
»Das . . . das ist doch irrsinnig!« sagte Peter.
»Eine Wahnidee«, bestätigte Justus, »aber ich glaube trotzdem, daß es ihm darum geht. Hört mal, wir sind hier in Ferien. Warum machen wir morgen nicht eine Wanderung zur Bergwiese hinauf?«
»Eine Wanderung oder eine Monsterjagd?« fragte Peter.
»Eine Spurensuche«, sagte Justus. »Wenn da oben etwas Ungewöhnliches herumspaziert, dann sollten wir dafür auch Anzeichen aufspüren können. Es müßte eine Fährte zu finden sein.«
Peter sah ziemlich blaß aus. »Vielleicht ist es ein Wesen, das gar keine Spuren hinterläßt«, wandte er ein.
»Aber sicher hinterläßt es die«, erklärte Justus. »Joe Hammond hat heute früh den Hof gekehrt, damit keiner die Spuren sehen sollte. Es ist kein Bär – Bären sind ja hier nichts Besonderes –, also ist es irgendwas anderes.«

Justus grinste. »Mr. Smathers weiß, was es ist, aber von ihm erfährt es keiner. Und das Schwimmbecken paßt jetzt auch zu der ganzen Geschichte. Ich weiß auf einmal, woran mich diese Grube erinnert – an die Tiergehege im Zoo von San Diego!«

Das wilde Tier aus dem Wald

Am nächsten Morgen waren die drei ??? bei Tagesanbruch auf den Beinen. Sie rollten ihre Schlafsäcke zusammen und verstauten sie in dem Einbauschrank unter der Treppe. Auf dem Küchentisch hinterließen sie für Patrick und Kenneth einen Zettel mit der Mitteilung, daß sie eine Wanderung machten. Nach einem hastigen Frühstück aus Toast und Milch verließen sie das Haus und machten sich auf den beschwerlichen Weg ins Bergland oberhalb des Skihangs. Justus trug einen Rucksack, und von Peters Gürtel baumelte eine Plastikflasche mit Wasser.
Erst stiegen die Jungen im gerodeten Bereich des Skihangs auf, aber immer wieder kullerte ihnen loses Geröll unter den Füßen weg. Nachdem Bob zweimal gestolpert war, hielten sie sich lieber an den festeren Boden unter den Bäumen am Rand der Piste. Hier kamen sie besser vorwärts.
Nach zwanzig Minuten mußte sogar Peter in der dünnen Luft nach Atem ringen. Er hörte auf zu klettern und lehnte sich gegen einen Baumstamm. »Vom Haus aus sah der Berg hier gar nicht so schrecklich hoch aus«, keuchte er.
Bob lachte. »Hat der große Athlet doch nicht genug Kondition?«
»Meine Lungen tun nicht mehr mit«, sagte Peter. »Die sind es gewohnt, auf Meereshöhe zu funktionieren.«

Justus hielt kurze Zeit still, um zu verschnaufen. »Jetzt kann es nicht mehr weit sein«, behauptete er.

»Du mußt es ja wissen«, sagte Peter.

Justus nickte, und die Jungen kletterten weiter. Hin und wieder zogen sie sich an Ästen hoch. Es dauerte noch zehn Minuten, dann hatten sie wieder ebenen Boden unter den Füßen. Hier wuchsen die Bäume spärlicher. Dann traten sie unter den Kiefern heraus und standen am Rand einer Bergwiese.

»Herrlich!« stieß Justus hervor, als er wieder zu Atem gekommen war.

Das hohe grüne Gras wogte im Wind, und hier und da reckte sich ein Felsblock auf, von der Sonne weiß gebleicht. Gewaltige Bäume säumten die Wiese an drei Seiten. Von der vierten Seite aus – dort, wo die Wiese an den Skihang grenzte – konnten dic Jungen meilenweit sehen. Der Skilift reichte den Hang hinunter bis zur Straße und zu Kathleens Gasthof. Unterhalb des Hauses erstreckte sich Kieferngehölz, und ganz in der Ferne dahinter lag das dürre Gebiet des Owens-Tales. Hinter dem Standort der Jungen, im Westen, erhoben sich die Felszacken von Mount Lofty, flankiert von anderen, noch höheren Gipfeln der Sierra. Manche Bergspitzen waren von Gletschern bedeckt, die niemals schmolzen, auch nicht im Hochsommer.

Die Jungen schritten langsam weiter, bis Bob im kahlen Erdboden dicht neben der Skipiste eine Spur entdeckte. Er zog ein Taschenbuch hervor, ein Handbuch über die Tiere der Wildnis, das er im Gasthof gefunden hatte, und schlug das Kapitel über Wildfährten auf. Er kniete nieder und verglich den Abdruck im Boden mit der Zeichnung einer Bärenspur im Buch, dann zuckte er die Achseln. »Es ist tatsächlich ein Bär«, sagte er zu Justus und Peter. »Genau das, was man hier zu erwarten hat.«

»Aber wir suchen etwas anderes«, sagte Justus.

»So. Was denn?« fragte Peter. »Und wollen wir das überhaupt finden?«
»Irgend etwas anderes eben«, erklärte Justus. »Eine Spur, die in diesem Buch gar nicht vorkommt.«
»Da will ich mal hoffen, daß wir nur die Spur finden«, sagte Peter, »und nicht das Tier, von dem sie stammt.«
Der Wind fuhr in Böen über die Wiese hin, raschelte im Gras und flüsterte in den Bäumen. Plötzlich hörten die Jungen hinter sich ein leises, fragendes Winseln.
Peter fuhr zusammen.
Justus Jonas drehte sich um. »Ach du Schreck!« sagte er. Peter hörte etwas herantapsen und spürte ein Schnüffeln an seinem Knöchel. Er sah hinunter. Ein Bärenjunges, erst ein paar Monate alt, schaute mit munteren blanken Augen zu ihm auf.
»Wo . . . wo ist die Mutter?« stieß Peter zitternd hervor.
»Gleich hinter dem Jungen!« rief Bob. »Los, weg!«
Zorniges Gebrüll war zu hören. Das Bärenjunge sauste in einer Richtung los, die Jungen in der anderen, hinüber zur Skipiste.
Peter kam als erster beim Hang an. Er machte einen Satz, dann rollte und wälzte er sich zwanzig Meter hangabwärts. Bob und Justus schlitterten und rutschten hinter ihm her. Dann kauerten die drei am trockenen, steinigen Hang und horchten, wie die Bärenmutter ihr Junges schalt. Das Junge jaulte schrill.
»Der Kleine kriegt sicher gerade eine Ohrfeige«, meinte Bob.
»Wir sind jetzt sicher«, sagte Justus. »Solange wir das Junge nicht bedrohen, läßt uns die Mutter in Ruhe.«
»Würde mir nicht im Traum einfallen, so ein Junges zu bedrohen«, sagte Peter. »Regel Nummer eins: Komm niemals einem Bärenjungen zu nahe, wenn die Mutter in der Nähe ist. Nur hätte das auch das Junge wissen müssen.«
»Jetzt weiß es Bescheid«, versicherte ihm Bob.
Die drei warteten noch ein Weilchen. Als von der Wiese über

ihnen kein Knurren und kein Jaulen mehr zu hören war, kletterten sie wieder hinauf. Sie sahen gerade noch, wie die Bärenmutter mit ihrem Jungen im Wald verschwand.
Justus Jonas nahm seinen Rucksack ab. »Die kommen wohl nicht mehr zurück«, sagte er. »Aber in dieser Gegend sind laut Mr. Smathers wir die Eindringlinge, und damit hat er völlig recht. Die Bären waren vor uns hier, und sie sind noch da, also passen wir lieber auf, wo wir langgehen.«
»Genau das habe ich auch vor«, sagte Peter. »Und dabei kann es durchaus sein, daß ich meine Schritte wieder zurück zum Gasthof lenke!«
»Dann willst du nicht wissen, was Hammond mit seinem Betäubungsgewehr jagt?« fragte Bob.
»Doch, schon«, gab Peter zu. »Nur möchte ich diesem Ding lieber nicht begegnen!«
Justus nahm drei kleine Geräte aus seinem Rucksack. »Wir können das Gelände rascher durchkämmen, wenn wir uns trennen«, sagte er. »Aber wir sollten auch die Verbindung zueinander nicht verlieren. Weil wir nicht genau wissen, was wir suchen oder was wir antreffen könnten, habe ich unsere Ortungs- und Notrufgeräte mitgebracht. Ich habe sie zu Hause eingepackt, weil ich dachte, auf einer Wanderung könnten wir sie gut gebrauchen, und jetzt ist das tatsächlich der Fall.«
Peter seufzte. »Immerhin besser als gar nichts«, sagte er. Er nahm eines der Geräte von Justus entgegen und drehte es in den Händen. »Funktioniert das auch bestimmt?« erkundigte er sich. »Ich lege keinen Wert darauf, mich hier zu verirren und dann keine Hilfe rufen zu können.«
»Ich habe alle drei Geräte getestet, ehe wir von Rocky Beach weggefahren sind«, sagte Justus. »Sie sind einwandfrei. Wißt ihr noch, wie sie funktionieren?«
»Ganz prächtig, wie die meisten Erfindungen von dir«, meinte Bob.

Das stimmte. Justus Jonas hatte ein besonderes Talent dafür, vom Schrottplatz aufgelesene Teile von Maschinen oder Elektronikgeräten zusammenzusetzen und daraus Geräte zu basteln, die sich die drei ??? schon bei mancher Ermittlungsarbeit zunutze gemacht hatten. Das Ortungs- und Notrufgerät war kleiner als das Walkie-Talkie, das die Jungen auch ab und zu benutzten, aber dennoch recht praktisch. Jeder Apparat gab ein Piepsignal von sich, das von jedem der anderen Geräte empfangen werden konnte, und dieses Piepen wurde um so lauter und schneller, je näher man sich kam. An jedem Gerät war außerdem eine Skala, worauf man ablesen konnte, aus welcher Richtung das Piepen kam.

Außer dieser Funktion als elektronisches Sende- und Empfangsgerät für Piepsignale besaß jeder Apparat noch eine besondere Alarmvorrichtung – ein rotes Lämpchen, das auf die menschliche Stimme ansprach. Wenn einer der drei ??? in Not war oder aus sonst einem Grund die anderen zu sich rufen wollte, brauchte er nur das Wort »Hilfe« dicht an seinem Gerät auszusprechen, und dann leuchtete an den beiden anderen Geräten das rote Lämpchen auf.

»So, ich hätte folgendes vorzuschlagen.« Justus hielt inne und ließ den Blick über die Bäume schweifen, die den Wiesenhang säumten. »Ich halte es für unwahrscheinlich, daß wir hier auf freiem Gelände viele Fußspuren finden«, sagte er. »Das Gras steht zu dicht. Und wenn es hier irgendein fremdartiges Tier gibt, hat es sicherlich seinen Unterschlupf weit weg von der Wiese, sonst hätten wir es inzwischen sehen müssen. Andererseits wissen wir, daß es auch ins freie Feld heraustritt, denn Joe Hammond sagte ja zu Kathleen, er hätte es auf der Wiese gesehen. Das bedeutet, daß es durch den Wald gekommen sein muß, um hierherzugelangen. Der Boden unter den Bäumen dort ist nicht bewachsen, da ist überhaupt kein Gras. Wenn wir irgendwelche ungewöhnlichen Fährten ausmachen wollen, dann finden wir sie an dieser Stelle.«

»Leuchtet mir ein«, sagte Bob.
»Also, ich könnte dann den Wald nördlich von der Wiese absuchen«, schlug Justus vor. »Ich kann mich vom Skihang aus nach Westen vorarbeiten. Du, Peter, könntest dir den Wald nach Westen hin vornehmen. Fang am besten bei dem großen weißen Felsen an und geh von dort aus nach Süden. Bob, wie wäre es, wenn du das Gelände an der Südseite übernimmst? Du könntest dann gleich hier anfangen und einfach weitergehen, bis du auf Peter triffst. Alle paar Minuten können wir einander mit unseren Ortungsgeräten Signal geben, und wer auf etwas Bedrohliches oder etwas besonders Interessantes stößt, der sendet Alarm.«
»Da verlaß dich drauf«, versprach Peter.
Justus hängte sich den Rucksack über, hob die Hand zum Gruß gegen die Freunde und ging nach rechts davon. Peter grinste, als wolle er zeigen, daß er überhaupt keine Angst habe, und ging durch das hohe Gras nach Westen ab. Bob zögerte einen Augenblick und lauschte dem einsamen Ton des Windes auf dem stillen Berg. Dann trabte er nach Süden los, seinen kleinen Apparat in einer Hand.
Einmal blickte er zurück. Justus war zwischen den Bäumen an der Nordseite der Wiese verschwunden. Er konnte Peter sehen, der seinen Waldbezirk fast erreicht hatte. Bob betätigte das Ortungsgerät. Von Justus kam ein Piepen als Antwort. Und noch ein Piepen kam von Peter, der sich umdrehte und Bob über die Wiese her zuwinkte.
Als Bob den Wald an der Südseite des Wiesengeländes erreicht hatte, blieb er stehen. Auf freiem Feld, unter dem blauen Himmel, hatte die frühe Morgensonne hell und warm geschienen. Der Wald hingegen wirkte sehr düster und dicht. Unter den Bäumen lag ein hoher, duftender Teppich aus Kiefernnadeln.
Bob begann nach Westen zu gehen; noch traute er sich nicht unter die Bäume. Beim Gehen suchte er den Boden ab und

blieb alle paar Sekunden stehen, um zu horchen. Er hörte einen Eichelhäher im Versteck rufen. Ein Eichhörnchen hüpfte einen Ast entlang.
Dann sah er es: einen schwachen Abdruck, eine Stelle, wo ein großes Geschöpf unter den Bäumen die Erde heruntergetreten und ein paar Kiefernnadeln mit eingedrückt hatte.
Bob drückte den Knopf auf seinem Ortungsgerät. Eine Sekunde später kam ein Piepen aus Norden, ein zweites aus Nordwesten. Er erwog kurz, ob er Alarm geben sollte, um Justus und Peter schnell herzurufen, damit sie sich seinen Fund ansehen konnten. Aber die Spur war eigentlich nichts Besonderes. Er wußte, daß sie sehr einer Bärenspur glich, vielleicht auch jener eines kleineren Tieres. Er beschloß, mehr im Waldinnern zu suchen und nach einem deutlicheren Abdruck zu fahnden.
Er trat in die Dämmerung unter den Bäumen. Hier und da fand er Stellen unbewachsenen Erdbodens, und hoffnungsvoll untersuchte er sie, aber er fand keine Spuren mehr. Zweimal entdeckte er Stellen, wo herabgefallene Kiefernnadeln durch den Tritt eines Tiers in die Erde gedrückt worden waren, aber die Nadeln lagen dort so dicht über den Boden verstreut, daß sie keinen scharfen Abdruck bewahrt hatten. Es gab nichts, was man eine deutliche Fährte nennen konnte.
Bob ging weiter. Die Bäume standen jetzt näher beisammen. Das Tageslicht wurde immer dämmriger, und zuletzt verdeckte das Gewirr der Äste den blauen Himmel ganz. Dann sah Bob eine helle Stelle vor sich. Er schritt rascher aus und trat auf eine kleine Lichtung heraus. Nicht weit vor seinen Füßen fand er etwas, das wie ein gewaltiger Riß im Erdboden aussah.
Bob ging vorsichtig weiter und blickte in die Spalte hinunter. Es war ein fast fünfzig Meter langer Graben, der an den breitesten Stellen etwa drei Meter weit klaffte. Die Seiten fielen fast senkrecht ab. Auf dem Grund dieser seltsamen Öffnung

im Erdreich lag Schnee, den die sommerliche Wärme noch nicht geschmolzen hatte. Bob wußte, was das war. Beim Aushelfen in der Stadtbücherei von Rocky Beach hatte er einmal zufällig einen Wanderatlas für das San-Gabriel-Gebirge und die Sierra in die Hand bekommen. Eine Karte mit Wanderwegen im Mammoth-Seengebiet verzeichnete eine ähnliche, durch ein Erdbeben verursachte Spalte, wobei im Boden ein tiefer Riß aufgebrochen war. Auf dem Grund des Mammoth-Grabens, viele Meter unter der Erdoberfläche, herrschte eine Temperatur wie in einem Keller. Selbst an heißesten Tagen war es dort kühl, so daß der während des Winters gefallene Schnee nie ganz schmolz.

In Bobs Ortungsgerät piepte es. Das war Justus, der sich von der Nordseite der Wiese her meldete. Ein zweites Piepen kam hinzu, und die Nadel schlug nun nach Westen aus. Bob betätigte sein eigenes Signal, um den Freunden zu antworten. Hätten sie nur die Walkie-Talkies mitgebracht! Die Entdekkung einer Erdbebenspalte, nur etwa eine Meile von Kathleens Gasthof entfernt, war ein Erlebnis, das Bob am liebsten sofort über Sprechfunk mitgeteilt hätte.

Bob spähte die Grabenkante entlang. Der Boden davor war kahl, und trotz des trockenen Sommerwetters hatte er etwas Feuchtigkeit bewahrt. Als Bob von der Erdspalte zurücktrat, konnte er die Abdrücke seiner Schuhe sehen. Wie geschaffen zur Fährtensuche! Er begann den Graben entlangzulaufen und suchte dabei den Boden Zoll für Zoll ab.

Links hinter Bob knackten Zweige.

Bob stand still und horchte. Eine Sekunde verging, dann zwei, drei Sekunden. Nach jenem einzelnen Laut war das Erlebnis der Stille nun sehr stark. Zu stark. Kein Vogelruf, kein Eichhörnchen, das in einem Baum keckerte. Auch der Wind hatte sich gelegt. Es war, als säßen alle Geschöpfe, die Mount Lofty bevölkerten, regungslos mit wachen Augen auf der Lauer.

Worauf lauerten sie?
Ein Muskel in Bobs Wade zuckte. Er schüttelte sich, räusperte sich. »Schluß jetzt!« sagte er, und seine Worte klangen in der Stille sehr laut. »Reiß dich zusammen. Sonst geht noch deine Phantasie mit dir durch!«
Er horchte wieder, hörte aber nur das Blut in seinen Ohren rauschen. Doch dann vernahm er noch etwas – in bedrängender Nähe. Hinter sich, dicht an seiner Schulter, hörte er Atemzüge.
Langsam, ganz langsam, um das, was da atmete, nicht aufzuscheuchen, fing Bob an, sich umzudrehen.
Im Nacken spürte er Wärme, und dann eine Berührung – eine sanfte Berührung, nur ein leichtes Streifen an seinem Hemdkragen.
Bob zuckte zusammen und riß den Kopf herum, um das Wesen zu sehen, das da aus dem Wald gekommen war.
Hinterher konnte Bob nicht sagen, wer zuerst geschrien hatte, er oder das Geschöpf, das sich angeschlichen hatte. Er wußte nur, daß es ihm in den Ohren gellte und daß er in ein Paar dunkle, rotgeränderte Augen blickte. Er hatte den Eindruck von etwas Gewaltigem, von verfilztem Haar. Dann kam er auf dem schlüpfrigen Erdreich am Rand der Spalte ins Stolpern und Rutschen.
Er fiel. Er fiel rücklings und sah vor sich den Himmel und dann die steilen, kahlen Wände der Erdspalte. Dann drehte sich sein Körper im Sturz, und der Schnee auf dem Grund des Grabens raste jählings auf ihn zu.
Er spürte den Aufprall an Händen und Knien und hörte noch einen Schrei. Dann wurde ihm schwarz vor den Augen.

Spur von nackten Sohlen

Bob öffnete die Augen. Allmählich sah er klar: Schnee und die braunen, schlammigen Wände des Grabens. Er lag bewegungslos da und horchte. Jetzt waren keine Schreie und auch kein Atmen mehr zu hören. Nur das Zwitschern eines Vogels drang aus der Höhe zu ihm.

Behutsam wälzte er sich herum, bis er auf dem Rücken lag. Die Hände taten ihm weh, und in einer Schulter spürte er einen Schmerz, aber gebrochen war offenbar nichts. Der Schnee auf dem Grund des Grabens hatte seinen Sturz gemildert, obwohl er für eine weiche Landung zu verharscht war.

Bob sah hoch zur Sonne und zum blauen Himmel. Rotgeränderte Augen und verfilztes Haar – der flüchtige Eindruck von dem Wesen, das ihm so nahe gekommen war, tauchte wieder vor ihm auf. Er dachte an Riesen, die durch Sky Village schleichen, hinter Kindern her, die abends noch auf der Straße sind.

Nach einigen Minuten stand er auf, erschauernd von der Kälte des verharschten Schnees. Sein Ortungsgerät lag nicht weit von ihm. Er hob es auf in der verzweifelten Hoffnung, daß es beim Sturz nicht entzweigegangen war. Es gab ein schrilles, durchdringendes Piepen von sich, und der Zeiger auf der Skala schlug nach Norden aus. Bob lächelte. Justus Jonas meldete sich also. Bob ließ das Gerät auf Empfang geschaltet und schaute zum Rand der Spalte hinauf. Die Grabenwände waren sehr steil. Er wußte, daß er es niemals schaffen würde, ohne Hilfe herauszuklettern. Er würde Justus und Peter zu Hilfe rufen müssen. Aber wenn dieses Geschöpf noch oben lauerte, dicht beim Graben? Dann holte er womöglich seine beiden Freunde mitten in die Gefahrenzone.

Bob erwog dies kurz, dann beschloß er herauszufinden, ob

die Bestie noch oben war. Er war sicher, daß kein Tier wissentlich in einen Graben springen würde. Er konnte also ungefährdet rufen und dann feststellen, ob das Ding zu ihm herunterschauen würde.
»Hallo!« rief er. »Hallo da droben! Bist du noch da?«
Nichts bewegte sich am Rand der Spalte. Nach ein paar Minuten entschied Bob, daß das Tier weggegangen sein mußte. Er hob sein Signalgerät und rief »Hilfe!«. Dann rief er noch zweimal, damit sein Alarmruf auch bestimmt ankam. Sofern Peter und Justus sich im Umkreis von zwei Meilen aufhielten, würden ihre Geräte sein Signal auffangen.
Er drückte den Knopf, um das Piepsignal auszulösen, das seine Freunde zum Graben geleiten würde. Dann setzte er sich in den Schnee und wartete.
Das Warten kam Bob stundenlang vor. Aber es dauerte nur fünfzehn Minuten, bis Peter in den Graben hinabschaute. Und gleich darauf erschien oben auch Justs rundes Gesicht.
»Bob, ist dir was passiert?« fragte Justus.
»Wie zum Kuckuck bist du denn da runtergekommen?« wollte Peter wissen.
»Reingefallen eben«, sagte Bob.
»Mach keine Witze!«
»Wäre euch auch passiert, wenn ihr das gleiche gesehen hättet wie ich«, erklärte Bob.
»Was hast du denn gesehen?« fragte Justus.
»Irgendein Tier – etwas ganz Großes. Ich weiß nicht, was es war. Es kam von hinten an und . . . ach, das erzähl ich euch alles später. Jetzt muß ich erst mal hier raus.«
Justus schätzte mit einem Blick die Tiefe des Grabens ab. »Ein Seil«, entschied er. »Wir brauchen ein Seil.«
»Ich hol' eins«, erbot sich Peter. »Gestern sah ich eins, als wir den Schlüssel suchten. In einem Schrank in der Küche ist eine Rolle Wäscheleine.«
»Ja, du schaffst das schneller als ich«, bestätigte Justus. »Du

bist ja unser Athlet. Lauf zum Haus zurück, so schnell du kannst, und hol das Seil. Ich bleibe hier bei Bob.«

Peter nickte. »Aber paßt auf«, mahnte er.

»Keine Sorge«, sagte Justus.

Peter spurtete durch den Wald los, und Justus hockte sich am Grabenrand hin. »Was hast du nun gesehen?« fragte er Bob noch einmal.

»Ehrlich, Just, das weiß ich einfach nicht. Es ging alles so schnell. Ich hörte was hinter mir, und etwas faßte mich an, und ich drehte mich um – und dann sah ich Augen ... wirklich sonderbare Augen. Das Biest hauchte mir regelrecht seinen Atem ins Gesicht. Ich schrie los, und das Ding auch, glaube ich. Dann stürzte ich ab.«

»Wieder ein Bär?« fragte Justus.

»Just, das glaube ich eben nicht.«

Justus stand auf und begann langsam am Rand der Spalte entlangzugehen, wobei er mit den Augen den Boden absuchte.

»Just?« rief Bob. »Bist du noch da?«

»Ja hier«, kam Justus Stimme herabgeweht. »Ich sehe deine Fußspur hier oben auf dem Boden. Das Biest hinter dir müßte ja auch Spuren hinterlassen haben. Wenn es ein Bär war, werden wir die gleichen Spuren finden wie vorher auf der Wiese.«

»Und wenn es kein Bär war«, sagte Bob, »dann haben wir vielleicht schon das gefunden, weswegen wir hergekommen sind.«

Justus antwortete nicht gleich. Bob wartete und rief dann: »Just?«

»Unglaublich!« kam es von Justus.

»Was ist denn?« rief Bob hinauf.

»Bob, bist du sicher, daß es kein Mann war, der dir nachkam?« Justs Stimme kippte über vor Aufregung. »Ein sehr großer Mann mit bloßen Füßen?«

»Ich habe keine Füße gesehen, und wenn das ein Mann war, dann zähle ich mich ab sofort nicht mehr zum Menschengeschlecht«, sagte Bob.
»Das ist erstaunlich«, meinte Justus. »Hier war nämlich jemand – ein sehr großer Kerl, der barfuß lief.«
Bob fielen Charlie Richardson und sein Gerede vom Bergmonster wieder ein. Gab es da nicht eine Geschichte von einem Trapper, der hoch droben, am Rand eines Gletschers, den Abdruck eines nackten Fußes gefunden hatte?
»Just?« rief Bob. »Mann, Just, paß bloß auf!«
Justus gab keine Antwort, aber Bob hörte ihn heftig die Luft einziehen.
»Just?« schrie Bob laut.
Immer noch kam keine Antwort, aber Bob hörte im Wald einen Ast brechen und dann vom Rand des Grabens ein verstohlenes, schleifendes Geräusch.
»Just, was treibst du denn da oben?« brüllte Bob schließlich, und er spürte, wie ihm ein angstvoller Schauer über den Rükken lief.
Das Kratzen und Fegen oben hörte auf, und es herrschte atemlose Stille. Bob rief wieder und dann noch einmal, aber Justus ließ nichts hören. Von nahezu panikartiger Angst erfüllt, versuchte Bob an der Grabenwand Fuß zu fassen. Doch das war nicht möglich. Er sah sich nach etwas um – ein herabgefallener Ast, irgend etwas –, womit er versuchen könnte, aus der Grube herauszuklettern. Doch es gab nichts als den Schnee und die senkrechten Erdwände.
Endlich gab Bob das Rufen auf. Er stand auf der Sohle des Grabens und wartete und horchte. Und da hörte er ein Stöhnen.
»Just?«
»Au wei!« Das war Justs Stimme. »Oh, mein Hals!«
»Was ist passiert?« schrie Bob. »Wo bist du denn?«
Justus schaute über den Grabenrand. Bob sah, daß er den

Kopf schief hielt und sich das Genick rieb. »Ich war die ganze Zeit hier«, sagte Justus. »Jemand kam von hinten an mich ran und versetzte mir einen Schlag.«
»Ins Genick?« fragte Bob. »Also hast du einen Nackenschlag abgekriegt wie Mr. Jensen?«
»Jawohl, genau wie Mr. Jensen«, bestätigte Justus. »Und solange ich bewußtlos war, hat sich jemand die Mühe gemacht, mit einem Kiefernzweig den Boden rings um den Graben hier glattzufegen. Hier oben ist kein einziger Abdruck mehr zu sehen, kein nackter Fuß, nichts!«

Verdächtige Notizen

»Eines wissen wir also sicher«, sagte Bob, als Peter endlich mit dem Seil wieder da war und sie ihn aus dem Graben gezogen hatten. »Den Nackenschlag hast du nicht von einem Bären abgekriegt, Justus.«
»Mit ziemlicher Sicherheit nicht«, bestätigte Justus Jonas. »Bären brechen keine Kiefernzweige ab und fegen damit den Boden. Was dich erschreckt hat, war möglicherweise ein sehr großer Mann mit nackten Füßen – und vielleicht dasselbe barfüßige Wesen, das mich anfiel und dann seine eigenen Spuren verwischte.«
Peter starrte seine beiden Freunde an, als hätten sie den Verstand verloren. »Ein barfüßiger Mann?« fragte er. »Hier läuft doch keiner ohne Schuhe rum!«
»Justus hat nämlich den Abdruck eines bloßen Fußes hier am Grabenrand gefunden«, erklärte Bob.
»Einen sehr beachtlichen Fußabdruck«, sagte Justus. »Meiner Schätzung nach bestimmt vierzig Zentimeter lang.«
»Vierzig Zentimeter? Das ist ja fast ein halber Meter!«

»Es sah jedenfalls wie eine menschliche Fußspur aus«, sagte Justus.
»Ein Bär war es auf keinen Fall – das weiß ich sicher!«
Peter rollte mit zitternden Händen die Wäscheleine wieder auf. »Der Monsterberg«, sagte er. »Früher nannten die Leute diese Gegend den Monsterberg. Und es hat ganz den Anschein, als gäbe es hier oben ein Monster . . .«
»Monster?« sagte eine scharfe Stimme ganz dicht hinter Peter.
Peter zuckte zusammen.
»Tut mir leid. Habe ich euch erschreckt?« Es war der kleine Mr. Smathers. Er war lautlos durch den Wald gekommen und stand jetzt lächelnd vor den Jungen. »Was soll das Gerede von einem Monster?« wollte er wissen. »Und wie sieht so ein Fußabdruck von einem Monster überhaupt aus? Wo ist er denn? Den würde ich mir gern ansehen.«
»Jemand hat ihn weggefegt«, erklärte Justus.
»O ja, natürlich.« Mr. Smathers sprach wie jemand, der sich eine unsinnige Geschichte höflich anhört, aber kein Wort davon glaubt.
»Aber da war wirklich ein Fußabdruck!« trumpfte Peter auf. »Wenn Justus sagt, er hat einen gefunden, dann stimmt das!«
Mr. Smathers schien seine zur Schau getragene gute Laune jäh eingebüßt zu haben, und leichte Röte überzog sein Gesicht. »Ihr habt euch von diesem Richardson von der Tankstelle beschwatzen lassen«, warf er den Jungen vor. »Den habe ich auch schon sein Garn spinnen hören. Er sollte sich schämen, euch Jungen solche Angst zu machen. Ich hätte gute Lust, ihn mir vorzunehmen.«
Mr. Smathers sah plötzlich sehr entschlossen aus. »Ja, genau das tu ich«, verkündete er. »Ich werde ihn mir vornehmen und ihm sagen, er soll seine Gruselgeschichten für sich behalten.«
Smathers ging mit schnellen Schritten in Richtung Dorf da-

von, doch noch einmal wandte er sich nach den Jungen um. »Abgesehen davon ist es hier nicht ungefährlich für euch«, sagte er warnend. »Ihr seid hier die Störenfriede, und die wilden Tiere verstehen euch nicht auf die Art, wie sie mich verstehen. Sie wollen euch vielleicht gar nichts Böses tun, aber es passiert schon mal was. Ich werde wohl Mr. Hammonds Vettern sagen, sie sollen zusehen, daß ihr mehr in der Nähe des Gasthofs bleibt.«

»Das letztere leuchtet mir schon ein« sagte Peter, als Smathers gegangen war. »Ich glaube, wir sollten von hier wegbleiben. Wenn man sich mit einem Monster einläßt, kann das böse enden.«

Mr. Smathers hat offensichtlich nicht nur alle bekannten Wald- und Gebirgstiere, sondern auch eine bislang nicht näher erforschte Art in sein Herz geschlossen. Weiß er mehr darüber als wir?

»Mr. Smathers hat da eben etwas sehr Interessantes getan«, sagte Justus. »Er hat uns gerade klargemacht, wie er dafür sorgen wird, daß uns niemand glaubt, wenn wir berichten, was wir heute früh hier erlebt haben. Und er hat uns davor gewarnt, noch einmal hierherzukommen, angeblich, damit uns nichts passiert. Ich bin aber ganz sicher, daß irgendein fremdartiges Wesen – Mensch oder Tier – hier oben haust und Mr. Smathers das auch weiß. Nur will er nicht, daß es andere erfahren.«

»Ich glaube, du hast recht« sagte Bob. »Aber Mr. Smathers hat sicher auch recht. Wir sollten hier weg. Mir ist dieses geheimnisvolle Wesen nämlich schon zu nahe getreten.«

Justus nickte, und die Jungen machten sich eilig auf den Weg zur Wiese. Sie schritten durch den Wald und dann übers freie

Gelände, und sie sahen noch, wie Mr. Smathers gerade den Skihang hinunterzuklettern begann. Als sie oben an der Piste angekommen waren, war Smathers unten angelangt.
»Der kommt aber schnell voran«, sagte Bob.
»Es ging ja immer bergab«, stellte Peter fest und fing an, halb laufend den Hang hinunterzuschlittern und zu rutschen. Bob und Justus folgten etwas bedachtsamer nach.
Sie waren schon fast unten angekommen, als sie Joe Hammond entdeckten, der eben den Hang hinaufstieg. Kusine Kathleens Mann trug einen Rucksack auf dem Rücken und hatte sein Betäubungsgewehr über die Schulter gehängt. Als die Jungen näher kamen, blieb er stehen. Er machte ein finsteres Gesicht.
»Was treibt ihr Burschen denn hier?« fragte er.
»Wir machen eine Wanderung«, sagte Peter unschuldig.
Hammond zeigte auf Bob. »Smathers sagte mir, einer von euch sei in die Erdbebenspalte gefallen. Das warst du, nicht?«
»Also kennen Sie diese Spalte?« fragte Justus Jonas.
»Das ist doch kein Geheimnis. Die wird zur großen Attraktion werden, wenn wir erst im Sommer die Wanderer hierher kriegen. Aber bis dahin bleibt ihr Jungen gefälligst vom Gebirge weg. Kathleen und ich hätten die Verantwortung, wenn euch etwas passierte. Ihr könntet ja nicht nur abstürzen, sondern auch von den Bären –«
»Bären?« sagte Justus. Er schaute Hammond fest an und blickte dann auf das Betäubungsgewehr. »Nehmen Sie deshalb Ihr Gewehr mit, Mr. Hammond?« fragte er. »Das ist ein Betäubungsgewehr, nicht? Wollen Sie damit einen Bären fangen?«
Hammond lachte. »Einen Bären fangen? Na hör mal, wie käme ich darauf? Nein, ich habe nicht vor, Bären zu fangen, und außerdem wäre das wohl auch verboten. Ich möchte mich nur absichern für den Fall, daß mir mal einer begegnet. Ich will keinem Tier was zuleide tun.« Er hielt inne und grin-

ste. »Mr. Smathers würde es mir nie verzeihen, wenn ich einem Bären was antäte!«
Hammond ging an den Jungen vorbei und mühte sich weiter bergan.
»Mr. Smathers hat einen Fehler gemacht«, sagte Bob.
»Stimmt«, bestätigte Peter. »Wir sagten ihm nicht, daß du in den Graben gefallen warst – wenn er das also wußte, muß er entweder dabei gewesen sein, oder er kam dazu, als Justus den Schlag abbekam.«
»Vielleicht hat er mir sogar den Schlag versetzt«, sagte Justus, »und höchstwahrscheinlich hat er die Fußspur am Grabenrand weggefegt. Unser guter Mr. Smathers ist vielleicht gar nicht so harmlos, wie er tut. Es gibt da etwas in den Bergen – Monster hin oder her –, das er und auch Hammond gesehen haben, und beide wollen sie das geheimhalten.«
Die Jungen kamen gerade hinter dem Haus an, als Kenneth aus dem ausgeschachteten Becken herauskletterte.
»Hallo, Just!« rief er.
Justus winkte. Die drei ??? gingen zur Grube und schauten hinunter. Dort saß Patrick auf dem Boden und ruhte sich ein wenig aus. Die Verschalungen für den Beton waren fast fertig.
»War's schön beim Wandern?« fragte Patrick.
»Hochinteressant«, sagte Justus.
»Spannend von A bis Z«, setzte Peter hinzu.
»Ihr macht ja Mr. Smathers ganz nervös«, sagte Kenneth. »Er will nicht haben, daß ihr auf die Wiese raufgeht. Er sagte zu uns, wir sollten euch hier unten behalten.«
»Und habt ihr das vor?« fragte Peter.
Kenneth grinste. »Ihr tut ja doch, was euch paßt«, meinte er. »Aber aufpassen müßt ihr schon, hört ihr?«
»Ja, wir passen auf«, versprach Justus. »Wo ist denn Mr. Smathers jetzt?«
»Er ist ins Dorf runtergegangen«, sagte Patrick. »Kusine

Kathleen hat den Wagen genommen und ist zum Einkaufen nach Bishop gefahren. Und Mr. Jensen ist auch mit seinem Wagen weggefahren.«

»Kusine Kathleen sagte, ihr sollt euch was zum Essen holen, wenn ihr zurück seid«, sagte Kenneth. »Im Kühlschrank sind belegte Brote.«

»Genau das Richtige für mich«, sagte Peter.

Als die Jungen ihren Imbiß vertilgt hatten, spülte Justus das Geschirr ab. Kathleens Ehering lag auf dem Fenstersims über der Spüle. Justus zog die Brauen hoch.

»Der Ring ist Kathleen zu groß«, sagte er. »Wenn sie nicht aufpaßt, verliert sie ihn eines Tages noch.«

Peter, der Gläser abtrocknete, nickte nur geistesabwesend. Ihm war gerade auf dem Wohnzimmerfußboden, gleich hinter der Türschwelle zur Küche, etwas aufgefallen. Er legte das Geschirrtuch neben das Spülbecken und ging ins Wohnzimmer.

»Eine Brieftasche«, sagte er und bückte sich, um sie aufzuheben. Es war eine alte Brieftasche, ganz abgewetzt und mit einer geplatzten Naht. Als Peter sie aufhob, rutschte ein Pack Karten und Papiere heraus und fiel zu Boden.

»Verflixt!« Peter kniete hin, um alles wieder einzusammeln.

»Wem gehört denn das Ding?« rief Bob.

Peter entdeckte bei den über den Boden verstreuten Geschäftskarten und Restaurantquittungen einen Führerschein.

»Mr. Jensen«, sagte er. »Junge, Junge, und da ist der mit dem Auto unterwegs. Ich hoffe, er wird nicht von der Polizei kontrolliert, weil er eine rote Ampel überfährt oder so was. Wenn er da ohne Führerschein erwischt wird, ist er dran.«

»Augenblick mal.«

Justus war auf die Schwelle getreten und starrte auf eine Fotografie, die auf dem Fußboden lag.

»Das ist ja Kusine Kathleen«, sagte er.

»Was?« sagte Bob. »Wo?«

»Ein Bild von Kathleen.« Justus bückte sich und hob es auf. Es war ein Bild von Kathleen Hammond mit Ehemann. Sie waren in irgendeiner Stadt beim Verlassen eines Cafés aufgenommen worden und hatten offenbar nicht bemerkt, daß sie fotografiert wurden. Kathleen trug ein helles Hemdblusenkleid und hatte eine Strickjacke über die Schultern gehängt. Ihr Kopf war halb abgewandt, so daß sie zu Joe Hammond zurückschaute. Sein Mund war offen, seine Miene entschlossen. Er schien seiner Frau gerade etwas Wichtiges mitzuteilen.

»Was will denn Jensen mit einem Bild von Kathleen in seiner Brieftasche?« fragte Justus. Er gab Bob den Schnappschuß.

Peter las Mr. Jensens Papiere vollends auf. Dann nahm er das Foto von Bob entgegen und betrachtete es genau. »Das wurde nicht hier in Sky Village geknipst«, sagte er. Er drehte das Bild um und sah sich die Rückseite an. »Da steht ein Datum – letzte Woche wurde es aufgenommen, in Lake Tahoe.«

Die drei ??? sahen einander verständnislos an.

»Ist Jensen etwa ein guter Bekannter von Kathleen?« wunderte sich Bob. »Oder von Hammond? War er vielleicht bei der Trauung dabei?«

»Nein!« sagte Justus entschieden. »Am ersten Abend, als wir hier waren, feierten wir ja Kathleens Hochzeit, und da waren Jensen und Smathers die Außenseiter. Wißt ihr nicht mehr – Hammond sagte, man müsse die Feriengäste auch dazubitten, aber er wolle sich von Mr. Jensen und Mr. Smathers nicht den Abend verderben lassen.«

Peter steckte den Schnappschuß wieder in die Brieftasche. »Mr. Jensen ist vielleicht nur zahlender Gast, aber immerhin besitzt er ein Foto des Ehepaars Hammond, das in Tahoe aufgenommen wurde. Das ist schon ein merkwürdiger Zufall!«

Justus nahm Peter die Brieftasche ab. »Ich finde, wir sollten das Ding einfach auf Mr. Jensens Kommode legen und gar

nichts davon erwähnen«, sagte er. »Und während wir in seinem Zimmer sind, können wir ja die Augen nach etwas Interessantem offenhalten. Da uns Patrick und Kenneth gebeten haben, Kusine Kathleen mit zu beschützen, ist es unsere Pflicht, in allen Richtungen nach Gefahrenmomenten Ausschau zu halten . . .«
»Schon begriffen«, sagte Peter. »Also los, Leute, ehe die anderen zurückkommen!«
Jensens Zimmer lag auf der Nordseite des Hauses, gleich neben dem großen Doppelzimmer, das Patrick und Kenneth bewohnten.
»Hoffentlich ist es nicht abgeschlossen«, sagte Bob.
»Hier wird überhaupt nichts abgeschlossen«, sagte Peter. Er drehte den Türknauf, und Mr. Jensens Tür ging auf.
Der Raum war sauber und ordentlich, wie alles im Gasthof. Ein Popeline-Anorak war über eine Stuhllehne geworfen, ein Kamm achtlos auf die Kommode gelegt. Aber sonst gab es kein Anzeichen dafür, daß das Zimmer überhaupt bewohnt war.
Justus öffnete den Einbauschrank und fand einen reichlichen Vorrat an Sporthemden, einige getragen und zerknittert, andere frisch gebügelt. Ein Paar schwarze Schnürschuhe stand auf dem Fußboden, daneben Jensens Koffer.
Justus hob den Koffer kurz an. »Nicht ganz ausgepackt«, stellte er fest. Er trug den Koffer zum Bett, legte ihn darauf und öffnete ihn.
Der Koffer enthielt Socken und frische Unterwäsche, ein paar Filmrollen und einige Päckchen mit Blitzbirnen. Auch ein Buch lag darin. Peter pfiff entzückt durch die Zähne, als Justus es herausnahm.
»Fotografieren für Anfänger«, las er vor.
Justus blätterte das Buch auf. »Das würde man nicht gerade im Gepäck eines erfolgreichen Berufsfotografen vermuten«, sagte er. »Wenn Jensen seine Aufnahmen an Zeitschriften

verkauft, müßte er viel erfahrener sein und kein solches Handbuch mehr nötig haben. Es behandelt nur die Grundbegriffe.« Er klappte das Buch zu. »Eines ist Mr. Jensen jedenfalls nicht – Fotograf.«
Bob begann Socken und Wäsche aus dem Koffer zu nehmen. »Schauen wir mal nach, was es da noch gibt«, sagte er.
Er entdeckte aber nur noch ein kleines Notizbuch, sehr zerfleddert und voller Eselsohren. Es war mit Namen, Adressen und Telefonnummern vollgekritzelt. Bob blätterte flink das Büchlein durch. Die meisten Adressen betrafen Firmen oder Privatpersonen aus Lake Tahoe. Kathleens Anschrift war erst ganz hinten im Buch eingetragen. Und dort, auf einer Seite, worauf sonst nichts stand, fand sich eine Reihe Notizen, bei denen Bob die Augen vor Verwunderung weit aufriß.
»Hast du was entdeckt?« fragte Justus.
»Hier ist eine ganze Seite über Kusine Kathleen«, sagte Bob. »Schau mal, oben drüber steht eine Nummer – PWU 615, Kalifornien. Und dann Kathleens Name – Miss Kathleen O'Hara – und ihre Adresse, Pension Katie, Sky Village, Kalifornien.«
»PWU 615?« sagte Peter. »Hört sich nach einer Autonummer an.«
»Sonst noch was« fragte Justus.
Bob gab das Notizbuch wortlos an Justus weiter.
»Unglaublich«, sagte Justus. »Eine Notiz, daß Kathleen Eigentümerin der Pension und des Skilifts ist und daß sie in Sky Village dafür bekannt ist, daß sie alles bar bezahlt. Und ganz unten auf der Seite die Worte ›leichte Beute‹!«
»Leichte Beute?« wiederholte Peter. »Das klingt aber verdächtig, nicht?«
»Ja«, antwortete Justus. Er schloß das Notizbuch und legte es wieder in den Koffer. »Ein Ausdruck, wie ihn ein Betrüger benutzen könnte. Leichte Beute, lohnendes Objekt!«
»Also ist er ein Hochstapler, und Kathleen ist seine Beute.«

»Auf alle Fälle ist Jensen kein Fotograf«, sagte Justus. »Aber wenn er ein Betrüger ist, worauf ist er dann aus? Er hat doch hier noch gar nichts getan außer –«

»Außer daß er von einem Bären oder einem Monster oder sonst was einen Schlag ins Genick gekriegt hat«, schloß Peter. »Bisher war er noch nicht mal besonders freundlich zu Kathleen.«

Sie hörten einen Wagen draußen auf der Straße. Justus lief rasch über den Flur zu dem Zimmer, das Mr. Smathers bewohnte, und sah zum Fenster hinaus.

»Es ist Kusine Kathleen, zurück aus Bishop«, meldete er, »und ihr Wagen hat die Nummer PWU 615.«

Bob schloß hastig den Koffer und verstaute ihn wieder im Schrank. Peter zog die Bettdecke glatt, worauf der Koffer gelegen hatte.

»Ob wir sie warnen sollen, daß sie hier einen Betrüger beherbergt?« fragte Peter, als die Jungen das Zimmer verließen.

Justus schüttelte den Kopf. »Ich meine, das sollten wir ohne stichhaltigen Beweis nicht tun. Wir wissen nur, daß Jensen einen Schnappschuß von Kathleen und Hammond besitzt, der in der Woche, als sie in Tahoe heirateten, aufgenommen wurde, und daß er sich besonders für Kathleens Finanzen interessiert.

Bob, du rufst ja heute abend deinen Vater an, wegen der Auskunft über Hammond. Dann nenne ihm auch gleich Jensens Adresse aus seinem Führerschein – ich sah kurz, daß er in Tahoe Valley wohnt. Vielleicht kann der Bekannte deines Vaters aus Reno auch über Jensen etwas herausbekommen.

Und bis wir Näheres wissen, sollten wir auf unseren vermeintlichen Fotografen ein Auge haben, falls er sich an Kusine Kathleen ranmachen sollte. Wenn er sie für irgendein Projekt zum Reichwerden interessieren will, sollten wir auf Draht sein!«

Erinnert ihr euch, daß Patrick und Kenneth mißtrauisch mutmaßten, ihre lebenstüchtige Kusine hätte einen Mann geehelicht, der mit ihrem schwer erarbeiteten Geld unsinnige Vorhaben – Stichwort Schwimmbecken – finanzieren will? Nun scheint Mißtrauen einem anderen Herrn gegenüber am Platz zu sein!

Justus blickt nicht mehr durch

Die drei ??? kamen die Treppe herunter und fanden im Wohnzimmer Kathleen, die neue Zeitschriften zu dem Stapel auf einem niedrigen Tisch legte. Sie fuhr leicht zusammen, als sie die Jungen hörte. »Oh«, sagte sie. »Ich wußte nicht, daß noch jemand im Haus ist.«

»Wir haben weitergesucht«, erklärte Justus mit Unschuldsmiene. »Wir dachten, wir hätten vielleicht gestern etwas übersehen, als wir dem Schlüssel zu Ihrem Schließfach auf der Spur waren.«

»Ach ja, der Schlüssel.« Kathleen zog bekümmert die Stirn in Falten. »Und heute habt ihr ihn auch nicht gefunden?«

»Nein«, sagte Bob. »Mrs. Hammond, könnten Sie sich vorstellen, daß ihn jemand an sich genommen hat? Hier sind doch die Türen nie abgeschlossen. Jeder hätte hier hereinkommen und ihn mitnehmen können.«

»Nein, dafür hatte ich ihn zu gut versteckt«, sagte Kathleen. »Und einer, der weiß, wofür der Schlüssel ist, hätte auch gar kein Interesse daran. Nur Kathleen O'Hara kann diesen Schlüssel benutzen. Die Bankangestellten kennen nur Kathleen O'Hara. Ein Dieb hat von dem Schlüssel überhaupt nichts, nur mir macht er damit Schwierigkeiten.«

»Einbruch scheidet also aus«, meinte Peter.
»Der Schlüssel muß hier irgendwo sein«, sagte Kathleen. »Wenn ich nur wieder wüßte, wo.«
Draußen knirschten auf dem Kies die Räder eines ankommenden Wagens. Dann trat Jensen herein, in einer Hand seine Bereitschaftstasche. Er nickte Kathleen und den Jungen zu und ging hinauf.
»Mr. Jensen hat da eine sehr interessante Arbeit«, sagte Justus. »Sicher braucht man viel Geduld, um Tiere zu fotografieren. Kommt er oft hierher?«
»Es ist das erste Mal«, sagte Kathleen. »Erst vor fünf Tagen kam er an. Er hatte sich nicht schriftlich angemeldet, also war nichts reserviert, aber ich hatte ein Zimmer frei und konnte ihn aufnehmen.«
»Mrs. Smathers ist auch ein interessanter Mann«, sagte Justus. »Bestimmt verbringt er viel Zeit in den Bergen, zur Zwiesprache mit der Natur.«
»Du meinst, mit den Tieren? Ich frage mich immer: Hören die ihm denn zu? Auch er ist das erste Mal hier. Er sagt, es sei ihm jetzt besonders lieb, wo wir einen so trockenen Sommer haben. Er glaubt, er kann seinen Freunden in der Wildnis helfen, besser durchzukommen.« Kusine Kathleen lachte. »So eine Idee! So ein verschrobener kleiner Mann. Aber es wäre mir lieber, wenn er wie alle anderen essen wollte und ich ihm nicht immer etwas Besonderes hinstellen müßte!«
Kathleen ging in die Küche hinaus, und die Jungen hörten sie Schränke öffnen und mit Töpfen klappern. Sie schlenderten zur Haustür hinaus und die Straße entlang, am Kiefernwäldchen vorbei und zur Tankstelle, wo Charlie Richardson in der Nachmittagssonne döste. Richardson öffnete die Augen, als die Jungen herankamen.
»War es eine schöne Wanderung?« erkundigte er sich.
»Sie haben mit Mr. Smathers gesprochen«, sagte Peter.
»So würde ich es nicht ausdrücken«, meinte Richardson. »Er

hat nämlich *mich* angesprochen. Scheint zu glauben, ich verderbe die Jugend Amerikas, indem ich Monstergeschichten erzähle.« Richardsons schläfrige Augen verengten sich, und plötzlich war er ganz bei der Sache, unverhohlen neugierig. »Was habt ihr denn nun gesehen, heute früh auf dem Berg?«

»Wir wissen es nicht genau, Mr. Richardson«, sagte Bob. »Etwas Großes. Irgendein Tier, glaube ich.«

Charlie Richardson war sichtlich enttäuscht. »Wahrscheinlich doch einen Bären. Und du bist also in die Erdbebenspalte gefallen?«

Bob gab es zu.

»Dachte es mir«, sagte Richardson. »Deinen Kleidern ist es nicht gerade gut bekommen. Aber sonst hat es dir ja nichts geschadet.«

»Nein«, sagte Bob. »Nur bin ich ziemlich erschrocken.«

»Da draußen in der Wildnis muß man schon aufpassen, wo man hintritt«, sagte Richardson. »Ihr macht eigentlich einen vernünftigen Eindruck. Ich bin sicher, daß ihr diesen Bären nicht etwa gereizt habt. Kathleen O'Hara braucht sich also gar nicht so aufzuregen. Kathleen Hammond, wollte ich natürlich sagen.«

»Sie regt sich auf?« fragte Peter. »Wir haben sie gerade getroffen, und sie wirkte gar nicht aufgeregt.«

»Na, vielleicht ist sie inzwischen drüber weg. Sie hat auf dem Rückweg von Bishop hier getankt, und dieser Spinner Smathers war auch gerade hier gewesen, und da fragte ich sie, ob sie nach eurer Wanderung schon mit euch gesprochen hätte. Es ist euch vielleicht schon aufgefallen, daß ich ganz genau verfolge, was um mich herum vor sich geht.«

»Und ob uns das aufgefallen ist«, sagte Peter lachend.

»Na, sie sagte also, ihr Mann wollte nicht, daß ihr auf die Bergwiese raufgeht, wegen der Bären. Die Ehe hat diese Frau wahrhaftig zu ihrem Nachteil verändert. Sie grault sich plötzlich vor den Biestern wie ein Stadtdämchen. Und ich weiß noch, wie sie früher die Burschen anbrüllte und mit der Bratpfanne bedrohte, wenn sie bloß ein bißchen in ihrem Abfall rumschnüffelten.«

Bob sah verblüfft auf. »Na, ob das aber das Richtige war?« fragte er. »Es sind schließlich wilde Tiere und –«

»Solange man ihnen nicht zu nahe kommt und ihnen nicht richtig eins überzieht, kann dabei nicht viel passieren.«

Bob sah auf seine Uhr. »Es ist schon nach vier«, sagte er zu Justus. »Bestimmt ist mein Vater jetzt zu Hause. Ich werde mal anrufen.«

»Geht das Telefon im Gasthof nicht?« fragte Charlie Richardson.

»Das ist es nicht«, sagte Bob rasch. »Aber wir sind nun mal gerade hier, und da dachte ich . . .«

»Na klar«, sagte Richardson. »Laßt euch nicht aufhalten. Geht los und erledigt euren Anruf. Ich geh' jetzt zum Restaurant rüber und leiste mir eine Pizza. Ich weiß schon, wann ich andere in Ruhe lassen muß.«

Der Mann stand auf und schlenderte gemächlich aus der Tankstelle, dann die Straße entlang.

»Wenn der mal andere in Ruhe läßt, dann fresse ich meine Tennisschuhe, roh und ungesalzen«, sagte Peter gedämpft.

Bob lachte und trat in die Telefonzelle. Nachdem er fünf Minuten mit seinem Vater gesprochen hatte, berichtete er:

»Joe Hammond steht nicht im Telefonbuch von Reno. Die Auskunftei in Reno hat über ihn noch keinen Bescheid gegeben, aber Papas Freund erwartet das für morgen. Papa ruft seinen Freund heute abend noch an und bittet ihn, auch über Jensen Nachforschungen anzustellen, aber er sagt, wir sollen ja nicht zu voreilig sein und Unruhe stiften. Wenn wir nämlich Patrick und Kenneth oder ihre Kusine ohne triftigen Grund vor den Kopf stoßen, macht er uns die Hölle heiß. Wir dürfen also nichts unternehmen, bis wir von ihm hören – außer daß wir aus dem Gasthof wieder ausziehen sollen.«

»Oh?« machte Justus Jonas.
»Er befürchtet, daß wir Kusine Kathleen zur Last fallen, und im übrigen ist das auch meine Meinung. Warum sollte sie uns eigentlich durchfüttern? Wir sind ja nicht mit ihr verwandt.«
»Ausgerechnet jetzt, wo es spannend wird«, sagte Peter.
»Wir brauchen ja nicht weit fortzugehen«, betonte Justus. »Unser Zelt steht doch schon neben dem Haus.«
Die drei ??? kehrten zum Gasthof zurück, und dann teilten sie Kathleen und ihrem Mann mit, daß sie lieber draußen zelten würden, wie sie es ursprünglich geplant hatten. Joe Hammond legte erst Widerspruch dagegen ein und warnte vor streunenden Bären, aber die Jungen versprachen, daß sie laut um Hilfe rufen würden, wenn sie etwas Bedrohliches sehen oder hören sollten. Lange vor Sonnenuntergang hatten sie schon ihre Schlafsäcke ins Zelt hinausgeschafft und sich dort zünftig eingerichtet.
Nach dem Abendessen – heiße Würstchen und Bohnen, über dem Lagerfeuer gekocht – saßen die Jungen mit untergeschlagenen Beinen im Zelt. Bob holte ein Notizbuch und einen Kugelschreiber aus der Tasche und begann den Stand der Ermittlungen zum vorliegenden Fall der drei ??? kurz zu skizzieren.
»Bis jetzt«, sagte er, »haben wir also einen Tierfotografen, der überhaupt kein Fotograf ist und sich sehr für Kusine Kathleen und ihr Geld interessiert. Außerdem hat er ein Foto von Kathleen und ihrem Mann, das er bereits aufgenommen hatte, ehe er hierher ins Haus kam. Und doch sagte uns Kathleen, er sei zum ersten Mal hier, und sie kenne ihn eigentlich gar nicht.«
»Und dann bekam er von einem Bären oder einem Menschen oder einem Monster eins übergezogen«, setzte Peter hinzu. »Wenn er kein Fotograf ist, frage ich mich, wieso er unbedingt von dem Bären an der Abfalltonne ein Foto machen wollte.«

»Sicher hielt er es für angebracht, einmal den Fotografen zu mimen, nachdem er ja in dieser Rolle auftritt«, entschied Justus. »Das wäre also Mr. Jensen. Dann hätten wir da Kathleens neuen Ehemann. Was wissen wir von ihm?«
»Er sagte, er sei finanziell gut gestellt«, sagte Bob. »Hat ein Betäubungsgewehr und geht damit jeden Tag auf die Bergwiese. Baut ein Schwimmbecken, das möglicherweise gar keines ist.«
Bob sah Justus an. »Fällt dir sonst nichts mehr ein? Viel ist das nicht. Patrick und Kenneth ist er nicht geheuer, aber vielleicht ist er auch ganz in Ordnung.«
»Ja, mag sein«, bestätigte Justus.
»Und schließlich Mr. Smathers«, sagte Peter, »Der ist ja ein ganz merkwürdiger Zeitgenosse.«
»Und gar nicht so harmlos, wie er aussieht«, wandte Justus ein. »Bestimmt war es Smathers, der mich heute früh niederschlug und den Fußabdruck am Grabenrand wegputzte.«
»Und damit wären wir bei dem großen Fragezeichen«, sagte Peter. »Gibt es nun ein Bergmonster oder nicht?«
»Ich habe etwas gesehen«, erklärte Bob. »Ich weiß, daß ich etwas gesehen habe, und ich bin verdammt sicher, daß es kein Bär war. Und Justus hat diesen Fußabdruck gesehen.«
Justus zog den Reißverschluß seines Schlafsacks auf und schlüpfte aus seinen Schuhen. »Wenn es ein Monster gibt und Joe Hammond es einfängt, wird hier einiges los sein«, prophezeite er. »Wir sollten nicht vergessen, daß unsere Auftraggeber Patrick und Kenneth sind und daß es unsere Aufgabe ist, ihre Kusine zu schützen. Morgen, wenn wir die Kreditauskunft über Hammond und weitere Informationen über Jensen haben, können wir mit Patrick und Kenneth sprechen. Sie können dann überlegen, was sie unternehmen wollen, wenn ihnen das überhaupt ratsam erscheint.«
Bob und Peter schliefen an diesem Abend rasch ein, aber Justus Jonas war noch zu rastlos zum Schlafen. Er lag wach und

horchte auf den Wind und das leise Geraschel und Gehusche von Tieren im Finstern. Er dachte an die Spalte in der Erde und an den unglaublichen Abdruck eines nackten Fußes. Er dachte an Charlie Richardson und seine Geschichten von seltsamen Wesen auf dem Berg. Und er dachte an die neueste von Charlies Geschichten – seine Schilderung, wie Kathleen mit erhobener Bratpfanne auf einen Bären losging. Justus beschloß, Kathleen am Morgen zu fragen, ob sie tatsächlich jemals so draufgängerisch gehandelt hatte.

Es war fast Mitternacht, als Justus sich auf den Bauch drehte und die Zeltklappe öffnete. »Pension Katie« lag dunkel und still. Ein kleiner Schatten bewegte sich über dem Haus, ließ sich auf dem Schornstein nieder und verharrte dort ein paar Minuten lang. Justus hörte einen leisen dumpfen Ruf. Es war eine Eule.

Justus blinzelte. Bildete er es sich ein, oder war da wirklich ein Lichtschimmer irgendwo im Erdgeschoß des Hauses? Er sah scharf hin. Da kam es wieder: ein tanzender Lichtstrahl im Wohnzimmer, neben dem Büro.

Justus stupste Peter. »Wach auf!« flüsterte er.

»Was ... was ist denn« Peter setzte sich auf. »Schon wieder Bären?«

»Ruhe!« sagte Bob schlaftrunken.

»Im Haus drüben ist jemand wach«, sagte Justus. »Mit einer Taschenlampe. Da, eben ist jemand in Kathleens Büro gegangen!«

Peter und Bob krochen aus ihren Schlafsäcken und tasteten im Dunkeln nach ihren Schuhen. »Es geht also schon wieder los!« sagte Peter. »Alle Welt interessiert sich für Kusine Kathleen – oder ihr Geld oder ihr Büro.«

Die drei ??? krochen aus ihrem Zelt und stahlen sich über den Hof zum Bürofenster. Es stand offen, und die Jungen konnten den Mann sehen, der mit dem Rücken zu ihnen im Schreibtischsessel saß. Jensen! Seelenruhig blätterte er eines von

Kathleens Geschäftsbüchern durch, die Taschenlampe in einer Hand. Die Tür zwischen dem Büro und dem Wohnzimmer war nun geschlossen.
Jensen beendete die Durchsicht des einen Buches und stellte es wieder ins Regal zurück. Gerade griff er nach einem zweiten, als er erstarrte und den Kopf horchend der Tür zuwandte. Eine Sekunde später tauchte er unter den Schreibtisch und knipste seine Lampe aus.
Die drei ??? duckten sich unter den Fenstersims. Im Büro ging die Deckenlampe an, und die Jungen hörten Joe Hammonds Stimme. »Siehst du?« sagte Hammond. »Hier ist keiner.«
»Ich habe aber was gehört«, erwiderte Kathleen. »Ich weiß genau, daß ich auf der Treppe Schritte hörte, und dann fiel die Tür zu. Die hatte ich nämlich offengelassen, glaube ich. Ganz sicher bin ich allerdings nicht.«
»Das ist doch alles Einbildung, deine Nerven spielen dir einen Streich. Es ist gar kein Grund zur Sorge. Du machst das ganz prima mit den beiden Trotteln aus Rocky Beach. Laß dich von denen bloß nicht unterkriegen. Sie bleiben ja nicht ewig.«
»Noch länger als eine Woche«, sagte Kusine Kathleen. »Sie werden noch über eine Woche hier sein!«
»Ich sorge ja dafür, daß sie nicht rumhocken, oder nicht? Kopf hoch. Wir sind am Ziel, das weißt du, und nichts kann mehr schiefgehen.«
»Das will ich auch nicht hoffen«, sagte Kusine Kathleen. In ihrer Stimme lag eine Schärfe, die Justus bewies, daß sie ohne weiteres streunenden Bären mit der Bratpfanne zu Leibe rükken konnte.
Das Licht im Büro wurde ausgeschaltet, und die Tür schloß sich. Die Jungen blieben, wo sie waren, ohne sich zu rühren. Nach ein paar Minuten sahen sie den Strahl der Taschenlampe wieder. Jensen war unterm Schreibtisch hervorgekommen.

Er ging zur Tür hinüber, knipste seine Lampe aus und verließ lautlos das Büro.
»Nicht zu fassen«, flüsterte Peter.
Justus legte warnend den Finger an die Lippen. Die drei schlichen vom Haus weg und zum Zelt zurück.
»Habe ich nun richtig gehört oder nicht?« meinte Peter, als sie wieder sicher im Zelt saßen.
»Ausgesprochen seltsam«, sagte Justus Jonas. »Es überrascht mich zwar nicht sonderlich, daß Jensen mitten in der Nacht herunterkommt und in Kathleens Papieren stöbert – wir wissen ja, daß es ihm um Geld geht.«
»Genau«, sagte Bob. »Aber warum sollten Patrick und Kenneth Kathleen nervös machen? Es sind doch ihre Lieblingsvettern.«
»Das begreife ich eben nicht.« Justus rief sich die Stirn. »Überhaupt nichts begreife ich. Ich war noch nie in meinem Leben so aufgeschmissen!«

Kusine Kathleens Hausaufgaben

Als Justus erwachte, sangen die Vögel in der kühlen Morgensonne. Peter und Bob schliefen noch, also zog er sich die Schuhe an und verließ geräuschlos das Zelt. Er ging quer über den Hof zum Hintereingang des Hauses, und dabei kreisten seine Gedanken noch etwas benommen, wie im Halbschlaf, um Joe Hammonds Worte in der vergangenen Nacht.
Patrick und Kenneth machten Kathleen nervös.
Justus blieb an der Hintertreppe stehen. Er hörte Wasser ins Spülbecken hinter dem offenen Fenster laufen. Also war Kathleen schon wach. Er konnte sie sich in der Küche vor-

stellen, ihre mageren, zupackenden Hände, die sich sicher bewegten. Das waren nicht die Hände einer zaghaften Frau. Kathleen erledigte alles so leicht und rasch wie Tante Mathilda. Sie war Tante Mathilda sehr ähnlich. Auch sie nahm ihren Ehering zum Geschirrspülen ab, genau wie Tante Mathilda, wenn sie wieder einmal eine Abmagerungskur hinter sich hatte und ihr der Ring zu weit geworden war.

Justus wollte gerade ins Haus gehen und Kathleen guten Morgen sagen, als das Wasser abgestellt wurde.

»Der Kaffee noch nicht fertig?« Das war Hammonds Stimme.

»Noch ein paar Minuten. Sei doch nicht so ungeduldig«, sagte Kathleen.

»Und sei du nicht so zerfahren«, warnte Hammond. »Hör mal, ich werde Patrick und Kenneth heute früh gleich Arbeit zuteilen, damit sie dir nicht in die Quere kommen. Und du machst jetzt Frühstück für die drei Jungen und packst ihnen was zum Essen ein und schickst sie los, auf eine Wanderung. Aber bloß nicht auf die Bergwiese. Dort dürfen sie auf gar keinen Fall hin, hörst du?«

»Spielst du jetzt auch den Reiseleiter?« fragte Kathleen.

»Ich kann sie heute dort nicht brauchen«, sagte Hammond. »Ich geh' den Hang rauf und will oben einen letzten Versuch machen, aber ich habe wenig Hoffnung. Wenn es nicht klappt, müssen wir eben bei der Bank unser Täuschungsmanöver durchziehen, und da darfst du nicht versagen. Also mach schön deine Hausaufgaben.«

»Ich habe aber keine Lust«, widersprach Kathleen.

»Du mußt es tun.« Hammonds Stimme war barsch. »Du hast schon ganz andere Dinge getan und für weniger Geld. Hast du was da, um belegte Brote für die Jungen zu machen?«

»Schinken habe ich«, sagte Kathleen verdrossen.

»Gut, das genügt.«

Justus Jonas zog sich von der Veranda zurück, räusperte sich dann laut und stieg geräuschvoll die Stufen hinauf.

»Guten Morgen!« rief Kathleen.
Justus begrüßte sie fröhlich und zierte sich nur zum Schein, als sie ihn zum Frühstück einlud. Er ging nach oben, um sich zu waschen. Als er wieder herunterkam, waren auch Bob und Peter aufgetaucht, noch ganz zerzaust vom Schlaf. Jensen und Smathers saßen schon am Tisch und warteten aufs Frühstück. Es wurde eine ruhige Angelegenheit. Jeder schien mit seinen eigenen Gedanken beschäftigt. Hinterher räumte Kathleen Tassen und Teller ab, und dabei kam ihr offenbar ein glücklicher Einfall.
»Ihr wart gestern so begeistert vom Wandern«, sagte sie zu den Jungen. »Da solltet ihr heute noch einmal losziehen. Ihr habt Ferien, und die sollt ihr genießen. Ich mache euch ein paar belegte Brote, und dann geht ihr los. Vom Zeltplatz führt ein guter Weg zum Feuerturm, den würde ich euch vorschlagen.«
»Der Feuerturm!« sagte Bob. »Ach ja, der Turm, den wir kürzlich gesehen haben. Der muß ungefähr drei oder vier Meilen von hier sein.«
Kathleen nickte. »Und er steht ganz hoch droben. Vom Turm aus könnt ihr das ganze Tal überblicken. Manchmal, wenn ich ein bißchen freie Zeit habe, gehe ich dorthin, um in Ruhe nachzudenken.«
»Hört sich verlockend an«, meinte Justus rasch.
Peter machte den Mund auf, um etwas zu sagen, aber Justus stieß ihn unterm Tisch mit dem Fuß an.
Kathleen trug das Geschirr in die Küche und richtete den Jungen rasch ein Lunchpaket. »Das könnt ihr in den Rucksack packen«, schlug sie vor.
Die Jungen bedankten sich, und Justus holte seinen Rucksack aus dem Zelt und verstaute alles darin.
»Paßt aber gut auf«, sagte Hammond warnend. »Und am Nachmittag seid ihr wieder hier. Klar?«
Hammond, Kenneth und Patrick fingen gerade mit der Ar-

beit am Schwimmbecken an, als sich die Jungen zum Zeltplatz aufmachten. Sobald sie um die erste Wegbiegung waren, blieb Peter stehen. »Bin ich nun schon zu mißtrauisch, oder hat man uns da vorsätzlich zum Wandern abgeschoben?« fragte er. »Warum hast du mir denn beim Frühstück einen Tritt gegeben?«
»Ich habe heute früh eine Unterhaltung zwischen Kathleen und Hammond belauscht«, erklärte Justus. »Hammond will uns aus dem Weg haben, damit er zur Bergwiese raufgehen und Kathleen ihre Hausaufgaben machen kann.«
»Hausaufgaben?« wiederholte Bob.
»Frag mich nicht, was das ist«, entgegnete Justus. »Es hat irgendwas mit der Bank zu tun. Hammond will auf die Wiese rauf, um in irgendeiner Sache einen letzten Versuch zu machen, und wenn er ihm heute früh nicht glückt, haben er und Kathleen auf der Bank ein Täuschungsmanöver vor. Ich glaube, es hat was mit dem Tresorschlüssel zu tun, den Kathleen so verzweifelt sucht.«
»Sollte da nicht einer von uns im Haus bleiben und aufpassen, was sie tut?« fragte Peter.
»Das geht eben nicht«, sagte Justus. »Kathleen und Hammond haben geschickt geplant, damit sie ungestört bleiben. Und sie haben geschickt geplant, damit wir heute nicht auf der Bergwiese erscheinen. Wir haben uns bisher sehr um Kathleens Schutz gekümmert, aber ich frage mich allmählich, ob sie überhaupt Schutz braucht. Egal was Hammond vor hat, sie ist seine Vertraute, und die beiden veranstalten da eine auffällige Heimlichtuerei. Es ist schon ein Witz, daß sie die Wanderung zu dem alten Feuerturm vorschlug. Ich bin mir nicht ganz sicher, aber ich könnte mir denken, daß man vom Turm aus nicht nur das Tal überblicken kann, sondern auch viel vom Gebirge. Also los jetzt, dann kommen wir vielleicht noch zurecht.«
»Zurecht – wozu denn?« wollte Bob wissen.

»Um Joe Hammond zu beobachten, wie er den Skihang raufsteigt«, sagte Justus. »Ich habe mein Fernglas im Rucksack. Hammond geht jeden Tag mit seinem Betäubungsgewehr und einem Rucksack zur Bergwiese hinauf. Was treibt er dort?«
»Er macht Jagd auf Monster«, sagte Peter.
»Nein, da geht es um etwas anderes«, behauptete Justus. »Diese Ausflüge haben etwas mit der Bank zu tun und folglich mit dem verlorenen Schlüssel. Ich will jetzt wissen, was Hammond dort oben macht.«
»Also gut«, sagte Bob schnell. »Gehen wir los.«

»Ich war noch nie in meinem Leben so aufgeschmissen.« (Justus Jonas)
Geht es meinen Lesern auch so? Kathleen O'Hara, verehelichte Hammond, Komplizin eines höchst undurchsichtigen Mannes – welche Persönlichkeitsveränderung ist diesem verdächtigen Sinneswandel einer unbescholtenen Dame vorausgegangen?

Sie liefen rasch die Straßen entlang, über den Zeltplatz und dann den Wanderweg zum alten Feuerturm hinauf. Peter ging voran, dicht gefolgt von Bob, und Justus kam als letzter angeschnauft. Hinter dem Zeltplatz wurde der Pfad zum Turm sehr steil.
Nach Peters Uhr war es zehn Uhr vorbei, als sie den Turm erreichten.
»Ich hoffe, wir kommen nicht zu spät«, keuchte Justus. Ohne zum Atemschöpfen stehenzubleiben, begann er die hölzerne Leiter zur Plattform des Turms zu erklimmen. Peter und Bob folgten ihm.
»Phantastisch!« sagte Peter. »Von hier aus können wir den Gasthof sehen, den Skihang und die Wiese!«

Justus stöberte in seinem Rucksack und zog das Fernglas hervor. Er hielt es vor die Augen und stellte es scharf ein. »Joe Hammond ist auf halber Höhe am Hang«, meldete er. Justus hielt das Fernglas auf Hammond gerichtet, während der Mann weiterkletterte. Nach zehn Minuten hatte er die Wiese erreicht und schritt von dort aus geradewegs auf die Kiefern am oberen Rand des freien Geländes los. Nach ein paar Minuten verschwand er zwischen den Bäumen.

Justus nahm das Glas von den Augen. »Du hattest gestern die Westseite, Peter. Bist du sehr weit in den Wald gekommen, als wir nach Spuren suchten?« fragte er.

»Eigentlich nicht«, antwortete Peter. »Höchstens ein paar Schritte. Ich behielt die Wiese ständig im Blick.«

»Hammond ist hier in den Wald reingegangen. Geht er dort jeden Tag hin? Was könnte da sein?«

»Du meinst, seine Ausflüge hätten was mit der Bank zu tun?« fragte Bob. »Was könnte es dort geben, das etwas mit einer Bank zu tun hat?«

»Bäume«, stellte Peter fest. »Bäume, Bäume und noch mal Bäume. Felsen, Eichhörnchen, Häher, Streifenhörnchen . . .«

»Augenblick mal!« sagte da Justus unvermittelt. »Die Waldhütte!«

»Was für eine Waldhütte?« fragte Peter.

»Die Hütte des Einsiedlers! Ihr erinnert euch doch, wie Charlie Richardson sagte, der Einsiedler vom Monsterberg hätte sich bei der Bergwiese eine Hütte gebaut. Wir haben aber kein Haus gesehen, als wir da oben waren. Es muß im Wald versteckt liegen. Dorthin geht vielleicht Hammond!«

»Und was hat eine einsame Hütte mit der Bank zu tun?« fragte Bob.

»Das weiß ich nicht«, mußte Justus bedrückt zugeben.

Die Jungen packten die belegten Brote aus, mit denen Kathleen sie versorgt hatte, und setzten sich zum Essen auf den Fußboden der Turmplattform. Von Zeit zu Zeit blickte Justus

durchs Fernglas zur Wiese und zum Skihang hinüber. Nach fast einer Stunde tauchte Hammond aus einer Baumgruppe westlich von der Wiese auf und ging auf den Skihang zu.
»Er kommt runter«, sagte Justus. »Jetzt sind wir mit dem Aufstieg dran. Wißt ihr was – wir gehen zum Gasthof zurück und sagen dort, daß wir den Nachmittag auf dem Zeltplatz zubringen und heute abend dort abkochen wollen. Und dann ziehen wir sofort mit unserem Kochzeug und den Vorräten los. Für die nächsten Stunden erwartet uns dann keiner, und wir können heimlich durch den Wald an der Nordseite des Skihangs zur Wiese hinaufgehen. Wir müssen herausfinden, was Hammond jeden Tag dorthin zieht.«
»Mann, ob da meine Beine noch mittun?« stöhnte Peter. Er zerknüllte sein Butterbrotpapier und stopfte es in Justs Rucksack. »Dann los«, sagte er.
Den Rückweg zum Zeltplatz legten sie schneller zurück als den Aufstieg zum Feuerturm. Es ging so steil bergab, daß die Jungen sich gewaltsam zurückhalten mußten, um nicht ins Rennen zu verfallen.
Als die drei beim Zeltplatz ankamen, parkte dort ein Auto. Ein kleiner, fast kahlköpfiger Mann sah sich zutiefst enttäuscht den fast ausgetrockneten Wasserlauf an, während eine beleibte Frau Geschirr aus einem Picknickkorb nahm.
»Jammerschade, nicht?« sagte der Mann, als er die Jungen kommen sah. »Und ich wollte doch hier angeln.«
»Der Sommer war zu trocken«, sagte Bob. »Überall ist das Wasser knapp.«
»Harold, dann bleiben wir nicht hier«, warf die Frau ein.
»Wir fahren lieber nach Bishop und ziehen ins Motel.«
»Ich gebe kein Geld im Motel aus, nachdem ich so viel in die Campingausrüstung gesteckt habe«, sagte der Mann. »Auf alle Fälle ist es hier schön kühl.« Er zeigte zum Turm hinüber. »Ist das der Weg da rauf?« fragte er Bob.
»Ja. Es ist aber eine ziemlich anstrengende Tour.«

Der Mann lachte laut. »Das käme mir gerade recht«, sagte er zu den Jungen. »Ich muß wieder mehr für meine Kondition tun.«
Die Jungen gingen weiter, fast im Laufschritt, und sie kamen rasch vorwärts. Nach einer Viertelstunde waren sie wieder beim Gasthof angelangt. Als sie ins Wohnzimmer traten, stand Joe Hammond mit einem Zettel in der Hand am Kamin.
»Sieht gut aus«, sagte er zu Kathleen, die auf dem Sofa saß.
Kathleen nickte. Joe warf den Jungen einen Blick zu, knüllte den Zettel zusammen und warf ihn in den Kamin. Er nahm ein Streichholzheftchen vom Kaminsims und zündete das Papier an. Dann ging er die Treppe hinauf.
»War's schön?« fragte Kathleen die Jungen.
»Herrlich!« antwortete Justus.
»Ich wußte ja, daß es euch Spaß machen würde.« Kathleen stand auf und ging in die Küche hinaus.
Peter war wie der Blitz am Kamin und trat auf das glimmende Papier. Die Flamme züngelte noch einmal hoch und erstarb. Vorsichtig holte Peter die Überreste des Papiers aus dem Kamin.
Nur eine kleine Fläche war noch nicht angesengt, aber sie genügte.
»Was sieht da gut aus, laut Hammond?« fragte Bob.
Peter zögerte und ging dann auf die Terrasse hinaus. Bob und Justus folgten, und Justus machte hinter sich die Tür zu.
»Kusine Kathleens Unterschrift«, sagte Peter. Er gab Justus das Papier. »Sie hat immer wieder ihren Namen hingeschrieben.«
Die drei ??? schwiegen kurz. Dann fuhr Justus zusammen, als habe ihn etwas gestochen. »Sie will mit ihren Vettern nicht gälisch sprechen«, sagte er unvermittelt. »Sie will nicht gälisch sprechen, und der Ehering ist ihr zu weit.«
»Was meinst du denn damit?« fragte Bob.

Justus antwortete nicht, sondern ging die Stufen hinunter. »Ich will sofort mit Patrick und Kenneth reden«, sagte er verbissen. »Und dann müssen wir schnellstens zur Wiese rauf! Mir ist plötzlich alles klar. Wenn meine Folgerungen stimmen, ist hier etwas ganz Übles im Gang!«

Einmal kurz abgesehen von der wirklich üblen Situation: Ich bin sehr erleichtert, daß wenigstens der Erste Detektiv wieder klarer sieht und sich nicht länger vom Augenschein täuschen läßt . . .

Der Berg brennt!

»Aber wieso, Just?« fragte Patrick. »Warum müssen wir dicht beim Haus bleiben?« Er kam auf der Leiter aus der Grube heraufgestiegen, während Kenneth noch unten blieb.
»Das möchte ich jetzt lieber noch nicht erklären«, sagte Justus. »Es wäre für uns alle schrecklich peinlich, wenn ich mich irrte. Vertraut mir bitte. Bleibt hier, falls ich euch brauche.«
»Klar vertrauen wir dir, Just«, sagte Patrick. »Also schön. Viel Spaß auf dem Zeltplatz«, fügte er zweifelnd hinzu.
Justus ging zu Bob und Peter, die gerade Kusine Kathleen erzählt hatten, daß sie sich für den Rest des Tages absetzen wollten. Rasch holten die Jungen von ihrem Lagerplatz im Kiefernwäldchen zusammen, was sie fürs Abendessen brauchen würden. Während sie noch dabei waren, kam Jensen angefahren, und Smathers tauchte unter den Bäumen über der Straße auf. Beide Männer stiegen zur Terrasse hinauf und ließen sich dort in Gartenstühlen nieder.

Justus knurrte unwillig, als er die beiden sah. »Ich hoffe, die bleiben, wo sie sind«, sagte er. »Ich weiß noch nicht, wo ich sie in der Sache unterbringen soll.«
»Was heißt unterbringen?« begehrte Peter auf. »Was wird hier eigentlich gespielt?«
»Kommt alles noch«, sagte Justus ungeduldig.
Die Jungen wollten gerade gehen, als Joe Hammond auf die Terrasse heraustrat.
»Hallo – wo soll's denn so plötzlich hingehen?« rief er. Seine Stimme klang freundlich, aber sein Blick war mißtrauisch.
»Verflixt!« murmelte Justus. Er setzte seine naivste Miene auf und kam treuherzig nochmals zur Terrasse angeschlendert. »Wir gehen zum Abkochen auf den Zeltplatz«, sagte er höflich.
»Ihr Burschen habt einfach zu viel überschüssige Energie«, meinte Hammond dazu. »Wir sollten euch wirklich hier beim Haus behalten und euch was Rechtes zu arbeiten geben . . .«
Hammond verstummte, und seine Gesichtsfarbe spielte plötzlich ins Gelbliche. Justus blinzelte. Dann merkte er, daß nicht Hammond sich gelb verfärbt hatte, sondern daß sich die Beleuchtung geändert hatte. Er schaute auf und sah, wie sich dicke Rauchschwaden vor der Sonne ballten.
»Da!« Peter zeigte nach Norden. Dort, auf den kiefernbewachsenen Berghängen hinter dem Zeltplatz war der Rauch ganz dicht und dunkel. Und auf einmal sahen sie auch Feuer. Eine Rußflocke kam angeschwebt und ließ sich auf Hammonds Haar nieder. Jensen und Smathers kamen von der Terrasse herunter, um besser Ausschau halten zu können.
»Es treibt hierher«, sagte Hammond. Es war fast nur ein Flüstern. Der Mann wirkte wie gelähmt; haltsuchend griff er nach dem Terrassengeländer.
Auf der Straße kam ein Auto angebraust. Der Wagen, der auf dem Zeltplatz geparkt hatte, als die Jungen vom Berg herunterkamen, rumpelte schliddernd zum Gasthof herauf. Peter

lief mit wildem Armeschwenken auf die Straße, und der Wagen kam mit kreischenden Reifen zum Stehen.
»Ist es schlimm?« brüllte Peter dem Mann zu.
»Breitet sich wie irrsinnig aus!« schrie der Mann herüber. »Ihr solltet lieber hier weg. Der Wald brennt jetzt wie Zunder. Mir ist eine Zigarette runtergefallen, und der Wind trug einen Funken fort, und schon brannte der ganze Hang.«
Patrick kam hinter dem Haus hervorgelaufen. »Kathleen!« rief er. »Kathleen! Kenneth! Kommt schnell. Der Berg brennt!«
Die Frau im Wagen rief: »Harold, weiter!« Der Mann trat aufs Gaspedal und fuhr so jäh los, daß die Räder auf der staubigen Straße durchdrehten.
»Patrick! Kenneth!« Joe Hammond rührte sich endlich. Er kam die Vortreppe herunter und riß einen Gartenschlauch an sich, der neben der Terrasse aufgerollt lag. »Die Leiter!« schrie er Patrick zu. »Hol die Leiter. Wir müssen das Dach feucht halten!«
Ein Reh brach jenseits der Straße aus dem Dickicht und sprang blindlings die Fahrbahn entlang, an den verdutzten Menschen vorüber, zum Skihang hinauf.
»Großer Gott!« Mr. Smathers war so aufgeregt, daß seine Stimme sich eher wie ein Krächzen anhörte. »Diese schrecklichen Menschen. Kriminelle! Mörder!« Der heftig erregte kleine Mann rannte flink los, dem Reh nach.
»Wo wollen Sie hin?« Mr. Jensen packte Smathers am Arm. Ein erschrockenes Eichhörnchen schoß an Jensen und Smathers vorbei den Hang hinauf.
»Lassen Sie mich los!« schrie Smathers. »Sehen Sie nicht, daß die Tiere in die Berge flüchten?«
»Aber von dorther kommt ja das Feuer«, warnte Jensen. »Und dann sitzen Sie in der Falle.«
Smathers riß sich von dem jüngeren Mann los. »Ich muß weg«, sagte er und rannte auf den Hang los.

Kathleen kam aus dem Haus gelaufen. »Joe!« rief sie, »Joe, wir müssen hier raus!«
»Nein!« Hammond hatte das Wasser angestellt. Er trat vom Hahn zurück und zielte mit dem Schlauch auf das Dach. »Wir müssen das Haus hier schützen. Wir können es bestimmt retten, wenn wir hierbleiben!«
Kenneth kam herüber und nahm Kathleen beim Arm. »Wir nehmen unsere Kusine mit«, sagte er zu Hammond. »Kathleen, du kommst mit uns, nicht?«
Kathleen drehte sich um und sah zum Feuer hin. Es schien jetzt ganz nahe, weniger als eine Meile vom Gasthof entfernt. Der Wind war heiß, der Boden mit Asche übersät.
»Du kommst mit uns«, sagte Kenneth noch einmal.
Kathleen nickte.
»Just«, sagte Kenneth. »Peter, Bob – rein in den Lastwagen!«
»Augenblick noch!« sagte Justus Jonas.
»Los, los!« Kenneth machte sich mit Kathleen zum Parkplatz auf. »Einsteigen!«
»Erst müssen wir Kathleen finden«, sagte Justus.
»Was?« Kenneth starrte Justus an und dann die Frau neben sich. Sie versteifte sich in einer Haltung, die etwas wild Entschlossenes an sich hatte. Es schien Justus, als erblasse sie, aber das konnte er in dem seltsamen Licht nicht genau sehen.
»Wo ist Kathleen?« fragte er ernst.
Hammond ließ den Schlauch fallen. »Du spinnst!« sagte er.
»Justus überhörte das. »Sie sind Mrs. Hammond«, sagte er zu der Frau, die sich Kathleen nannte. »Wo ist Kathleen O'Hara? Sagen Sie es mir! Schnell!«
»Wo Kathleen O'Hara ist?« Jensen sah aus wie einer, der von einem Schlag betäubt ist. »Sie sind nicht Kathleen O'Hara?« wandte er sich an die Frau.
Sie richtete sich auf und gab sich einen Ruck. »Ich war bisher Kathleen O'Hara«, sagte sie. »Jetzt bin ich Kathleen Hammond. Das wissen Sie doch.« Sie sah Jensen geradewegs ins

Gesicht. »Ich bin die frühere Kathleen O'Hara und ich gehe jetzt mit meinen Vettern.«
»Nein!« Justus war mit zwei raschen Schritten bei ihr.
Da riß sie sich los und begann auf ihr Auto zuzulaufen.
»He!« Jensen lief ebenfalls los und faßte nach ihrer Schulter. »Moment mal!«
Kathleen wich ihm aus und stolperte, als Jensens Hand nach ihr griff, und sie fiel hin. Die hochaufgetürmte rote Lockenpracht löste sich wie ein grotesker Hut und rollte ein Stückchen davon, ehe sie zu einem schlaffen Haufen zusammenfiel. Sofort war Kathleen wieder auf den Beinen und rannte los. Die Jungen sahen, daß sie unter der Perücke kurzes blondiertes Haar hatte.
»Das ist nicht Kathleen!« rief Patrick.
Kenneth bekam die Frau zu fassen, als sie die Wagentür aufreißen wollte. »Wo ist meine Kusine?« fragte er. Es hörte sich an, als wolle er sie gleich verprügeln. »Wo ist Kathleen?«
Die Frau duckte sich gegen den Wagen.
»Oben bei der Wiese ist eine Hütte, nicht wahr?« sagte Justus. »Ist sie dort?«
Die Frau nickte.
Kenneth ließ sie los, und im nächsten Augenblick rannte er mit Patrick und den drei ??? hangaufwärts zum Bergland.

Das Bergmonster

Dichter Rauch wölkte über der Bergwiese, als die Jungen dort ankamen. Justus hatte ein Gefühl, als wollten seine Lungen bersten. Er ließ sich im hohen Gras in die Knie sinken und wandte sein Gesicht vom heißen Wind ab, der über den Hang fegte. Rechts vor ihm trat zögernd ein Puma aus dem

Wald. Er stand eine Sekunde lang still und witterte die versengte Luft, dann rannte er nach Westen, zu den kahlen Felsenhängen jenseits des Waldes.
Kenneth zerrte an Justs Ellbogen. »Auf mit dir! Schnell! Zeig uns, wo Kathleen ist!«
Taumelnd stand Justus auf. Peter lief schon quer über die Wiese, geradewegs auf den Wald am oberen Rand zu. Bob kam hinterher und versuchte tapfer, mit Peter Schritt zu halten. Mit den beiden Jungen liefen Tiere. Justus sah, daß die ganze Wiese von großen und kleinen Geschöpfen wimmelte, die alle wie wild vor der Bedrohung des Feuers flüchteten.
»Mach schnell!« drängte Kenneth. Patrick war vor ihnen, gleich hinter Peter und Bob.
Justus nickte und zwang seine zitternden Beine, ihn über die Wiese zu tragen. Er fühlte seine Beine bleischwer, als wate er mühsam durch tiefes Wasser. Vor sich sah er Peter und Bob am Waldrand warten. Er stolperte, und Kenneth packte ihn am Arm.
»Wohin?« fragte Kenneth.
Justus zeigte auf eine Stelle, wo weiße Steine durchs Gras lugten. »Dort habe ich Hammond hingehen sehen.«
Ein schwacher Schrei drang zu ihnen, ein schrilles, wortloses Wimmern des Entsetzens, und von fern hörten sie ein Pochen, als hämmere jemand mit geballten Fäusten gegen eine Tür.
»Kathleen!« schrie Kenneth.
Ein Skunk huschte über Peters Füße und verschwand zwischen den Bäumen.
Der Schrei kam noch einmal, jetzt lauter.
»Wir sind hier, Kathleen!« brüllte Patrick.
Die drei ??? und die beiden Iren stürmten durch den Wald, auf das Schreien und Pochen zu. Peter hustete rauh, und Justus hatte das Empfinden, in der verdunkelten, raucherfüllten Luft ersticken zu müssen.

»Kathleen?« schrie Patrick. »Wo bist du, Kathleen?«
»Hier bin ich! Laßt mich heraus!«
Die beiden Iren rannten den Rufen nach, vorbei an Peter und Bob. Mit heftig rudernden Armen, ganze Äste abreißend, brachen sie durchs Gehölz. Die Jungen kamen hinterdrein gestolpert. Plötzlich entdeckten sie in einer kleinen Senke eine Holzhütte.
Es war ein roher Bretterschuppen, mit Wellpappe gedeckt, knapp zwei Meter im Quadrat, mit einem winzig kleinen Fenster ganz oben unter dem Dach. An mehreren Stellen hatte sich die Wellpappe gelöst, aber an der roh zubehauenen Tür waren blanke Beschläge und ein nagelneues Vorhängeschloß. Als die Jungen in die Senke hinunterstolperten, rammte Patrick schon die Schulter gegen die Tür.
Die Tür gab keinen Zoll nach.
»Die ist massiver, als sie aussieht«, sagte Kenneth. »Keine Sorge, Kusine Kathleen!« rief er. »Wir holen einen großen Stein und hauen das Schloß kaputt.«
»Es brennt!« Die Stimme der Frau in der Hütte war heiser vor Angst. »Ich rieche Feuer. Wo ist es?«
»Unten, beim Zeltplatz.« Kenneth hatte einen Stein gefunden und wog ihn in der Hand ab. »Wir haben noch Zeit. Wir holen dich raus.«
Die Frau schwieg kurz, dann fragte sie: »Wer ist denn da? Ist das . . . ist das Patrick? Und Kenneth?«
Kenneth grinste und stieß einen Schwall gälischer Worte hervor. Dann begann er mit dem Stein auf das Vorhängeschloß zu hämmern.
Der Wind wehte in heftigen Böen dicke Rauchschwaden heran.
»Mach schnell!« drängte Patrick.
Kenneth nickte und holte mit dem Stein weit aus, um noch einmal kräftig auf das Schloß loszuschmettern. Und da ertönte hinter ihnen ein Schrei.

Patrick, Kenneth und die drei ??? wirbelten herum. Hoch über ihnen stand eine riesenhafte, menschenähnliche Gestalt, die wild in die Senke herunterstarrte und sich mit fuchtelnden Armen der beißenden, versengten Luft zu erwehren suchte. Justus sah rotfunkelnde Augen, und Zähne blinkten auf, als das behaarte Wesen den Kopf zurückwarf und in tierischer Urangst losheulte.

»Das Monster!« stieß Bob erbleichend hervor.

»Was ist das?« schrie die Frau in der Hütte. »Was höre ich da?«

»Psst!« mahnte Justus zur Vorsicht.

»Sei ruhig, Kathleen«, flüsterte Patrick.

Aber das Wesen hatte es gehört. Kathleens Schrei war trotz seiner Panik zu ihm gedrungen. Es senkte den gewaltigen Kopf und fuhr sich durch das wirre, verfilzte Haar, das ihm bis in die Augen hing, und es starrte durch den Rauch Kenneth an.

Kenneth stand wie erstarrt mit dem Rücken zur Tür, den Stein noch in der Hand.

Das Geschöpf, das da vor ihnen aufgetaucht war, knurrte ganz leise. Der große Kopf schnellte vor, und dann stürzte sich die Bestie auf Kenneth.

»Vorsicht!« Peter sprang zur Seite. Das Wesen machte einen Satz an ihm vorbei, geradewegs auf Kenneth los, als habe dieser das ganze Übel verursacht.

Kenneth schrie laut auf und rannte geduckt von der Tür weg. Die riesige Gestalt schoß mit unaufhaltsamer Stoßkraft nach vorn. Der Körper prallte gegen die Tür, die mit einem grauenhaften splitternden Geräusch nach innen zusammenbrach. Das große Tier stürzte mitsamt der Tür ins Innere der Hütte. Und Kathleen schrie. Sie schrie, wie Justus noch niemals jemandem hatte schreien hören – grelle, markerschütternde Schreie irrsinniger Angst. Und mit Kathleens Schreien mischte sich das Klagegeheul des seltsamen Wesens, das in die Hütte eingebrochen war.

»Kathleen!« Kenneth rappelte sich vom Boden hoch; sein Versuch, der Bestie auszuweichen, hatte ihn zu Fall gebracht. Patrick ging zwei Schritte auf die Hütte zu, angsterfüllt, aber er brachte es nicht über sich, die Entsetzensschreie der Frau tatenlos anzuhören. »Kathleen! Es wird Kathleen umbringen!«
»Nicht wenn wir klaren Kopf behalten«, sagte da jemand scharf und energisch. Mr. Smathers kam zwischen den Bäumen auf dem Grund der Senke hervorgerannt. Er sah fürchterlich verrußt aus. Seine Augen tränten noch mehr als sonst.
»Nicht bewegen«, befahl er. »Jeder bleibt, wo er ist, und ich übernehme das Kommando!« Damit sauste er an den drei ??? und den verdutzten Brüdern vorbei und verschwand in der Hütte.

Mr. Smathers als Retter

Mr. Smathers hatte kaum die Hütte betreten, als das schreckliche tierische Geheul aufhörte.
»Ja, ist ja gut«, hörten die Jungen Smathers sagen. »Ich weiß, es ist schlimm, aber das wird alles wieder gut.«
Ein Knurren war zu hören.
»Ich weiß, ich weiß«, sagte Smathers. »Bleib jetzt nur bei mir, dann bist du wieder in Sicherheit.«
Das Knurren ging in einen sanfteren Laut über – fast ein Winseln.
»So, nun komm mit«, lockte Mr. Smathers. »Sieh nur, wie du die Dame erschreckt hast. Schämst du dich denn nicht?«
Die drei ??? sahen sich an und fragten sich, ob sie träumten.
Smathers erschien im Türrahmen der Hütte. Dicht hinter ihm kam das riesenhafte Geschöpf – eine ungeschlachte, schrek-

kenerregende Gestalt, die halb menschlich, halb tierisch aussah. So folgsam, wie ein gut erzogener Hund mit seinem Herrn geht, trottete das Wesen hinter Smathers her.
»Wir gehen weiter bergauf, über die Baumgrenze hinaus«, teilte Smathers den verblüfften Zuschauern mit. »Dort sind wir sicher. Um die Frau müßte sich jemand kümmern. Sie ist übel dran.«
Smathers und sein seltsamer Schützling zogen los und stiegen zwischen den Bäumen rasch bergan. Bald verloren sie sich im Rauch.
»Kathleen?« Patrick trat herausragende Holzsplitter am Türrahmen zur Seite und ging in die Hütte.
Kenneth und die drei ??? drängten nach.
Kathleen O'Hara kauerte an der Wand gegenüber der Tür. Der kleine Raum war ziemlich dunkel, aber die Jungen konnten feststellen, daß sie trotz der verrutschten Kleider und des wirren Haars der Frau unten im Gasthof sehr ähnlich sah. »Patrick?« sagte sie. »Kenneth? Seid ihr es wirklich?« »Wir wollten dich hier rausholen, Kathleen.« Patrick kniete sich neben ihr hin. »Es muß schnell gehen. Kannst du aufstehen?«
Sie versuchte es, zitternd und sich an Patrick anklammernd. Er half ihr, indem er sie um die Taille faßte, und Kenneth nahm ihren Arm. »Wir müssen laufen, ja?« sagte Kenneth.
Sie nickte. Die Tränen rannen ihr über die Wangen und hinterließen schmale helle Spuren auf dem rußverschmierten Gesicht. »Das Tier«, flüsterte sie. »Was war das für ein Tier?«
»Gehen wir erst mal, Miss O'Hara«, drängte Justus. »Reden können wir später.«
Als Kathleen O'Hara aus ihrem Gefängnis in das rauchverhangene Tageslicht hinaustrat, hielt sie sich erst gebückt und kraftlos wie eine alte Frau. Doch sie war kaum ein paar Schritte gegangen, als sie den Kopf hob und sich dazu ermannte, Patrick und Kenneth zuzulächeln. Sie richtete sich auf und drückte ihren Vettern fest die Hand.

»Schnell!« ermahnte Bob die Gruppe.

Als sie an die Wiese kamen, schritt Kathleen fast ebenso rasch aus wie Peter, obwohl sie sich noch immer an ihren Vettern festhielt.

Sie traten gerade unter den Bäumen hervor, als sie am Himmel ein plumpes Flugzeug mit riesigem Laderaum vorbeiziehen sahen. Die Maschine flog nach Norden, wo der Rauch am stärksten war, und dort versprühte sie einen dichten Schleier Flüssigkeit.

»Chemie zur Brandbekämpfung«, sagte Bob. »Hoffentlich bekommen sie das Feuer unter Kontrolle, sonst müssen wir womöglich auch noch zur Baumgrenze raufmarschieren.«

Peter trabte der Gruppe voran und hatte als erster die Wiese überquert. Nun stand er oben am Skihang und schaute hinunter. »Phantastisch!« rief er.

»Was ist denn?« rief Justus zurück.

»Da unten ist ein großer Räumpflug, der einen Graben anlegt und dem Feuer den Weg abschneidet. Ich glaube, sie haben es schon geschafft. Sky Village wird also nicht abbrennen.«

»Und mein Gasthof?« sagte Kathleen. »Steht mein Haus noch?«

»Ziemlich verrußt, ja«, sagte Peter, »aber es steht noch.«

Als Kathleen zum Skihang kam, hielt sie kurz inne und sah sich die Vorgänge unten an. Der Pflug rumpelte dröhnend dahin, wobei er einen breiten Streifen kahler Erde zwischen ihren Gasthof und das Feuer legte. Auf der Straße unten drängte sich eine aufgeregte Menschenmenge. Ein zweites Flugzeug flog über sie weg und versprühte dann seine Ladung über den Flammen. Und dann wehte über der Wiese schlagartig eine kühle, frische Brise. Der Wind hatte gedreht.

»Sky Village brennt also nicht ab«, sagte Kathleen, und sie begann talwärts zu gehen.

Mehrmals wäre sie fast hingefallen, und Patrick und Kenneth

mußten sie stützen, aber sie wollte nichts davon wissen, allein am Hang zu warten, bis die anderen Hilfe aus dem Dorf holen konnten. Sie zitterte und stolperte, als sie endlich unten ankamen, aber sie trug den Kopf hoch.

Ein paar Feuerwehrleute mit Helmen rannten an ihr vorbei, ganz auf ihre Pflichten konzentriert. Charlie Richardson war auch zur Stelle; er bespritzte unermüdlich das mit Holzschindeln gedeckte Dach aus einem Wasserschlauch, damit der Gasthof nicht noch durch Funkenflug Feuer fing.

Kathleen lächelte Richardson zu. »Du bist doch ein guter Freund«, sagte sie.

Richardson sah kurz von dem kräftigen Wasserstrahl weg, der oben auf die Schindeln klatschte. »Wenn ich mal Zeit habe«, sagte er zu ihr, »würde ich gern genau erfahren, was hier so alles los war. Aus dem Burschen da drinnen ist ja nichts herauszukriegen.« Richardson wies mit dem Kinn zum Haus hin.

»Da drinnen?« fragte Justus Jonas.

»Jensen«, sagte Richardson. »Er wartet im Haus auf euch.«

Patrick, Kenneth, Kathleen und die drei ??? gingen die Vortreppe hinauf und traten ins Haus.

Tatsächlich wartete dort Mr. Jensen, der vorgebliche Tierfotograf. Er hockte auf der Armlehne eines der großen Ledersessel im Wohnzimmer. Ihm gegenüber, auf dem Sofa, saß mit finsterem Blick die Frau, die sich Kathleen genannt hatte. Ihr blondiertes Haar stand in starren Büscheln vom Kopf ab, und ihre Augen waren gerötet, als habe sie geweint. Der Mann namens Joe Hammond lag ausgestreckt ihr zu Füßen. Er schien zu schlafen.

»Was ist denn passiert?« fragte Bob.

Jensen starrte Kathleen an. »Miss O'Hara?« fragte er. Dann sah er zu der falschen Kathleen hin. »Unglaublich! Wären nicht die Haare, könnte man die beiden nicht auseinanderhalten.«

Bob zeigte auf Hammond. »Was ist denn los?« fragte er noch einmal.
Jensen grinste, und sein unbedarftes Gesicht wirkte plötzlich ganz gewitzt. »Ach, dem habe ich eins auf den Pelz gebrannt«, sagte er. »Mit seinem eigenen Betäubungsgewehr.«

Die Doppelgängerin

Es war dunkel geworden, bis die Feuerwehr den Brand ganz eingedämmt hatte. Doch auch jetzt kamen die Bewohner von Sky Village noch nicht zur Ruhe. Viele blieben am Rand des Brandbezirks, um die gefährlichen Stellen unter Kontrolle zu halten. Ein jäher Windstoß konnte auch jetzt noch glühende Asche ins Dorf tragen.
Im Gasthof saßen Patrick und Kenneth besorgt bei ihrer Kusine. Kathleen lag unter einer Wolldecke auf dem Sofa, und gerade erstattete sie einem Polizeibeamten Bericht. Der junge Mann hatte einen heißen, anstrengenden Nachmittag damit verbracht, mit Kollegen am Fuß des Berges eine Absperrkette zu bilden und die Schaulustigen in Schach zu halten, die näher zum Feuer drängten.
Der Polizist saß neben Kathleen auf einem Stuhl und blickte finster zu Jensen hin. Der falsche Fotograf trug eine Miene fast ekstatischer Genugtuung zur Schau, während er das schußbereite Betäubungsgewehr auf Joe Hammond gerichtet hielt. Hammond hatte sich inzwischen so weit erholt, daß er aufrecht sitzen und Jensen wütend anstarren konnte. Die platinblonde Frau, die sich als Kathleen O'Hara ausgegeben hatte, hielt einen Ellbogen auf den Eßtisch gestützt und die Augen geschlossen. Sogar im milden Lampenschein sah sie sonderbar verstört aus, als sei sie sehr, sehr müde.

Der Polizist schlug sein Notizbuch auf. »Ehe wir anfangen«, sagte er zu Jensen, »stellen Sie das Gewehr weg!«
»Erst legen Sie diesem Verbrecher Handschellen an«, sagte Jensen. »Er hat sich schon einmal abzusetzen versucht. Das kommt mir nicht noch einmal vor.«
»Niemand setzt sich hier ab.« Der Polizist faßte an die Pistole, die er am Gürtel hängen hatte. »Stellen Sie das Ding weg, ehe damit ein Unglück passiert«, befahl er.
Jensen zuckte die Achseln und stellte das Betäubungsgewehr in den Wandschrank. Dann holte er einen Stuhl vom Eßplatz, trug ihn an die Haustür und setzte sich darauf.
»Das ist eine gute Idee«, meinte Patrick. Er hockte sich breit auf einen zweiten Stuhl vor die Tür zur Küche.
»So, damit wären die Ausgänge besetzt. Kommen wir also zur Sache«, sagte der Polizist. »Miss O'Hara, Ihre Vettern verlangen von mir, Hammond unter Anklage zu stellen. Würden Sie mir bitte genau berichten, was er getan hat?«
»Entführt hat er sie!« fuhr Kenneth erbost auf.
»Menschenraub ist das!« setzte Patrick hinzu.
»Bitte, lassen Sie Miss O'Hara reden«, sagte der Polizist. »Fangen Sie bitte ganz am Anfang an!«
Kathleen sah Hammond kurz an und begann dann mit den Fransen der Decke zu spielen. »Zu Anfang machte mir dieser Mann hier einen sehr netten Eindruck. Er kam in meinen Gasthof und wollte das schönste Zimmer haben und sah sich meinen Skilift an. Er sagte, er sei Geschäftsführer einer neuen Fabrik für Schneemobile, und er schlug mir vor, mich als Gesellschafterin zu beteiligen. Ich lehnte das Angebot allerdings ab, und nach einer Weile sprach er nicht mehr davon. Aber er blieb noch zwei, drei Wochen hier. Eines Tages sah er mich dann Geld zählen, weil ich Rechnungen bezahlen wollte. Er meinte, ich sollte mit Scheck bezahlen statt in bar, Schecks seien doch sicherer. Ich sagte ihm, Bargeld sei am sichersten, besonders bei mir, da ich mein Geld in einem Bank-

tresor verwahre, den nur ich selbst öffnen kann. Da sah er mich so sonderbar an – ich weiß nicht, wie ich das genau beschreiben soll. Es war merkwürdig, und ganz plötzlich war ich nervös.«
»Und damals versteckten Sie den Schlüssel?« fragte Justus Jonas.
Kathleen zog die Brauen hoch. »Ja, ich dachte nicht, daß im Ernst etwas passieren könnte, aber irgend etwas an diesem Mann machte mir Angst.«
»Wo ist denn nun eigentlich der Schlüssel?« fragte Justus.
»Oh, das ist wirklich zum Lachen«, sagte Patrick. »Mir hat es Kathleen schon erzählt. Sie hat den Schlüssel mit Klebeband unter ihrem Bettrost befestigt. Und darauf hat das saubere Pärchen die ganze Zeit geschlafen!«
Hammond stieß einen keuchenden Laut aus und wollte aufstehen, aber der Polizist scheuchte ihn auf seinen Sitz zurück.
»Fahren Sie bitte fort, Miss O'Hara«, sagte er.
»Zwei oder drei Tage nach unserem Gespräch über das Geld«, sagte Kathleen, »kam der Mann zu mir in die Küche, als ich beim Kochen war. Er sagte, er würde mich erschießen, wenn ich ihm nicht den Schlüssel zu meinem Banktresor gäbe! Ich dachte mir aber, wenn ich ihm erzähle, wo der Schlüssel ist, erschießt er mich trotzdem, also sagte ich es ihm nicht.«
Der Polizist ruckte auf seinem Stuhl. »Und dann« fragte er.
»Ich wunderte mich, weil er nicht in Wut geriet. Er lachte nur und zielte mit dem Gewehr auf mich und sagte, er habe Zeit. Dann schleppte er mich mit zu der Bergwiese, wo noch die Hütte von dem jungen Mann damals steht. An der Hüttentür hatte er ein Schloß angebracht, und er sperrte mich ein. Zwei Tage lang sah ich ihn nicht mehr, und zu essen hatte ich nur etwas Brot und Wasser. Danach kam er dann jeden Tag und brachte mir Essen, und immer wieder wollte er wissen, wo der Schlüssel sei. Aber ich sagte es ihm nicht. Ich merkte, daß es

ihm nur darum ging, das herauszukriegen, und daß er mich hinterher erschießen würde.«

»Aha. Wie lange waren Sie dort oben, Miss O'Hara?«

»Sechs Tage, vielleicht auch sieben. Das ist schwer zu sagen. Heute roch ich dann das Feuer und bekam große Angst. Ich schrie und schrie, und dann kamen meine Vettern, zusammen mit diesen Jungen – und dieses fürchterliche Untier. Der merkwürdige kleine Mann redete dem Tier gut zu, und meine Vettern ... meine Vettern ...« Kathleen legte die Hände vors Gesicht und begann zu weinen.

»Ich hole dir ein Glas Wasser, Kathleen«, erbot sich Patrick.

»Nein, danke.« Sie wischte sich mit dem Handrücken über die Wangen. »Es geht schon wieder. Aber wie wußtet ihr denn, wo ihr hinkommen mußtet?«

»Das hat Justus gewußt«, sagte Patrick. »Kenneth und ich, wir dachten, diese Frau hier sei Kathleen. Sie sieht ja genau so aus wie du auf den Bildern, die du uns immer geschickt hast.«

»Ja, tatsächlich«, sagte Justus Jonas, »wenn sie die Perücke trägt. Die reinste Doppelgängerin. Ich hatte die Frau selbstverständlich auch für Kathleen gehalten. Erst der Ehering und die Unterschriften deckten für mich die wahren Zusammenhänge auf, und ich bedaure sehr, daß ich so lange dazu brauchte.«

»Ehering?« fragte der Polizist. »Unterschriften?«

»Diese Frau hat in einem fort die Unterschrift von Kathleen O'Hara geübt. Wäre sie Kathleen O'Hara gewesen, so hätte sie das nicht getan. Und außerdem ist ihr der Ehering zu weit. Sie hat behauptet, sie und Hammond hätten vorige Woche in Lake Tahoe geheiratet. Eine jung verheiratete Frau hätte einen neuen Ring, der genau passen würde. Sie erinnerte mich an meine Tante Mathilda. Wenn meine Tante eine Abmagerungskur hinter sich hat und ein wenig abgenommen hat, ist ihr der Ehering auch zu weit; dann nimmt sie ihn zum Ge-

schirrspülen ab und legt ihn auf den Sims am Küchenfenster. Sie haben das auch getan, Mrs. Hammond. Sie sind doch Mrs. Hammond, nicht wahr?«
»Sie macht keine Aussage, ehe sie mit einem Anwalt gesprochen hat«, fauchte Hammond. »Und ich auch nicht!«
»Ich glaube, wir können den Hergang rekonstruieren«, sagte Justus munter. »Hammond kam hierher und mietete sich im Gasthof ein. Er sah, daß Kathleen O'Hara durch einen unglaublichen Zufall eine Doppelgängerin seiner Frau war. Das wäre normalerweise eine nichtssagende Feststellung gewesen, aber Hammond ist ein Krimineller.«
»Betrugsspezialist für Geldanlage«, warf Jensen ein. »Er hat meine Schwester nach allen Regeln der Kunst dazu überredet, zehntausend Dollar in eine Bergwerksgesellschaft zu investieren, die seit zwanzig Jahren stillgelegt ist. Das Dumme ist nur, daß die Mine firmenrechtlich noch existiert, auch wenn sie keinen Ertrag mehr abwirft, und deshalb konnten wir ihm nicht beikommen.«
»Und Sie sind überhaupt kein Fotograf«, wandte sich Peter anklagend an Jensen.
Jensen grinste. »Ich habe eine Eisenhandlung in Tahoe. Meine Schwester sah zufällig Hammond und diese Frau, wie sie in ein Café gingen. Sie hatte die Kamera dabei und machte rasch ein Foto, als die beiden herauskamen, und sie schrieb sich die Nummer des Wagens auf, den sie bei sich hatten. Wir dachten uns, die Frau sei sein jüngstes Opfer. Bei der Zulassungsstelle ermittelten wir den Namen und die Anschrift von Kathleen O'Hara, und dann kam ich hier herauf. Ich brauchte dazu Hammonds Foto, weil ich ihm selber noch nicht begegnet war, und das gab mir die Idee mit dem Fotografen ein. Schließlich gibt es kaum einen Grund, weshalb man im Sommer in einen Wintersportort reisen sollte, und da nahm ich die Kamera meiner Schwester mit und erzählte, daß ich Tieraufnahmen in freier Wildbahn mache.«

»Und Sie wollten Kathleen O'Hara warnen, falls Hammond sie betrügen wollte?« fragte Bob.

»Ich wollte sie beschützen, und ich wollte ihn auf frischer Tat ertappen und hinter Gitter bringen. Als ich aber herkam, war er augenscheinlich der Ehemann von Kathleen O'Hara, und darauf konnte ich mir keinen Reim machen. Eines Abends stöberte ich ihre Akten durch, fand aber keinerlei Beweise dafür, daß er sich ihren Besitz überschreiben lassen wollte. Ich kam einfach nicht dahinter, was er eigentlich vorhatte.«

Justus nickte mitfühlend. »Also fangen wir wieder von vorn an und stellen uns vor, wie Hammond Kathleen O'Hara zum ersten Mal begegnete und dabei die unglaubliche Ähnlichkeit zwischen Kathleen und seiner Frau bemerkte. Erst war er sich nicht klar darüber, wie er daraus einen Vorteil ziehen konnte. Eher aus Gewohnheit versuchte er, eine seiner üblichen Schwindeleien aufzuziehen. Er versuchte Kathleen O'Hara wertlose Aktien zu verkaufen. Als sie den Kauf ablehnte, störte ihn das wenig. Er hatte ja noch ein Eisen im Feuer – eine Ehefrau, die der echten Kathleen O'Hara so ähnlich sieht, daß jedermann sich dadurch täuschen ließe. Mit ihrer Hilfe würde Hammond sich alles verschaffen können, was Kathleen O'Hara besaß. Hammond blieb also im Gasthof, bis er sich in Kathleens Verhältnissen gründlich auskannte. Wir dürfen wohl als sicher annehmen, daß er ihre Papiere und Geschäftsbücher im Büro durchstöberte, bis er genau wußte, wieviel Kathleen wert war. Und Kathleen machte kein Geheimnis daraus, daß sie ihr Geld in einem Banktresor aufbewahrte. Zwar nicht so leicht zugänglich wie ein Girokonto bei der Bank, aber die falsche Kathleen würde ebenso leicht wie die echte das Bargeld aus dem Tresor holen können. Als Hammond alles vorbereitet hatte«, fuhr Justus fort, »sperrte er Kathleen oben in der Einsiedlerhütte ein und fuhr mit ihrem Wagen nach Lake Tahoe, wo er die falsche Kathleen abholte. Dann kehrten die beiden ins Dorf zurück und gaben bekannt, daß Kathleen O'Hara sich mit Joe Hammond verheiratet hatte. Alles ging glatt, nur konnten sie den Tresorschlüssel nicht finden. Bestimmt kamen sie in arge Bedrängnis, als Kathleens Vettern unangemeldet auftauchten. Aber sie wußten ja über Patrick und Kenneth Bescheid. Bei der Suche nach dem Schlüssel waren sie sicherlich auch Kathleens Korrespondenz durchgegangen und hatten die Fotos ihrer Vettern gesehen. Hammond befürchtete, es könnte auffallen, wenn er zu den Verwandten seiner jungen Ehefrau nicht liebenswürdig wäre, und daher lud er sie ein, im Gasthof zu wohnen. Das paßte nun der falschen Kathleen überhaupt nicht in den Kram. Aber sie hielt sich ganz gut, muß ich sagen. Sie konnte nicht mit Patrick und Kenneth gälisch reden, weil sie keine Ahnung davon hatte. Sie bestand also darauf, daß man sich auf englisch unterhielt, angeblich damit ihr Ehemann am Gespräch immer teilhaben konnte.«

»Aber trotzdem kam sie ganz durcheinander«, warf Peter ein. »Sie sagte, Patrick und Kenneth machten sie nervös.« Justus berichtete weiter: »Sie schreckte auch vor der Vorstellung zurück, zur Bank zu gehen und einen neuen Schlüssel anzufordern und dafür zu unterschreiben – vermutlich in Gegenwart eines Bankangestellten. Die übliche Abwicklung beim Einlaß in den Tresorraum würde nicht allzu problematisch sein. Sie würde auch hier unterschreiben müssen, aber der Angestellte im Tresorraum würde ihre Unterschrift nicht allzu genau aufs Korn nehmen oder sie gar zur Rede stellen. Wozu auch? Schließlich kannte er Kathleen O'Hara gut. Schwieriger würde es werden, zu einem neuen Schlüssel zu kommen. Dabei konnte sie etwas Falsches tun oder äußern. Und dann würde der Bankbeamte möglicherweise ihre Unterschrift besonders aufmerksam mit der Unterschrift auf Kathleens Antragsformular vergleichen. Deshalb verursachte der Gedanke an die Unterschrift »Kathleen O'Hara« der falschen Kathleen Unbehagen. Bei dem Zementlieferanten entschuldigte sie sich zu umständlich und bekam darauf Streit mit Joe Hammond. Hammond zwang sie nun dazu, Kathleens Unterschrift einzuüben, und ehe sie daran ging, lockte er uns aus dem Haus. Aber wir haben ja ihre »Hausaufgaben« gesehen. Da wußte ich, daß sie in Wirklichkeit nicht Kathleen war und auch, warum Hammond jeden Tag zu der Wiese hinaufging.«

Der Polizist klappte sein Notizbuch zu und sah Kathleen O'Hara an. Dann drehte er sich um und sah die falsche Kathleen an.

»Wenn ich es nicht mit eigenen Augen sähe, könnte ich nicht glauben, daß sich zwei Menschen so sehr ähneln können«, sagte er. »Aber wie war das mit dem Gewehr – dem Betäubungsgewehr? War es das Gewehr, mit dem Hammond Sie bedrohte, Miss O'Hara?«

»Nein«, sagte Kathleen. »Da hatte er ein richtiges Gewehr.«

»Es steht im Wandschrank«, erklärte Peter dem Polizisten.

An der Tür hinter Jensens Stuhl wurde gerüttelt. Jensen stand auf, stellte den Stuhl weg und öffnete die Tür.

Mr. Smathers kam ins Zimmer getrabt. Er war rauchgeschwärzt und unglaublich verdreckt, aber ganz munter und guter Dinge. »Hier ist ja alles in bester Ordnung, wie ich sehe«, sagte er. Dann blieb sein Blick an Kathleen O'Hara auf dem Sofa haften und auf der falschen Kathleen, die am Tisch hockte. Er sah den Polizisten mit seinem Notizbuch und Patrick, der mit finsterer Miene den Ausgang zur Küche bewachte. »Du liebe Zeit!« sagte er.

»Es ist alles sehr verwickelt, Mr. Smathers«, erklärte Bob. »Wir erklären es Ihnen später.«

»Hat der Herr auch damit zu tun?« fragte der Polizist mit einem Blick auf Smathers.

»Das glaube ich kaum«, sagte Justus. »Ich halte Mr. Smathers wirklich für den, als den er sich ausgibt – ein Mann, der mit den Tieren reden kann.«

»Und sie hören mir zu!« erklärte Smathers fröhlich.
»Ist schon gut«, sagte der Polizist. »Kann mir jetzt vielleicht jemand erklären, wozu der Mann dort ein Betäubungsgewehr brauchte?«
»Abscheulich, nicht?« sagte Mr. Smathers. »Fast noch übler als eine gewöhnliche Schußwaffe. Man stelle sich vor: ein wildes Geschöpf einzufangen und in einen Käfig zu sperren. Schändlich!«
Der Polizist machte ein völlig entgeistertes Gesicht. »Sie wollen damit sagen, daß dieser Mann obendrein auch noch widerrechtlich einen Bären fangen wollte?«
»Keinen Bären«, sagte Peter.
Mr. Smathers lachte leise. »Können Sie sich vorstellen, Herr Wachtmeister, daß Mr. Hammond glaubt, es gäbe hier im Gebirge eine Art Monster? Er hegte die irrwitzige Vorstellung, er könne ein Wesen einfangen, das der Fachwelt gänzlich unbekannt ist, und es öffentlich zur Schau stellen, höchstwahrscheinlich gegen Eintrittsgeld!«
»Ein Monster?« sagte der Polizist. »Der Kerl ist ja übergeschnappt!«
»Genau«, sagte Mr. Smathers. »Wir wissen schließlich alle, daß es gar keine Monster gibt, wie?«
Die drei ??? starrten den schmächtigen kleinen Mann verdutzt an. Mr. Smathers lächelte und ging die Treppe hinauf.

In dieser Geschichte ist schon viel aus niedrigen Beweggründen gelogen und betrogen worden. Diese Notlüge unseres tapferen Tierfreundes hingegen entspringt zweifellos lauteren Motiven. Guter Mr. Smathers!

Mr. Hitchcock wird eingeweiht

Zwei Tage nach ihrer Rückkehr nach Rocky Beach suchten die drei ??? Alfred Hitchcock in seinem Büro auf.
»Ich stelle fest, daß ihr schon wieder in der Zeitung steht«, sagte der berühmte Filmregisseur. »Ich nehme an, ihr habt die ganze erstaunliche Geschichte wieder schriftlich festgehalten. Wie wollt ihr sie betiteln? ›Die drei ??? und die Doppelgängerin‹?«
»Wir haben uns gedacht, ›Die drei ??? und das Bergmonster‹ wäre ein besserer Titel«, sagte Justus Jonas.
»Bergmonster?« Alfred Hitchcock runzelte die Brauen. »Ich habe jede Pressemeldung zur Entführung von Kathleen O'Hara gründlich studiert, aber meines Wissens war nirgends von einem Bergmonster die Rede.«
»Wir haben den Reportern nicht alles erzählt«, sagte Bob, und er reichte dem Regisseur einen Ordner über den Schreibtisch.
»Ich hätte es mir denken sollen«, sagte Alfred Hitchcock. Er schlug den Ordner auf und begann zu lesen.
Die Jungen warteten schweigend, bis er Bobs Niederschrift zu dem Fall durchgelesen hatte. Als Alfred Hitchcock den Ordner schloß, nickte er. »Sehr geschickt kombiniert, Justus Jonas«, sagte er. »Und da war also wirklich ein Monster?«
»Wir haben es gesehen«, erwiderte Justus. »Aber wer würde uns das glauben? Patrick und Kenneth und Kathleen haben es auch gesehen, aber sie glauben es selbst nicht. Patrick und Kenneth einigten sich schnell darauf, daß sie einen Bären gesehen haben, der sich auf die Hinterbeine erhoben hatte. Kathleen hat die ganze Sache aus ihrem Gedächtnis verdrängt und weigert sich, davon zu reden. Und Mr. Smathers wird niemals darüber sprechen.« Justus zuckte die Achseln.
Peter erklärte dazu: »Als der Polizist Hammond und seine

Frau abführte, unterhielt sich Mr. Smathers mit uns. Er erklärte uns, wenn wir zur Presse oder zur Polizei irgend etwas über das Monster sagten, würde er alles abstreiten und aussagen, daß wir in der Waldhütte einen Bären gesehen hätten. Dann würde sein Wort gegen unseres stehen – und solche Schauermärchen nimmt uns niemand ab!«

»Also ist es ein Geheimnis«, sagte Alfred Hitchcock. »Ich weiß es zu schätzen, daß ihr mich eingeweiht habt. Ich nehme an, den Schlag hast du, Justus, von Smathers bekommen, und er hat wohl auch die Fußspur des Wesens bei der Erdspalte weggefegt?«

»Ja, das hat er zugegeben«, bestätigte Justus. »Aber auch dazu sagte er, er würde es ableugnen, wenn wir den Vorfall an die Öffentlichkeit brächten. Was dieses Geschöpf auch sein mag, Mr. Smathers will es schützen, und der einzig wirksame Schutz ist, seine Existenz strikt geheimzuhalten.«

»Sehr richtig«, sagte Alfred Hitchcock. »Wenn die Leute wüßten, daß es im Gebirge ein Monster gibt, würden bestimmt Männer wie Hammond scharenweise mit Betäubungsgewehren losziehen und ihm nachstellen.«

»In gewisser Weise bin ich froh, daß nun alles so ausgegangen ist«, sagte Bob. »Ich war gestern abend ein paar Stunden in der Bücherei und nahm mir einige heimatgeschichtliche Bücher über Kalifornien vor. Seit Jahren schon wurden sonderbare Fußspuren aus den Sierras und dem Cascade-Gebiet gemeldet. Ich glaube, wir haben da unsere lokale Abart des Schneemenschen vom Himalaya, nur konnte bisher kein Mensch nachweisen, daß er wirklich existiert. Er muß sich ganz fern in der Wildnis aufhalten.«

»Wir können annehmen, daß der eine, den wir sahen, zum Gasthof herunterkam, weil er Hunger hatte, genau wie die Bären«, sagte Justus. »Mr. Smathers sah seine Fußspuren hinten im Hof, zwei Tage ehe wir im Dorf ankamen. An diesem Tag kaufte Hammond das Betäubungsgewehr, und am folgenden Tag ließ er von Männern aus Bishop dieses sogenannte Schwimmbecken ausschachten. Smathers erriet, was er vorhatte, und daraufhin durchstreifte er nach und nach das ganze Bergland, um das Wesen zu suchen und zu warnen. Er kam mehrmals an der Hütte des Einsiedlers vorbei, aber da er nicht sprach, merkte Kathleen nicht, daß ein Mensch in ihrer Nähe war.«

»Arme Kathleen«, sagte Mr. Hitchcock. »Was muß das für ein grauenhaftes Erlebnis gewesen sein.«

»Als wir abreisten, hatte sie sich wieder ganz gut erholt«, sagte Peter. »Und für Patrick und Kenneth wurde der Besuch dann erst richtig schön. Sie mögen die echte Kathleen viel lieber als die falsche. Sie machte jede Menge Irish Stew und Rumtorte für sie, und sie rissen die Holzverschalung wieder aus der Grube im Hof heraus und füllten sie auf. Kein Schwimmbecken. Keine Bärenfanggrube. Bei Mr. Smathers herrschte eitel Freude.«

»Das kann ich mir vorstellen«, sagte Alfred Hitchcock. »Mr. Jensen muß es auch höchste Genugtuung bereitet haben, den Mann, der seine Schwester beschwindelt hat, hinter Schloß und Riegel zu wissen.«

»Na und ob«, meinte Peter. »Er kriegt immer noch Gänsehaut, wenn er sich ausmalt, was der echten Kathleen O'Hara hätte zustoßen können, während er zur Stelle war, um die falsche Kathleen O'Hara zu beschützen. Hammond ist wegen bewaffneten Raubüberfalls vorbestraft, und einmal schoß er auch auf einen Bankangestellten. Der Mann hat überlebt, aber vermutlich nur, weil Hammond schlecht schießt. Er neigt also zu Gewalttaten.«

»Mr. Jensen ist auch froh, daß Hammond seine Rolle nicht durchschaut hat«, fügte Bob hinzu. »Jensen hätte selbst in großer Gefahr sein können. Er sagte, er habe genug Gewalt verspürt, nachdem er an dem Abend, als er den Bären fotografierte, angefallen worden war.«

»Aber warum hat er damals eigentlich fotografiert?« fragte Alfred Hitchcock. »Und wer hat ihn niedergeschlagen?«
»Nach meiner Vermutung«, sagte Justus, »knipste Mr. Jensen den Bären nur, um den Anschein zu wahren, er sei Tierfotograf. Er erzählte uns, er habe an jenem Abend zum Fenster hinausgesehen und einen Bären zu den Abfalltonnen kommen sehen, und da habe er sich rasch entschlossen, die günstige Gelegenheit zu nützen. Wir glauben, daß es das Monster gewesen sein muß, das ihn anfiel. Mr. Smathers behauptet, das Blitzlicht hätte das Geschöpf erschreckt, und es hätte sich instinktiv gewehrt. Hier können wir nur vermuten. Jensen schreibt die Attacke jetzt einem zweiten Bären zu.«
»Ist Jensen in das Geheimnis vom Monsterberg nicht eingeweiht?«
Bob schüttelte den Kopf. »Dazu hatten wir keine Veranlassung. Und wahrscheinlich würde er uns ohnehin nicht geglaubt haben. Meiner Ansicht nach würde uns außer Ihnen niemand glauben!« Bob grinste.
»Und das freut euch diebisch, wie ich sehe«, sagte Mr. Hitchcock.
Bob nickte. »Ich schätze, Mr. Smathers hat mich bekehrt. Ich fand das Biest äußerst unsympathisch, aber es wäre wirklich eine Schande, wenn man es in einen Käfig stecken wollte und die Leute fünfzig Cent Besichtigungsgebühr zahlen ließe. Und es gefällt mir irgendwie, daß es dort im Gebirge wirklich etwas gibt, das wir noch nicht statistisch erfaßt und in ein System eingeordnet haben. Ich meine . . . na ja . . .«
»Du bist ein Romantiker«, meinte Mr. Hitchcock dazu. »Du möchtest die ungelösten Rätsel der Natur bewahren. Ich bin hier ganz deiner Meinung. Heute sind nur wenige Gebiete noch nicht erforscht und wenige Dinge noch nicht erklärt. Aber wir brauchen unbekannte und legendäre Wesen, um unsere Phantasie zu beflügeln.«
Er stand auf und gab Bob den Ordner zurück. »Lang lebe das

Monster vom Monsterberg«, sagte er, »und ich an eurer Stelle würde das Protokoll zum Fall Kathleen O'Hara ohne Bedenken zu einem Buch verarbeiten. Das Monster wird weiterhin Legende bleiben und ungestört sein. Wie ihr selbst so zutreffend sagt, wird ja keiner daran glauben!«